쉐어하우스

# 쉐어하우스

안드레아스 빙켈만 지음 | 최성욱 옮김

Eilenau

39B

아름다운날

# 쉐어하우스

초판 1쇄 발행 | 2019년 9월 27일
　　　2쇄 발행 | 2019년 10월 7일
　　　3쇄 발행 | 2020년 5월 18일

지은이 | 안드레아스 빙켈만
옮긴이 | 최성욱
펴낸이 | 김형호
펴낸곳 | 아름다운날
편집주간 | 조종순
북디자인 | Design이즈

출판등록 | 1999년 11월 22일
주소 | (04031) 서울시 마포구 서교동 351-10 동보빌딩 202호
전화 | 02) 3142-8420
팩스 | 02) 3143-4154
이메일 | arumbook@hanmail.net

ISBN | 979-11-86809-79 -2  03850

이 도서의 국립중앙도서관 출판예정도서목록(CIP)은 서지정보유통지원시스템 홈페이지
(http://seoji.nl.go.kr)와 국가자료공동목록시스템(http://www.nl.go.kolisnet)에서 이용하실
수 있습니다.(CIP 제어번호: 2019031852)

# CONTENTS

이 소설에 등장하는 사람들은
모두 가공의 인물이다.
어쩌다 실제 인물이 나온다면 그것은 우연이다.

하지만
함부르크 운하(運河)나
아일레나우(Eilenau) 거리와 같은
몇몇 장소는 실제로 존재한다.

그러나 39B번지에 있는 이 집은 꾸며낸 것이다.
하지만 이런 집이 있을 수도 있다.
그러니 휴가계획을 세우는 사람이 있다면
늘 이점을 유념해주기 바란다.

#1

Eilenau

39B

# 1

올리버가 도로가에서 보았던 남자는 뱀파이어 같았다. 큰 키에 허수아비처럼 깡마른 그는 보슬비가 내리는 거리를, 몸을 잔뜩 움츠린 채 천천히 걸어가고 있었다. 어깨는 완전히 앞으로 숙이고 턱은 가슴에 박고 있었다. 두 팔은 제멋대로 이리저리 덜렁거렸고, 뻣뻣한 다리로 인도를 이리저리 비틀거리며 걸어갔다. 가로등은 그에게 탁하고 흐린 빛만 내뿜고 있었다. 그의 긴 외투는 무릎까지 내려왔고, 허리끈의 양 끝은 등 뒤로 늘어져 바람에 이리저리 날리고 있었다.

한밤에 이런 모습으로 걸어 다니는 사람은 거의 보호소를 찾는 노숙자다. 이 도시에는 이런 사람들이 많다. 아마 누군가가 지금까지 편안하게 밤을 지내왔던 좋은 장소에서 그를 쫓아냈을 것이다. 거리에서 살아가는 것은 위험하다. 불과 2주 전에도 공원에서 어떤 사람들이 노숙자의 몸에 불을 붙이는 사건이 일어났다. 심한 화상을 입은 노숙자는 응급실에 실려 왔고, 올리버는 지나가면서 그를 목격했다. 살은 불에 익어 고기 덩어리가 되어 있거나 옷과 함께 시커멓게 타 버린 상태였다. 다치지 않은 것은 다리와 발뿐이었다. 때 묻은 노란 운동화에 찍힌 나이키라는 글자가 올리버의 기억에 깊이 박혔다. 그 순간 올리버 키나트는 응급실이 아니라 구호소에서 간호사로 근무하는 것이 다행이라 여겼다. 물론 구호소에서도 심한 환자가 들어오지만 응급실에서 근무할 것을 대비해서 마음의 준비를 할 시간이 더 많았기 때문이다.

인도로 걸어가던 노숙자는 가로등 기둥을 향해 비틀거리며 다가가더니 한동안 그 기둥을 붙잡고 있다가 다시 떨어져 차도로 나왔다. 올리버는 그가 자빠지기라도 한다면 그를 도와줘야 했다. 그의 직업윤리 상, 못 본 척 그 자리를 떠나는 것은 있을 수 없는 일이다. 그렇다고 분명히 술에 취해 있을 남자를 돕기 위해서 한밤에 차에서 내리는 것은 무섭고 두려운 일이었다.

그 순간 낯선 남자는 굴다리에 이르러 그 아래 어둠 속으로 사라졌다. 잠시 후, 길 건너편 오렌지빛 아크등 아래 그가 다시 나타났을 때 갑자기 돌아섰다. 그는 마치 올리버가 보고 있음을 잘 알고 있다는 듯 손을 높이 들고 집게손가락을 펴 올리버를 가리켰다.

그러자 올리버의 심장이 고동쳤다. 그는 자동적으로 액셀러레이터를 밟았다. 낡은 코르사(Corsa) 자동차는 튀어 나갔지만 이내 주저앉으려다 마지막 순간에 앞으로 달려 나갔다. 올리버는 그 남자를 지나가며 백미러로 그가 손짓하는 것을 보았다.

그와 어느 정도 멀어졌을 때 빨간 신호등이 들어왔다. 올리버는 속력을 줄여 차를 천천히 세웠다. 그는 사이드미러를 보며 그 좀비 같은 남자가 더는 따라오지 못할 거라 생각했다.

빨간 교통신호에는 낡은 하얀 피아트(Fiat) 박스카도 대기하고 있었다. 이슬비가 이 차의 브레이크등에서 퍼지고 있는 불빛을 관통하고 있었다. 자동차는 기침을 하듯이 큰 소리를 내면서 녹슨 배기관에서 시커먼 배기가스를 뿜어냈다.

그 차는 신문배급소의 배달 차량임이 분명했다. 이런 차들은 매일 밤 일정한 장소에 신문꾸러미를 배달하기 위해 거리로 나온다.

하지만 그 다음 올리버의 눈에는 폴란드 번호판이 보였다. 그렇다면 그 차는 아마 이 도시 곳곳에서 펼쳐진 수많은 공사판으로 가는 외국인 노동자의 차 일수도 있었다.

그때, 두 가지 일이 동시에 일어났다.

신호등에 노란불이 들어왔을 때 박스카 뒷좌석 오른쪽 창문으로 손이 하나 나오더니 유리창을 치면서 아래로 미끄러졌다. 그런데 이 손은 손가락을 쫙 편 채 차에 선명하게 핏자국을 남겼다.

이 일은 신호등이 다시 녹색으로 바뀌는 아주 짧은 시간 동안 일어났다. 올리버가 너무 놀라 차 안에서 꼼짝 못하고 있는 동안 그 박스카는 시커먼 배기가스를 내뿜으며 출발했다.

올리버는 차를 몰 수 없었다. 신호등이 노란불에서 다시 빨간불로 바뀔 때까지 그는 온몸이 마비된 채 숨도 제대로 쉬지 못했다. 신호등 불빛에 다시 정신을 차리긴 했지만 방금 목격한 것이 진짜인지 의심스러웠다.

'내가 정말 그 차에서 피 묻은 손이 튀어나오는 것을 보았단 말인가?' '잘못 보았을 수도 있지 않을까?'

그는 너무 지쳐 있었다. 좀 전에 좀비처럼 생긴 노숙자 때문에 마음이 너무 혼란스러운 상태였다. 이처럼 비정상적인 상태에서 그의 감각이 장난을 쳤을 수도 있지 않을까.

올리버는 신호등이 다시 녹색으로 바뀌자 속도를 내기 시작하며 가속 페달을 밟았다. 4단까지 속도를 높이자 고물 코르사 자동차는 약한 엔진으로 괴성을 토해냈다. 앞 차가 오른쪽으로 급커브를 틀자 하얀 박스카가 다시 눈에 들어왔다. 올리버는 교통규칙에 따라 깜박이를 켜고 그 차를 따라갔다. 감기 증상과 피곤이 번갈아 찾아왔지만 이제 올리버는 자신이 헛것을 본 것은 아니라고 생각했다. 오히려 그의 머릿속에는 구부러진 손가락, 우정의 팔찌를 찬 손목, 때 묻은 차창에 일직선으로 난 핏자국이 너무나 선명하게 그려졌다.

이 거리를 따라가면 공단(工團) 지역이 나오고 그 길 끝까지 가면 항구가 나온다. 집으로 가는 지름길이었지만 올리버는 이 길을 따라간 적이 한 번도 없었다. 동네가 너무 섬뜩했기 때문이다. 가로등도 없는 모퉁이가 너무 많았고, 폐쇄된 낡은 건물도 많았으며, 녹슨 철로나 전면에 창문이 없는 건물도 즐비했다.

올리버는 금세 그 박스카를 따라 잡았으며, 이미 멀리서부터 피 묻은 손자국이 보였다. 올리버는 차를 타고 달리면서 이 피 묻은 손자국이나 폴란드 번호판을 사진으로 찍기 위해 핸드폰을 꺼냈다. 그러려면 앞차에 바짝 붙어달려야 했다. 그런데 갑자기 앞차에 브레이크등이 들어오자 그는 깜짝 놀라 브레이크를 밟아야 했다.

그러자 코르사는 멈추면서 오른쪽으로 미끄러졌다. 올리버가 급하게 두 손으로 핸들을 잡느라고 핸드폰이 운전석 바닥에 떨어졌다. 가드레일이 설치된 경계석이 코앞에 다가왔고 올리버는 놀라 소리치며 핸들을 틀었다. 차는 방향을 틀었지만 몇 미터 못가 교통표지판에 부딪쳤다. 엔진이 꺼지고 차는 멈춰 섰다. 표지판 모서리 부분이 기울어지면서 자동차의 전면 유리를 때리자 유리에 금방 금이 갔다.

올리버는 놀란 눈으로 자리에 앉아 있었다.

정적만이 흘렀다.

깊고도 강렬한 정적이.

도로 오른쪽에는 낡은 주유소가 있었다. 하지만 주유기도 없었고 자동차 유리 수리점으로 바뀌어 있었다. 앞쪽 차양지붕에는 〈차 유리에 간 금을 수리해 드립니다〉라는 광고판이 붙어 있었다.

몇 초가 몇 분처럼 느껴졌다. 올리버는 핸드폰을 찾기 위해 얼굴로 핸들을 누르며 두 다리 사이로 손을 뒤로 뻗어 차 바닥을 더듬었다. 핸드폰은 운전석 밑에 있었다. 그는 도로에서 눈을 떼지 않은 채 집게손가락으로 핸드폰을 끌어오려 했다.

좀 먼 거리였지만 잠시 전 하얀색 박스카가 사라졌던 방향에서 불쑥 전조등 불빛이 나타났다. 그것은 오래된 차의 전조등에서 흔히 흘러나오는 것과 같은 희미한 노란 불빛이었다. 크세논등도, 네온등도 아닌 마치 유리 뒤에 놓은 촛불 같았다.

"힘내자, 힘내" 올리버는 손에 땀이 나서 매끄럽게 윤이 나는 핸드폰을 제대로 잡지 못했다.

전조등은 점점 가까이 다가왔고 그를 향해 계속 빛을 뿜었다.

올리버는 공황상태에서 문을 걸어 잠궜다. 심장은 미친 듯이 뛰었고 입김은 차창에 닿아 응결되었다.

2미터도 안 되는 거리에서 하얀 박스카가 천천히 그의 차 앞을 지나갔다. 유리창에 김이 서려 있었기 때문에 올리버는 자세한 것을 알아볼 수 없었다. 다만 그가 본 것은 자신을 쳐다보는 두 눈과 얼굴에 점이 있다는 것뿐이었다. 그가 잘못 본 것은 아닐까? 실제로 불빛은 빨간색 아니었는가?

올리버는 지나간 차를 보기 위해 고개를 뒤로 돌렸다. 그때 갑자기 브레이크등이 들어왔다. 그 피아트 자동차는 도로에서 방향을 돌렸다.

"안 돼! 안 돼! 안 돼!" 올리버는 소리쳤고 정신없이 핸드폰을 찾았다.

노란 전조등 불빛이 코르사 자동차의 백미러에 나타났다.

올리버는 여기서 도망가야 한다는 것을 직감했다. 그가 살 유일한 길은 도망가는 것밖에 없었다. 하지만 그의 차는 여전히 비스듬히 쓰러져 있는 교통표지판에 주둥이를 박고 있었다. 올리버는 뒤로 후진할 수도 없었다. 박스카가 뒤에서 다가오고 있었기 때문이다. 그는 함정에 빠진 격이었다.

전조등 불빛은 눈이 부실 정도였다. 밝은 빛이 코르사 자동차의 실내로 흘러 들어왔다. 마침내 올리버의 손끝이 핸드폰에 닿을 수 있었지만, 너무 정신이 없어 핸드폰을 운전석 아래로 더 밀어 넣었다.

그 순간 피아트 자동차의 운전석 문이 열렸다.

검은색 우의를 입은 사람이 차에서 내려 코르사 자동차의 옆 유리창문으로 다가왔다. 그는 유리창을 두드렸다. 힘주지 않고 가볍게, 마치 이것은 명령이 아니라 부탁이라는 듯이.

올리버는 너무 놀라 온몸이 얼어붙는 것 같았다. 아무리 움직이려 해도 움직일 수 없을 것만 같았다. 순간 그는 더 이상 용기를 내지 못하는 자신이 밉기까지 했다.

그 사람은 한 번 더 창문을 두드렸다. 이번에는 저번보다 더 명령조였다. 그리고 창문을 내려야 한다는 분명한 신호까지 보냈다.

"괜찮아요?" 낯선 남자가 물었다.

"예…… 고맙습니다. 저는……"

"뭐 도와 드릴까요?"

"아니오. 전…… 괜찮습니다. 경찰도 이곳을 자주 지나가니까요."

올리버는 왜 이런 말을 꺼냈는지 몰랐다. 그저 무의식적으로 토해낸 것이다.

낯선 남자는 잠시 아무 말도 하지 않았다. 올리버는 이 경고가 효과를 발휘하기만을 바랐다.

"내려!" 남자는 조용히 명령했다. 그 목소리는 올리버가 지금껏 들어본 적이 없을 정도로 차가웠고 딱딱했다. 이로써 그에게는 한 점의 희망마저 사라졌다.

올리버는 고개를 흔들며 창문을 다시 올려 닫으려 했다. 하지만 그는 창문 틈으로 남자가 바지 허리띠에서 권총을 꺼내 창문을 겨누고 있는 것을 보았다.

그는 지체 없이 총을 쏘았다.

창문은 박살났고, 올리버는 왼쪽 어깨로 뭔가 뜨거운 것이 흐르고 있음을 느꼈다. 고통은 심하지 않았다. 하지만 팔이 순식간에 마비되었다. 따뜻한 피가 그의 등을 타고 흘러내렸다. 총알이 어깨를 관통했던 것이다.

남자는 권총 손잡이를 잡고 남아 있는 유리를 완전히 깨부수려 했다. 올리버는 소리치며 두 발로 발버둥 쳤다. 그의 몸은 조수석으로 반쯤 넘어간 채로 버티고 있었다. 낯선 남자는 창문 잠금장치를 들어 올려 문을 열었다.

그 다음 총을 들었고 올리버는 시커먼 총구를 보았다. 그는 오른 손을 높이 들어 얼굴을 가렸다.

"부탁이에요. …… 제발 살려주세요. …… 저는 아무것도 보지 않았어요."

총알이 그의 손을 관통하여 머리에 박혔다.


# 2


이틀 후


그녀가 탄 기차는 2시간이나 연착되어 함부르크 중앙역에 도착했다. 플랫폼에는 배기가스 냄새와 기차가 멈추며 레일과 마찰할 때 나는 냄새가 났다. 레니(Reni)는 무거운 트렁크를 끌고 승강장을 건너왔다. 잠이 덜 깬 탓인지 피곤함과 스트레스를 느꼈다. 대합실을 빠져 나오면서 몇몇 사건이 있었다. 사람들이 매우 바쁘게 이리저리 왔다 갔다 했다. 사람들은 자기 생각에 완전히 빠져 있었고 다른 사람들을 생각하지 않았다. 레니는 몰려오는 사람들과 충돌하지 않기 위해 계속 몸을 피했다. 아무도 그녀를 신경 쓰지 않았다. 사람들은 그녀에게 눈길도 주지 않은 채 핸드폰이나 옆에 붙어 있는 기차 시간표를 보기에 바빴다. 출구에 다다랐을 때쯤 레니는 더 지쳐 있었다. 그녀는 기차 여행으로 인한 스트레스가 풀리지 않을 것만 같았다. 한 가지는 확실했다. 기차 여행은 이제 끝났으며 다시는 기차를 타지 않을 것 같다. 레니는 차가 없어서 기차를 탈 수밖에 없었다. 버스만 타면 멀미를 했다. 그래서 그녀는 돈만 생기면 제일 먼저 괜찮은 차를 사서 다른 사람들에게 방해받지 않고 마음껏 여행할 것이다.

그때가 되려면 아직 멀었다는 것을 레니도 잘 알고 있었다. 하지만 이번에 일하게 되는 출판사는 봉급도 없고 실비만 지원받는 인턴이지만 이런 목표를 이루기 위한 중요한 첫걸음이었다.

레니는 줄지어 기다리고 있는 택시를 애타게 건너다보았다. 그녀가 온라인 쉐어하우스 예약 업체인 BedtoBed.com-AirBnB보다 규모는 작지만 중요한 신생 경쟁업체-을 통해 3주간 빌린 집 주소는 역에서 3킬로미터 정도 떨어져 있었다.

레니는 밤하늘을 쳐다보았다. 적어도 비는 오지 않을 것 같은 선선한 날씨였다.

에어컨이 나오는 이체에(ICE, 독일 고속 철도-역자 주)를 7시간이나 타고 왔기에 옷이 몸에 딱 붙어버렸다. 레니는 먼지가 몸에 붙어 있는 것 같아 찝찝해서 얼른 숙소로 들어가 샤워하고 잠자리에 들었으면 했다. 그녀는 집처럼 혼자 편하게 지낼 수 있는 곳을 갈망했다. 늘 그렇듯 레니에게는 많은 사람들 속에 있는 것은 스트레스였다. 아마 그녀는 이런 이유로 책을 무척 좋아했던 것 같다. 책 속의 여러 이야기를 읽으면 그 사람들을 직접 만나지 않고도 알 수 있었다. 모든 것이 너무 빨리 흘러가는 오늘날의 세계에서 얻기 어려운, 생각하고 상상하고 신중하게 검토할 시간도 누릴 수 있었다. 레니에게 책은 현실보다 더 나은 공간이었다. 책은 그녀에게 세상과 적당한 거리를 유지하게 해주었다.

레니는 길게 늘어서 승객을 기다리고 있는 택시를 지나치며 택시 탈 여유가 있는 다른 여행객들에게 시기어린 눈길을 던졌다. 그녀는 합승할 수 있느냐고 물어볼 수 없었다. 그것은 히치하이크와 같은 것으로 너무 위험했다. 게다가 낯선 사람들에게 도와달라고 부탁하는 것도 그녀의 성격에 맞지 않았다.

숙소까지는 3킬로나 남았다.

함부르크는 처음이라 잘 몰랐다. 그래서 레니는 핸드폰 내비게이션을 이용했지만 그것도 쉽지 않았다. 최소한 레니에게는 말이다. 그녀는 이런 앱을 잘 다루지 못했다.

레니는 계속 걸어갔다. 무거운 트렁크를 연석(緣石) 위로 끌어올리고, 인도의 패인 자리를 돌아가며 거리 이름이 기록된 표지판을 찾고, 화면에 떠 있는 지도와 실제 지형을 맞추어 보기도 했다. 하지만 서로 달라 보였고, 방향을 잘못 잡아 다시 돌아오기도 했다. 연석(緣石) 가장자리가 특별히 높은 곳을 만났을 때는 트렁크 바퀴 둘 중 하나가 하수구 뚜껑을 보호하고 있는 쇠 덮개에 걸리기도 했다. 레니는 트렁크를 당겨 올렸지만 바퀴가 부러져 하수구 덮개에 꽂혀버리기도 했다.

"아, 제발 그러지마!" 그녀는 간청했지만 절망만 피어올랐다.

레니는 끼어버린 바퀴를 빼내어 다시 트렁크에 달려고 했지만 바퀴는 빠져나오지 않았다. 다가오던 버스가 너무 심할 정도로 크게 경적을 울리자 그녀는 도로에서 물러나야 했다. 레니는 하는 수 없이 포기하고 그 자리를 떠났다. 그래서 그녀는 비스듬히 기울어진 트렁크를 끌고 땅바닥을 긁으며 아스팔트를 건넜다.

이렇게 걸어서 한 시간 이상 간 뒤에야 레니는 앞으로 3주간 머물 숙소가 있는 아일레나우(Eilenau)거리에 도착했다.

레니는 기진맥진했다는 말로는 부족할 정도로 지쳐 있었다. 살아있다는 말보다는 죽었다는 표현이 더 어울릴 정도였다. 온몸에 땀 냄새가 진동했고, 발바닥은 불이 났으며, 무릎도 너무 아팠다. 그녀는 겨우 26살밖에 안 된 애가 조금 걷고도 노인네처럼 힘들어하지 않기 위해서는 지금보다 더 많이 운동해야 한다는 사실을 알고 있었다. 하지만 지금 레니는 그럴 체력도 없었다. 그 나이에 3천 권 정도의 책을 읽은 사람이라면 헬스클럽에 갈 시간이 없었을 것이다. 설사 그런 시간이 있었다 할지라도 레니는 운동에 관심이 없었다.

그녀는 불법주차를 막고 있는 말뚝에 걸터앉아 숨을 크게 내쉬고는 주변을 살펴보았다. 거리 오른 쪽에는 운하가 흐르고 있었다. 창유리처럼 매끄럽게 흐르고 있는 수면은 거리보다 4미터 정도 낮았고, 폭은 약 6-7미터 정도였다. 운하의 안쪽 가에는 나무와 수풀이 무성하게 자라고 있었다. 길게 뻗은 가지들이 물까지 늘어져 있었고, 잎은 가로등의 오렌지 빛으로 희미하게 물들어 있었다. 물가에는 하우스보트가 6척이나 계류하고 있었다. 레니는 아직까지 이런 보트를 본 적이 없었다. 배는 현대식으로 금속과 나무로 설계

한 납작 보트였다. 어떤 보트에서는 하얀 커튼 뒤로 불빛이 비쳤고, 다른 곳에서는 텔레비전에서 흘러나오는 빛이 깜박거렸다. 이 광경은 그녀에게 집에 있는 것처럼 아늑한 느낌을 주었다. 그것은 도심 한가운데서 자연으로 도피한 것 같은 느낌이었다. 하지만 물을 무서워하는 레니는 하우스보트로 들어가고 싶은 마음이 들지 않았다.

그녀는 발바닥에 불이 나고 있었지만 집주소를 찾으며 계속 걸었다. 거리는 석고로 장식된 오래된 저택이 70년대에 지어진 특징 없는 건물들과 나란히 서 있었다. 아일레나우 거리 한복판 쯤에서 레니는 39b번지를 찾았다.

그 집은 인상적인 건물이었다.

5층 건물에 건물 전면은 석고로 장식되어 있었고 지하 주차장으로 들어가는 출입구도 보였다. 이 집은 특별히 잘 관리된 것 같지도 않고 그렇다고 아무렇게나 방치된 것 같지도 않았다. 그냥 집주인이 직접 관리하는 집이 아니라 관리인이 돌보는 집 같았다. 초록색으로 뒤덮인 넓은 대지는 철제 펜스로 둘러 싸여 거리와 나누어져 있었다. 위쪽으로 뾰족하게 올라간 철봉만이 약간 거부감을 주었다.

레니는 이 집이 전체적으로 마음에 들었다. 집 앞에 쓰레기도 없었고 마약중독자도 돌아다니지 않았다.

그녀는 주차된 자동차 사이로 빠져 나가 도로를 건너가려 했다. 그때 왼쪽에서 검은 포장지붕의 은색 스포츠카 한 대가 다가왔다. 엔진 소음은 너무 딱딱하고 건조했지만 차 안에서는 낮은 베이스음이 흘러나왔다. 레니는 차에 대해 잘 모르지만 이 차가 포르쉐쯤 될 것이라 여겼다.

잠시 후, 조수석 문이 열리더니 시끄러운 음악소리가 쉴 새 없이 밤거리로 흘러나왔다. 긴 맨다리가 차 밖으로 나오더니 뾰족한 하이힐이 아스팔트에 닿았다. 레니는 너무 짧은 검은색 미니스커트 안에 하얀 팬티가 비치는 것을 보았다.

이 여인은 차에서 내리려 했지만, 갈색 손 하나가 나와 그녀의 등을 잡더니 다시 차 안으로 끌어 당겼다. 여자는 비명을 질렀고, 여자의 손이 필사적으로 차문을 잡으려고 했을 때 레니는 이 상황이 장난이 아니라는 것을 분명히 알았다. 그 여자는 자기 의사와 상관없이 차안에 붙잡혀 있는 것이다.

레니는 지금 바로 무언가 행동에 나서야 했다. 하지만 그녀에게는 빗장처럼 이런 행동을 막는 마음도 있었다. 일종의 생존본능이 남의 일에 끼어들지 못하게 했던 것이다.

아마 눈에 띄지 않는 곳에 숨어서 경찰에 신고만 하는 것이 더 현명할지도 몰랐다. 이곳은 대도시이고, 경찰은 금방 현장에 도착할 것이다.

스포츠카에 끌려들어간 여자는 연신 비명을 질러댔지만 이 소리를 들은 것은 레니뿐이었다. 경찰이 얼마나 빨리 이리로 올지 모르지만 제때에 오긴 어려울 것 같았다.

"그래 좋아…… 그래 좋아." 레니는 조용히 그 거리로 나갔다.

# 3

야나(Jana)는 기다리고 있는 동안 불안함을 달래기 위해 팔목에 찬 우정의 팔찌를 만지작거렸다. 그러다 팔찌의 실밥을 하나씩 풀기 시작했는데 어느새 그 끝자락까지 완전히 풀고 말았다.

물방울이 둥근 스텐 접시에 큰 소리를 내며 떨어졌다. 야나 하이글(Jana Heigl)이 계산해 보니 물방울이 떨어지는 시간 간격은 20초였고, 접시 바닥을 다 채우는 데는 약 3분이 걸렸다. 바닥에 '톡톡' 하고 떨어지는 소리가 작게 '퐁퐁' 하는 소리로 바뀔 때까지는 꽤 오래 기다려야 했다. 그녀는 이 소리가 훨씬 더 듣기 좋았다. 훨씬 더 부드러웠고 그리 거슬리지 않았다. 하지만 야나는 늦어도 5분 안에 창살 사이로 손을 뻗어 접시를 당겨와 단번에 물을 마시게 될 것을 알았다. 접시의 물은 입을 가득 채울 정도의 양이었지만 맑고 찼으며, 믿을 수 없을 정도로 맛이 좋아 한동안 목구멍의 갈증을 해소해 주고 입의 역겨운 맛도 없애 주었다.

야나는 낮은 아치형 천장을 올려 보았다. 벽돌들 사이로 생긴 틈에 물방울이 새롭게 맺히고 있었다. 물방울은 서서히 부풀어 오르다가 중력에 의해 천장에서 떨어졌다. 그녀는 이 물방울을 따라 시선을 옮기면서 물방울이 둔탁한 소리를 내며 접시에 떨어지는 것을 보았다. 어떤 물방울은 접시에서 튀어나가 바닥에 떨어지기도 했다. 야나는 이렇게 튀어나간 물이 아까웠다. 지금 그녀가 느끼고 있는 갈증은 할 수만 있다면 땅바닥에 묻은 습기조차도 핥아먹고 싶을 정도로 극심했다.

야나의 혀는 자동적으로 바짝 말라 갈라진 입술을 핥았다. 목구멍은 12살 때 편도선을 잘라내는 수술을 받았을 때처럼 아팠다. 그녀는 어릴 때 자신이 바라던 바닐라아이스크림 대신 아무 맛없는 얼음조각을 받았을 때처럼 지금 자기 처지가 절망적이라는 사실을 알고 있었다.

삶은 완전히 절망적이었다.

톡

다시 물방울이 맺혔다.

이 소리가 바뀌어 야나가 다시 물을 마실 생각을 할 수 있을 때까지는 10분 아니면 20분 정도 필요했다. 기운을 다시 차리기까지는 이루 말할 수 없는 힘이 필요했다. 니클라스(Niklas)가 말한 것처럼 야나는 참을성이 없는 여자였다. 전 세계에서 가장 참을성 없는 여자 말이다.

니클라스를 떠올리자 야나는 슬펐다. 늘 그런 것은 아니었지만 그가 자신을 얼마나 생각해 주었고, 얼마나 사랑했는지 잘 알고 있었다. 그때 말다툼은 전혀 할 필요가 없었다. 야나는 짧게라도 휴가를 내달라고 우기지 말았어야 했다. 그리고 그를 놔두고 혼자 여행을 떠나서도 안 되었다. 지금 야나는 니클라스에게 연락도 하지 않고 혼자 떠나온 것을 후회했다. 그녀는 니클라스에게 화해할 기회를 주지 않기 위해 무작정 떠났던 것이다. 둘은 함께 독일 도시 투어에 나설 계획을 짰었다. 그래서 니클라스는 야나가 제일 먼저 함부르크로 갔다가 베를린으로 가고 그 다음 쾰른을 거쳐 뮌헨으로 돌아오려 한다는 것을 알고 있었다. 하지만 그는 야나가 언제 어디에 있을지는 몰랐다.

분명히 니클라스는 벌써 그녀의 부모 형제들과 함께 야나를 찾아 나섰을 것이다. 야나는 그들 모두가 그리웠다. 이들만 생각하면 마음이 아팠다. 야나가 고집만 부리지 않았더라면! 야나는 자기를 사랑하는 사람들의 마음을 왜 계속 아프게만 했을까?

감옥에 붙잡혀 있는 동안 야나는 울면서 기도했고, 앞으로는 자기를 사랑해주는 사람들에게 좀 더 잘 해주리라 맹세했다.

야나는 지금 어디에 있는지, 어떻게 이리로 오게 되었는지 몰랐다. 그녀는 다만 스트로보스코프(Stroboskop)의 불빛처럼 내면의 눈에 나타나는 몇몇 순간들만 기억할 수 있을 따름이었다. 자동차를 탔고, 덜커덩거리는 소리가 났으며, 이리저리 흔들거렸고, 두 문 사이를 막아주는 고무가 빠져있어 그 틈 사이로 밖을 내다볼 수 있다는 것, 금발의 남자가 작은 은색 자동차를 몰았다는 것, 자기가 위험에 빠졌다는 것을 알리기 위해 피 묻은 손을 자동차 창문에 대고 눌러 찍었다는 것 정도였다. 손목의 피부가 마찰되어 아파왔지만 야나는 차고 있던 수갑을 푸는 데 성공했다. 하지만 발을 묶고 있는 노끈은 풀지 못했다. 차 바닥에 있는 금속 부분에 단단히 묶여 있었기 때문이다.

그 다음 기억은 이 아치형 천장 집에 끌려왔을 때부터 시작되었다. 벌거벗은 몸으로 따뜻한 침낭을 두른 채 야나는 부드러운 침대에서 깨어났다. 그녀가 눈을 뜨고 제일 먼저 본 것은 금속판에 써 벽에 붙여놓은 글씨였다. 〈살고 싶으면 입을 닫아라!〉

퐁당

첫 번째 물방울은 접시에 물이 충분히 고였을 때 떨어졌기 때문에 다른 소리를 냈다. 야나는 접시의 물을 깨끗이 들이켰다. 그녀는 이렇게까지 심한 갈증을 느낀 적이 없었고 이렇게 게걸스럽게 물을 마신적도 없었다. 갈증이 그녀의 이성을 멈추게 한 것이다. 그때 야나에게 중요한 것은 두려움, 통증, 사랑이 아니라 오로지 갈증과 물을 마실 수 있었으면 하는 소망뿐이었다. 갈증은 어떤 다른 감각도 옆에 오는 것을 허용하지 않는 무자비한 독재자였다.

문 닫는 소리가 나자 야나는 이런 생각에서 깨어났다. 한동안 그녀는 등 뒤에서 벽이 진동하고 있는 것을 느꼈다. 끔찍하게도 야나는 마치 벽 속에 뭔가 큰 동물이 살고 있는 것처럼 벽을 문지르고 긁는 소리를 들었다.

야나는 벽을 타고 올라가 이 소리가 들어오는 검은 반원형 구멍을 찾았다. 그 구멍은 그녀의 오른쪽 낮은 아치형 천장을 받치고 있는 두 개의 튼튼한 지주 사이에 있었다. 크기는 50센티미터 정도였고 다른 방으로 들어가는 통로 같았다.

야나는 그곳에서 벽을 문지르고 긁는 소리가 났다고 확신했다. 이 소리는 점점 더 커졌고, 고통스럽게 숨을 헐떡이는 소리까지 덧붙여졌다. 야나는 너무 두려워 벽에서 떨어져 나왔다. 그녀는 자신이 잘못 생각하고 있다는 것을 알았다. 야나는 살고 싶으면 입을 닫으라고 외치는 내면의 소리를 들었다.

야나는 무조건 살고 싶었다. 그래서 손으로 입을 막고 둔탁하고 고통스럽게 터져 나오는 이 외침을 막았다. 왜냐하면 그 순간 이 구멍에서 무섭게 생긴 머리가 톡 튀어 나왔기 때문이다.

# 4

레니는 용기를 내어 거리로 나섰다.

"이봐요! 당신 뭐하는 거예요! 당장 그만둬요!"

시민의 용기는 중요한 것 아닌가!

문예창작학과를 다니는 레니는 지난 여름학기에 위험 상황에 올바르게 대처하는 방법을 배웠다. 강사는 우선 큰 소리로 외쳐야 한다고 가르쳤다. 할 수 있는 한 큰 소리로 외쳐 다른 사람들의 주목을 끌어야 하는데, 예를 들어 미친 사람처럼 행동해야 한다고 말이다. 강사는 결코 조용히 침묵하며 당하지 말라고 주문했다. 그리고 이렇게 조용히 침묵하며 당하고 있는 희생자를 볼 경우 이 사람을 대신해 소리를 질러주어야 한다는 말도 덧붙였다. 세상은 겁먹고 입을 다물고 있는 사람보다는 크게 소리쳐 도움을 요청하는 사람의 말만 듣는다.

지금 레니는 아주 큰 소리로 외쳤다. 하지만 차 안에서는 음악 소리가 워낙 커서 그 소리를 듣지 못하는 것 같았다. 그래서 레니는 두 발자국의 거리를 유지하면서 차 쪽으로 다가갔다. 자신을 위험에 처하게 하는 것은 현명한 전략이 아니라고 강사가 말했기 때문이다.

여자의 가녀린 손은 문손잡이를 계속 잡고 있었고, 두 발은 허공을 가르며 발버둥치고 있었으며, 치마는 위로 당겨 올라가 이제 슬립까지 다 보였다. 스포츠카는 아주 낮기 때문에 그 안에서 벌어지고 있는 일들이 레니에게 다 보이지는 않았다.

"경찰을 부를 거예요." 레니는 큰 소리로 외쳤다.

이번에는 그들이 소리를 들었다.

누군가 차 안에서 볼륨을 줄였다. 여자가 어두운 스포츠카에서 나왔다. 하지만 그녀는 레니가 생각한 것처럼 도망 나온 것이 아니라 스포츠카의 좌석 모서리에 계속 앉아 있었다. 긴 금발은 잡아 뜯긴 것처럼 보였고, 입술 화장은 너무 진했으며, 단추가 다 풀린 블라우스는 가슴골을 그대로 드러내고 있었다. 귓볼에 달린 인디안 깃털 모양의 은귀걸이가 눈에 확 들어왔다.

"당신 뭐야?"라고 물으면서 그녀는 블라우스의 제일 윗단추 두 개를 채웠다.

"나도 나가야 돼?" 자동차 핸들을 잡고 있던 남자가 물었다.

"아니, 나한테 맡겨. 내일 아침에 가면 안 돼?" 금발여자가 대답했다.

그녀는 차에서 내렸고, 치마를 쓰다듬으며 정리했다. 날씬한 허리, 여성스러운 히프, 풍만한 가슴을 가진 보기 드문 미인이었다.

"저는…… 제 생각으로는……" 레니는 말을 더듬었다.

"당신이 무슨 생각을 하고 있는지 알아. 하지만 여기는 아무 일 없어. 가던 길이나 계속 가시지"

"야! 문이나 닫아" 운전석의 남자가 외쳤다. 레니는 아주 짧은 몇 초 동안 차 안에 있는 남자의 손을 보았다. 손은 변속기를 쥐고 있었고, 갈색으로 그을린 팔목에 금팔찌를 차고 있었다.

"이 미친놈아!" 금발여자는 그에게 큰 소리로 말하며 문을 닫았다.

엔진 소리가 크게 나더니 스포츠카는 쏜살 같이 달려 나갔다.

"이 더러운 놈!" 여자는 그를 향해 소리치고 나서 레니를 향해 몸을 돌렸다.

"뭐니? 왜 나를 빤히 쳐다보는 거야?"

"나는…… 아무것도 안 봤는데" 레니는 눈을 깔고 땅을 바라보았다.

"도대체 이 시간에 여기 이 거리에서 무엇을 하는 거야?"

"나는 건너편에 사는데."

"저기?" 금발여자는 39b번지의 집을 가리켰다.

레니는 고개를 끄덕였다.

"언제부터?"

"말하자면 오늘부터지. 나는 방금 도착했거든."

레니는 금발여자가 자신을 뜯어보고 있다고 느꼈다. 마침내 금발여자는 엄청 높은 하이힐을 신고 당당하게 레니에게 걸어왔다.

"그러면 우리는 이웃이네. 너와 나 말이야. 방은 BedtoBed으로 얻었니?"

레니는 쳐다보며 고개를 끄덕였다.

"나도야. 함부르크에 일주일 동안 파티 하러 왔어. 난 지금 백만장자를 낚고 있어. 여기에는 그런 사람들이 많다고 해. 너는 왜 왔니?"

"나는 인턴 실습하려 왔어."

"그래, 그렇게 보여. 내가 맞추어볼까? 너 시골뜨기지. 그리고 함부르크 같은 대도시에는 한번도 와본 적 없고."

"비슷해."

레니는 자기 고향이 엄청난 시골이라는 사실을 이 여자에게 들킬 것이라고는 생각하지 못했다. 레니는 고향을 좋아했지만, 고향이 자기 미래를 만들어줄 것이라고 생각하지도 않았다. 그곳은 노인들이 온종일 창가에 웅크리고 앉아 시간과 삶을 낭비하는 곳, 살아있지만 이미 죽은 것과 진배없는 적막한 삶을 누리는 곳이었다. 그녀의 고향인 잔트하우젠(Sandhausen)에는 인터넷도 들어오지 않았다. 핸드폰 전파도 잘 잡히지 않아 LTE신호를 잘 잡으려면 그곳에 하나밖에 없는 언덕으로 뛰어올라가야 했다.

금발여자는 웃으면서 손을 내밀었다.

"나는 비비안(Vivien)이라고 해. 너는?"

"레니야."

"오케이, 시골뜨기 레니. 자 그럼 정신 나간 킬러가 포르쉐를 타고 와서 우리를 납치해서 고문해 죽이기 전에 이 거리를 떠나자."

비비안은 남자처럼 큰 소리로 웃으며 앞장서 나갔다. 레니는 바퀴달린 트렁크를 굴리면서 그녀를 따라갔다. 그녀는 비비안이 마지막으로 한 말이 농담이라는 것을 잘 알고 있었지만 기분이 좀 상했다. 자신은 위기에 빠진 그녀를 돕기 위해 엄청난 용기를 냈지만, 정작 이 금발여자는 자신을 놀리고 있었던 것이다.

"너 정말 나를 도우려 했니?" 비비안은 이 건물 정문인 철문으로 가는 길에 물었다.

"미안해, 그런데 정말 그렇게……, 그 남자가 너를…… 어떻게 하려는 것처럼 보였어."

비비안은 레니를 향해 몸을 돌렸다. 그녀의 눈은 크고 정말 예쁜 녹색이었지만 화장이 너무 진했다.

"아~, 그 남자 나무랄 데 없었는데. 좀 추근거리기는 했지만 말이야. 하지만 제 입으로 말하는 것처럼 정말 부자인지는 모르겠어. 그런데 말해봐. 요즘 누가 그렇게 남의 일에 나서니. 대부분 못 본 척하고 가거나 나서려고 하지 않잖아? 그런데 넌 왜 나를 도우려했니? 너 나 잘 모르잖아?"

"누구를 도우려면 그 사람을 꼭 알아야만 하니?"

비비안은 어깨를 들썩였다.

"알아서 해로울 것은 없잖아. 하여간 왜 도우려한 거야?"

레니는 그 순간을 잘 생각한 다음 말했다.

"왜냐하면…… 왜냐하면 네가 도움이 필요할 것 같아서."

그것은 완전한 진실은 아니었다. 하지만 레니는 아무에게나 진실을 털어놓는 사람이 아니었다. 오히려 자신을 위해 진실을 말하지 않는 편을 선택했다. 그리고 그녀의 이런 선택은 대부분 성공했다.

비비안은 이상하고 이해할 수 없다는 눈길로 레니를 바라보았다. 그런 눈길 속에는 아마 오만함도 약간 깃들었을 것이다. 하지만 그녀는 하얀 이빨이 전부 다 드러날 정도로 크게 웃으며 레니의 어깨를 팔로 감쌌다.

"자, 그렇다면 촌뜨기 레니, 여기 거리에서 어떤 일이 더 터지기 전에 같이 들어가자."

이 포옹은 레니가 오늘 겪은 고생에 대한 보상처럼 달콤했다.

하지만 레니는 그녀를 가깝게 대할 수는 없었다. 현관문 앞에는 계단이 4개나 있었다. 그래서 비비안은 포옹을 풀어야 했다. 레니가 트렁크를 끌어올려야 했기 때문이다.

"네 방은 어디니?" 비비안은 묻고 현관문을 열어주었다.

"5층"

"에크베르트 씨 집이니?"

"그래"

"나도야. 큰 곳이지. 모든 방이 다 찼어. 스페인인, 중국인, 포르투갈인 그리고 독일인이 묵고 있어. 그런데 아쉽게도 5층에는 욕실이 하나뿐이야. 그 대신 욕조는 있어. 그리고 화장실은 두 개야. 그건 나쁘지 않아."

"지금은 어때?" 레니가 물었다. "모든 방이 BedtoBed을 통해 예약된 것이니? 그럼 집주인은 어디 살아? 내 생각으로 그건 불법 아니니?"

"싼 방을 찾으면서 그런 바보 같은 질문할 거야?"

비비안은 허리를 숙여 신발을 벗었다. 그리고 벗은 신발을 한 손에 한 짝씩 들고 맨발로 앞장 서 계단을 올라갔다. 그녀의 엉덩이가 흔들렸고, 갈색 피부 아래 장딴지 근육이 드러났다.

트렁크는 나르기에 너무 무거웠다. 레니는 이 트렁크를 4층까지 들고 갔다. 그리고 비비안이 위층에서 방문을 열어놓고 기다렸다.

"그 안에 뭐가 든 거야? 네 살림이냐?"

"좀 오래 묵을 거라서" 레니는 회피성 대답을 했다. 함부르크에 머무는 동안 읽으려고 책 6권을 가지고 왔다는 사실을 말하고 싶지 않았다. 그녀가 가지고 온 책들은 두껍고 무거운 것들이었다.

"얼마나 있을 건데?"

"3주"

"3주간 휴가?"

"아니, 아까 말했잖아. 나 인턴 하러 왔어."

"젠장! 시골뜨기. 너 진짜 고생한다. 여기는 승강기도 없어. 힘내. 도와줄게."

고맙지만 사양하겠다는 말을 하기도 전에 비비안은 재빨리 트렁크를 잡았다. 둘은 함께 트렁크를 들어올렸다. 반 정도 왔을 때 레니는 숨이 차올랐지만, 비비안은 전혀 힘든 기색이 아니었다.

그녀가 5층에 올라왔을 때, 이미 모든 땀구멍에서 땀이 흘러나왔다. 비비안은 열려 있는 집 문을 열고 어두운 복도를 걸어가 불을 켜고 다시 계단참으로 돌아왔다.

"네 방은 복도 끝에 있어. 너 전에 묵었던 사람이 이틀 전에 나갔어. 그래서 침대가 아직 따뜻할 거야. 내일 보자!"

이 말과 함께 비비안은 떠났고, 레니만 남게 되었다. 레니는 안으로 들어가 집 문을 닫고 주변을 둘러보았다. 그녀 앞에는 좁은 복도가 창문까지 이어지다가 왼쪽으로 굽어 있었다.

막상 남의 집에서 산다고 생각하니 낯설었다. 레니는 집주인이 나와 맞아주기를 기대했었다. 하지만 이곳은 인터넷에서 경고한 것처럼 불법적으로 방을 빌려주는 곳이었다. 인턴 근무를 할 출판사 사장인 제캄프(Seekamp) 씨가 레니에게 이 집을 소개해 주었다. 그는 자기 출판사에서 인턴 근무를 하는 아가씨에게는 10퍼센트나 할인해 준다고 말했다. 아마 그가 이 집을 임대하는 것 같았다. 말하자면 세금을 내지 않고 하는 부업 말이다.

레니는 복도를 따라가면서 아무도 없는 것처럼 조용한 4개의 방문을 지나 복도 끝에서 왼쪽으로 돌았다. 그리고 4개의 문을 더 지나 마지막 문 앞에 섰다. 그 문에는 손글씨로 쓴 메모가 붙어 있었다.

*L. Fontane*

문을 여는 순간 그녀는 깜짝 놀라 뒤로 물러났다.


# 5


야나는 벽에 바짝 다가서 처음에는 머리, 그 다음에는 팔, 어깨 그리고 신체의 나머지 부분이 구멍을 빠져나오는 모습을 보았다.

그것은 사람이었다. 그것도 벌거벗은 여자. 길고 검은 머리카락이 커튼처럼 얼굴을 드리우고 있었다. 그녀는 그 구멍에서 완전히 빠져나와 손가락으로 습기로 축축한 돌바닥을 움켜쥐고 엎드려 있었다. 벽 깊숙한 곳에서는 거인이 망치로 내리치는 것 같은 둔탁한 소리가 울렸다. 그 소리와 진동은 서서히 수그러들었다. 소리가 완전히 들리지 않게 되자 그 여인은 다시 움직였다.

얼굴을 감추고 있던 머리카락을 걷은 그녀는 손가락을 입술에 갔다대며 고개를 흔들었다.

야나는 그것이 무슨 뜻인지 알았다. 말하지 말라는 것이었다.

살아남고 싶으면 입을 닫아라.

여인은 일어났다.

허약해 보이는 그녀는 벽에 몸을 지탱하고 있었다. 나이는 한 마흔 정도로 보였고, 날씬했으며, 검고 긴 머리였다. 아무것도 입고 있지 않기 때문에 야나는 그녀의 몸에 파란 점이 여러 개 있는 것을 확인할 수 있었다. 특히 늑골부분과 엉덩이에 모여 있었다. 많은 점이 새로 생긴 것처럼 보였고, 다른 점들은 이미 지워졌거나 황녹색으로 변했다.

야나는 침낭을 두른 채 총총걸음으로 창살 쪽으로 가 두 손으로 철창을 움켜잡았다.

좁은 통로 건너편에는 튼튼한 지주 사이로 야나가 있는 곳과 같은 감방이 하나 더 있었다. 정사각형 방이었고 그 안에는 침대가 있었다. 그리고 벽감에는 이동식 화장실을 두고 그 앞에 커튼을 쳐두어 급할 때 용무를 볼 수 있게 했다.

여인은 비틀거리며 이 감방으로 들어갔고, 그 안에서 야나쪽을 향해 등진 채 뭔가를 기다렸다. 몇 초 후에 파리가 윙 하는 전기음이 나면서 감방 문이 움직였다. 문은 레일을 따라 오른쪽에서 왼쪽으로 이동하다가 철그렁거리며 닫혔다.

정적만이 흘렀다.

물이 퐁당 하고 떨어지는 소리가 났다.

물 받는 접시가 가득 찼다.

다시 정적이 흘렀다.

야나는 여인의 좁은 등을 바라보았다. 척추와 갈비뼈가 두드러지게 드러났다. 그녀의 둥근 엉덩이에는 살이 하나도 없었고, 가느다란 다리는 근육이 잘 발달된 편이었다. 그녀는 발가벗고 있는데 개의치 않는 것 같았다. 야나가 여기서 깨어난 뒤, 계속 느끼고 있는 이 음습한 추위도 마찬가지였다.

참을 수 없을 정도로 긴 시간이 흘렀다. 그 사이 물 접시에는 퐁당 소리가 두 번 났다. 하지만 야나는 이제 더는 갈증을 느끼지 않았다. 그녀의 입술 뒤에 고여 있던 여러 질문이 밖으로 나오려고 두려움의 빗장을 밀어제쳤다.

이윽고 여인이 움직였다. 그녀는 손을 모아 주먹을 쥐었다. 그녀의 상체는 떨고 있었다. 여인은 몸을 돌려 철창으로 다가왔다. 그리고 가늘고 긴 손가락으로 그 철창을 부서뜨릴 것처럼 움켜잡았다. 반짝이는 강철로 된 격자창살이 그림을 끼우고 있는 액자처럼 그녀의 예쁜 얼굴을 둘러쌌다.

"나는 너에게 말해도 돼." 그녀가 말했다. 전혀 생각지 못한 말이라 야나는 깜짝 놀랐다. "하지만 너는 말을 해서는 안 돼. 부탁인데 말을 하지 않겠다고 약속해줘! 다른 방법으로 나는 네가 하려고 하는 말을 다 알아들을 수 있어."

여인은 야나가 지금껏 눈치 채지 못했던 무언가를 가리켰다. 그것은 이 집을 받치고 있는 기둥 4개가 아치 형태로 한곳에 모이는 천장 깊은 곳에 설치된 검은색 반구형 CCTV였다.

"그는 우리가 하는 행동을 볼 수도 있고, 우리가 하는 이야기를 들을 수도 있어. 그를 속일 수는 없지. 지금 이 순간에도 7는 우리를 지켜보고 있을 거야."

둘은 위에서 신의 눈처럼 떠다니는 CCTV를 쳐다보았다.

"나는 6번이야." 그녀는 계속 말을 이어갔다. "너는 7번이고. 이게 우리 이름이야. 우리는 절대로 이와 다르게 불러서는 안 돼. 이런 규칙을 너에게 가르쳐 주는 것이 내 임무야. 이 규칙을 지키는 것은 정말 중요해, 알겠니? 만약 어기게 되면 고통이 따르거나 네 처지가 지금보다 더 나빠질 거야. 이것 한 가지만은 확실해……."

여기서 처음으로 6번은 말을 중단했다. 그녀는 생각을 가다듬고 있는 것 같았다.

"이 집주인은 아무 흔적도 남기지 않고 우리에게 고통을 줄 수 있어. 그는 너의 생각이나 경험을 훨씬 능가하는 사람이지. 너는 상처 하나 없지만 치료할 수 없을 정도의 큰 부상을 당할 수도 있어. 그가 요구한대로 해야지만 살아 나갈 거야. 7번, 내 말을 알아들었으면 고개를 끄덕여 봐."

야나는 고개를 끄덕였다.

"좋아."

6번은 긴장이 약간 풀린 것 같았다. 그녀의 몸에서는 김이 끊임없이 피어올랐다. 6번은 잠시 눈을 감고 이마를 철창의 지주에 대고 있었다.

"우리는 어떻게 여기 오게 되었는지, 그 전에 누구였고 무엇을 했는지 이야기해서도 안 돼. 여기에는 과거는 없고 오로지 지금 현재만 있어. 이곳 생활이 언제 끝날지 정하는 것은 주인뿐이야. 여기 있는 동안 우리는 주인에게 봉사해야 하고, 그의 마음에 들어야 해. 이것만이 우리의 존재 목적이야. 주인은 매우 바쁜 사람이야. 그래서 그가 같은 말을 두 번 반복할 필요가 없게 하는 것이 중요해. 7번, 넌 내 말을 잘 듣고 모두 기억해야 해. 왜냐하면 넌 곧 위로 불려갈 건데, 그때 내가 말한 대로 행동해야 해. 나는 이것을 5번에게 배웠지."

이 여자가 6번이라 소개하고 자신을 7번이라 부른 순간부터 야나의 마음에는 여러 질문이 떠올랐다. 그 전에 있던 사람들은 어떻게 되었어? 1번부터 5번까지?

"네가 준비가 끝나 위로 불려 가면" 6번은 말을 계속 이어가며 야나에게 지시하듯이 바라보았다. "나는 더는 불필요해. 그땐 너 혼자 살아야 해, 그리고 나는……"

6번은 더는 두 발로 서 있을 수 없었다. 그녀는 기진맥진하여 차가운 바닥에 그대로 주저앉았다. 긴 머리카락이 얼굴을 덮어 가렸다.

야나는 이 여인을 위로하기 위해 하마터면 침묵의 금기를 깰 뻔했다. 마침내 6번은 얼굴에서 머리카락을 쓸어 올리고 두 감방 사이에 있는 물접시를 가리켰다.

"저 물을 마셔도 돼?" 그녀는 물었다. "지금 끔찍하게 목이 마르거든."

야나는 고개를 끄덕였다. 그녀는 6번이 바닥에 배를 대고 감방 사이 통로에 있는 그 접시를 아주 힘들게 당겨 가는 것을 보았다. 6번은 접시의 물을 단번에 비웠다.

# 6

레니는 그 방이 정말 그렇게 환상적일 줄은 전혀 몰랐다.

3미터쯤 되는 천장은 석고보드로 깔끔하게 마감 처리되어 있었고 한가운데 왕관모양의 전등이 달려 있었다. 10평쯤 되는 방에는 마루가 깔려 있었다. 침대와 장 사이에는 비싸 보이지만 좀 닳은 카펫이 깔려 있었다. 벽감에는 큰 옷장이 들어가 있었고, 그 옆에는 전신 거울이 있어서 레니는 머리부터 발끝까지 볼 수 있었다. 창문 쪽에 놓여 있는 복고풍 안락의자는 레니가 가지고 온 책을 읽기에 안성맞춤이었다. 게다가 조그맣게 타일을 깔아 놓은 구역은 세면대와 얼굴거울 그리고 콘센트까지 설치되어 있어, 그녀가 머리를 감거나 드라이를 할 수 있었다.

전에 레니는 신문에서 온라인 방 소개업체에 대해 끔찍하게 고발해놓은 글을 읽은 적이 있었다. 청소도구를 넣어두는 창고처럼 역겹고 불결하다는 것부터 시작해서 집주인이 불친절하고 뻔뻔하다는 불만까지 다양했다. 하지만 그녀의 경우 이런 불만은 해당되지 않았다.

레니는 신선한 공기를 맡기 위해 창문은 열고 커튼은 닫았다. 그녀는 땀으로 흠뻑 젖은 곰팡내 나는 옷을 벗고 작은 세면대에서 얼굴과 손을 씻었다. 하지만 너무 지쳐 만사가 귀찮았다. 그래서 샤워는 내일 아침에 할 생각에, 그녀는 트렁크에서 잠옷을 찾아 입고 새 이불 속으로 바로 기어들어갔다.

레니는 작은 탁자에 있는 스탠드는 조금 더 켜두고 새 방에 적응하기로 했다. 그녀의 경험상, 새로운 곳에 적응하기에는 오랜 시간이 걸린다. 예전에 할머니가 레니는 태어날 때부터 애늙은이 같았다고 말한 적이 있었다. 그녀는 총명했고, 다른 애들보다 훨씬 뛰어난 애이긴 했지만 유행에 늦고, 수줍음 많고, 느리기도 하다는 뜻이었다. 그 당시 레니는 할머니가 말씀하신 것이 무슨 뜻인지 몰랐다. 하지만 오늘 그녀는 할머니 말씀이 옳았다는 것을 알았다. 늙은 영혼의 소유자 레니는 여행도 느리게 했다. 오늘 연착한 기차조차도 그녀에게는 너무 빨랐다. 레니의 몸은 함부르크에 도착했지만, 그녀의 영혼은 아직 그렇지 못했다. 아마 내일 아침이나 점심 때쯤 도착할 지도 모른다. 아니면 내일 밤에나 겨우 올 수 있을까. 누가 그것을 알겠는가. 이런 저런 생각을 하며 레니는 지쳐 깊은 잠에 빠졌다.

그녀를 깨운 것은 시끄러운 소리였다.

복도에서 사람들이 스페인어로 아주 시끄럽게 떠들고 있었다. 이 소리는 멀어졌고 문은 닫혔다. 한동안 정적이 흘렀지만 이내 다른 소리가 났다.

소리는 바깥에서 들려왔고 격렬하게 싸우는 소리 같았다. 레니는 자신을 따뜻하게 보호해주는 침대를 떠나기 싫었지만 열어놓은 창문을 통해 그 소리가 방안으로 들어와 도저히 잠을 이룰 수 없었다.

그래서 그녀는 잽싸게 창가로 달려갔다.

가로등은 꺼져 있었고 저 아래 아일레나우가(街)는 어둠에 잠겨 있었다. 하우스보트에서도 이미 오래 전에 모두 잠자리에 들었다.

레니는 두 사람이 집으로 오는 것을 보았다. 남자 한 명과 여자한 명이었는데, 여자가 남자보다 키가 좀 더 컸다. 그들은 서로 말다툼을 벌이고 있었다.

"너 같은 놈을 도대체 어디다 써 먹냐?" 여자는 남자에게 호통쳤다.

여자의 말을 들으니 레니는 고향 집이 떠올랐다. 집에서는 그런말다툼이 일상적이었고, 정기적으로 대파국으로까지 이어졌다. 누군가 양보하고 아버지가 옳았음을 시인해도 상관없었다. 아버지는말다툼 할 거리를 찾았고, 말다툼하고 싶어 했으며, 누군가 틀린말을 하거나 잘못된 행동을 할 때까지 계속 싸움을 걸었다. 이 싸움에 걸려든 것은 늘 엄마였다. 아버지가 돌아가신 지 6년이나 된오늘날에도 여전히 이것은 레니의 마음을 아프게 했다.

레니는 갑자기 엄마가 그리웠다. 잔트하우젠의 집에는 엄마 혼자 살고 있다. 불쾌한 말싸움만 난무했던 그 집에서 지내는 것은레니에게 너무 불편했다.

밖에서 말다툼을 하며 걸어왔던 사람들이 시야에서 사라졌다.현관문이 닫히는 소리가 얼마나 컸던지 담벼락이 흔들리는 것 같았다. 그녀는 자동적으로 방문을 쳐다보며 문단속용 안전 고리가잘 걸려 있는지 확인했다.

안전 고리는 잘 걸려 있었다.

창문을 닫기 위해 그녀가 다시 몸을 돌렸을 때 하우스보트가눈에 들어왔다. 그 보트는 그녀의 방 아래에 정박해 있었다.

쇠와 나무로 크게 만든 옹벽이 시커먼 바닷물로 둘러싸여 있었다. 대형 전면창유리 뒤에는 컴컴했지만, 레니는 커튼 사이 좁은 틈 사이로 얼굴 하나를 본 것 같았다. 아니면 자신을 쳐다보고 있는 눈이었을지도 모른다.

레니는 창문을 닫고 따뜻한 깃털이불 속으로 다시 들어가 턱까지 끌어당겨 덮었다.

그녀는 잠을 청했지만 쉽게 잠이 들지 않았다.

돌아가신 아버지가 방문을 흔들고 있고, 어머니가 딸의 방에 들어가려는 아버지를 말리는 소리가 계속 들리는 것 같았다.

어둠 속에서 레니는 손잡이가 움직이는 것 같았다. 문손잡이는 천천히 내려가더니 잠시 그 상태로 있다가 갑자기 아무 소리 없이 다시 위로 올라왔다. 그때 갑자기 레니는 아버지가 너무 무서워 침대 속으로 기어들어간 꼬마 소녀가 된 것 같았다.

다행히도 잠이 찾아왔지만, 잠결에도 그녀는 오랫동안 낯선 이의 목소리가 들리는 것 같았고, 문이 있어야 할 자리에 시커먼 구멍이 뻥 뚫려 있는 꿈을 꾸는 것 같았다. 모든 것이 점점 빨리 빙글빙글 돌았고 그 중심에 비비안이 서서 손짓하며 유혹했다.

"이리 와, 레니, 이리 와……."

# 7

엔스 케르너(Jens Kerner)는 65년식 쉐보레 픽업트럭을 어두운 골목에 세웠다. 그는 이 튼튼한 빨간 픽업을 좋아했지만 문제는 이 차가 너무 눈에 띈다는 것이었다. 그래서 오늘처럼 반은 공적으로, 반은 사적으로 외출할 경우, 그래서 관용차로 이용할 수 없을 때에는 이 트럭을 숨겨놓아야 했다.

손목시계의 바늘이 11시 반을 향했다. 30분 전부터 엔스는 차에 앉아서 잠복하고 있었다. 지금까지는 아무 일도 일어나지 않았다.

그가 시간을 낭비하고 있는 걸까?

아마 그럴지도 모른다. 하지만 그에게 시간은 충분했기에 그것은 큰 문제가 되지 않았다. 게다가 이런 방법으로 성공한 것이 한두 번이 아니었다. 살인사건이 일어났던 바로 그 시간에 맞추어 사건 현장에 다시 가는 것은 동료들 사이에서 흔한 수사방법이 아니었다. 하지만 엔스는 이 수사방법을 좋아했다. 경찰은 늘 늦게 현장에 출동한다. 범행 시점과 시체가 발견되는 ─ 수사가 시작되는 ─ 시점 사이에는 많은 것이 변해 있다. 밤낮이나 빛, 분위기, 주변을 방문한 사람들 같은 것 말이다. 이처럼 측정 가능하고 구체적인 요소들 말고도 범인이 범행을 저질렀을 때의 상황에 대한 개인적인 느낌 같은 것도 변해 있다.

올리버 키나트라는 간호사 살인사건 수사에 별 진척이 없자 엔스 형사는 침대로 가 자는 대신 자기가 아끼는 픽업을 타고 시내를 몇 바퀴 돌다가 이리로 온 것이다.

처음 보았을 때 올리버 키나트는 강도에 의해 우발적으로 살해된 것 같았다. 지갑이나 신분증 그리고 집 열쇠가 없어졌기 때문이다. 하지만 감식반 형사들이 오펠 코르사 자동차 운전석 아래 깊은 곳에서 핸드폰을 찾았을 때 상황은 완전히 변했다. 지난 이틀 동안 피해자의 마지막 통화 내용을 샅샅이 뒤졌지만 별다른 단서를 찾지 못했다. 그런데 이 젊은이가 죽기 바로 직전에 핸드폰으로 사진을 찍었다.

그 사진에는 하얀 박스카의 뒤쪽 상단부만 찍혔다. 이 차는 옆문이 두 개인데, 그 중 하나는 다른 것보다 폭이 넓었고, 양쪽 문 모두에 유리창이 있어 가로등 불빛이 그 안으로 비춰들었다. 왼쪽 유리 창문에는 손자국 같은 것이 남아 있었다. 아마 손이 밑으로 미끄러지면서 찍힌 손가락 흔적 같았다. 옌스에게는 이것이 피가 묻은 자국처럼 보였다. 하지만 올리버가 사진을 찍을 때 흔들렸기 때문에 그것은 확실치 않았다.

유감스럽게도 피해자는 자동차 번호판은 찍지 못했다.

의문이 드는 것은 올리버가 이 사진을 왜 찍었을까 하는 것이었다. 그는 병원 야간근무를 서고 평소보다 좀 일찍 집으로 가는 길이었다. 감기 기운이 있자 그의 상사가 그를 조금 일찍 퇴근하게 해주었기 때문이다. 그래서 누군가 숨어서 그를 기다리고 있었을 가능성은 없었다. 올리버는 우연히 범인을 만난 것이다. 아마 그는 밤거리에서 보아서는 안 될 것을 목격했을 것이다. 누군가가 다른 범행을 숨기기 위해서 그를 죽였을지도 모른다. 그런 이유로 살해했다면, 범인은 전에 이미 또 다른 사람을 죽였을 것이다. 피가 묻은 손자국이 이런 가설을 뒷받침해 준다.

그런데 하필 왜 여기지?

옌스는 차문을 열고 차에서 내렸다. 그는 담뱃불을 붙이고 길을 걸어갔다. 그가 차를 세워둔 옆 골목에서 몇 미터만 더 가면 항구로 가는 진입로가 나왔다. 왼쪽으로 50미터만 더 가면 올리버가 자동차로 도로표지판을 들이박고 사살당한 곳이었다. 첫 번째 총알은 옆 창문과 그의 어깨를 관통하여 좌석에 박혔고, 두 번째 총알은 손을 관통하여 머리에 박혔다. 두 발 다 아주 가까운 곳에서 발사되었다. 총알은 모두 경찰서에 등록된 총기에서 발사된 것이 아니었다.

옌스는 어두운 골목에서 어깨를 벽돌담에 기댄 채 주위를 살폈다. 항구를 오고가는 화물차들이 많기 때문에 여기는 가로등이 밤새 켜 있는 곳이었다. 그렇지만 이곳은 어둡고 구석진 곳이기도 했다. 밤은 물론이고 하루 종일 보행자가 거의 없는 곳이기도 하다.

범행이 어떻게 이루어졌을까. 옌스는 머릿속으로 자세히 그려봤다. 올리버는 밤 근무를 마치고 이 도로를 따라 왔고 보아서는 안 될 것을 목격했다. 이 때문에 그는 범인에게 쫓기다가 어쩔 수 없이 이 지점에서 멈추었고 살해당했다. 그때 범인은 아무도 못 볼 것이라고 확신했을 것이다. 그리고 누군가의 머리에 총알을 박는데 그리 오랜 시간이 걸리지도 않았다. 그 당시 범인이 시간이 별로 없었다는 것은 좌석 아래에서 발견된 핸드폰이 말해준다. 급하게 대충 찾을 경우 찾을 수 없는 위치였다. 감식반 형사들이 피해자의 차를 완전히 분해했을 때라야 그것을 찾아냈다.

이틀 전만 하더라도 옌스는 실종신고만 들어오면 이 사건을 해결될 것이라고 생각했다. 하지만 그런 일은 일어나지 않았다.

작은 화물차가 거리를 따라 내려오더니 그 앞을 지나갔다.

차가 사라지자 옌스는 골목을 나와 경찰순찰차가 피해자가 탄 차를 발견했던 그 지점으로 걸어갔다. 법의학자에 따르면 피해자는 발견되기 약 한 시간 전에 살해되었으며, 그의 차는 아무에게도 발견되지 않은 채 오랫동안 도로 표지판을 박은 상태로 있었다. 순찰차가 그를 발견했다는 것은 정말 행운이었다. 그래서 언론이 지금까지 이 사건에 주목하지 않은 것이다. 옌스는 언론의 도움을 받는 것이 좋겠다는 판단이 설 때까지 이 상태로 두는 것도 좋을 것 같았다.

도로 표지판은 이미 오래 전에 도로시설관리과에서 교체했다.

여기서 사람이 죽었다는 것을 알려줄만한 것은 이제 아무것도 없었다.

옌스는 담뱃불을 붙이고 차 유리를 수리하거나 갈아 끼워주는 곳으로 걸어갔다. 이곳은 예전에 주유소였다. 그때 좋은 생각이 떠올랐다. 그는 오전에 바로 이 생각을 실행하기 위해 마음에 잘 기록해 두었다.

그때 차 유리 수리점 앞에서 뭔가가 움직였다.

연기가 눈으로 올라왔기 때문에 옌스는 급히 입에서 담배를 뗐고, 그쪽을 자세히 바라보았다.

실제로 그곳에 누군가가 있었다.

"헤이!" 옌스는 큰 소리로 외치며 그 쪽으로 다가갔다.

그러자 그 사람은 바로 왼쪽으로 달아났다. 가로등 불빛이 너무 흐려 옌스는 도망친 사람이 긴 코트를 입은 키 큰 사람이라는 것만 알았다. 외투의 옷자락과 허리끈의 끝자락이 그의 뒤에서 나풀거렸다.

"멈춰!"라고 옌스는 외쳤지만 도망자는 그의 명령에 아랑곳하지 않았다. 그는 계속 달렸고, 옌스가 따라잡을 수 없을 정도로 빨랐다.

옌스는 그 속도로 채 백 미터도 못 달렸다. 이미 적지 않은 나이인데도 하루에 담배 한 갑을 피우고 운동은 거의 하지 않았던 결과가 나타난 것이었다. 폐가 거부반응을 보이자 달리는 속도는 더 늦어졌다. 도망자는 오른쪽으로 뛰어 옆 골목으로 사라졌다. 옌스는 그가 2미터가 넘는 철조망 울타리를 마치 훈련을 받은 것처럼 능숙하고 재빠르게 타넘고 가는 것을 보았다.

그 뒤쪽에는 중고차 거래소가 있었다. 옌스는 날씬한 그 남자처럼 우아하게 철조망을 넘지 못했다. 나잇살과 함께 약간 튀어나온 배나 뻣뻣한 몸이 훼방을 놓은 것이다. 옌스는 위로 뛰어올라 다시 뛰어내리다가 발목이 삐었다. 다리에서 그는 불같이 타오르는 통증을 느꼈다.

"젠장!" 크게 외치며 권총을 뽑아들고 자동차가 일렬 주차되어 있는 곳으로 절뚝거리며 걸어갔다.

"이 멍청한 놈아, 이제 나오시지! 안 나오면 맹세코 네 엉덩이를 걷어차 날려 버릴 거야."

발목 통증은 옌스의 분노를 더 타오르게 했다. 그는 주차된 자동차들 사이로 난 어두운 통로로 무작정 돌진했다.

그때 뭔가가 날아와 그의 머리를 세게 때렸고, 그의 손전등도 꺼졌다.

#2

39B

Eilenau

# 1

"신분증 있어?" 뚱뚱하고 키 큰 경찰이 묻고는 엄지손가락을 바지 혁대 고리에 꼽았다. 불룩한 배를 가리고 있는 검은 셔츠가 허리띠 너머로 터질 것 같았다. 이름표에는 하게나(R. Hagenah)라고 적혀 있었다.

"왜요?"

"가지고 있어? 아니면 없는 거야?"

그는 물론 가지고 있었지만 경찰이 원하는 대로 하고 싶지 않았다. 왜 반말 짓거리야 하는 말이 허끝에 맴돌았지만 도로 삼켰다. 경찰은 그를 잡아들일 권한이 있었고, 그는 유치장에서 하루를 보내고 싶지 않았다.

"이렇게 불심검문을 하는 이유가 뭐요?" 그는 물었다.

"여기 숨어 있는 이유는 뭐냐?"

여기서 숨어 지내는 이유는 물론 있었지만, 그는 하게나가 지금보다 더 친절하거나 덜 무례했다면 몰라도 이 경찰과 그런 이야기까지 하고 싶지는 않았다.

"그냥 쉬고 있는 건데요." 그는 회피하듯 답했다.

화재대피용 비상구로 설치된 철제 계단이 5층에서 이 사무실 건물 뒤편으로 내려와 있었다. 계단이 땅에 닿는 지점에 생긴 조그만 공간에는 덤불이 우거져 있어 밖에서는 잘 보이지도 않았고, 그 앞에는 쓰레기장 나무 울타리까지 설치되어 있어 도로에서 접근하기도 힘들었다. 그래서 그는 지난 밤 고철하치장에서 도망 나온 후 이 자리를 찾아냈다.

"신분증이 없으면 파출소로 데려갈 수밖에" 경찰은 말했다. 그의 눈치로 보아 지금 상황이 농담은 아니었다.

"왜 이렇게 귀찮게 하세요. 여기서 무슨 짓을 했다고?"

그는 잠자리에서 억지로 몸을 일으켜 가까스로 일어났다. 아직 밤 기온이 그리 춥지는 않았다. 하지만 아침마다 뼈가 욱신거렸다. 그의 왼쪽 콩팥을 계속 쑤시는 고통은 별로 좋을 것이 없었다. 신분증은 긴 외투 안주머니에 있었다. 그는 그것을 꺼내 하게나에게 건네주었다. 하게나는 바이러스에 감염될까봐 두려워하는 사람처럼 손끝으로 받았다.

"갓 만든 신분증이네? 놀랍군. 이 거리에서 지낸 지 얼마나 되었지?"

"내가 이 거리에 산다고 누가 말해요?"

경찰은 두꺼운 매트와 까만 침낭을 가리켰다. 베게도 있었는데, 알디(Aldi, 독일의 대표적인 대형유통업체 이름-역자 주)의 뽁뽁이 포장지(포장 에어캡)를 둥글게 말아 사용했다.

"그냥 소풍 나온 것 같지는 않은데, 이름이⋯⋯" 그는 눈길을 신분증으로 던졌다.

"푀르스터, 프레데릭 푀르스터"

경찰은 그를 강압적 눈초리로 쳐다보았다. 프레데릭은 이 상황을 해명해야 한다는 것쯤은 분명히 알고 있었지만 그럴 마음이 없었다. 그는 경찰을 쳐다보며 눈썹을 치켜 올렸다. 하지만 경찰은 신분증만 살펴보았다.

"1988년 11월 25일생" 경찰은 읽었다. "주소지는 배렌알레 22번지"

"더 이상 없어요." 프레데릭은 해명했다.

"언제부터 살았어?"

"몇 주 되었는데요."

"더 자세히 말 못해?"

"정확하게 거의 3달 된 것 같은데요."

"그러면 신분증 바꿔야 되는데."

경찰은 그에게 신분증을 돌려주었다.

"주소지가 변경 된 후 14일 안에 신고해야 돼. 안 그러면 1000유로까지 벌금을 물 수 있어."

"오늘은 잠이나 더 잘래요. 그동안 스트레스를 너무 많이 받았거든요. 신고하러가지 않을 거예요."

경찰은 메마른 미소를 보였다. "그래, 오늘은 네 말을 믿지. 하지만 다음에 만났을 때 주소지가 변경되어 있지 않으면 좋을 일 없을 거야. 알았어?"

"알았어요."

프레데릭은 신분증을 집어넣었다.

"이틀 전, 밤에 여기서 총격 사건이 터졌어." 말을 마친 뒤 하게나는 고개를 돌려 그 거리를 가리켰다. "여기서 2킬로미터도 안 되는 산업공단 내 자동차유리 수리점 근처야. 뭐 들은 것 없어."

프레데릭은 어깨를 들썩였다. "아니오. 저는 어제 처음 여기 왔어요. 그 전에는 역에서 지냈고요."

그를 이 지경까지 몰고 온 다른 거짓말과 마찬가지로 그의 입에서 거짓말이 술술 나왔다.

경찰은 그의 속마음을 간파하려는 듯 눈을 가늘게 뜨고 유심히 훑어보았다. 프레데릭은 위가 쪼그라드는 것 같았다. 그는 아마 이 분야에서도 프로가 되기는 글렀을 것이다. 하지만 프레데릭이 이렇게 거짓말하는 것은 이상할 것도 없다. 그는 결과가 어떻게 되든지 간에 남의 말에 반발하는 것만은 진짜 잘했다. 세계적 수준이었다.

"거리에서 뭔가 들은 게 있으면 바로 연락해."

"그렇게 할게요. 누구 말씀이라고?"

경찰이 다시 눈을 가늘게 뜨자 쓸데없이 말을 길게 한다는 생각이 프레데릭의 뇌리를 스쳤다.

"갑자기 왜 관심을 갖는 거지?"

프레데릭은 어깨를 들썩였다.

"그냥요."

"그냥이라고, 그래? 지금 네 물건 챙겨서 다른 자리 알아 봐. 세입자들 민원 들어왔어."

'그래 분명히 그랬을 거야, 내 사무실에 들어온 그 놈들은 말이야'라고 프레데릭은 생각했다. 그들은 사무실에 앉아서 비상계단 아래 누가 자고 있는지 절대 모를 거야. 안다고 해도 아무 상관없겠지만 말이야. 하지만 프레데릭은 이런 사정까지 경찰에게 설명할 필요가 없었다.

그는 급히 둥글게 만 베개를 침낭에 넣고, 다시 침낭을 둥글게 말아서 두 개의 끈으로 묶었다. 그 다음 낡은 군인배낭을 어깨에 짊어지고 떠날 준비를 했다. 경찰은 이 과정을 지켜보다가 그를 따라 도로까지 나와서 헤어졌다. 경찰이 다음 모퉁이로 돌아갔을 때에야 비로소 프레데릭은 긴장을 풀고 고개를 돌려 뒤를 바라보았다.

경찰은 따라오지 않았다. 그 밖에 아무도 그를 따라오지 않았다.

하루 종일 프레데릭은 안전하기만을 바랐다. 그런데 밤중에 이 무슨 난리란 말인가? 아까 경찰은 살인범이 자신을 찾고 있다는 것을 증명해 주었다. 아주 다행스럽게도 늘 어느 정도 훈련되어 있었기 때문에 그는 살인범의 추적을 피했다. 그런데 사건 현장 가까운 곳에 다시 한 번 오다니 이 얼마나 어리석은 짓인가?

프레데릭은 살인범이 멀리서 자신을 진짜 보았는지 점검하고 싶어서 다시 왔다고 스스로 합리화했다. 하지만 그것이 완전한 진실은 아니다. 그 끔찍한 사건이 터졌던 이 자리가 그를 마법처럼 끌어당겼던 것이다. 프레데릭은 총구의 화염과 함께 코르사 자동차의 뒤 유리창을 향해 피가 뿜어 나오는 것을 여전히 생생하게 기억하고 있었다.

코르사 자동차에 타고 있었던 남자, 직전에 몇 번 눈을 마주쳤던 그 젊은 남자는 무참히 총살당했다.

그때는 너무 캄캄했고, 비도 오고 있었다. 프레데릭은 범인의 인상착의를 자세히 말할 수 없을 것 같았다. 날씨 탓도 있었지만 그때가 밤이라 너무 어두웠기 때문이다. 그날은 그렇게 하지 않겠다고 맹세까지 했음에도 술을 너무 마셔 취해 있었다. 하지만 술 없이는 견디기 힘든 날도 있는 법이다. 그저께가 바로 그런 날이었다. 그래서 프레데릭은 당시 어떤 일이 벌어지고 있는지 바로 알지 못하고 너무 오랫동안 현장에 머물러 있었다.

아마 그를 쫓고 있는 범인도 바로 지금 밖에 나와 이 거리에서 오랫동안 지낸 사람들을 상대로 키 크고 깡마른 사람을 본적 있는지 수소문하고 다닐지도 모른다. 다행히 이 거리에서 그를 알고 있는 사람은 아무도 없다. 하지만 언젠가는 결정적인 제보가 범인의 손에 들어갈 것이다.

자동차 한 대가 거리로 들어왔다. 프레데릭은 그 자동차를 눈여겨보았다. 운전하고 있는 남자는 잠깐 그를 쳐다보았지만 별다른 관심을 보이지 않았다.

이 사회에서는 아무 일도 하지 않고 어슬렁거리면 눈에 띄기 때문에 프레데릭은 어디로 가는지도 모른 채 계속 걸어갔다. 지금 그가 처한 상황에서 최악은 무엇을 해야 할지 모르는 것이다. 프레데릭은 할 수 있는 것을 다 했다. 지푸라기라도 있으면 잡았고, 틈만 보이면 누구에게나 도움을 청했다. 하지만 아무도 그를 도울 생각이 없었다. 예전에 그와 함께 돈을 벌었던 사람들이 특히 더 그랬다. 이상할 건 없다. 프레데릭은 더는 아무것도 할 수 없는 실패자이며, 독일에서 사업에 실패한 사람은 잘 지워지지 않는 오점과도 같았다.

프레데릭은 바지 주머니를 뒤졌다. 동전만 한 가득 나왔다. 6유로 30센트였다. 낡은 배낭에는 50유로짜리 지폐 두 장이 더 있었다. 이것이 그가 가진 현금 전부였다.

프레데릭은 커피 한 잔에 브레트헨(독일사람들이 식사용으로 즐겨먹는 빵-역자 주) 하나가 간절했다. 그것을 먹으려면 5유로가 필요했다. 지금 상황에서 그것은 큰돈이었다. 그는 생각을 잘 하기 위해 카페인이 필요했다. 이미 어제 저녁부터 배에서는 꼬르륵 소리가 났다. 그래서 프레데릭은 자신을 엘리베이터에서 곧장 쫓아내지 않을 만한 빵집을 향해 갔다.

그는 테이블에 앉아서 아침을 먹었으면 했다.

요즘 자기 삶이 얼마나 고달픈가를 생각하니 프레데릭은 쓴 웃음이 나왔다. 얼마쯤 걸어가자 운동복과 운동화를 착용한 키 큰 남자가 자신을 향해 다가왔다. 그는 다른 사람들처럼 조깅을 하고 있었다. 사업이 망하기 전에는 프레데릭도 저 사람들처럼 운동을 했었다.

그런데 저 남자는 빈넨알스터(Binnenalster)를 놔두고 왜 여기서 조깅을 하는 거지?

그것은 분명히 이상한 일이었다.

프레데릭은 어깨는 올리고 몸은 움츠렸다. 그는 그 누구의 눈에 띄어서도 안 되고, 누구의 화를 돋워서도 안 되었다. 프레데릭은 고개를 숙인 채 그를 지나갔다. 하지만 외투 주머니 속에서는 주먹을 쥐고 있었다. 혹시 모를 기습에 대비해서 자신을 지킬 준비를 했다.

프레데릭이 그 남자에게서 받은 느낌은 값비싼 향수 냄새가 났고, 아우라가 풍겼다. 이때까지는 확신이 없었지만 그 남자가 지나가면서 어깨를 가볍게 건드렸을 때, 프레데릭은 아인의 분위기를 느꼈다. 프레데릭은 그에게서 지금은 힘들게 참고 있지만 언제든지 터질 것 같은 강력한 공격성을 느꼈다. 이런 사람은 피하는 게 상책이다.

프레데릭은 더 빨리 걸었다. 그가 바라는 것은 이 자리를 떠나는 것이다. 하지만 프레데릭을 스쳐지나갔던 그 남자가 갑자기 발걸음을 멈추었다. 프레데릭은 이 사람이 자기 때문에 멈추었다는 것을 알았다.

"어이, 이봐!"

프레데릭은 도망쳤다.

또 한 번.

# 2

시끄러운 소리가 레니를 깨웠다. 제일 먼저 그녀는 핸드폰을 찾았다. 8시 30분이었다. 레니는 깜짝 놀라며 일어났다. 너무 늦은 것이었다. 그때 출판사 인턴 근무를 시작하는 날이 오늘이 아니라는 생각이 들었다. 레니는 안심하며 다시 베개로 쓰러졌다. 그녀는 새로운 곳에 적응하기 위해 하루 전에 미리 왔던 것이다. 주거지를 바꾸고, 낯선 일을 경험한다는 것은 레니에게 매우 혼란스럽고 끔찍한 일이었다. 하지만 어쩔 수 없었다. 모든 인간은 자립하기 위해서는 배워야만 했다.

레니를 깨운 시끄러운 소리는 복도에서 났다. 그것은 수많은 죄수들이 뒤섞여 소리 지르는 바람에 아무것도 알아듣지 못했던 고대 바빌로니아의 감옥에서 나는 소리 같았다.

비비안이 밤에 뭐라 말했지? 스페인인, 중국인, 포르투갈인, 독일인이라고 했나? 정확하게 그렇게 들렸어.

레니는 이들 무리보다 먼저 씻기 위해 아침에 제일 먼저 욕실로 갈 작정이었다. 다른 사람들이 모두 휴가객이고 8시 전에 일어나지 않는다면, 이것은 문제가 안 된다. BedtoBed는 최고지만, 이처럼 빌린 방을 다시 빌려주는 것은 불법이다. 법에 따르면 숙박업소로 신고 되어 있지 않을 경우 집주인(임대인)은 최소한 집 면적의 50%에 거주하고 있어야 한다. 하지만 당국에서 점검 나오지 않는 한 누가 그것을 지키겠는가? 그래서 여행자들이 함부르크 같은 대도시에서 싼 값에 좋은 방을 빌렸다고 마냥 좋아할 일만은 아니었다.

레니에게도 이곳은 얼마 되지 않는 돈으로 3주간 버틸 수 있는 유일한 기회였다. 단기 체류에는 WG(Wohngemeinschaft의 약어, 독일식 쉐어하우스) 같은 방은 말이 되지 않았다. 또 호텔방에서 지내기에는 기간이 너무 길었으며, 아침을 주는 작은 모텔은 너무 비쌌다.

복도에서 문이 쾅 하며 닫혔고, 간간이 스페인어로 욕하는 소리도 들렸다.

레니는 새로 지내게 될 방을 둘러보았다. 그녀는 어젯밤 기억이 꿈이 아니었을까 염려했다. 하지만 꿈이 아니었다.

이런 생각이 그녀의 머리를 스치고 지나갔다.

이곳은 인터넷 평도 나쁘지 않았지만 실제 와보니 더 좋았다.

그때 누가 노크했다. 그리고 레니는 깜짝 놀랐다.

레니는 누군가 착각하고 방을 잘못 노크한 것이라 믿었기에 아무 대답도 하지 않았다. 여기서 그녀가 아는 사람은 없었다. 하지만 그 다음에 비비안이 떠올랐다.

"헤이, 시골뜨기 레니, 너 일어났니?"라고 비비안이 동시에 소리쳤다.

"그래……. 잠깐만"

레니는 매너 없다는 소리를 듣기 싫었기에 이불을 걷고 문으로 갔다. 그녀는 걸쇠를 풀고 낡은 손잡이를 돌려 문틈만 보이게 조금만 열었다.

비비안이 속옷차림으로 앞에 서 있었다. 속옷 바람으로 말이다.

"안 들여 보내줄 거야? 처음에는 내 생명을 구해주려고 하더니만 이제는 문전박대 하려하네. 이게 말이 돼?"

레니는 고개를 숙였고 순간적으로 부끄러웠다. 레니는 여러 해 동안 신어 다 헤어진 털양말과 긴 파자마 그리고 너무 큰 하얀 남성용 런닝서츠를 입고 있었다. 이에 반해 비비안은 여성용 속옷 모델 같았다. 그녀는 꼭 끼는 레이스 팬티를 입고 있었는데, 너무 잘 어울렸고, 가슴은 브래지어를 가득 채우고도 남았다. 머리카락만 방금 잠자리에서 일어난 것 같았다.

"객지에서 첫날 밤 어땠어?"

비비안은 상기된 표정으로 그녀를 바라보았다.

"좋았어." 레니가 대답했다.

"오늘 뭐 할 거야? 내가 시내 구경 시켜줄까? 오후까지 시간이 있거든. 그 다음에는 파티 복장을 하고 백만장자 사냥에 나설 거고."

"글쎄 잘 모르겠는데……"

"야, 제발. 내가 네게 빚진 것도 있잖아. 어쨌든 네가 내 생명을 구해주었잖아."

비비안은 말을 하면서 자기 방인 것처럼 레니의 방 안을 살펴보더니 창가의 커튼을 걷고 창턱에 앉아 밖을 내다보았다.

"이 많은 보트들 가운데 하나만 내 것이면 정말 꿈같을 거야, 그렇지?" 비비안이 말했다. "저 정도 배를 가지려면 재산께나 있어야 한다던데."

레니는 어떻게 대답해야할지 몰랐다. 그녀는 가끔 상대방이 쓸데없는 소리를 할 때 무슨 말을 해야 할지 몰라 당황할 때가 있었다.

비비안은 불쑥 몸을 돌리더니 손뼉을 쳤다.

"가자, 제발, 이 촌뜨기야. 우리 아침 먹으러가자. 나 배고파 죽겠어. 너도 좀 먹어야 되잖아, 안 그래? 여기 모퉁이만 돌아가면 크루아상 맛이 끝내주는 빵집이 있어. 그 집에 앉아 있으면 운하도 바로 보여, 그것도 멋지지. 내 목숨까지 구해주었는데 내가 살게."

레니는 배가 고팠다. 하지만 그녀는 혼자 카페에 가서 조용히 이 도시의 첫인상을 즐기고 싶었다. 하지만 비비안의 초대를 거만하게 거절하고 싶지도 않았다.

그래서 레니는 그 초대를 받아들였다.

"좋아! 30분 후에 데리러 올게."

# 3

시끄러운 소리에 깜짝 놀라 일어났을 때 야나 하이글은 잠시 눈을 뜬 채 6번이 조용히 숨 쉬는 소리를 들었다. 그 소리는 딱 한 번 6초 동안 울리다가 사라졌고, 다시 정적이 찾아왔다.

야나는 일어나면서 침낭을 끌어 당겨 맨살이 드러난 어깨에 감쌌다. 건너편 감방에서는 6번이 움직이고 있었다. 그녀의 침낭에서 부스럭거리는 소리가 났다. 6번은 신음소리를 내더니 잠시 후 두 발을 침대 옆 돌바닥에 내려놓고서는 침대 끝에 앉아 손으로 턱을 바치고 있었다.

왜 말을 못하게 하는지 야나는 도저히 알 수 없었다. 야나는 6번의 몸 상태가 어떤지, 그녀의 진짜 이름은 무엇인지, 여기 있은 지 얼마나 되었는지 알고 싶었다. 야나는 진짜 이 모든 것을 알고 싶었지만 단 하나의 질문도 던질 수 없었다. 이 순간 그녀는 침묵해야만 한다는 것이 큰 고문이 될 수 있다는 것을 깨달았다.

무거운 한숨을 쉬면서 6번은 침낭에서 나와 비틀거리며 철창 쪽으로 걸어왔다. 그 순간 철창이 움직이면서 길을 열어주었다.

너무 추웠지만 야나 역시 침낭을 벗어던지고 앞으로 달려왔다.

"아무 말도 하지 마!" 6번이 경고했다. 그녀의 두 눈은 부어올라 있었고 피곤해 보였지만 눈길은 인상적이었다.

"이 소리는 식사 준비가 되었다는 신호야. 내가 가져올 거야."

6번은 힘들게 발을 질질 끌며 반원형 구멍 쪽으로 가 무릎을 꿇고 그 안으로 사라졌다.

깡마른 여자가 알몸으로 터널 같은 구멍으로 사라지는 것을 본다는 것은 이루 말할 수 없을 정도로 슬픈 장면이었다. 야나는 분노가 치밀어 올랐다. 옛날부터 그녀는 흥분하면 자제하지 못하고 화를 냈다. 자기 안에 난폭한 야성(野性)이 있다는 사실에 그녀 자신도 가끔 깜짝깜짝 놀랐다. 그런데 야나는 지금도 이런 야성을 느꼈다. 자신을 납치한 사람이 정한 규칙을 무조건 따라야만 한다는 사실에 그녀는 광분하지 않을 수 없었다.

두 손으로 철창을 붙잡고 그 반원형 터널을 보면서 이 터널이 어디로 이어졌을까 생각했다. 6번이 사라지고 얼마 되지 않아 벽과 바닥에 약간의 진동이 일어났다. 이 벽 깊은 어딘가에 크고 강력한 무언가가 움직이고 있었다.

추위는 더 심해졌지만 야나는 참았다. 6번이 식사를 가져오기 위해 알몸으로 이 구멍 속으로 기어들어갔다면 자신은 최소한 여기 서서 기다리기라도 해야 했다.

야나는 너무 추워 벌벌 떨었다. 이빨이 위아래로 부딪치자 그녀는 아직 체온이 남아 있을 침낭을 간절히 바라보았다.

야나는 속으론 일 분만 더, 딱 일 분만 더 견디고 침낭을 덮자고 말했다.

그녀는 일초 일초를 세기 시작했다.

28초를 세었을 때 소리가 났다. 그것은 다시 비비고 긁는 소리였다. 하지만 이번에는 고문하는 듯한 소리와 함께 났다.

6번이 돌아왔다. 그녀는 바퀴가 네 개 달린 신발 상자 크기의 판자를 밀고 왔다. 그 위에는 뚜껑이 덮인 작은 플라스틱 냄비 두 개가 있었다. 하나는 빨갛고 다른 하나는 파란색이었다. 양 끝에 검은 금속 갈고리가 달린 고무줄이 이 냄비를 판자에 고정시키고 있었다.

"뒤로 물러 나!" 6번이 말했다.

야나가 물러서자 감방에 설치된 창살이 제거되었다.

6번은 야나에게 파란 냄비를 건네주었다.

"이게 네 것이야. 그대로 가져가지 않도록 모두 다 먹어야 돼. 남김없이 다 먹어. 우리는 침대에서만 먹을 수 있어. 각자 자기 감방에서 말이야."

야나는 냄비를 받았다. 이때 그녀는 의도적으로 6번의 손가락을 건드렸다. 한동안 시간이 멈추었고 그들은 서로의 눈을 보았다. 야나는 자신과 비슷한 처지에 있는 6번이 지금 자기가 무슨 생각을 하고 있는지 알아주었으면 하고 바랐다. 이 끔찍한 곳을 빠져나갈 계획을 함께 짤 것을 바라는 마음 같은 것 말이다.

하지만 6번은 고개를 흔들었다.

6번에게는 힘도 용기도 없었다. 아마 여기에 너무 오래 머물렀기 때문일 것이다. 그녀도 곧 집으로 갈 수 있기만을 바라고 있을 줄도 모른다.

야나는 절망한 채 파란 냄비를 들고 침대로 돌아와 침낭을 몸에 둘렀다. 냄비에는 사과와 건포도가 들어간 따뜻한 오트밀과 플라스틱 숟가락이 들어 있었다.

이 지하 감옥에 들어온 후 그녀는 아무것도 먹지 못했다.

음식 냄새를 맡자 구역질이 났다. 그래도 야나는 허겁지겁 오트밀을 먹었다.

"그렇게 빨리 먹지 마, 그렇게 먹다가는 속이 좋지 않을 거야." 건너편에서 6번이 경고했다.

야나는 이 말을 듣지 않았다. 그녀는 이보다 더 천천히 먹을 수 없었다. 그녀는 냄비 바닥이 드러날 때까지 싹싹 긁어먹었다. 하지만 냄비뚜껑을 다시 닫았을 때 별로 배부르지 않았다.

야나는 숨 가쁘게 6번 쪽을 건너다보았다. 그녀는 천천히 그리고 느긋하게 한 숟가락씩 차례로 입에 밀어 넣고 잘 씹고 있었다. 그때 그녀의 눈길은 아래를 향하고 있었고 긴 머리는 얼굴 앞으로 내려왔다.

이 슬픈 모습이 야나의 분노를 다시 부채질했다. '규칙 따위는 엿 먹어라'라고 속으로 말했다. 그녀는 침낭을 걷어치우고 감방 사이의 통로로 나와 허리를 숙여 바닥에 있는 물 접시를 들고 조심스럽게 6번이 있는 감방으로 갔다.

6번은 이런 그녀의 모습을 보면서 경악했다.

"안 돼, 안 돼, 넌 내 감방으로 오면 안 돼!"

야나는 무릎을 꿇고 그녀에게 접시를 건네주며 활기차게 고개를 끄덕였다.

이 여인의 눈길은 접시와 야나 그리고 지붕 아래 반원모양으로 설치된 신의 눈 사이를 왔다 갔다 했다. 마침내 그녀는 숟가락을 오트밀에 찔러놓고 물 접시를 쥐더니 걸신들린 듯 찬 물을 들이켰다.

야나는 자신이 이 망할 규칙 가운데 하나에 반란을 일으켰기에 기분이 좋았다. 그녀는 말을 하기 위해 입술을 열고 이 규칙까지 허물어버리려 했다. 하지만 6번이 먼저 그녀에게로 와 손가락을 입에 가져다 댔다.

"안 돼, 제발 말하지 마. 집주인이 널 감시하라고 했어. 나는 이 명령을 따라야 해. 제발 다시 네 방으로 건너가 줘. 아마 그가 바로 보았을지도 몰라. 나는 별일 없이 넘어가겠지…… 아니 그렇지 않을지도 몰라. 하여간 그는 모든 것을 다 보고 있어."

6번의 눈길에서 드러난 이 깊은 슬픔과 죽은 것과 다름없는 무감각함이 야나에게서도 용기를 빼앗아 갔다. 그녀는 고개를 끄덕이고 물 접시를 받아 나머지를 다 마시고 그것을 원래 자리에 두었다. 실망하긴 했지만 풀 죽지 않은 채 야나는 다시 자기 감방으로 돌아와 온기가 남아 있는 침낭을 둘렀다.

음식을 다 먹자 6번이 말했다.

"주인이 곧 위로 부를 거야. 그땐 반항해서는 안 돼. 그가 명령을 내리면 뭐든 무조건 시키는 대로 해. 주인이 같은 말을 반복하게 되면 끔찍한 벌이 뒤따르니까. 오직 그만이 우리에게 좋은 것이 무엇인지 알아. 우리는 그가 올바른 결정을 내렸을 것이라고 믿을 수밖에 없어."

야나는 앉아서 듣기만 했지만 자기가 듣고 있는 말을 믿을 수 없었다.

6번은 이미 너무 오랫동안 감방에 잡혀 있어서 납치범이 그녀를 완전히 세뇌시켜 놓은 것 같았다. 납치범은 야나에게서 반항하고자 하는 용기나 생각을 완전히 앗아갔고 자신을 신처럼 떠받들도록 만든 것이다. 야나는 집주인의 능력을 전혀 의심하지 않고 있는

6번의 생각을 바꾸기에는 너무 늦었다고 생각했다. 그녀는 함께 탈출을 공모할 수 있는 여자가 아니었다.

야나는 지금껏 항상 혼자 힘으로 살아왔다. 하지만 이번에도 그녀는 그럴 수 있을까? 저 위에 있는 망할 자식이 의심하며 감시하고 있는데 말이다.


# 4


자동차 사이드미러는 옌스 케르너 형사의 머리에 큰 혹을 남겼다. 하지만 다행히 크게 다치지는 않았다. 이혼도 두 번이나 하고 징계도 3번이나 받은 그는 이제 살인용의자의 공격까지 받았다.

당연히 통증이 없을 리가 없었다.

머리는 계속 쿡쿡 찔러댔다. 그날 밤 공격을 받은 후 옌스는 의사를 찾아가지도 않았다. 그는 지금까지 의사를 찾아간 적이 한 번도 없었다. 50대 초반인 나이에 의사를 찾아가기 시작하면 인생이 끝날 날도 얼마 남지 않은 것이다. 혹은 두통과 마찬가지로 저절로 사라지기 마련이다. 하지만 금이 간 그의 자존심은 쉽게 치료되지 않았다.

사이드미러를 던진 놈이 누구든지 간에 후회하게 될 거다! 옌스는 이 사건을 자존심이 걸린 문제라 여기고 그 놈에게 빚을 갚을 때까지 물러서지 않으리라 결심했다. 다행히 아무도 자신이 신출

내기처럼 범인에게 맞아 쓰러졌다는 것을 몰랐기에 혼자 부끄러워하는 셈만으로도 충분했다.

엔스가 집에서 텀블러에 담아 준비해온 블랙커피는 이날 아침 그의 기분을 아는지 쓴맛을 풍기고 있었다. 그는 텀블러를 애마인 픽업트럭 레드 레이디(Red Lady)의 계기판에 설치된 컵홀더에 걸어두고 좌석을 바짝 당기고 시동을 걸었다. 부르릉 하고 깊게 울리는 낯익은 소리는 이혼한 전 부인 두 명 중 그 누구도 다가오지 못했던 그의 영혼을 움직이게 했다.

그는 한 손으로 운전하고, 다른 손으로 커피를 마셨다. 스피커에서는 조니 캐시의 음악이 흘러나왔다. 시내 쪽으로 천천히 들어가면서 그의 기분도 조금씩 나아졌다.

곧 엔스는 조용히 생각에 잠길 수 있었다.

처음에 그는 사이드미러를 이용해 잠깐 자신을 졸도하게 만든 놈이 올리버 키나트를 죽인 자와 동일범일 거라 생각했다. 하지만 다시 한 번 곰곰이 생각했다. 그 살인범은 잔인한 놈이었어. 그런 놈이라면 자신을 살려두었을까?

범인은 왜 현장으로 돌아 왔을까?

원한 관계로 인한 살인의 경우 감정적 압박감 때문에 대부분 범인이 사건 현장으로 돌아온다. 하지만 간호사는 우연히 살해되지 않았나?

이것이 문제였다.

올리버 키나트를 한 번 더 자세히 조사해 보는 것이 좋을까?

아마 나중에 해야 할 것 같기는 했다. 하지만 우선 엔스 형사는 범인이 또다시 사건 현장에 올 수밖에 없었던 다른 실제적인 이유를 수사하고 싶었다.

핸드폰이 울리는 바람에 옌스는 하던 생각을 멈추었다. 핸드폰에 뜬 번호는 경찰서였다. 그는 손을 핸드폰으로 가져갔다. 레베카(Rebecca)의 목소리를 듣는 것은 즐거운 일이었다. 그녀의 목소리는 언제나 활기찼다. 그녀의 이런 기분을 망칠 수 있는 것은 아마겟돈 같은 대참사 아니면 트럼프 정도는 되어야 할 것이다. 트럼프면 충분할 것이다. 레베카가 이 얼간이 같은 미국 대통령에 대해 흥분하면서 말하는 것을 듣거나 보면 정말 재미있다.

"범행에 사용된 권총의 단서를 지금 찾았어요." 그녀는 속사포처럼 말하기 시작했다.

"재미있는데"

"그 총은 베를린에 있는 영화사의 세트장에서 사라진 거래요. 원래 그 권총은 쏠 수 없는 총이었다는데요. 그런데 총에 대한 지식이 조금만 있는 사람이라면 충분히 쏠 수 있게 만들 수 있다는군요."

"영화사라…… 흠…… 이게 돌파구가 될 단서 같지는 않은데"

"한번이라도 칭찬이라는 것 좀 해봐요, 그러면 그날 바로 청혼할게요."

"내가 그걸 알기 때문에 칭찬을 안 하는 거라고."

"반장이 찾고 있는데요." 레베카는 그의 말을 못 들은 척 넘어갔다.

"그런데?"

"반장이 화가 난 것 같아요."

"늘 그렇잖아. 나중에 가서 반장에게 보고할게. 처리할 일이 있어 사건 현장으로 또 가야 돼."

"거기서 무엇을 하려고 하는지 물어봐도 되요?"

"안 돼. 소용없어."

옌스 형사는 이 말을 하며 끊었지만 레베카에게 바로 다시 전화했다. 중요한 말이 떠올랐기 때문이다.

"그래요, 나도 보고 싶어요."

"생일 축하해!"

"오 고마워요! 내가 얼마나 놀랐게요? 가만 우리가 함께 일한 게 얼마나 됐죠? 한 5년? 당신이 내 생일을 기억한 것은 오늘이 처음이에요."

"틀렸어. 작년에 내가……"

"작년엔 내 책상에 놓인 꽃들을 보고 기억한 거죠."

"그래, 하지만……"

"이 멋진 순간을 망치게 하지 마세요." 그녀는 경고했다.

"프랄린(수제 초콜릿) 사가지고 갈게. 제일 비싼 것으로."

옌스는 전화를 끊고 웃음을 참을 수 없었다. 그는 레베카와 일하는 것을 좋아했다. 레베카는 대범하고 빈틈없었으며, 이 때문에 다른 동료들과는 좀 다른 직원이었다. 그렇다고 그녀가 가볍지도 않았다. 정반대였다. 누구나 그녀를 조금만 알면 레베카가 얼마나 생각이 깊은 여자인지 알게 된다.

하여간 프랄린을 사가는 것을 잊어서는 안 된다. 그랬다가는 레베카가 엄청 실망할 것이다.

엔스는 올리버 키나트가 살해당한 그 거리에 도착하자 마지막 남은 커피를 마셨다. 그는 7.5톤 이하 차량만 통행을 허가한다는 내용의 새로 만든 교통표지판 앞에 차를 세웠다. 이 표지판은 대형트럭은 다른 길을 이용해 항구로 들어가도록 하기 위해 여기 설치했다.

하여간, 이 표지판은 이제 묘비가 되었다.

잠시 엔스는 죽은 간호사의 가족을 생각했다. 엔스는 그의 부모를 몰랐다. 아들이 죽었다는 소식은 다른 경찰이 전달했다. 그들은 아들이 어디서 죽었는지 알고 있을까? 그들은 여기 이 위안받을 길 없는 장소에 와 보았을까? 엔스는 그들이 도로표지판 아래에 꽃을 놓고 눈물을 흘렸을 모습을 그려봤다. 그는 범인도 이런 생각을 하고 있을까 생각했다.

엔스는 몸을 돌려 차 유리 수리점 쪽으로 건너갔다.

〈차 유리에 간 금을 수리해 드립니다〉

광고가 너무 바보 같은데!

예전 주유소의 큰 철제 지붕이 주유기도 없는 주유대를 덮고 있었다. 그 오른쪽에는 예전에 세차장 시설로 썼던 곳이 있었다. 녹이 낀 철제 접이식 문이 비스듬하게 걸려 있었고, 때 묻은 유리창은 금이 가 있었다. 세차장 벽에는 고철을 세워놓았고 잡초가 자라고 있는 조그만 터에는 타이어가 쌓여 있었다. 그를 공격했던 그 놈은 그날 밤 바로 그곳에 숨어있었다.

엔스는 도로표지판 쪽으로 돌아갔다.

아마 그놈은 옌스가 골목을 빠져 나오는 순간부터 주시하고 있었을 것이다. 따라서 그 놈은 도망칠 시간이 충분히 있었다.

옌스는 지금 사무실로 사용하고 있는 예전 주유소 계산대로 들어갔다. 여기저기 상처가 난 검은색 책상 뒤, 싸구려 의자는 비어 있었지만 컴퓨터는 켜 있었다. 검은색 책상에서 종이가 깔려 있지 않는 곳은 먼지로 덮여 있었다.

"잠깐만요" 뒤쪽 어디 한 군데에서 누군가가 소리쳤다.

약간 신경질적인 목소리였다. 잠시 후 앞으로 나온 그 남자는 약간 까다로운 인상이었다. 그는 작고 뚱뚱한 편이었고, 때 묻은 파란 멜빵바지를 입고 있었다. 정수리 가장 자리에 화환 모양으로 난 검은 머리카락은 반짝거리는 대머리의 테두리를 이루고 있었다. 신고 있는 신발의 붉은 색 끈은 잘 매여 있지 않아 바닥에 질질 끌리고 있었다. 그는 마른 걸레로 손을 닦았다.

옌스는 이 사람에게 폐가 되는 것은 아닌가 생각했다.

"어떻게 오셨죠?" 그는 옌스에게 물으면서 이미 충분히 내려앉은 회전의자에 앉았다.

옌스는 주머니에서 신분증을 꺼내어 내밀었다.

〈옌스 케르너 경사……〉 그 뚱보는 약간 조롱조의 낮은 어조로 말했다. "그때 석간신문에 났던 사건은 이제 어떻게 되었나요? 더티 해리 형사님 맞죠?"

그가 입을 크게 비죽이는 바람에 이빨 빠진 자리까지 보였다.

옌스는 지금 화를 내야 할지 고민했지만 이놈은 그럴 가치도 없다고 결정했다. 이미 2년이나 지난 일이었지만 이 도시 사람들은 입방아에 올릴 일이라면 놀랄만한 기억력을 가지고 있었다.

"난 여기서 어떤 한 고약한 남자만 보고 있소." 옌스는 침착하게 대응하고 이 작고 뚱뚱한 남자의 눈길을 피했다.

"당신이 사장이요?"

그는 고개를 끄덕였다.

"성함은?"

"카를 그리스베크요."

"그리스베크 씨, 혹시 요전에 당신 가게 앞에서 무슨 일이 일어났는지 아세요?"

"교통사고요. 표지판을 교체하러온 공무원이 말해주었지요."

"맞습니다. 교통사고였지요." 그는 확인해주었다. 그리스베크는 그 사건을 잘 모르고 있는 것 같았다. "하지만 그 사건이 어떻게 일어났는지 완전히 밝혀진 것은 아닙니다. 그래서 제가 한 가지 여쭙겠는데, 여기 감시카메라가 있습니까?"

그리스베크는 엄지손가락으로 뒤를 가리켰다.

"저 위 구석에요."

건물 천장 어둡고 외진 곳에서 조그만 카메라 한 대가 거미줄에 휩싸인 채 달려 있었다.

"저거 한 대 뿐이에요?" 옌스가 물었다. "가게 안이나 마당에 더 없다는 얘기죠?"

"예, 이거 한 대 뿐이에요. 보험회사에서 계속 설치하라고 하긴 했어요. 여기에 벌써 도둑이 세 번이나 들었다나요."

"어떤 곳이 찍히나요?"

"출입문요. 다른 길로는 안으로 들어올 수 없어요. 그래서 저 한 대만으로도 충분해서요."

"뒷문은 없습니까?"

"제가 늘 닫아놓습니다."

옌스는 그것이 소방규정에 맞는 것인지 묻고 싶었지만 참았다.

"촬영된 것은 며칠간 저장해 놓죠?"

"일주일 지나면 컴퓨터에서 자동적으로 삭제됩니다."

"사고가 난 날 밤 촬영된 것을 보고 싶은데요."

그리스베크는 어깨를 들썩였다.

"이미 말한 것처럼 카메라는 출입문 쪽을 향하고 있어요. 거리 쪽이 아닌데요. 하지만 정 원하신다면……"

"예, 꼭 보았으면 합니다."

그리스베크는 키보드 쪽으로 몸을 숙이고 몇몇 명령어를 입력했다. 그러면서 그는 물었다.

"언제부터 강력계 형사가 교통사고를 담당했나요? 아니면 그 사건 뒤 교통경찰로 자리를 옮겼나요?"

그는 이 질문을 못들은 척했다. 이 얼간이 같은 놈의 공격을 받아들일 이유가 없었다.

"어쨌든 운전자가 사망했잖아요." 그가 말했다.

"정말이에요?" 그리스베크는 잠깐 그를 향해 고개를 들더니 다시 화면에 집중했다. "전혀 몰랐네, 그래…… 잠깐만요…… 망할, 이게 왜 또 이렇게 돼. 잘 안되네."

그리스베크의 컴퓨터 실력이 한계에 달했다. 그것은 어렵지 않게 알 수 있었다. 그의 오른손이 독수리처럼 키보드 위를 날아다니다가 갑자기 집게손가락을 쫙 펴고 키보드 위로 추락했던 것이다.

'독수리 타법이네'라고 옌스는 생각하며 마음속으로 한숨을 내쉬었다. 그는 여기서 시간을 낭비하고 싶지 않았다.

"제가 한번 해볼까요?" 그가 물었다.

"아닙니다. 곧 보여드릴 게요."

그리스베크는 코를 모니터에 바짝 들이대고 작은 눈은 가늘게 뜬 채 긴장한 모습으로 컴퓨터에 집중했다.

옌스는 그에게 2분의 시간을 주었다. 그래도 안 되면 자기가 직접 나설 생각이었다. 그는 컴퓨터 전문가는 아니었지만 웬만한 프로그램은 문제없이 사용할 수 있었다. 어쨌든 이 뚱보 돼지 같은 자보다는 빠를 것 같았다.

마침내 그리스베크가 자료를 제대로 찾았다. 그때 그는 소년처럼 기뻐했다. 잠시 옌스는 그의 얼굴을 보며 호감을 느꼈다. 옌스는 그가 앉아 있는 책상 뒤로 갔고 그리스베크는 비디오를 돌리기 위해 마우스를 클릭했다. 그 다음에 그는 몸을 뒤로 기댄 채 두 팔을 접어 배 위에 올려놓았다.

화면에는 주로 출입문과 차양이 쳐진 앞마당이 나왔지만, 거리도 약 3미터 정도 찍혀 있었다. 물론 이것은 도로표지판이 있던 그 장소는 아니었다.

"촬영은 20시에 시작되었네요."라고 옌스가 말하고 화면에 삽입되어 있는 타이머를 가리켰다.

"제가 주로 오후 8시까지는 여기에 있거든요."

"오케이, 그런데 그 사건은 밤늦게 일어났습니다. 고속감기 한 번 해주세요."

"고속감기 하라구요?" 그리스베크는 이맛살을 찌푸렸다. 그의 손가락은 검색을 시작했다.

"저한테 한번 맡겨주세요."

옌스는 몸을 숙여 비디오플레이어의 인터페이스를 열더니 마우스를 이용해 진행바를 앞으로 전진시켰다. 몇 번의 시도 끝에 그는 11시에서 12시 사이의 시간대에서 자동차 한 대가 화면을 통과해 가는 장면을 찾아냈다.

빙고!

그것은 하얀색 박스카였다.

옌스는 되돌리기를 한 다음, 몸을 숙여 그 장면을 자세히 관찰했다.

그 차는 낡고 오래되어 보였고, 번호판이 없었으며, 일반적인 속도로 달리는 것처럼 보였다. 차의 형태나 구조가 올리버 키나트가 찍었던 사진과 비슷했다. 하지만 운전자의 얼굴은 인식할 수 없었다. 그의 얼굴도 보였으면 좋았을 텐데.

옌스는 그 화면을 여러 번 돌려 보았지만 별다른 것을 발견하지 못했다. 그러자 그는 비디오를 계속 앞으로 돌려 새로운 움직임이 있는 화면을 찾아냈다.

그 박스카는 다시 돌아왔다.

이번에 그는 아주 천천히 차를 몰았다. 그리고 운전석이 비디오카메라 쪽을 향하고 있었기 때문에 옌스는 유리창 뒤에 있는 얼굴을 식별할 수 있었다. 아니 그것은 얼굴이라기보다는 밝은 점이라고 해야 할 것이다.

"이 장면이 필요해요."라고 그는 말하고 핸드폰을 꺼냈다.

# 5

"머리가 쇠스랑으로 빗질한 것 같은데." 비비안이 웃으면서 말했다.

"고마워! 네가 빨리 나오라고 난리쳤잖아."

"그래, 배고파 죽겠는데 목욕탕에서 안 나오니까 그랬지."

"문제는 나 혼자 욕실을 쓸 수 없다는 거야." 레니는 변명했다.

그들은 비비안이 전에 이야기한 적 있는 빵집으로 갔다. 하지만 계획했던 것보다 30분 늦었다. 비비안은 시간에 맞추어 준비를 끝냈지만 레니가 늑장을 부렸다. 그녀가 샤워하러 하나뿐인 목욕탕에 들어가려고 하면 언제나 누군가가 먼저 사용하고 있었다. 그래서 그녀는 〈사용 중입니다〉라는 말을 스페인어나 중국어로 어떻게 말하는지 즉 ocupado나 zhanling - 배웠지만, 결국 미지근한 물로 급하게 샤워를 했다. 유감스럽게도 투숙객이 몰려오고 난 뒤로는 이 넓은 목욕탕이 황폐화되었다고 말할 수 있을 정도로 엉망이었다. 그래서 레니는 내일부터는 꼭두새벽에 남들보다 먼저 일어나야겠다고 굳게 결심했다.

"BedtoBed에 그런 불편한 점이 있을 수도 있겠네." 비비안이 동의했다.

"하지만 나는 이런 방식으로 여행하는 것을 좋아해."

"너는 자주 이렇게 여행하나 보구나?"

"정기적으로 하지. 정말 좋은 시스템 아니니? 돈만 지불하면 세계 어느 곳에서도 방을 구할 수 있고, 다른 방도로는 사귈 수 없을 멋진 사람들도 만나잖아. 우리 둘만 봐도 그래. BedtoBed이 아니었다면 우리가 만났겠니?"

"맞아. 그런데 나는 목욕탕은 혼자 쓰고 싶어. 넌 아직 이렇게 방을 빌리면서 나쁜 경험을 한 적이 없니? 집주인이 아주 귀찮게 군다거나 뭐 그런 거 있잖아."

비비안은 당연히 있다는 듯한 태도로 말했다.

"물론 많지. 아주 불결한 방부터 젊은 여자 밝히는 늙은 주인들까지 말이야. 이런 사람들은 새 수건을 가져다주겠다면서 밤에 갑자기 방문을 열고 들어온다니까. 파리에서 한번은 WG(독일식 쉐어하우스)에서 방을 구한 적이 있었어. 투숙객들은 다른 건 다 좋았는데 아침마다 벌거벗고 돌아다니는 거야. 그건 좀 심한 것 같아. 런던에서도 이런 방을 빌렸는데, 그곳에는 거짓말 하나도 안 보테고 주위에 담배꽁초가 203개나 떨어져 있었지 뭐야. 예민한 사람들은 그런 곳에서 잘 수 없을 정도였어."

"맙소사!" 레니가 소리쳤다.

"완전히 엉망이었어. 지금 우리 방 정도면 꿈같은 수준이지, 안 그래? 솔직히 말해 나는 아직까지 Bedtobed을 이용해 이렇게 좋은 방을 얻은 적은 없어. 투숙객이 나가면 청소부가 바로 와서 모든 것을 깨끗하게 청소하잖아. 너 전에 이 방에 묵었던 사람이 썼던 침대에 온기가 가시기도 전에 침대시트랑 침구류를 다시 갈았어. 이정도면 괜찮은 곳이지."

"그래, 하지만 내가 집주인 얼굴을 모른다는 것이 이상해."

"괜히 시끄럽게 만들지 마!" 비비안이 경고했다.

"무슨 말이야?"

"그러니까 Bedtobed에 전화해서 집주인이 여기 안 산다고 이르지 말라는 말이야."

"그럴 마음 없는데."

"그러면 됐고. 있는 그대로 받아들이고 그냥 참아. 딴 생각 말고 그냥 즐기기만 해. 하여간 이게 내 인생 모토야. 그런데 시골뜨기 레니, 오늘 뭐하고 놀 거냐?"

"날 그렇게 부르지 마."

"왜 그러는데?"

"날 너무 무시하는 것 같아서."

"아, 힘내." 비비안은 그녀의 어깨에 손을 올렸다. "나는 그런 뜻으로 한 말이 아니었어. 난 네가 너무 예쁜데. 정말 순수해 보여."

"난 그렇지 않아."

지금 이 상황이 생각했던 것보다 훨씬 심각했다. 비비안은 레니의 목소리가 갑자기 바뀌었다는 것을 느꼈다. 비비안은 레니에게서 떨어져서 그녀를 바라보았다.

"미안해, 너를 너무 편하게 생각했나봐. 화내지 마, 응."

"좋아, 그런데 부탁할게. 제발 그렇게 부르지 마!"

"하늘에 대고 맹세할게."

둘은 말없이 나란히 걸었다. 레니는 이 상황이 편하지 않아 어떻게 말해야 할지 몰랐다. 이런 상황은 늘 있었다. 지금 레니는 대화를 할 수도 안 할 수도 없었다. 누군가와 다투거나 기분 나쁜 상황에 있을 때면 그녀는 이 상황을 빨리 해소하는 대신 몇 시간, 어떤 때는 하루 종일 그것을 곱씹으며 돌아다녔다. 레니는 자신이 어떤 사람인지 잘 알았다. 그녀는 늘 자신에 대해 잘 성찰하는 인간이었다. 하지만 어떻게 해야 이런 성격을 바꿀 수 있는지 몰랐다.

"야, 말해봐, 인턴 실습으로 뭘 해?" 비비안이 물었다.

레니는 비비안의 이런 관심은 진심이 아니라는 것을 알았지만 그녀의 질문을 받아들였다. 대답하지 않는 것이 더 나쁘다고 생각했기 때문이다.

"나는 문예창작과를 전공해서, 출판 분야에서 일하고 싶어. 그런데 인턴 과정을 거쳐야만 어디에도 들어갈 수 있거든. 그래서 지금 뉴미디어 출판사에서 인턴을 하게 된 것이 너무 좋아. 이 출판사는 생긴 지 얼마 안 된 작은 출판사지만 젊은 직원들이 혁신적 아이디어로 일하는 곳이거든."

"아아 그래!"

비비안은 내 옆에서 나란히 걸으면서 인도를 걸어가는 다른 사람들을 관찰하고, 그들에 대한 견적을 내고, 등급을 매기고 있었다. 레니는 그녀가 이 순간에도 함부르크의 백만장자들을 탐색하고 있다고 확신했다.

"출판 분야에서 일하면 얼마나 버니?"

"인턴 할 때는 돈을 못 받아."

"뭐? 공짜로 일한다고?"

그제야 레니는 비비안의 관심을 받았다.

"그래, 나는 실제로 일하는 것이 아니라 경험을 쌓는 거야. 그건 정말 중요해."

"먹고사는 문제의 해결이 네가 쌓아야 할 중요한 경험이야." 비비안이 말했다.

"예를 들어 어떻게 하면 백만장자를 낚을까 같은 거"

비비안은 그녀를 째려봤다.

"지금 너 대단히 무례한 거 알지? 누구에게나 목표라는 것이 있어. 그리고 그것은 모두 돈과 관련 있지."

"하지만 돈 때문에 일해서는 안 되지."

"안 된다고? 그러면 무엇 때문에 일하니?"

"아마 열정 아닐까?"

"내 말이 그 말이야. 열정이라면 나도 뒤지지 않아."

"그런데 넌⋯⋯"

좁은 옆 골목에서 그들 오른쪽으로 누군가 획 뛰쳐나왔다. 레니는 갑자기 나타난 이 남자를 피하느라 발을 빼는 바람에 비비안과 함께 바닥으로 쓰러졌다. 레니는 아스팔트에 뒤통수를 박았다. 한동안 눈앞이 아무것도 보이지 않을 정도로 충격은 심했다. 그녀는 비비안이 욕하는 소리를 들었다. 다시 정신이 들었을 때, 긴 외투를 입은 남자가 뛰어가는 것을 보았다.

"야 이 멍청한 나쁜 놈아!" 비비안이 그를 쫓아가면서 소리쳤다.

그녀는 정말 큰 소리로 외쳤다. "야, 이 거지 같은 놈아!"

레니는 손바닥으로 땅을 짚고 몸을 일으켰다. 이때 그녀의 눈길은 그 남자가 튀어나왔던 골목길을 향했다. 그녀는 일어날 자신이 없었다. 계속 정신이 몽롱했고 눈앞에는 순백색의 눈송이들이 춤추듯 날리고 있었다. 하지만 레니는 옆에 있던 비비안은 알아볼 수 있었다. 그녀는 거의 기다시피 깊이 그늘진 곳을 찾아 그곳에서 쉬었다. 그러자 비비안이 시야에 완전히 들어왔다. 비비안은 걱정스러운 눈길로 뭔가 말했지만 레니는 알아듣지 못했다. 그리고 그녀를 끝없는 공포로 몰아갔던 이 특별한 순간은 끝이 났다.

"그것 보았지?" 그녀가 물었다.

"무엇을 보았다는 거야?"

비비안은 그녀의 눈길을 쫓아갔다.

"저기…… 골목에…… 누군가…… 있었어."

레니는 말문을 닫았다. 비비안은 레니가 자기 말을 믿지 않는다고 확신했다. 레니도 스스로도 믿지 않았고, 넘어지면서 머리에 심한 충격을 받아서라 생각했다.

"그래 그 망할 놈이 있었어." 비비안은 분개하며 소리쳤다. "그놈 나한테 안 잡힌 걸 다행으로 여겨야 할 거야. 그렇지 않으면 놀랄 일을 당했을 테니까. 너 괜찮아? 다치지는 않았니?"

레니는 비비안의 도움으로 일어서서 머리의 아픈 곳을 손으로 만져보았다. 손끝에 피가 묻어 나오면 어쩌나 하고 걱정했지만 다행히 그런 일은 일어나지 않았다.

"한번 보자" 비비안이 말했다. "나 응급구조 교육도 받았어."

비비안은 다친 내 머리 부분을 살펴보았다. "아무렇지도 않아 정말 다행이야. 괜찮으니까 트라우마 같은 것도 없을 거야. 빵집까지 멀지 않으니까 갈 수 있지?"

비비안이 옆에서 팔짱을 꼈고 둘은 계속 걸어갔다.

"그 말 농담이야 아니면 진짜 응급 구조사야?" 레니가 물었다.

"왜 그걸 농담이라고 생각하니?"

레니는 어깨를 들썩였다. "몰라, 그냥 네가 그럴 거라는 생각이 들지 않았을 뿐이야."

그녀는 적당한 말을 떠올리려고 말을 중단했다.

비비안은 남자처럼 크게 웃었다.

"내가 다른 사람을 도울 여자 같지는 않다는 거야?"

"미안."

"신경 쓰지 마. 내가 그럴 것이라 생각하는 사람은 거의 없으니까. 아마 나이가 들면서 약간 둔해져 남의 고통을 엄살로 여겨 심각하게 받아들이지 않기 때문일 거야. 또 이 직업은 사람을 빈정거리게 만들거든. 하여간 그래. 저 앞이 빵집이야."

그녀는 운하에 붙어 있는, 지붕이 평평한 유리건물을 가리켰다. 이 건물은 수면에서 불과 몇 미터 위로 솟아 있었고, 그 아래로는 부교(浮橋)처럼 만든 배에 노천카페처럼 테이블과 의자가 놓여 있었다. 물가에 심어놓은 수양버들, 물푸레나무, 단풍나무가 훌륭한 경치를 완성해 주었다. 레니는 함부르크 같은 시끄럽고 번잡한 도시에 이런 목가적인 장소가 있다는 것이 도저히 믿기지 않았다.

"넌 무조건 크루아상을 먹어 봐야 해!"라고 비비안이 말하며 문을 열어주었다. 레니는 크루아상 두 개를 주문했는데, 하나는 초콜릿이 발린 것이고 다른 하나는 초콜릿이 발리지 않은 것이었다. 여기다 스크램블 에그와 베이컨을 주문했다. 레니는 뮈슬리도 먹었는데 그 냄새가 너무 좋았다. 그들은 아침식사를 들고 야외테라스로 나가 바로 물가에 자리를 잡았다. 아래로 흐르는 물은 짙고 잠잠했다. 레니는 몇 센티미터라도 물을 들여다볼 수 없었다. 그녀는 너무 무서웠지만 아무 말도 하지 않았다. 비비안이 그것까지 알 필요가 없다고 여겼기 때문이다.

"나는 그 바보 같은 놈이 너를 그냥 밀치고 달아났다고 생각하지 않아."라고 비비안이 말하면서 고개를 흔들었다. 레니는 크루아상을 반쯤 입에 넣고 있어서 그게 무슨 말인지 몰랐다.

레니는 컴컴한 골목에서 튀어나왔다가 연기처럼 사라져버린 남자의 모습을 떠올려보았다.

"아마 그 남자는 겁이 나 달아난 건지도 몰라."

"그래도 지금 너 그 놈을 변호 하냐! 남을 넘어뜨리고 그냥 달아나는 일은 아무나 못해."

"내가 어제 너를 도우려 했을 때, 너도 그런 일을 못 본 척하는 것이 보통인 것처럼 말했잖아."

"요즘 다 그렇잖아. 하지만 별로 좋은 건 아니지. 너 같은 사람을 만나는 건 드문 일이지. 어젯밤 같으면 아무도 그렇게 나서지 않을 거야. 나라도 안 해."

"내게도 좀 귀찮기는 해"

"내가 아는 한 맞는 말이기도 해." 비비안은 웃었다. "포르쉐를 타는 놈은 다시 못 만날 거야. 내겐 큰 손실이지."

테이블 위 테블릿PC 옆에 두었던 비비안의 핸드폰이 진동했다. 비비안은 핸드폰을 들고 번호를 확인했다. 그리고 문자를 입력하는 동안 회심의 미소를 지었다.

"너 인스타그램 하니?"

레니가 고개를 흔들었다.

"트위터나 플리커는?"

"아니, 페이스북만 해."

"맙소사, 이 촌뜨기 레니야. 요즘 누가 페이스북 하니? 여기 좀 봐!"

그녀는 레니에게 핸드폰을 건네주었다. 거기에는 청바지와 하얀 티셔츠를 입은 젊은 남자가 카메라를 향해 꾸밈없는 미소를 짓고 있었다. 그는 단추를 풀고 셔츠를 열어 강철처럼 탄탄한 복근을 자랑하기까지 했다.

"이 사람 누구야?"

"오늘 밤에 나랑 데이트할 사람."

"Vivilove는 누구야?"

"글쎄 누굴까? 당연히 나지. SNS상의 내 닉네임이야."

비비안은 레니의 손에서 핸드폰을 다시 받고 갈망어린 눈길로 핸드폰 화면을 바라보았다.

"잘 생겼지?"

"그래. 그런데 실물보다 약간 잘 나온 사진 같기도 해."

"야, 이것은 인스타그램이야. 잘 나온 사진만 올리는 곳이란 말이야. 너도 여기에 계정 하나 만들지."

"아! 잘 모르겠어⋯⋯. 누가 나 같은 여자에게 관심을 가지겠어?"

"남자들이 관심 가지게 만들면 되지. 잘 나온 사진만 있으면 돼. 내게 좋은 생각이 있어. 너 오늘 저녁에 나랑 함께 클럽에 가는 거야. 그리고 그곳에서 새롭고 재미있는 인생을 시작하는 거지. 사진도 찍고 말이야."

"나는 내일 아침 일찍 출근해야 해."

"신경 쓰지 마! 놀다 가면 금방 잠들 거야."

"안 돼!"

"내 초대를 그렇게 거절하는 법이 어디 있니? 이런 클럽에는 아무나 못 들어가. 그곳은 회원제 클럽이야. 그리고 백만장자들도 많이 있어. 내가 너를 함부르크의 특별한 밤 문화로 데려가 줄게. 이게 내 생명을 구해준 사람에게 해주는 최소한의 보답이야."

레니는 불행한 미소를 지었다. 그녀는 파티에 가는 것을 좋아하지 않았고 파티를 혐오하기까지 했다. 하지만 비비안의 청을 마냥 무시할 수 없을 것 같았다.

남을 돕기 좋아하는 사람은 당연히 그 결과까지도 받아들여야 했다.

# 6

주인이 곧 너를 위로 부르면 넌 반항해서는 안 돼.

6번이 해준 이 말이 야나의 뇌리를 떠나지 않았다.

그녀와 함께 고생하고 있는 6번은 건너편 감방에 누워 자고 있었다. 나직이 내쉬는 6번의 숨소리가 정적만 감도는 지하 감옥에서 뚜렷이 들렸다.

그들이 밥을 다 먹었을 때쯤 소리가 또 한 번 감옥 전체에 울렸다. 6번은 야나에게 감방에 머무르라고 지시했다. 그 후 곧 야나의 감방 문이 닫히고 6번은 다 비운 플라스틱 냄비를 작은 카트에 묶은 다음, 그것을 끌고 검은 구멍(터널) 속으로 기어들어갔다. 그녀가 돌아올 때까지 약 두 시간 정도 걸렸다. 그녀는 아무 말 없이 침낭으로 기어들어가더니 금세 잠들었다.

야나는 잠을 이룰 수 없었다.

그녀는 끊임없이 도망갈 궁리만 했다. 집주인이라는 사람은 6번을 고분고분 말 잘 듣는 노예로 만드는 데 성공했다. 야나는 그가 자신을 그렇게 만드는 것을 용납할 수 없었다.

하지만 주인 남자의 심리적 공격을 어떻게 막는단 말인가?

가장 좋은 것은 애초에 그가 그런 짓을 못하게 만드는 것이었다. 만약 야나가 집주인을 자극하여 화나게 만든다면, 그가 실수를 범할지도 모르며, 그렇게 되면 야나가 도망칠 기회도 생길 것이다.

하지만 야나 혼자만으로는 도망칠 수 없었다. 무슨 일이 있어도 야나는 6번은 데리고나가야 했다. 혹시 자기 때문에 6번이 죽게 된다면 야나는 자신을 용서하지 못할 것이다.

톡

물이 가득 찬 접시에 물방울이 떨어졌다. 야나는 심한 갈증을 느꼈다.

그녀는 침낭에서 빠져나오고 싶은 욕망을 참아야 했다. 그것은 추위 때문만이 아니라 자신이 비디오카메라로 감시당하고 있다는 것을 알았기 때문이다. 하지만 다른 방법이 없었다. 침낭에 들어가 있는 한, 물 접시에 도달할 길이 없었다.

그녀는 알몸으로 철창 앞에서 무릎을 꿇고 마침내 엎드리기까지 했다. 돌바닥의 찬 기운이 바로 온몸으로 퍼져나갔고, 야나는 사지가 움츠러들고 있다는 것을 느꼈다. (고통으로) 이를 악문 그녀는 오른쪽 어깨를 창살에 바싹 붙이고 팔을 창살 사이로 뻗었다. 그녀가 몸으로 철제지주를 힘껏 밀어야 겨우 물 접시에 손끝이 닿았다. 그때 그녀는 얼굴을 다른 쪽으로 돌려야 했다. 뒤통수가 지주에 붙어있어야만 가능했기 때문이다. 이렇게 어깨의 위치를 바꾸어야 그녀의 팔이 1-2센티미터 정도 더 뻗을 수 있었다. 그때 야나는 집주인이 감방과 물 접시 사이의 간격까지 정확하게 계산해 두었다는 생각이 들었다.

야나는 바닥을 더듬어 차고 축축한 접시에 손끝이 닿자 그 가장자리에 집게손가락을 걸어 접시를 당겨왔다. 이 과정 역시 극도의 집중력을 요구했는데 바닥이 평평하지 않아 접시가 기울어지면서 엎어질 수 있었기 때문이었다.

돌로 된 바닥을 미끄러지면서 내는 금속성 소음이 아치형 지붕 아래를 가득 채웠다. 레니는 접시를 격자 창살 사이로 당겨와 마셨다.

찬물은 처음에는 입술을 그 다음에는 혀 그리고 마지막으로 목구멍을 적셨다. 야나는 너무 행복해 거의 울 뻔했다. 눈을 감은 채 그녀는 물을 다 비울 때까지 아주 조금씩 마셨다.

그 다음 눈을 떴을 때 그녀는 경악했다.

6번이 그녀의 감방 창살에 붙어 서서 노려보고 있었다. 그녀는 혀를 앞으로 내밀어 마른 입술을 닦고 있었다.

야나는 접시를 내려놓았다. 접시는 다 비어 있었다. 그녀는 혼자 물을 다 마셔버려 부끄러웠다.

6번은 그것이 정상이라는 듯이 고개를 흔들었다. 하지만 눈길은 원망하는 것 같았다. 그녀도 물 한 방울이 간절했다. 이것만은 분명했다.

야나는 다시 물을 채우기 위해 접시를 원래 있던 자리에 두었다.

야나의 젖은 손끝이 돌바닥을 지나며 먼지에 그 흔적을 남겼다. 그때 갑자기 좋은 생각이 떠올랐다.

야나는 손끝으로 접시 테두리에 남아 있던 습기를 빙 돌아가며 닦아 묻혀 자기 이름을 그 먼지에다 썼다.

야나(Jana)

6번은 이런 그녀의 모습을 바라보고 있었다. 그녀의 두 눈은 너무 놀라 굳어 있었지만 눈길만은 아치형 천장에 달려 있는 신의 눈을 향하고 있었다.

이름을 다 쓴 다음 야나는 일어나 6번을 바라보며 자신과 똑같이 해 줄 것을 요구했다. 하지만 그녀는 고개를 흔들었다. 야나는 그녀의 소심함에 화가 났지만 내색하지 않았다. 그 대신 야나는 기도하듯이 두 손을 모아 감싸고는 입술로 '제발'이라는 입모양을 만들었다. 마침내 6번이 고개를 끄덕였다. 그녀도 창살 사이로 팔을 뻗어 먼지가 앉은 바닥에 자기 이름을 썼다.

카트린(Katrin)

이제부터 그들은 더는 6번이나 7번이 아니라 비록 입으로 말할 수는 없었지만 이름을 가진 인간이었다.

그때 갑자기 바닥을 긁으며 삐걱거리는 소리가 울려 퍼졌다. 끔찍하게 크고 찌그러졌으며 거의 사람의 소리라 할 수 없는 목소리가 모든 방향에서 들려왔다. 그 소리는 돌벽 사이를 헤치고 메아리치며 두 사람의 머리에 깊이 박혔다.

철그렁 소리를 내며 감방 문의 빗장이 벗겨지더니 문이 천천히 뒤로 열렸다.

"6번, 7번 위로 올라오도록. 지금 바로!"


# 7


프레데릭 푀르스터는 숨이 가쁘고 폐에 불이 붙은 것처럼 아플 때까지 계속 달렸다. 그러고도 한동안 더 달렸는데 속도가 점점 느려지다가 나중에는 발을 끌다시피 걸어가면서도 계속 고개를 돌려 뒤를 살폈다. 누군가 뒤따라오는 발자국 소리가 들리는 것 같았기 때문이다.

그는 운하다리 밑에 내려와서야 비로소 쓰러졌다. 호기심어린 눈길로 바라보는 사람들을 피해 그는 불결한 포장도로 위에 드러누워 호흡이 안정되기를 기다렸다. 그의 오른쪽 어깨는 충돌 때 얻은 통증이 멈추지 않았다. 그는 그 사람을 제대로 보지도 못했고, 다만 분노에 찬 목소리만 들었을 따름이다. 그가 들었던 것은 욕설과 저주를 퍼붓는 말뿐이었다.

부랑자라는 말도 생각났다.

그렇다. 그는 부랑자였다. 노숙자 말이다.

그는 한 때 세상을 발아래 두었던 야심만만한 젊은 사업가에서 이제 노숙자가 되었다. 그는 여자들의 유혹도 받아 봤고, 자기가 원하면 무엇이든 다 가질 것 같았다. 그의 실패와 추락에는 이유가 너무 많았지만 자신과 가족을 속인 것이 결정타였다.

2년 전 그날 밤 지금은 이름도 기억나지 않는 금발미녀와 불륜을 저질렀던 것이 오늘 그가 이 다리 밑으로 오게 만든 출발점이었다. 만약 누군가 2년 전 그때 앞으로 어떻게 될지 충고해 주었더라도 그가 이와 다르게, 좀 더 도덕적이고 정직하게 행동했을까?

프레데릭은 그렇다고 말할 수 없었다.

그는 의지력이 약한 편이었다. 초기에 그가 사업 수완이나 승부욕이라 생각했던 것도 결국 돈을 벌거나 다른 사람의 인정을 받아 자신을 세련되게 꾸미려 한 보잘 것 없는 욕심이었을 뿐이었다.

이제 프레데릭은 숨이 막힐 정도로 공포에 떨며 여기 쓰레기 속에 누워 있는 신세가 되었다. 운명은 제일 밑바닥으로 떨어지는 것으로도 모자라다는 듯 여기다 일 파운드의 짐을 더 실어 버렸다. 프레데릭은 어떤 사람에게 쫓기기까지 한 것이다. 너무 결연한 의지를 보이고 있는 그 사람은 조만간 그를 붙잡을 것이다. 프레데릭이 여태 살아있다는 것이 기적이었다.

프레데릭은 울고 싶은 심정이었다.

쥐구멍이라도 있으면 기어들어가 죽어버리고 싶었지만 죽는 것도 그리 쉽지 않았다. 폭삭 망해 모든 사람들이 멸시한다 해도 그의 마음 깊은 곳에서는 삶의 의지가 불타고 있었다. 그는 더 나아지리라는 희망을 잃지 않았다. 이 희망의 작은 불꽃은 너는 다시 시작할 수 있다고 말했다.

꽤 오랜 시간이 흐른 후 프레데릭은 일어나 주위를 살펴보았다. 다 사용한 주사기와 피 묻은 수건이 널려 있었고, 오줌 냄새가 진동했으며, 다리의 강철 교각에는 빈 맥주병과 보드카 병이 있었다.

다른 곳에서 거처할 돈도 없이 집에서 쫓겨나게 되었을 때 프레데릭은 부랑자들처럼 다리 밑에서 잘 정도로 밑바닥 인생을 살지 않겠다고 결심했다. 하지만 지금 그는 진짜 다리 밑으로 오게 되었다. 함부르크에서 가장 열악한 이곳이 지금 그가 안전하게 피할 수 있는 유일한 장소였다.

프레데릭은 울기 시작했다. 두려움과 긴장이 몸을 온통 지배했다. 좁은 다리를 지나갈 때 다리가 후들거려 비틀거리기까지 했다. 사람들의 웃음과 대화소리가 조각조각 귀에 들려왔다. 교통소음과 사이렌소리, 대도시라면 늘 들리는 소리였지만 그는 이제 더는 이 도시에 속하지 않았다.

몇 분 뒤 프레데릭은 마음의 안정을 찾고 지금 무엇을 할 수 있는지를 곰곰이 생각했다.

경찰을 찾아가 도움을 청하는 것은 프레데릭이 고려할 수 있는 옵션이 아니었다. 그는 여러 사람에게 큰 빚을 지고 있고, 빚쟁이들은 그가 나타나자마자 구류를 살게 만들 것이다.

다른 방법을 찾아야 했다.

그를 쫓고 있는 사람은 분명 노숙자들이 찾는 거리나 장소에서 그의 행방을 탐문하고 있을 것이다. 프레데릭은 절대로 그곳에 가서도, 경찰의 눈에 띄어서도 안 되었다. 이런 제한 조건을 놓고 보면 함부르크 같은 대도시는 너무 좁은 곳이었다.

앞에 흐르고 있는 운하에는 날렵하게 빠진 노란 카약이 다가오고 있었다. 카약을 탄 남자는 노련한 솜씨로 노를 젓고 있었다. 그가 소리 없이 프레데릭을 지나갔을 때 이 낯선 남자는 고개를 숙여 인사했고, 프레데릭은 손을 들어 인사했다. 프레데릭은 카약이 커브를 그리며 사라질 때까지 계속 살펴보았다.

'죽든가 아니면 생각할 수 있는 가장 어려운 일을 하든가'라고 프레데릭은 말없이 생각했다.

그는 벌떡 일어서서 옷에 먼지를 털고 길을 나섰다.

# 8

터널 같았다!

암흑이 단단한 블록처럼 내려앉은 이 컴컴한 반원형 구멍이 야나를 아주 겁먹게 했다. 만약 혼자였더라면, 아무리 집주인이 불렀다 하더라도 그녀는 감히 그 안으로 기어들어갈 생각을 못했을 것이다. 하지만 집주인이 그들을 만나러 지하 감옥으로 내려오겠는가!

카트린은 그가 그렇게 하지 않을 것이라고 말했다. 그들이 거부하면 집주인은 진짜 아무것도 하지 않을 것이다. 천장에서 떨어지는 물방울을 틀어막아 물 접시에 더는 물이 차지 않게 할 것이다. 음식도 없고, 전기도 없고, 아무것도 없을 것이다. 그러면 죽음이 천천히 고통스럽게 그들을 덮칠 것이다.

그래서 카트린은 그 명령을 따랐다. 그것이 살아남을 유일한 기회였기 때문이다.

카트린이 앞장서 기어갔고, 야나는 몇 미터 간격을 두고 따라갔다. 카트린은 물론이고 눈앞에 있는 손조차 보이지 않을 정도로 터널은 컴컴했다. 야나는 앞서 기어가고 있는 카트린이 너무 힘들어 헐떡이는 소리를 들었다.

"그냥 앞으로만 기어가면 돼, 계속 가야 돼." 간간히 카트린이 소리쳤다.

터널은 기어갈수록 더 낮아졌다. 그러다 갑자기 야나는 등이 육중한 천장에 닿는 느낌을 받았다. 너무 좁아 심장과 폐가 눌리는 느낌이었다. 야나는 숨을 쉴 수 없을 정도로 공황상태에 이르렀다.

"겁내지 마. 거의 다 온 것과 다름없어." 카트린이 어딘가에서 말했다.

"난…… 난 더 갈 수 없어." 야나는 흐느껴 울면서 엎드려버렸다. 그녀는 위로 쳐다볼 수는 없었지만 자신을 내리누를듯한 엄청난 무게를 느꼈다. 온몸이 떨렸으며, 땀이 솟아나고 호흡은 가빠지고 얕아졌다.

"조용히 멈추어 천천히 숨을 들이켰다가 내뱉어." 카트린이 말했다.

하지만 야나는 그렇게 할 수 없었다. 공황상태가 온몸을 지배했고 호흡은 가빠졌다. 그녀는 아무 말도 할 수 없었고 근육 경련이 일어나 더 움직일 수도 없었다.

그때 불쑥 손이 하나 나타나 먼저 그녀의 머리를 만지더니 다음에는 뺨까지 만졌다.

"안심해 아무 일도 없을 거야."

카트린이 그녀의 얼굴을 쓰다듬어 준 것이었다. 그녀의 입술이 야나의 귓가에 닿아 있었다. 야나는 그녀의 따뜻한 숨결이 피부에 와 닿는 것을 느꼈다.

"이 터널은 안전해, 계속 가자. 규칙적으로 숨만 쉬면 돼."

카트린이 따뜻하게 만져주며 부드럽게 말해주자 공황상태는 진정되었다. 야나는 호흡이 천천히 안정되고 있다는 것을 느꼈다.

"다시 갈까?"

"그래…… 바로 가자."

야나는 좀 더 숨을 쉬어야 했다. 그 다음 그녀는 움직일 수 있었다.

"내 옆에 딱 붙어." 카트린이 말했다. "우리 나란히 계속 기어가자."

하지만 그러기에는 터널 폭이 넓지 않았고 돌벽의 거친 면이 그녀의 피부에 닿아 마찰이 일어났다. 야나는 그 고통을 참았다. 그녀는 카트린이 옆에 있다는 것이 기뻤고 고마웠다.

그런데 갑자기 더 이상 나가지 못했다. 야나는 손을 뻗어 앞에 차가운 강철로 된 육중한 벽이 있음을 알아냈다.

"겁먹지 마!" 카트린이 말했다. "곧 큰 소리가 들릴 거야."

카트린은 그런 말을 미리 해주지 않았다. 그때 둔중한 굉음이 터널 전체에 퍼졌다.

벽과 바닥이 진동했고, 그들 앞에서 철문이 고통스러울 정도로 천천히 올라갔다. 철문이 1센티미터씩 덜커덩거리며 올라가자 빛이 조금씩 비쳐들어 왔다. 그러자 카트린의 얼굴이 조금씩 드러났다.

카트린은 손으로 야나를 꼭 붙들었다.

"기다려…… 아직 아니야……"

이 굉음이 멈추자 비로소 그녀는 "지금이야"라고 말하고 계속 기어갔다. 약 2-3미터쯤 더 가서 카트린이 먼저 일어나 야나를 일으켜 세웠다.

서로 기대어 서서 그들은 주위를 살폈다.

둘이 들어간 방은 하얗게 페인트칠이 된 조그마한 직사각형 방이었다. 천장에 있는 투명한 판으로 전기불이 약하게 흘러들어 왔다. 손잡이가 없는 붉은 철문 앞 바닥에 무언가가 놓여 있었다.

카트린은 그쪽으로 허리를 숙였고, 야나도 천으로 된 그것을 향해 팔을 뻗었다.

"저걸 입어야 돼."

그것은 파란 환자복으로 소매도 짧고 등에는 끈도 두 개 달려 있었다.

야나는 재빨리 그 옷을 입었다. 추워서가 아니라 알몸으로 더는 있고 싶지 않았기 때문이다. 그들은 등에서 환자복의 끈을 맬 때 서로 도와주었다. 두 사람이 옷을 입는 동안 빨간 철문이 있는 큰 방에서 철커덩 거리는 소리가 나더니 철문이 2센티미터 정도 열렸다.

그 틈 사이로 밝은 빛이 밀려왔다.

카트린은 앞으로 나와 떨고 있는 야나의 손을 감싸 쥐고 그녀를 강렬하게 바라보았다.

"집주인이 하라는 대로만 하면 별 일 없을 거야. 알았지?"

야나는 고개를 끄덕였다. 그녀의 자신감이나 고집은 온 데 간 데 없이 사라졌다. 대신 두려움만 끝없이 밀려왔다.

"그러면 가자. 내가 앞장설게."

카트린은 두 손으로 빨간 문을 밀었다. 그러자 문이 완전히 열렸다. 그들이 문을 통해 들어갔을 때 야나는 이 문이 왜 그렇게 무거웠는지 그 이유를 알았다. 문 뒤편에 선반이 설치되어 있었다. 문에 달린 선반은 옆으로 움직이게 설치되어 있었는데, 그 안에는 뚜껑이 있는 납작한 상자들이 있었다. 완벽한 위장이었다.

그들은 창고로 들어섰다. 벽마다 물건으로 가득 한 선반이 똑같이 설치되어 있었다. 한 구석에서 야나는 나선형으로 위로 이어지는 나무 계단이 있는 것을 보았다. 층계의 난간 손잡이는 너무 많은 사람들이 만져서 까맣게 때가 껴있었다. 카트린은 주저 없이 계단을 올랐고, 야나도 뒤따라 올라갔다. 그들이 두 번째로 계단을 돌았을 때, 어느 문의 오른쪽 밝은 구석에 키 큰 남자가 모습을 드러냈다. 그는 다리를 넓게 벌린 채 꼼짝하지 않고 서 있었지만 팔은 아무렇게나 내려놓고 있었다.

카트린은 잠시 서 있더니 눈길을 돌려 층계 쪽을 내려다보았다. 야나 역시 그녀를 따라했다. 몇 초가 지나고 다시 1분으로 늘어나고, 2분, 3분······

저 남자는 왜 저기서 움직이지 않는 걸까?

그는 왜 아무 말도 하지 않는 걸까?

어쩌자는 걸까?

이렇게 무작정 기다릴 수만은 없다고 생각했을 때 야나는 그가 말하는 목소리를 들었다.

"올라와, 둘 다."

즉시 카트린이 움직였다. 야나는 그녀 바로 뒤에 딱 붙어 있었다. 계단 끝에서 그들은 큰나무 문을 통해 넓은 방으로 들어갔다.

# 9

프레데릭은 잠시 주변을 살펴본 뒤, 납처럼 무거운 다리를 질질 끌며 도로를 건넜다. 다리에서 그를 따라오는 사람은 아무도 없었다. 여기에 그의 전부인과 아들이 살고 있다는 것을 아는 사람은 없겠지만 조심해서 나쁠 게 없었다.

질케(Silke)와 레온(Leon)은 연립주택 2층에 살고 있었다. 이 집은 발코니를 통해 작은 잔디밭으로 바로 나가게 되어 있다. 이 시간에 레온은 유치원에 갔다. 차라리 그 편이 너 낫기도 했다. 레온이 아빠의 이런 모습을 결코 보아서는 안 되었다.

초인종에는 질케의 처녀 때 이름인 자이델(Seidel)이라는 이름표가 붙어 있었다. 그가 바람 핀 것이 들통났을 때도 질케는 금방 헤어질 결심을 하지 못했다. 그때 그녀는 프레데릭의 재정상태가 얼마나 심각한지 모르고 있었다. 질케에게는 결코 돈이 문제가 아니었다. 그녀는 그런 여자가 아니었다. 한 마디로 그녀는 프레데릭에게 과분한 여자였다.

이층으로 올라가는 계단을 하나씩 밟을 때마다 프레데릭의 마음은 무거웠다. 그는 난간을 꽉 잡고 천천히 걸으며 자기 자신과 싸웠다. 프레데릭은 정말 발길을 돌리고 싶었다. 하지만 그렇게 되면 다리 밑으로 돌아갈 수밖에 없다는 것도 알고 있었다. 프레데릭은 이리로 오는 길에 몇 마디 말을 준비했다. 하지만 문 앞에 섰을 때 모두 잊어버렸다.

초인종이 보였다.

초인종 옆에는 그녀와 레온이 점토로 직접 만든 이름표가 있었다.

아이의 글씨임을 분명히 알 수 있었다.

안 돼, 이런 문제를 안고 집으로 들어갈 수는 없어! 프레데릭은 그들에게 부담이 되거나 위험에 빠트릴지도 모를 일을 할 수는 없었다.

프레데릭이 초인종을 누르지 말자고 결정한 바로 그 순간, 문이 열렸다. 질케가 바구니를 들고 밖으로 나왔다. 프레데릭을 본 질케는 깜짝 놀라며 한발 뒤로 물러섰고, 그를 못 알아보겠다는 듯이 자세히 살펴보았다. 수염, 긴 머리, 더러운 옷, 프레데릭은 지난 몇 달 동안 많이 변해 있었다.

"나야." 프레데릭이 정체를 밝혔다.

"프레데릭?" 기가 막힌 듯 질케는 그의 이름을 내뱉고 오른손으로 가슴을 눌렀다.

질케는 그의 이름을 약칭으로 부르지 않았다. 지금까지 단 한 번도 없었다. 언젠가 그녀는 프레데릭이라는 이름은 부드럽고 지적이며 아름다운 멜로디 같은 느낌이 난다고 말한 적 있었다. 이에 반해 프레디는 거리의 남자들이 쓰는 속어 같은 느낌이었다.

프레데릭은 질케를 바라보기만 했다. 그는 전부인 질케를 수없이 속였다. 결혼 생활 마지막 몇 달 동안 질케가 보여주었던 차가운 표정이 그녀의 얼굴에 다시 나타나자 여러 가지로 힘든 프레데릭의 마음은 더욱 아팠다. 둘이 서로 사랑했던 옛 시절 프레데릭은 질케가 이런 표정을 짓지 않도록 모든 것을 걸어야 했었다. 하지만 프레데릭은 질케를 깔보며 환멸을 느끼게 했다. 그는 고통이 한 사람을 얼마나 변화시킬 수 있는지 몰랐던 것이다.

"여기는 왜 왔어?"

"잘 지내지?"라는 말이 나오지 않았다. 적어도 이 말을 간절히 바라고 있었지만 말이다.

"나…… 도움이 필요해."

질케는 그의 행색을 위아래로 살폈다.

"당신 거리에서 지내는 거 아니야?"

프레데릭은 땅을 쳐다보며 고개를 끄덕였다.

"딱 어울리네."

안 돼, 제발 날 미워하지 말아줘, 부탁이야 언성을 높이며 싸우지 말자, 비난하지도 말고. 그는 이것만은 참을 수 없을 것 같았다. 당시 프레데릭은 바람 핀 여자에 대해 모두 털어놓았다. 일체 변명도 하지 않은 채 진짜 모든 것을 그대로 말했다. 하지만 그때도 그에게는 죗값을 다 치르면 모든 것이 다시 잘 될 것이라는 희망은 있었다. 하지만 희망이 완전히 사라진 지금 모든 비난은 자기를 찌르는 예리한 칼날 같았다.

"나도 알아." 프레데릭은 낮은 소리로 말했다. "나도 알아."

몇 초 동안 둘은 아무 말 없었다. 하지만 프레데릭은 그녀를 볼 엄두가 나지 않았다. 그녀의 눈길을 느낀다는 것은 그에게 너무 고통이었다.

"들어와." 마침내 질케가 말하고 앞장 서 들어갔다.

프레데릭은 그녀를 따라갔다.

방안은 밝고 하얀색이었으며 아늑했다. 냄새도 좋았고 잘 청소 되어 있었다. 한 가족이 기거하는 보금자리 같았다. 그도 한 때 모든 것을 가진 적 있었지만 너무 쉽게 날려버렸다.

질케는 프레데릭을 바라보았다. 하지만 너 이상 그녀의 눈빛에서 애정은 찾아볼 수 없었다. 단지 동정심만 있을 따름이었다. 최소한 그랬다.

"커피 마실래?"

"좋지."

"토스트도 만들어 줄까?"

"고마워."

질케가 부엌에서 커피와 토스트를 만들고 있는 동안 프레데릭은 아무것도 하지 않고 그냥 서 있었다. 둘 사이의 긴장이 너무 심해서 프레데릭은 여기에 찾아 온 것을 후회했다.

"레온은 잘 지내지?" 그가 물었다.

질케는 놀라서 몸이 굳어졌다. 질케는 그와 등진 채 부엌 조리대에 기대어 고개만 흔들었다.

"프레데릭, 무엇을 원하는 거야?"

그녀의 음성은 완연히 경고조였다.

"난 당신과 싸우고 싶지 않아." 프레데릭이 말했다. " 나는……숨을 곳이 필요해."

질케는 그를 향해 몸을 돌렸다. 그녀의 눈에 눈물이 맺혔다.

"숨어야 하다니? 얼마나 상황이 안 좋은 거야? 몇 주 전에 라르스가 여기 와서 너를 거리에서 본 것 같다고 말했어."

"진짜? 그런데 그놈은 왜 나를……?"

"당신이 자고 있었대." 질케가 그의 말을 잘랐다. "당신이 어느 집 입구에서 자고 있었다더라."

프레데릭은 어깨를 들썩였다. "그랬을 거야."

"도대체 어떻게 된 거야?"

"나 거기서 다시 나왔어. 잘 들어. 지금 상황이 좀 안 좋아. 빚이 많아. 하지만 내게 시급한 문제는 그게 아니야. 나……"

질케는 손을 올렸다. "그만해." 질케는 프레데릭의 말문을 막았다. "듣고 싶지 않아. 이제 당신 문제는 내 문제가 아니야. 그것은 당신 빚이야. 내가 그런 말을 들으면 좋을 것 같니? 우리 아들이 아빠에 대해서 물으면 내가 뭐라 답해야겠니? 아빠는 노숙자로 거리에서 지낸다고 말할까?"

질케는 불같이 화를 내며 말했다. 프레데릭은 더는 기회가 없다는 것을 알았다. 자신이 살인사건을 목격했고, 그 때문에 쫓기고 있다고 말해봤자 질케가 믿을 것 같지 않았다.

"미안해." 프레데릭은 말했다. "모두…… "

"내게 바라는 게 뭐니? 프레데릭, 돈이니?"

"아니야. 맙소사, 아니야! 난 여기서 잘 수 있기만 바랐어, 하루나 이틀 밤 정도 말이야."

질케는 고개를 흔들었다.

"절대 안 돼. 난 레온에게 그런 짓을 못해."

프레데릭은, 난 그의 아빠라는 생각을 했다. 아직 어린 그 아이가 이런 꼴을 보면 어떤 생각을 할까? 내가 입고 있는 옷만 보더라도 내게 돈이 있는지 없는지 금방 알거야. 이 말이 그의 혀에 올라와 있었다. 프레데릭이 질케에게 못할 짓을 하긴 했지만, 그 정도 부탁쯤은 할 수 있을 것 같았다. 하지만 프레데릭은 그렇게 하지 않았다.

"그래, 알았어. 이해해." 프레데릭은 이렇게 말하고 돌아섰다. "더는 오지 않을게."

현관문으로 나오는 동안 프레데릭은 최소한 커피와 토스트는 먹고 가라고 붙잡아 주기를 바랐다. 그렇게만 되면 서로 이야기를 나눌 기회가 생길 것이고, 질케에게 지금 자신의 곤란한 처지를 자세히 설명할 수 있을 것이다.

하지만 질케는 프레데릭을 붙잡지 않았다. 계단을 내려가고 있을 때 프레데릭은 뒤에서 문이 쾅 하고 닫히는 소리를 들었다. 그의 몸이 움찔했다. 이 소리가 무엇을 의미하는지 프레데릭은 분명히 알았다. 지난 몇 달 동안 프레데릭은 뒤에서 혹은 코앞에서 이렇게 문이 닫히는 경험을 여러 번 했다. 그렇게 문을 닫은 사람들은 친구나 지인 그리고 식구들이었다. 그의 아버지조차 단돈 2만 유로를 갚지 못하자 프레데릭을 저주했다.

이제 그에게는 갈 곳이 없었다.

이제 프레데릭이 살 수 있는 곳은 거리뿐이었다.

하지만 그 곳에는 살인범이 도사리고 있었다.

# 10

야나 앞에는 크고 현대적인 스타일의 부엌이 길게 펼쳐져 있었다. 벽 좌우로 회색빛이 번쩍이는 장이 죽 늘어서 있었다. 벽장은 거의 천장까지 닿아 있었으며, 그 사이 생긴 좁은 틈으로 파란 불이 차갑게 스며들었다.

방 한가운데 조리대가 길게 설치되어 있었다. 대리석으로 만든 두 개의 검은 상판 사이로 전기레인지(인덕션)가 설치되어 있었고, 그 위로 레인지후드가 있었다. 맞은 편 벽에는 세 개의 반원형 창문이 작게 나 있었는데, 모두 블라인드가 내려져 있었다. 바닥에는 흰색과 검은색 타일이 깔려 있었다. 부엌은 아주 새것 같았고 전시장을 떠올릴 정도로 깔끔하게 정리되어 있었다. 그래서 설거지통 옆에 놓인 설거지 그릇이 특별히 눈에 띄었다. 배가 불룩한 와인잔 두 개가 있었고 접시와 냄비 몇 개가 있었다.

"저것들 설거지 좀 해!" 남자가 말했다.

카트린이 즉시 나섰다. 그녀는 설거지대로 건너가 그 아래 서랍을 열어 플라스틱 세제통과 손잡이가 긴 솔 그리고 하얀 행주를 꺼냈다. 그 다음 물을 틀었다. 그러자 아주 큰 수도꼭지에서 설거지 통으로 물이 나왔다.

"자. 시작해!" 야나 뒤에서 남자가 말하면서 그녀의 등을 때렸다.

야나는 너무 놀라 몸을 비트적거렸다.

카트린은 그녀에게 행주를 넘겨주었다. 야나는 너무 놀란 나머지 자신을 납치한 사람의 부엌에서 설거지를 하는 것이 세상에서 가장 당연한 일인 것처럼 받아 들였다.

카트린이 금속단추를 돌리자 개수대가 닫히면서 물이 깊이 고였다.

"아니야!" 그 남자가 뒤에서 소리쳤다. "몇 번을 더 말해야겠어? 받아놓은 물에 설거지하지 말라고. 그렇게 하면 구역질나."

카트린은 급히 설거지통의 물구멍을 열어 물을 뺐다.

"죄송합니다." 그녀는 중얼거리며 마치 처벌을 기다리는 것처럼 행동했다.

그때 야나는 카트린이 남자를 향해 몸을 돌리는 것을 곤혹스러워하며 피한다는 것을 눈치 챘다. 이런 태도는 야나에게도 옮겨갔다. 야나는 이 남자가 어떻게 생겼는지 알고 싶었지만 감히 그 얼굴을 볼 수 없었다. 지하 감옥에 있을 때만 해도 품었던, 반란을 일으켜 도망가겠다는 생각은 터널을 통해 오는 길에 온 데 간 데 없이 사라졌다. 야나는 여전히 두 다리를 떨고 있었고 브래지어를 감싸고 있는 와이어처럼 무언가가 끔찍하게 자신을 속박하고 있는 것 같았다. 이런 감정은 야나가 다시 정상으로 되돌아올 때까지 한참 이어졌다.

야나는 당분간 남자의 지시를 따르겠다고 결심했다.

카트린은 세제를 작은 유리그릇에 붓고 설거지 솔을 그 안에 잠깐 담구더니 흐르는 물에 그릇을 씻기 시작했다.

야나는 카트린에게 접시를 받아 마른 행주로 물기를 깨끗하게 닦아냈다.

집주인은 그들 뒤에서 왔다 갔다 했다. 그는 말을 하면서 이리 저리 걸어 다니는 것 같았다.

"7번, 너는 여기서 신참이니 지금까지 한 모든 행동에 대해 벌은 내리지 않겠다. 하지만 계속 그렇게 말을 듣지 않으면 뭔가 조치를 취할 줄 알아. 좋은 시절은 끝났고 지금부터 너도 신중하게 행동 해야 할 거야. 내가 말하는 동안 계속 그릇 닦아!"

닦고 있던 그릇을 다 닦자 야나는 급히 카트린에게서 다른 접시를 받았다.

"네가 여기 온 것은 나에게 봉사하기 위해서야." 그는 말을 이어 갔다. "너희 둘 다 마찬가지야. 너희 삶은 편할 수도 힘들 수도 있어. 그것은 전적으로 너희에게 달렸어. 그런데 유감스럽게도 6번은 7번을 가르치라는 내 지시를 제대로 수행하지 못했어. 그래서 벌을 받아야 해."

이에 대해 카트린은 아무런 내색도 하지 않았다. 그녀는 설거지에 집중하며 열심히 그릇을 닦았다. 카트린은 야나보다 더 빨리 그릇을 닦았고, 접시를 다 닦은 다음 포크, 숟가락 나이프를 씻었다.

야나는 나이프를 받아서 물기를 다 닦았다. 그녀는 남자의 시선이 자기 등에 머물고 있음을 느끼고 지금 이 칼을 들고 그를 덮치면 기회를 잡을 수도 있지 않을까 생각했다. 육체적으로 야나는 그의 상대가 되지 않았다. 그리고 칼도 특별히 길거나 예리하지도 않았다. 야나는 이 칼로 그의 눈을 찌르거나 목 동맥을 끊어야 했다. 하지만 유감스럽게도 이 칼을 몸에 숨길 방법이 없었다. 야나가 입고 있는 환자복은 얇고 뒤가 터져 있어 칼을 숨기기에 적당하지 않았다.

몇 분 만에 설거지가 끝났다. 야나가 작은 냄비를 닦아 선반에 정리하자 남자는 그들 뒤에서 말했다.

"7번, 행주에 물을 축축하게 적셔!"

"야나는 그를 향해 몸을 돌리려고 했다.

"빨리!" 그는 살을 에는 듯한 목소리로 명령했다.

"행주를 쥐어 짜!"

야나는 그렇게 했다.

"6번, 옷의 등 부분을 열어!"

카트린은 등 부분의 단추를 열고 옷을 양쪽으로 벌렸다. 그녀는 몸을 앞으로 숙여 두 손으로 조리대를 잡고 의지했다.

"6번은 벌을 받아야 한다. 나는 7번 네가 이 일을 맡았으면 한다. 너는 내가 그만하라고 할 때까지 젖은 행주로 7번의 등을 때려야 한다. 봐주지 말고 있는 힘껏 때려라."

젖은 행주를 손에 들고 서 있었던 야나는 방금 들었던 말이 믿기지 않았다. 어떻게 그런 말을 진심으로 할 수 있다는 말인가!

야나는 고개를 흔들었다. 그녀의 눈길은 선반에 놓여 있는 나이프를 향했다.

카트린은 그녀를 바라보고 있었다.

"제발" 카트린은 거의 들리지 않은 말로 속삭였다. "제발 그렇게 해줘."

"절대로 그럴 수 없어!" 야나가 말했다.

"그렇게 해!" 뒤에 있던 남자가 큰 소리로 외쳤다. 야나는 깜짝 놀라 움찔했다. 행주를 쥔 두 손에 경련이 일어났다.

"네가 그렇게 하지 않으면, 내가 할 거야. 그렇게 되면 6번은 훨씬 더 고통스러울 거야."

야나와 카트린은 서로 바라보았다. 카트린은 고개를 끄덕이며 격려의 미소를 지으려 애썼다. 하지만 카트린의 눈에 눈물이 흘렀다. 그녀의 좁은 등만 앙상히 드러났다.

야나는 생각을 완전히 멈췄다.

야나는 카트린이 요구한 이 정신 나간 짓을 도저히 할 수 없었다.

하지만 문제는 그녀가 거부하면 카트린이 더 심한 벌을 받으리라는 것이다.

"제발 지금 시작해!" 갑자기 카트린이 외쳤다. 그녀는 간절히 바라는 눈빛이었다. "나를 때려. 이 눈치 없는 겁쟁이야, 때리란 말이야."

처음에 야나는 카트린을 젖은 행주로 약하게 쳤다.

카트린은 움찔했지만 아파서라기보다는 너무 갑작스러웠기 때문이었다.

"더 세게 못 쳐!" 집주인이 요구했다. "안 그러면 내가 칠거야."

두 번째는 찰싹 소리가 날 정도로 맨 살을 때렸다. 세 번째는 빨간 피멍 자국을 남겼다. 야나는 때리면서 눈물을 흘렸다. 조리대의 끝부분을 잡고 있던 카트린의 손가락이 떨렸다. 그녀는 이제 맞을 때마다 움찔했지만 무릎을 꿇지도 아프다고 비명을 지르지도 않았다.

여섯 대를 때렸을 때 야나의 분노가 하늘을 찔렀다. 그녀는 몸에서 열이 치솟는 것을 느꼈다. 야나는 자동적으로 선반에 있던 나이프를 잡고 몸을 돌려 남자에게 괴성을 지르며 돌진했다. 하지만 조리대가 가로막고 있어 야나는 조리대를 돌아가야 했다. 남자가 방어준비를 할 시간은 충분했다.

이제 야나는 이판사판이라는 마음이 들 정도로 화가 나고 겁도 났다. 눈물이 앞을 가렸지만 야나는 손에 볼품없는 칼을 들고 입으로는 계속 소리를 지르며 집주인에게 달려들었다.

그는 손을 들어 방어 자세를 취할 듯 하더니 그만 두었다. 그는 막을 생각을 하지 않았다.

그가 정말 야나의 공격에 겁을 내기나 했던 걸까?

그의 이런 행동에 야나는 더 화가 났다. 만약 야나가 칼로 그를 찌를 수만 있다면 이 광기도 이제 끝나게 될 것이다.

세 발자국만 더, 두 발자국만……. 야나는 가능한 단칼에 끝내기 위해 칼을 들고 성큼성큼 걸어갔다.

그를 죽일 거야, 그를 죽일 거야, 야나는 마음속으로 이렇게 외쳤다.

야나는 크게 소리치며 앞으로 돌진했다.

# 11

오후에 레니는 출판사에 나갔다. 내일 정식 근무를 시작하기 전에 최소한 한 번이라도 얼굴을 보이고 인사하고 싶었다.

비비안은 같이 쇼핑이나 하자고 했다. 레니는 이 제안은 거절했지만 밤에 클럽에 가자는 초대는 거절하지 못했다. 비비안이 물러서지 않고 고집을 부렸기 때문이다. 함부르크의 밤 문화가 자신을 기다리고 있다고 생각하니 벌써 위경련이 일어났다.

레니는 함께 못가는 핑계를 찾지 못했다. 그녀는 여기 혼자였고, 함부르크에 꼭 찾아가야 한다고 핑계 댈 만한 사람도 없었다. 그러니까 레니는 갈 데가 없었던 것이다. 그냥 침대에 누워서 방에 없는 척하는 것도 이 고집불통 비비안에게는 통하지 않을 것 같았다. 지금 생리중이라고 핑계 댈까 잠깐 생각해 봤지만 비비안에게 이런 사적인 일까지 알려주는 것이 꺼려져 그만 두었다.

레니는 밤에 있을 일에 대한 걱정은 일단 접어두고 출판사에 갈 준비를 했다. 출판사에 아는 사람은 한 명도 없었다. 레니는 여러 군데 출판사에 지원서를 냈는데, 유일하게 이 뉴미디어(Newmedia) 출판사에만 합격했다. 출판사 사장인 호르스트 제캄프(Horst Seekamp)와 두 번 전화 면접을 본 다음 인턴이 결정되었다. 제캄프 씨는 전화상으로는 매우 친절했다. 그는 레니가 방을 구할 때도 도와주었으며, 계속 함께 일하게 되어 너무 기쁘다고 말했다. 인턴이 끝나면 정식으로 채용할 가능성도 충분히 있다는 말까지 했다.

레니는 운하를 따라 갔다. 운하는 갈수록 폭이 좁아들었다. 물

위로 인도교가 걸려 있었지만 하우스보트는 보이지 않았다. 오리 가족들이 겁도 없이 사람들 앞에서 이리저리 물장구치며 놀고 있었다. 레니는 운하가 많은 함부르크에는 베니스보다 다리가 많이 놓여있다는 것을 책에서 본 적 있다. 조금 더 가자 한 남자가 노란 카약을 타고 검은 물길을 내려오는 것이 보였다. 그녀는 물을 무서워하고 헤엄도 칠 수 없었지만 정말 낭만적이고 평화로운 모습이었다.

출판사는 아주 큰 저택에 있었다. 군데군데 고풍스러운 분위기로 꾸며진 이 집 오른쪽에는 탑이 있었고 앞은 주차장이었다. 뉴미디어는 직원이 25명인 소규모 출판사였다. 제캄프 씨가 지금은 일 년에 스무 권 정도 신간을 내지만 앞으로 더 큰 계획이 있다고 했다.

출판사의 초인종을 눌렀을 때 레니는 위장이 떨릴 정도로 흥분했다. 그녀는 별로 중요하지 않은 일에도 어김없이 이런 신경과민 증상이 나타나는 것이 싫었다. 정말 싫은 것은 지금처럼 얼굴에 소모성 반점이 생겨 누구나 지금 자신이 어떤 기분인지 알 수 있도록 한다는 것이다.

'야, 쿨하게 굴어, 비비안처럼 말이야' 라고 그녀는 조용히 혼자 말했다.

레니와 비비안 사이에는 여러 세계가 놓여 있고, 레니는 결코 비비안처럼 자신감을 가질 수 없다는 것은 분명했다. 하지만 레니는 조금이라도 비비안처럼 행동하는 것도 도움이 될 것 같았다.

어떤 중년 여자가 문을 열어주었다. 레니는 자신을 소개하고 지금 자신을 맞이해 주고 있는 사람의 직책과 이름을 들었다. 엘케 알트호프(Elke Althoff), 사장 비서이자 총무였다. 그녀도 레니를 환영한다고 힘주어 말하고 3층 사장실로 안내했다.

멋진 파란 양복을 입은 제캄프 씨는, 키는 컸지만 반대머리였다. 그는 진지하고 아버지처럼 좋은 인상이었다. 악수할 때 손은 따뜻하고 부드러웠으며, 정말 환영하고 있다는 느낌이 들었다. 그는 의자를 내주며 알트호프 씨에게 차 한 잔 부탁했다.

"우리는 내일 올 줄 알았는데요." 그는 다리를 꼬며 말했다.

"첫 날부터 지각하지 않으려고 어젯밤에 이곳에 미리 왔습니다."

"그런 태도 마음에 드는군요. 요즘 그런 사람 찾아보기 힘든데 말입니다."

둘은 레니가 함부르크까지 온 길에 대해서 대화를 나누었다. 제캄프 씨는 레니가 말한 모든 것에 대해 진심어린 관심을 표했다. 이것은 새로운 경험이라 레니는 특별히 말을 많이 했다.

"그런데 숙소는 마음에 드세요?" 마지막으로 그가 물었다.

"오, 정말 좋아요! 그렇게 좋은 방인지 몰랐어요."

"제가 그 방주인을 압니다. 그래서 제가 소개해 드린 것이지요. 그 주인도 곧 만나게 될 거예요. 그는 우리 출판사에 지분이 있는 중요한 후원자입니다. 내일 오후에 창립 5주년 기념 파티를 열건데, 텐담(ten Damme) 씨도 오실 겁니다. 그때 소개해 드리죠. 혹시 내일 파티 때 먹을 음식을 준비하려고 하는데 도와줄 수 있나요?"

"음식 준비라니요?" 레니는 어찌할 바 몰라 하며 물었다.

"간단한 핑거 푸드랑 음료수뿐이에요. 더는 없어요. 괜찮겠지요? 당신 담당 업무가 아니라는 것은 알지만 도와줄 사람이 진짜 필요해서요. 올 손님이 백 명쯤 될 것 같아요."

"아닙니다. 문제없어요. 당연히 제가 도와야지요."

"좋아요." 제캄프 씨는 손뼉치며 일어났다.

"아주 바쁘지만 오늘 나는 파티에 쓸 와인을 구하러 가야 해요. 그래서 미안하지만 당신에게 출판사를 안내해 줄 시간이 없네요."

그는 레니를 문까지 데려다 주었다. 레니는 제캄프 씨와 좀 더 이야기를 나누고 싶었는데 자신이 왠지 떠밀려 나가는 것 같았다.

"정말 아쉽네요." 그녀가 말했다.

"그래요, 저도 유감입니다." 그는 이마를 찌푸리며 레니를 바라보았다. "저, 혹시 와인 사러 같이 가지 않을래요? 그러면 우리 둘이 이야기 나눌 시간이 충분히 있을 텐데."

"모르겠네요, 제가 와인을 잘 몰라서."

"같이 가면 정말 최고의 시간이 될 거에요."

레니는 제캄프 씨를 따라 사무실을 나왔다. 그는 큰 손으로 레니의 등 아래쪽을 감쌌다. 레니는 매우 불쾌했다. 그의 엄지손가락이 너무 깊이 들어와 살을 너무 세게 눌렀기 때문이다. 하지만 그는 앞으로 상사가 될 사람이었다. 레니는 어찌할 바를 몰랐다.

밖으로 나가는 길에 제캄프 씨는 누구나 하는 질문을 던졌다.

"혹시 집안이 프리드리히 폰타네나 테오도르 폰타네(독일의 유명한 소설가-역자 주)와 관련이 있습니까?"

"유감스럽게도 없는데요." 레니가 대답했다.

"아쉽네요. 당신이 문학사에 등장하는 이 위대한 이름들이 새롭게 빛나도록 도울 수만 있다면 더 멋질 텐데 말입니다. 안 그래 요?"

"제가 그렇게 할 수 있다면 말입니다."

"그렇게 너무 자신 없는 말은 마세요. 당신이 쓴 글을 읽어 보았 는데 정말 인상적이었어요."

"고맙습니다. 하지만 저는 아직 갈 길이 먼 걸요."

"그러면 우리 특색을 살리면서도 동시에 혁신적인 출판 사업을 통해 그 길을 잘 만들어 봅시다. 누가 알겠습니까? 혹시 당신이 장 래 성공적인 여성 편집장이 될지요."

레니는 자동차를 타고 갈 줄 알았다. 그런데 제캄프 씨는 재빨 리 성큼성큼 거리를 따라 내려가면서 교차로 쪽으로 그녀를 인도 했다. 그들은 잠시 신호등의 신호를 기다렸다. 녹색불이 켜지자 그 는 다시 손을 약간 부적절하게 그녀의 등에 갖다 댔다.

제캄프 씨가 출판시장이 어렵다는 말을 15분 동안 혼자 떠든 후 그들은 와인가게에 도착했다. 레니는 오래된 벽돌집에 들어갔는 데, 거리의 한 구석을 가득 차지한 크고 육중한 건물이었다. 담장 속에 깊이 박힌 작은 창문에서 따뜻한 빛이 흘러나왔고, 회색 사 암(砂巖)으로 만든 계단 세 개를 내려오면 나오는 나무 대문은 불룩 한 모양의 나무통으로 둘러싸여 있었고, 그 위에는 철제 가로등이 달려 있었다.

제캄프 씨는 레니에게 문을 열어 주었고 둘은 와인 가게로 들어 갔다. 그 안에는 다른 손님은 없었다. 문이 닫히자마자 레니는 다 른 세계에 와 있는 듯했다. 더 이상 도시의 소음이 두꺼운 담을 뚫고 안으로 들어오지 않았다.

매장은 와인병을 보관하는 나무 선반으로 가득 차 있었다. 조명은 편안하고 은은했다.

"이 가게는 제가 잘 아는 사람의 것이지요."라고 제캄프가 말했다. "우리 함께 와인 동호인들을 위한 안내서를 한번 내보는 게 어떨까요. 아무리 못 팔아도 3만부는 팔릴 거요. 그 정도면 전문서적 치고는 나쁘지 않지요. …… 아 그 사람이 저기 있네요."

제캄프 씨는 큰 동작으로 가게 주인과 인사를 나누었다. 그동안 레니는 옆에 서서 자신이 왜 여기에 왔는지 모르겠다고 생각했다. 그녀는 책상에 앉아서 책을 만들고 싶었지 파티에 쓸 와인을 고르고 싶지는 않았다.

제캄프 씨가 그녀를 소개했을 때 사장의 손이 다시 엉덩이에 왔다. 이제 레니는 충분히 참았지만, 사장에게 자신은 그런 짓을 좋아하지 않는다고, 특히 제삼자 앞에서 그러는 것은 도저히 못 참겠다는 말을 하지 못했다.

가게 주인은 레니와 악수하며 따뜻한 미소를 보냈다. 그는 키가 크고 호리호리했으며, 친절한 인상이었다. 그 후 제캄프는 그 남자를 이리저리 보냈고, 차례대로 여러 병의 와인을 따서 시음해 보았다. 가게 주인인 클라인슈미트(Kleinschmidt) 씨가 와인을 설명할 때 사용한 화려한 미사여구가 레니의 마음에 들었다.

"여기 이것은 부드럽고 연한 꽃향기에 불꽃놀이처럼 강렬한 맛이 나는 최고급 와인입니다. 산딸기 향이 깔려 있고, 뒤에 톡 쏘는 여운이 있습니다. 이 와인은 무중력에 얼음처럼 맑은 맛입니다. 여기에다 아주 짜릿하고 끝 맛이 강렬하지요."

약 30분 동안 이런 식의 대화가 이어졌다. 레니는 차례대로 와인을 살짝 마시며 시음했다. 하지만 제캄프 씨가 두 번이나 의견을 구했으나 레니가 맛있다는 말 외에 다른 평을 하지 못하자 그는 더 이상 그녀의 말에 귀 기울이지 않았다.

제캄프는 점점 더 말이 많아졌고, 행동도 더 가벼워졌다. 와인의 술기운이 올라오자 남자들의 점잖지 않은 농담도 내뱉었다. 레니는 가게 주인도 이 농담을 좋아하지 않지만 손님에게 화를 낼 수 없어 함께 웃어주고 있다는 것을 느꼈다.

와인 선택이 끝났을 때쯤 제캄프는 이미 술에 취해 있었다.

와인 가게를 떠날 때 그는 우연인 체하며 레니의 엉덩이 주위에 손을 얼렁거렸다. 그것도 두 번이나 연달아 말이다. 출판사로 돌아오는 길에 레니는 사장과 일정한 거리를 두고 떨어져 왔으며, 이 출판사에서 인턴 생활을 하기로 결정한 것이 큰 실수는 아닌지 심각하게 고민했다.

그녀는 문득 고향생각이 났다.

# 12

모니터에서만 빛이 흘러나올 뿐 아주 컴컴한 방에 달콤한 카페인음료 냄새가 났다. IT전문가 리누스 티첸이 이 음료수를 연거푸 마시고 있었다. 티첸은 몸에 1그램의 지방도 없을 것처럼 날씬해 보이는 것이 신기할 정도다.

"이런 고물 카메라를 봤나." 그는 불만을 내뱉고 조용히 트림하면서 프로그램 조정기를 사용했다.

옌스 케르너 형사는 옆에 있는 의자에 웅크리고 앉아 있었다. 이 의자는 등 근육을 좋게 한다는 건강의자였다. 옌스는 여기에 앉는 것이 힘들었지만 유감스럽게도 다른 의자가 없었다.

리누스는 옌스가 가져온 녹화 영상을 분석했다. 그는 운전자의 얼굴을 알아볼 수 있는 부분을 확대해 보았지만, 원본 화질이 나빠 잘 드러나지 않았다.

"더는 안 돼." 몇 분 후 그가 말했다.

옌스는 픽셀만 보았다. 그는 의자에서 몸을 약간 뒤로 제치고 눈은 감았다. 옌스는 이제 안과 의사를 찾아가 봐야겠다고 말하며 픽셀을 모아서 전체적인 그림을 그려보려 했다. 귀와 얼굴, 코와 눈은 보였지만 모두 정확하지 않았다.

"이걸로 뭔가 시작할 수 있을까?" 옌스는 이렇게 물으며 리누스 쪽으로 몸을 돌렸다. 리누스는 한숨만 쉬었다.

"얼굴이 정면으로 보이긴 하지만 조명 상태가 나빠. 비올라 존스(Viola-Jones) 안면인식법으로도 신원을 확인해 줄 사진을 만들 수 없을 것 같아. 네가 용의자를 데려온다면 한번 시도해보겠지만 평균 싱크로율에 도달할 수 있다고 장담할 수 없어."

"평균 싱크로율이 얼마나 되는데?"

"요즘은 실패율이 1퍼센트 정도야. 백 명 가운데 한 명 정도 못 알아본다는 이야기지.

"그런데 이 영상에서는?"

"사진과 비교할 수 있는 인물을 데리고 온다면 그 남자가 핸들 뒤에 앉은 남자인지 판별할 확률은 60퍼센트 정도야. 원본 상태가 안 좋은데 그 정도면 진짜 높은 거지. 여기 한번 봐……"

리누스는 마우스 커서를 얼굴에 두고 수직과 수평선을 몇 번 그었다.

"디테일한 것까지 인식할 수는 없지만 이 얼굴은 우리에게 뭔가를 말해주고 있어. 그것도 거의 완벽하게 말이야. 가령 눈과 입 사이의 간격이 모간(毛幹, 머리털이 시작되는 부분)과 턱 사이의 간격의 1/3 이상이야. 그 밖에도 동공 사이 간격이 귀 사이 간격의 반 밖에 안 되지."

"하지만 동공이 전혀 안 보이는데."

"이 사람은 똑바로 보고 있어. 이 경우 동공은 눈 한가운데 있지. 그런데 이게 그림자처럼 보일 수 있어. 내가 말할 수 있는 것은 이 남자가 황금비율에 가깝다는 거야. 그러니까 '노틀담의 곱추'에 나오는 종지기 콰지모도를 찾아봐야 헛수고야. 그는 아마 미남일 거야."

옌스는 한숨을 내쉬고 늘 하던 대로 몸을 뒤로 제쳐 등받이에 기대려고 했다가 하마터면 의자에시 떨어질 뻔했다. 그는 다시 등을 곧추세워 앉았다.

"하얀 박스카에 탄 미남이 그날 밤 함부르크를 달리다가 간호사를 사살했다. 정말 많은 도움이 되었어."

"뭘 그 정도로. 그 밖에 더 도울 일은?"

옌스는 티첸의 어깨를 친절하게 툭 쳤다.

"난 차 번호판이 필요해."

"그건 도울 수 없어. 사진사 탓이나 해."

"그는 죽었어."

"그에게는 안 된 일이네…… 그리고 너에게도."

옌스는 그와 헤어져 경찰서 지능수사부를 나왔다. 레베카의 부속실에 들어가기 전에 그는 오던 길에 제과점에서 산 모차르트 초콜릿 한 박스를 외투주머니에서 꺼냈다. 그는 레베카가 이 초콜릿을 얼마나 좋아하는지 알고 있었다. 그녀 책상에 이 초콜릿이 있는 것을 자주 보았다. 살찐다는 핀잔을 늘 받았지만 레베카가 이 초콜릿을 거절한 적은 없었다.

"진심으로 축하해, 레베카." 그는 소리치며 문을 열었지만 바로 수사반장이 있었다.

반장인 마라이케 바움개르트너(Mareike Baumgärtner)는 의심의 눈길을 보냈다.

"좀 늦은 게 아닌 가 염려 되네." 그녀가 말했다. "아니면 너무 이르든가."

"당신한테 줄 게 아니라 오스발트 양 건데."

"그런 말 안했잖아."

바움개르트너의 모습에서 옌스는 리누스가 말했던 황금비율과 완벽한 얼굴을 떠올렸다. 그는 바움개르트너의 이 범접하기 어려운 인상이 잘생겼다는 것과 자동적으로 결부되는 것은 아닌지 생각했다. 처음부터 반장은 그에게 고광택으로 번쩍거리는 냉장고 같았다. 겉은 번쩍거리지만 내부는 차가운 냉장고 말이다. 하지만 옌스가 수사반장을 완전히 아는 것은 아니다. 아마 사적으로 만나면 전혀 다른 모습일지도 몰랐다.

"올리버 키나트 사건 수사는 어떻게 되어가고 있나요?" 바움개르트너가 물었다.

"아직 시작 단계입니다."

"그러니까 범인의 윤곽도 못 잡았다는 거예요?"

"예."

"이 사건과 관련해서 최근에 실종 신고가 된 사람들을 조사해 보세요. 실종 신고가 하나 들어왔는데, 하이덴하임 출신의 젊은 아가씨예요."

"바이에른 주(州)의 하이덴하임 말인가요?"

"바덴-뷔르템베르크 주(州)요." 반장은 그의 말을 고쳐주었다. "실종자의 마지막 체류지가 아마 함부르크였나 봐요."

"왜 아마라고 하신 거죠?"

"시간이 없어요. 나도 세부적인 내용을 설명할 시간이 없고요. 당신 메일박스에 신고서가 있으니까 체크해 보세요. 나 시장님과 면담이 있어요."

이 말과 함께 그녀는 몸을 돌려 부속실에서 사라졌다.

그러자 레베카만 남게 되었고, 그녀는 책상 뒤에 앉아서 친절한 눈길로 옌스를 올려보았다.

"반장이 화나 있다고 말했잖아요." 그녀는 책상 뒤에서 휠체어를 끌고 앞으로 나왔다.

"프랄린 초콜릿이네? 내 것이에요? 당신 정말 기억력 좋네요."

그녀는 옌스의 손에서 초콜릿을 받았다. "모차르트 초콜릿도 있네. 살찔 것 같은데 어쩌지?"

"지금 그대로만 유지해. 아주 좋아."

"고마워요."

옌스는 그녀를 지나가 문을 닫고 가볍게 숨을 내쉬었다. 이른 아침에 이렇게 많은 사람들과 만난다는 것은 그에게 잘 맞지 않는 일이었다. 사람들이 압박하면 그는 맑은 머리로 생각할 수 없었다. 그것은 다른 사람의 감정이나 생각이 자기 것과 엉클어지다가 마침내 시작도 끝도 없이 뭉쳐져 버리는 것 같았다.

옌스는 바움개르트너 반장이 말한 실종사건에 호기심이 생겼다. 그는 메일박스에서 하이덴하임 경찰이 보내준 정보를 열고 그 내용을 자세히 검토했다.

야나 하이글, 26세, 독신이고 대학생, 거주지는 하이덴하임, 현재 독일 도시여행 중, 마지막으로 알려진 소재지는 함부르크, 이곳에서 아마 그녀는 에어비앤비를 통해 방을 구했을 것 같음. 하이덴하임 경찰에 따르면 그녀가 페이스북에 마지막으로 올린 사진은 함부르크역에서 찍은 것이었다. 그녀는 그곳에서 베를린으로 갈 예정이었다. 옌스는 페이스북을 열어 야나 하이글의 계정에 들어갔다.

타임라인(timline) 상 그녀가 마지막으로 올린 사진은 3일 전 함부르크역 기차시간표 아래에서 찍은 것이었다. 이 전광판은 베를린행 이체에(ICE)가 들어오고 있다는 것을 알려주고 있었다. 사진 밑에 하이글은 단 두 문장만 썼다.

"곧 출발한다! 베를린아 내가 간다."

# 13

"끝내주는 파티가 될 거야. 우리 젊은 남자들과 잘 놀아보자."

비비안은 레이스 달린 빨간 속옷을 입고 거리낌 없이 자기 방을 이리저리 돌아다녔다.

레니는 침대에 책상다리를 하고 앉아 있었다. 비비안은 자신의 쇼핑 안목을 자랑하기 위해 레니를 자기 방으로 데리고 갔다. 레니는 차라리 잠깐이나마 방에서 쉬면서 책을 읽거나 이런 저런 생각을 하고 싶었다. 하지만 비비안 같은 친구가 있으면 그것은 아마 불가능할 것이다.

비비안은 침대에 쇼핑백을 털었다. 하얀 치마와 빨간 블라우스가 떨어졌다.

"여기 함부르크의 옷가게에는 이런 물건들이 널렸어. 나는 이 옷들을 정말 싸게 질렀어."

레니는 비비안의 흥분과 환희가 전염되었다는 것을 인정할 수
밖에 없었다. 그녀에게도 그날 밤 있을 파티를 기대하며 기뻐하는
마음이 서서히 일어나고 있었다.

비비안은 옷들을 순식간에 입었다. 치마는 꽉끼고 짧았다. 색깔
만 빼면, 그 치마는 레니가 비비안이 스포츠카에서 내리는 것을 보
았을 때 입고 있었던 것과 똑 같았다. 블라우스는 몸에 딱 달라붙
지는 않았지만 민소매였고 등이 깊이 파여 조금 야해 보였다.

여기다가 비비안은 의상에 어울리는 굽 높은 구두를 신고 두
손을 엉덩이에 받치고 원을 그리며 빙글 돌았다.

"짜잔! 이거 어때?"

"뒤에서 브래지어가 보여." 레니가 말했다.

"그래야 돼. 그래야 젊은 애들을 녹이지. 채워져 있는 건 보이는
데 만질 수 없으니까."

"그런데 그렇게 입고 앉았다가는 치마 속까지 다 보이겠어."

비비안은 갑자기 큰 소리로 웃었다.

"레니, 이 촌뜨기야……. 미안해…… 촌뜨기 레니, 남자들을 유
혹하려면 많이 배워야겠다."

"난 별로 배우고 싶지 않은데."

"제대로 된 남자를 만나면 그러고 싶을 거야. 그건 그렇고 이건
어때?"

비비안은 거울 아래 귀걸이 함에 손을 뻗어 깃털이 달린 귀걸이
를 귓볼에 갖다 대었다.

"멋진데." 레니가 말했다. "귀에 달자마자 확 눈에 띄는데. 어디서 났니?"

"내가 제일 좋아하는 거야. 계부에게 생일선물로 받았어. 그 해 돌아가셨지만."

"미안, 왜 돌아가셨니?"

"엄마와 함께 교통사고를 당했지. 두 분 다 즉사했어."

비비안은 거울 앞에서 레니와 등을 지고 서 있어서 레니는 그녀의 얼굴을 볼 수 없었다. 하지만 비비안이 이로 인해 얼마나 고통받았는지 알기 위해 그녀의 얼굴을 꼭 볼 필요는 없었다. 비비안의 목소리에는 슬픔이 배어 있었다.

어깨가 축 처지면서 힘이 빠져 보였다.

"오 맙소사." 레니는 자기도 모르게 이 말을 토해냈다. "언제 그런 일을 당했니?"

"2년 전에."

"비비안…… 너무 미안해."

비비안은 입술을 꼭 물고 고개를 끄덕이며 한발 뒤로 물러서더니 침대모서리에 앉았다.

"이봐, 점점 좋아지고 있어. 매일 조금씩 말이야."

그녀는 손바닥에 있는 귀걸이를 바라보면서 엄지손가락으로 어루만졌다.

이 순간 레니는 비비안의 몸을 어루만져 주어야겠다는 생각이 들었다. 그녀는 팔로 비비안을 안고 어깨를 쓰다듬어 주었다. '모든 게 다시 좋아질 거야'와 같은 어리석은 말은 하고 싶지 않았다.

레니는 책에서 이런 상투적인 말을 읽을 때마다 화가 났고 이런 표현은 절대로 쓰지 말아야겠다고 생각했다.

"그분들과는 잘 지냈겠지?" 대신 그녀는 이렇게 물었다.

비비안은 고개를 끄덕이며 눈물을 닦았다. "아빠는 생부보다 나를 더 사랑했었어. 정말 좋으신 분이었어, 진짜."

하마터면 레니는 그 편이 대부분의 다른 사람들보다, 아니 자기 자신보다 낫다고 말할 뻔 했지만 꾹 참았다. 친구가 마음의 문을 열어주었는데, 괜히 동정을 사고 싶지 않았다. 아버지가 레니를 사랑하지 않았다는 사실이 지금 그렇게 중요하지도 않았다. 아무도, 심지어 자기 자신도 사랑하지 않았다. 이런 아빠에 대해 아무 말도 하지 않는 것이 레니에게는 좋았다.

"로베르트 프로스트가 한 말이 떠오르는데 말해줄까?" 레니는 물었다.

"좋아."

레니는 자기가 제일 좋아하는 작가의 말을 인용했다. "내가 인생에 대해서 배운 모든 것을 요약해주는 세 마디의 말이 있다. 그것은 〈인생은 계속 흘러간다〉이다."

비비안은 고개를 끄덕였다.

"로베르트 프로스트라는 사람이 누구인지 모르지만 옳아."

"귀걸이 해봐. 블라우스에 정말 잘 어울릴 것 같은데." 레니는 말했다.

비비안은 귀걸이를 걸고 침대에서 일어나 거울로 가 비쳐보았다.

이제 비비안은 전보다 침착하고 덜 들떠 있었다. 그녀는 레니 쪽으로 몸을 돌렸다.

"넌 어떤 옷을 입을 거야?" 그녀가 물었다.

"나는…… 몰라. 청바지와 블라우스를 입을까 해."

"내가 도와줄까?"

"정말 고맙지만 혼자 입을게. 난 너처럼 대담하게 못 입어."

"그렇게까지 할 필요는 없어. 자기 옷을 입고 행복하다고 느끼면 가장 예쁜 거야."

"그 말 잘 기억할 게." 레니는 말했다. "부탁 하나 더 있어."

"말해! 내 새 친구를 위해 뭐든 할 테니까."

"클럽에서 제발 나 혼자 있게 놔두지 마."

"헤이, 친구. 걱정 마. 우리 둘이 파티 내내 함께 할 거야. 이 파티가 얼마나 멋진지 분명히 알게 될 거야."

"오케이……. 나는 이런 파티에 가 본적이 별로 없어."

"그렇다면, 레니 폰타네. 우리 오늘 밤에 바꿔보는 거야. 누가 알아, 네게 어울리는 백만장자를 금방 찾을지? 그렇게 되면 출판사에서 거의 공짜로 일할 필요도 없잖아."

# 14

"그녀에게 규칙을 가르치는 것이 네 임무였지. 그런데 넌 실패했어."

이 말은 야나가 안개처럼 뿌연 기절상태에서 서서히 빠져나올 길을 찾고 있었을 때 들었던 첫 말이었다. 그녀는 이 말이 어떤 맥락에서 나왔는지 몰랐고 누가 이런 말을 하고 있는지도 몰랐다. 야나의 머리에는 목덜미의 예민한 부분에서 출발한 통증이 둔탁하게 울리고 있었다. 몇 초 후 야나는 지금 자신이 어디에 있는지, 어떤 일이 일어났는지를 깨달았다. 그녀는 아주 힘들게 그 일을 기억하기 시작했다.

야나는 손에 칼을 들고 달려들어 그를 붙잡았다고 믿었다. 그녀의 마지막 기억에 따르면 그는 부엌에서 놀란 눈으로 뒤로 발을 뺐다.

그런데 그 다음에는?

더는 아무것도 생각나지 않았다.

목덜미의 통증은 그녀가 쓰러졌다는 것을 말해주었다. 하지만 누가 그랬단 말인가?

부엌에는 두 사람을 제외하고는 카트린밖에 없었다. 그녀가 자신이 아니라 납치범의 편을 들 정도로 세뇌되었단 말인가?

"예, 주인님. 저는 실패했습니다. 저를 벌주십시오."

그것은 카트린의 목소리였다.

야나는 이 첫 번째 말 다음에 어떤 말이 나올지 기다리고 있었다. 그런데 그때 찰싹하는 소리와 함께 야유하는 소리가 났다. 카트린이 고통스러운 신음을 내뱉었다.

야나는 눈꺼풀을 살짝 들 수 있었다. 구름덩어리 같은 연기가 유령처럼 앞을 지나갔다. 처음에 이것은 전혀 구체적으로 드러나지 않아 아무 의미 없는 허깨비 같았다.

하지만 몇 초 후에 이런 느낌은 변했다. 천장 어딘가에서 흘러나오는 희미한 간접조명이 벽을 타고 떨어져 어두운 떡갈나무 마룻바닥으로 새어들었다.

벽에는 쇠고리와 사슬이 있었고 천장 아래에는 쇠창살이, 그리고 이 창살에는 여러 가지 갈고리들이 걸려 있었다. 야나가 예전 학창시절 체육시간에 보았던 가죽 뜀틀이 방 한가운데 있었고, 그 아래에는 투명 비닐이 깔려 있었다.

카트린은 이 뜀틀에 환자복의 등 부분을 열어놓고 엎드려 있었다. 남자는 손에 대나무 작대기를 들고서 그녀 뒤에 서 있었다. 부엌에 있었을 때 그는 청바지와 하얀 와이셔츠를 입고 있었다. 그런데 지금 그는 셔츠를 벗었다. 그의 상체는 갈색으로 잘 단련되어 있었다. 근육이 뚜렷이 드러나 있었고 뱃살이라고는 전혀 찾아볼 수 없었다. 그는 속옷 모델 같았다.

"저기 누가 다시 정신이 돌아왔는지 한 번 봐. 이제 때가 온 것 같군."

야나는 머리와 목덜미에 통증을 느낄 뿐 아니라 뭔가가 자기 어깨관절을 당기고 있는 것 같았다.

그녀는 사슬로 벽에 매달려 있었다. 그녀는 마지막 남은 힘을 다해 두 다리를 바닥에 대고 버텨 어깨관절의 부담을 덜었다. 잠시 고통이 심해졌지만 곧 나아졌다.

남자는 앞으로 한 발짝 다가와 야나를 흥미롭게 쳐다봤다. 동시에 그는 개처럼 머리를 비스듬히 기울였다.

"어때? 이제 내 말을 듣고 내가 이른 대로 할 거야?"

그는 채 1센티미터도 되지 않을 정도로 가까이 다가왔다. 그의 입언저리에는 작은 미소가 흘렀다.

"이 돼지같이 더러운 놈" 야나는 힘겹게 내뱉었다.

이상한 점은 그의 반응이었다. 그는 야나가 한 말에 겁을 먹고 뒤로 물러서는 것 같았다.

뒤에서 카트린이 고개를 들었다. 야나는 잠깐 그녀의 두 눈을 볼 수 있었다. 카트린은 고통에 겨워 괴로워했고 죽음의 공포를 견디고 있었다. 그녀는 말없이 야나에게 그의 말을 들으라고 애원하는 것 같았다. 하지만 야나는 그렇게 하고 싶지 않았다. 그 남자는 자신이 어떻게 하든 자신과 카트린을 때릴 것이다. 어쩌면 그에게 반발하는 편이 더 나을지도 몰랐다. 아마 그는 카트린이 생각하는 것처럼 그렇게 폭군이 아닐지도 몰랐다. 여자들에게 두려움을 느낄 수도 있고 여자들이 저항하면 제대로 대응하지 못할 수도 있을 것 같았다. 이제 그는 신경질적으로 눈을 깜박이기까지 했다.

이어서 작대기가 공중을 가르며 짝 소리를 냈고, 카트린의 등에는 번개처럼 빨간 매 자국이 남았다. 그녀의 얼굴은 일그러졌다. 처음에 장승처럼 서 있던 카트린은 고통스러워하며 천천히 뜀틀로부터 바닥으로 기어가 비닐 위에 누웠다.

"이제 저 여자를 완전히 순종하게 만들어야지." 남자는 외쳤다. 그는 다리를 넓게 벌리고 당당하게 서서 작대기를 휘둘렀다. 그는 마치 칭찬을 기다리고 있는 사람 같았다.

온몸을 벌벌 떨고 있던 카트린은 몸을 약간 들면서 고개를 들었다. 그녀는 남자를 본 것이 아니라 야나를 보았다.

"모든 게 저 여자 때문이에요. 저는 할 수 있는 모든 것을 다 했지만 저 여자는 제가 말한 규칙을 지키려하지 않았어요."

카트린의 얼굴에는 두려움과 분노가 서려 있었다. 두 눈에는 눈물이 비쳤고 오른쪽 입언저리는 신경질적으로 실룩거렸다.

"주인님, 그 여자에게 벌주세요." 카트린은 청했다.

야나는 그녀가 겁이 나서 그렇게 말한다는 것을 알았지만 그래도 그녀의 배신을 이해할 수 없었다. 그때 레니는 이런 상황을 감안했어야 했다. 카트린은 너무 오랫동안 납치범의 손아귀에 있었고 그녀의 영혼은 황폐화되었다. 이런 상황이라면 카트린은 납치범의 말에 순종할 수밖에 없었을 것이다.

"어떻게 네가 이럴 수 있어." 야나는 소리쳤다. "우리는 힘을 모아야 해. 그렇지 않으면 기회가 없어."

"입 닥쳐!" 남자가 큰 소리로 명령했다.

"네 따위가 정한 규칙을 왜 지키니!" 야나는 소리 질렀다. "할 수 있으면 한번 해봐. 나는 더 이상 입을 다물고 있지 않을 테니까."

"저 여자를 죽이세요!" 카트린은 소리쳤다.

그녀의 눈길이 갑자기 그렇게 차가울 수가 없었다.

남자는 이맛살을 찌푸렸다.

"내가 왜 그렇게 해야 하나?"

"그것은 저 여자가 당신에게 순종하지 않을 것이기 때문이에요."

"일단 한번 두고 보자. 내게 방법이 있다……."

"아닙니다. 죽여야 합니다." 카트린이 그의 말을 끊었다. "저 여자는 분명히 당신을 해칠 계획을 짤 거예요. 저는 잘 압니다. 죽여야 해요. 그렇지 않으면 저 여자가 모든 것을 망칠 거예요."

"제발 그러지 말아주세요." 야나는 애원했다. 잠시 야나와 카트린은 서로의 눈을 보았다. 야나는 그녀에게 보낼 은밀한 신호를 생각해내려 했다. 그녀는 어떤 계획을 말없이 카트린에게 설명하려 했다. 하지만 그런 신호는 없었다. 오로지 통증과 분노 그리고 증오만 있었다. 야나는 카트린이 자신을 제물로 삼아 위기를 벗어나려 한다는 걸 알았다. 아마 카트린은 자기가 빠져나가기 위해 처음부터 이런 계획을 짰을지도 모른다. 야나는 절망했다. 하지만 카트린을 미워하지는 않았다.

인간은 무조건 살고 싶어 한다. 무슨 짓을 해서라도.

남자는 야나를 향해 다가왔다.

"6번의 말이 옳은 것 같아. 너를 죽여야겠다. 여기서 질서를 교란하는 여자는 살려둘 필요가 없지."

"죽이세요!" 카트린이 소리쳤다. "당신이 이 집의 주인이 되고자 한다면 죽여야 합니다."

카트린은 복수의 여신처럼 증오를 키우고 있었다. 그런 모습을 보는 것이 견디기 힘들어 야나는 눈물을 흘렸다.

남자는 결정을 못 내리고 있었다. 그의 눈길은 바닥에 누워 있는 카트린과 야나 사이를 왔다 갔다 했다.

"우리 이야기 좀 해요." 야나는 설득을 시도했다. "우리는 분명히 해결책을 찾아 낼 거예요. 당신이 꼭 그렇게 할 필요가 없잖아요."

남자는 카트린을 바라보았다. 그녀는 그 눈길에 맞서 저항했다. 그가 다시 움직일 때까지는 족히 1분은 걸렸다.

"하지만" 그는 중얼거렸다. "나는 널 죽여야겠다."

그는 벽 쪽으로 건너갔다. 그곳 책상에는 야나가 있는 위치에서는 잘 알아볼 수 없는 물건들이 몇 개 있었다. 남자가 그녀 쪽으로 몸을 돌렸을 때는 손에 칼이 들려 있었다. 특수강으로 만든 칼날은 집게손가락 정도로 가느다랬다. 하지만 양쪽으로 칼날이 서 있었다.

야나는 똑바로 일어나서 뒤로 몸을 빼면서 등을 벽에 붙였다. 그녀의 시선은 칼에 고정되어 있었다.

"안 돼. 제발 그러지 마. 그녀의 말을 듣지 마. 살려줘. 시키는 대로 다 할게."

야나의 말이 더는 그에게 들리지 않는 것 같았다. 그는 누군가에 의해 멀리서 조종당하는 것처럼 움직였고 넋이 나가 있었다. 그의 입술은 조용히 주문을 외웠다.

가느다란 칼로 야나의 배를 찌를 때 그는 차마 야나를 보지 못했다.

그는 야나의 숨이 끊어질 때까지 계속 찔렀다.

# #3

Eilenau

39B

# 1

이제 그가 갈 곳은 다리뿐이었다.

프레데릭은 지난 세 달 동안 노숙자 신세라는 인생의 막장까지 내려가지 않도록 발버둥쳤다. 하지만 오늘 가랑비가 내리는 거리를 찬바람 맞으며 걸어, 마지막 모퉁이에 이르렀을 때 그의 인내력은 거의 소진되었다.

프레데릭은 수많은 운하 다리 중, 어느 다리 밑에 서서 다리 상판이 교대(橋臺)에 얹혀 있는 어두운 부분을 쳐다보았다. 제방 둑과 교각 사이 공중에는 폭이 1.5미터 정도 되는 공간이 있었다. 이 정도 자리면 눕기에 충분했고, 비가 들이칠 염려도 없었다.

프레데릭은 자기를 보고 있는 사람은 없는지 확인했다. 먼저 그는 자기를 쫓는 사람이 아니라 예전부터 알고 있는 사람이 혹시 보면 어쩌나 걱정했다. 질케의 집을 나온 후, 프레데릭은 옛 친구 라르스가 자신이 어느 집 입구에서 침낭을 두르고, 알디(Aldi, 독일의 대표적인 대형 유통업체 이름-역자 주)의 비닐포장지를 빵빵하게 채워 베개 삼아 자고 있는 모습을 보았다는 생각이 뇌리에서 떠나지 않았다.

라르스는 그곳에서 얼마나 서 있었을까? 그는 왜 자신을 흔들어 깨워서 도와주겠다고 말하지 않았을까? 사업을 하고 있었을 때 라르스와 그는 HSV(독일 분데스리가 소속 프로축구 클럽-역자 주)의 홈경기 때 함께 축구장에 간 적도 있었고, 가끔 프레데릭이 입장권을 사준 적도 있었다. 둘은 함께 아비투어(우리나라의 수학능력시험과 유사한 시험-역자 주)를 보았고, 그 후로도 여러 해 동안 축구를 매개로 우정을 이어 왔다. 프레데릭은 라르스가 사업상 친구가 아니라 이사할 때 도움을 청할 수 있을 정도로 친한 친구라고 생각해 왔다. 예전부터 프레데릭은 사업 친구는 친구가 아니고 잠재적인 적이 위장하고 있는 것이라 여겼다. 그래서 프레데릭에게는 이런 욕심쟁이들이 자기가 망하자 제일 먼저 짐승들이 썩은 고기에 달려들 듯이 자신을 물어뜯고 다 죽어가는 회사에서 빼먹을 만한 것들은 다 빼먹는 것이 하나도 이상하지 않았다. 하지만 자신과 라르스의 단짝 관계는 이와는 다른 것이었다. 왜 라르스는 내가 남의 집 입구에서 거지처럼 잠들어 있는 것을 보고서도 그냥 지나쳐버렸을까? 어쩌면 라르스는 둘의 관계를 축구에만 한정시켰을 수도 있다. 좋다, 하지만 둘은 아주 오랫동안 친하게 지내지 않았던가? 옛 친구를 거리에 그냥 내버려둘 수 없을 정도로 오래 알고 지내지 않았던가?

프레데릭이 착각한 건지도 모른다.

이에 반해 오전에 질케가 보여준 태도는 정상이었다. 프레데릭이 그런 대접을 받을만한 짓을 했기 때문이다. 하지만 라르스가 그렇게 외면했다는 것은 진짜 너무했다. 프레데릭은 질케가 라르스에게 그런 말까지 하지 않았기를 바랐다.

프레데릭은 먼지가 자욱한 벽을 타고 교대(橋臺)로 기어오르기 시작했다. 그곳에서는 길고양이들의 오줌냄새가 진동했다. 꼭대기에 오르자 그는 무릎을 꿇고 침낭을 펴 안으로 기어들어갔다.

"여기 자리 없어."

깜짝 놀란 프레데릭이 뒤로 물러나느라 하마터면 아래로 떨어질 뻔 했다.

얼굴에 수염이 덥수룩하게 난 사람이 갑자기 어둠 속에서 나타났다. 그는 무표정하고 충혈된 눈으로 그를 노려보고 있었다. 그 늙은이는 큰 소리를 내며 콧물을 들이마셨다.

"내 자리야!" 그는 코를 풀었다.

"예, 갈게요." 프레데릭은 침낭을 끌어 모아 다시 말았다. 프레데릭은 너무 무서워 맥박이 거칠게 뛰었다.

"혼자야?" 그 노숙자가 물었다.

"예."

"코만 골지 않는다면 한 명쯤 더 있어도 돼."

"괜찮습니다. 제가 다른 곳을 찾아보죠."

"내가 당신 마음에 들지 않아 그런 거야?"

프레데릭은 될 수 있는 대로 빨리 이곳을 떠나고 싶었지만, 멈추고 신중하게 생각했다. 지금부터 계속 혼자 안 자도 된다면 그것도 나쁠 게 없다. 눈이 두 개 있는 것보다 네 개 있는 편이 아무래도 더 나았다. 근처에 한 명이라도 아는 사람이 있다면 밤새도록 두려움에 떨며 뜬 눈으로 지샐 필요가 없을 것이다. 게다가 프레데릭은 불쾌한 일로 어안이 벙벙한 상태라 다른 곳에서 잠자리를 알아볼만한 힘도 더 없었다.

"폐 끼치고 싶지 않습니다." 프레데릭은 뻣뻣하게 말했다.

"이미 폐가 된 걸. 있든지 말든지 마음대로 해. 어차피 상관없으니까."

"당신에게 폐가 안 된다면……"

늙은이는 웃었다.

"내게 당신이라고 부르는 사람 오랜만이네." 그는 말했다. "당신 거리 생활을 한 지 얼마 안 됐지, 그렇지?"

"예, 얼마 안 되었죠."

"이제 내 집이 당신 집이오." 늙은이는 옆으로 자리를 비켜주었다. "내 이름은 알프레드야. 하지만 모두 알프라고 부르지."

"프레데릭이라고 합니다."

프레데릭은 당분간만 거리에서 살 것 같다고 늙은이에게 설명하고 싶은 충동을 참을 수 없었다. 채권자들의 빚 독촉이 진정되고 다시 자립할 기회를 잡을 때까지만 있겠다고 말이다. 마음속으로 그는 거리 생활을 오래한 듯 보이는 이 남자와 거리를 두고 자동차와 집 그리고 요트를 가지고 부자처럼 살았던 시절처럼 이 사람에게 우월감을 느끼고 싶었다.

프레데릭은 그런 생각을 그만두었다.

이제 그는 더 이상 부자가 아니었다.

이제 그의 자리는 이 다리 밑이었다.

그래서 그는 자리를 편 다음 신발을 벗고 침낭 속으로 들어가 지퍼를 올렸다. 그와 이 노숙자 사이의 거리는 채 50센티미터가 되지 않았다. 그들은 운하가 흐르는 방향으로 발을 두고 다리 아래 좁은 자리에 함께 머리를 두고 누웠다. 프레데릭이 누워 있는 곳으로부터 불과 몇 센티미터 위에는 철제 들보가 있었다. 어둠 속에서 프레데릭은 들보가 보이는 것보다 더 클 것이라고 생각했다. 자동차가 다리를 지나갈 때 이 구조물을 울렸고, 그 진동은 지면을 통해 그의 몸까지 전해졌다. 바닥은 딱딱하고 울퉁불퉁해 뭔가가 등 아랫부분을 누르고 있는 것 같았지만, 그는 누운 자세를 고쳐서 잠을 자기에는 너무 지쳐 있었다.

"마실 것 있어?" 옆에 누운 늙은이가 물었다.

"아니오. 미안합니다."

"내게 보드카 있는데, 한 모금 할래?"

"고맙지만 사양하겠습니다."

"고맙지만 사양하겠습니다." 알프가 그의 말투를 그대로 따라했다. "존댓말 쓰는 말투를 빨리 고치는 것이 좋을 거야. 그건 너무 위험한 짓이거든."

"왜요?"

"그러면 사람들이 바로 초짜라는 것을 알게 될 테니까. 그러고 나면 바로 네가 가진 물건을 훔치려 들 거야. 우리는 같은 처지라고 떠드는 사람들의 말을 믿지 마. 그런 놈들이 뒤에 칼을 꽂아."

프레데릭은 말없이 듣고 있었다. 그는 늙은이의 말을 어디까지 믿어야하나 생각했다. 그는 배낭 비밀주머니에 늘 비상금을 넣고 다녔다.

"걱정 마. 난 아무 짓도 안 할 테니까." 늙은이는 프레데릭의 생각을 읽기나 한 것처럼 말했다. "난 정직한 바보야. 정직한 사람들은 모두 바보들이지. 요즘 거짓말쟁이나 사기꾼들만 잘 나가잖아."

"전부 그런 것은 아니잖아요." 프레데릭이 말했다.

"대부분이지."

"저도 압니다. 저도 거짓말하고 사기도 쳤습니다. 그런데 지금

제 모습을 보세요."

늙은이는 크게 웃었다.

"이봐, 그러면 당신 좋은 사람이 아니었네."

그 남자가 아주 간단하게 자신을 간파하자 프레데릭은 의기소
침했다.

"이렇게 산지 얼마나 되었나요?" 그는 대화를 다른 방향으로 돌
리려고 물었다.

"무슨 말이야?"

"밖에서 노숙한 것 말이에요."

"몰라. 기억도 안 나."

"농담하지 마세요."

"글쎄, 진심으로 말하지만, 그때가 언제였는지 기억이 안 나."

"어떻게 그럴 수 있어요?"

"난 정상적으로 살았었지." 알프는 거칠게 웃으면서 말했다. "학
교 다닐 때 머리가 조금 나쁜 것만 빼고. 나중에 마약도 좀 했고,
또 도박벽도 약간 있었어. 그런데 잘 참았지. 진짜야. 믿어도 돼.
25살 때 첫 직장에 들어갔어. 가방 공장에서 기계를 청소하는 일
을 했지. 나쁘지 않았지. 견딜 수 있을 것 같았어. 늘 좋았고 따뜻
한 시절이었지."

"그런데 무슨 일이 있었어요?"

"대부분의 중독자들에게 일어나는 일이었지. 일하러가지 않고
도박하러 다닌 거야."

"후회하세요?"

지금까지 알프는 이야기를 나눌 사람이 있어 좋다는 듯 모든 질문에 바로 대답했다. 하지만 이 질문에는 잠시 동안 답을 하지 못했다.

　"처음에는 아니었어. 하지만 몇 해 전부터는 후회하고 있지. 가장 안 좋은 게 뭔지 알아? 죽을 때 옆에 아무도 없을 거라는 거야. 그때가 되면 나는 혼자 가야 될 거야. 이 때문에라도 예전 생활로 돌아갈 기회가 한 번이라도 더 생겼으면 해. 거리에서 오래 살다보면 아무것도 얻을 게 없어."

　"젠장." 프레데릭은 자기도 모르게 이렇게 내뱉었다.

　"크게 말해도 돼. 상황이 점점 안 좋아질 거야. 이제 법의 보호도 받을 수 없어. 조심하지 않으면 아이들이 재미로 네 몸에 불을 붙일 수도 있어. 아니면 운하로 내던지고 네가 물에 빠져 죽는지 볼지도 몰라. 이것은 모두 이미 일어났던 일이야."

　"그런데도 당신은 여기서 혼자 자는 거예요?"

　"여기가 안전하거든. 여기 위에 있으면 아무도 빨리 찾지 못해."

　"내가 당신을 찾았잖아요."

　"그건 우연이잖아. 안 그래?"

　프레데릭에게는 한 가지 생각이 떠올랐다.

　"만약 당신이 노숙자 누군가를 찾아야만 한다면 어디 가서 찾으시겠어요?"

　"글쎄. 아마 일반적인 장소겠지. 예를 들어 역이나 공원 아니면 우리가 자거나 샤워할 수 있는 노숙자 쉼터 같은 곳 말이야. 그런데 그건 왜 묻는데?"

"그냥요."

"누군가 너를 찾아다니는 중이지?"

"그렇다고 할 수 있어요."

"이틀 전부터 이러 저리 돌아다니면서 누군가를 찾는 사람이 있다던데."

프레데릭은 침낭을 감은 채 자리가 허락하는 한 최대한 넓게 몸을 일으켜 세웠다.

"어떻게 생긴 사람이에요?"

"키가 크고 아주 잘생긴 사람이야."

"그 사람이 당신에게도 물어보았어요?"

"그래, 어제…… 아니면 그저께. 더는 몰라. 검은색 외투를 입고 군용배낭을 메고 다니는 키가 크고 마른 남자를 본적이 있는지 수소문하고 다녔지. 나는 본 적이 없었지. 너 그런 배낭을 가지고 있니?"

"그렇다면 나를 보았다고 말할 거예요?"

"잊어버려. 나는 그런 짓 안 해."

"그 남자 다시 보면 알아 볼 수 있겠어요?" 프레데릭은 물었다.

"알아볼 수야 있지. 시선이 인상적인 남자였어."

"잘 생각해 보세요. 내게 호의를 베풀어 준다면 10유로 드릴게요."

즉흥적인 아이디어가 구체적인 계획으로 발전했다. 프레데릭은 문득 자신이 살인자의 손아귀에서 벗어나기 위해서 무엇을 해야 할지 알았다.

무조건 숨는 것이 상책이 아니었다.

프레데릭은 반격을 해야 한다고 생각했다.

"어떤 호의를 말하는 거야?" 알프는 의심스러운 눈초리로 물었다.

프레데릭은 이 늙은이에게 사실을 털어놓아도 될지 신중하게 고민했다. 처음에는 그렇게 하지 말자고 생각했다. 하지만 못할 이유가 없었다. 프레데릭은 아무 짓도 하지 않았기 때문이었다. 최소한 이 사건에서 그는 아무 짓도 하지 않았고 그저 살인사건을 목격했을 따름이다. 그는 이로 인해 살인범에게 쫓기는 신세가 되었다.

간단하게 결정을 한 후 프레데릭은 늙은이에게 모든 것을 털어놓았다.

"젠장." 알프가 말했다. "재수 억세게 없는 사람이군."

"그렇게 말할 수도 있죠. 하지만 이렇게 계속 도망 다니고 싶지도 않고, 숨어 살 필요도 없어요. 그래서 저는 그 남자가 어디에 사는지 알기만 하면 경찰에 신고해야겠다고 마음먹었죠."

"경찰? 나 빼고 해! 난 경찰하고 엮이고 싶지 않아."

"물론 전화박스에서 익명으로 할 거예요."

"아 그래. 그런데 왜 진작 신고하지 않았어?"

"제가 뭐라고 말해야 하나요? 여보세요, 제가 살인사건을 목격했는데, 범인이 어떻게 생겼는지 모르겠어요 라고 말해야 하나요? 그러면 아무도 제 말을 믿지 않을 거예요. 설령 믿는다 해도 별 소용없죠. 하지만 제가 경찰에게 주소를 가르쳐 준다면, 그들은 이 사건을 추적하는 척이라도 하겠죠."

"그럴 수 있겠지."

"범인은 어떻게 생겼나요? 그 사람 찾는데 도와주실 거죠?"

"10유로는?"

"약속하죠."

"좋아, 그러면 내가 돕지."

# 2

쿵쾅거리는 베이스음과 빠른 박자의 전자음악이 주위를 촘촘히 포위하고 있어 레니는 도망갈 길이 없었다. 그녀에게 이 클럽은 숨 쉴 수 없을 정도로 생명을 위협하는 공간이었다. 이런 소음에서는 어떤 생각도 할 수 없었다. 생각이 나오기 전에 죽어버릴 것 같았다. 레니는 지금 마약을 맞은 것 같았다. 그녀는 천박하고 외설적인 말과 관능이 노골적으로 넘쳐나는 바다에 빠져들지 않으려고 안간 힘을 썼다.

두 시간 전 레니와 비비안이 도착했을 때 이미 클럽 한 가운데 있는 무대는 사람들로 붐볐다. 야한 옷을 입은 여자들이 어지럽게 움직이는 조명 아래 팔을 높이 든 채 몸을 흔들고 있었다.

레니는 무대 가장 자리에 있는 대리석 기둥에 기대어 자신과 다른 여인들의 차이를 느끼고는 자존심이 상했다. 여기서 청바지를 입고 다리를 드러내지 않는 여자는 레니뿐이었다. 그녀는 배꼽도 드러내지 않았고 블라우스 단추를 위까지 다 잠그고 있었기 때문에 가슴골을 드러내지도 않았다. 레니가 보기에 여기에 온 아가씨들은 모두 모델처럼 예뻤고 자신이 제일 뚱뚱하고 제일 뻣뻣한 것 같았다. 그녀는 술에 취하지 않고서는 음악에 맞추어 그들처럼 몸을 움직일 수 없을 것 같았다. 하지만 내일은 출판사에 첫 출근하는 날이라 술을 마실 수 없었다. 그래서 비비안이 샴페인 한 잔이라도 같이 마시자고 계속 졸랐지만, 레니는 거절하고 그 자리에 서서 콜라만 마셨다. 탄산이 다 빠져 시원하지도 않았지만 그녀는 계속 홀짝홀짝 마셨다. 혼자 바에 가서 새 음료를 주문하고 싶지 않았기 때문이었다.

하지만 레니는 클럽을 지배하고 있는 관능적 분위기에 저항하지 못했고, 오히려 아주 강렬하게 빨려들고 있었다. 레니는 자신이 좀 더 방탕해질 수 있기를 바랐다. 그녀라고 왜 모든 짐을 던져 버리고 마치 내일이 없는 것처럼 살고 싶지 않겠는가? 이 클럽에 온 다른 사람들도 그렇게 살고 있었다. 그들에게는 어떤 근심이나 문제도 없는 것 같지 않은가? 이들이 어디 다음날 꼭 일해야 할 사람들 같은가?

레니가 걱정했던 일이 터진 것은 당연했다. 비비안은 레니를 혼자 두지 않겠다고 철석같이 약속해 놓고도 20분도 안 돼 남자와 무대로 사라졌다. 그는 비비안이 핸드폰으로 보여주었던 그 남자였다. 다비드는 레니에게도 손을 흔들며 신기하다는 듯이 쳐다보았다.

그때부터 비비안은 서서 섹스를 했다. 레니는 그녀가 추는 춤을 이와는 달리 설명할 수 없었다. 비비안은 몸을 남자에게 완전히 밀착시켜 허벅지와 골반을 그의 다리에 대고 비비면서 그가 즐기는 모습을 쳐다보기도 하고 상체를 뒤로 젖히기도 했는데 이것은 관능적이기도 했지만 정말 천박해 보였다.

레니는 절대로 그렇게 할 수 없을 것 같았다. 하지만 비비안이 시야에 들어올 때마다 레니는 그녀를 자세히 바라보며 동작과 시선을 연구했다. 그녀는 비비안이 남자들을 어떻게 다루는지를, 그녀가 어떻게 남자들을 유혹해 자기 그물로 유인하는지를 알았다.

오늘 오전만 하더라도, 그러니까 빵가게로 가는 도중 사고가 났을 때까지만 해도 비비안은 남을 돕는 것을 좋아했고 이해심이 많은 여자였다. 하지만 지금 레니가 무대에서 보고 있는 비비안은 전혀 다른 여자였다.

레니는 컵에 남아 있는 김빠진 콜라를 끝까지 다 마셨다. 이와 함께 그녀가 데드라인으로 정해 두었던 시간이 다가왔다. 그녀는 더는 여기서 하릴 없이 서 있을 수 없었고, 비비안이 자기를 잊지 말기만을 바랐다. 레니는 약간 언짢았고 그냥 집으로 가버리고도 싶었지만 비비안에게 집으로 간다고 알리기는 해야겠기에, 그녀를 찾아 나섰다. 레니는 무대를 한 바퀴 돌며 비비안이 보이기를 고대했지만 찾지 못했다.

클럽 뒤편으로 가니 조명이 흐린 밀실들이 나왔다. 방에는 둥근 의자와 소파가 있었고, 각 방들은 호화로운 칸막이로 분리되어 있었다. 그곳에서 레니는 비비안을 발견했다. 그녀는 남자의 무릎에 허벅지를 벌린 채 쪼그리고 앉아 두 팔로 목을 감싸며 열정적으로 키스하고 있었다. 그러면서 그녀는 골반을 앞뒤로 움직였다. 남자의 손은 그녀의 척추를 따라 내려오면서 더듬었다. 레니는 남자의 얼굴은 보지 못했지만 그의 왼손 새끼손가락 하나가 없다는 것을 발견했다.

환멸을 느낀 레니는 몸을 돌렸고 파티를 즐기고 있는 사람들 사이를 뚫고 출입구를 찾아 나갔다. 밖으로 나왔을 때 밤공기는 온화했다. 하지만 그녀는 눈물이 날 것 같았다. 그렇게 짧은 시간에 참된 친구를 만든다는 것이 어떻게 가능해? 그것은 영화나 책 속에서나 가능하지 현실에서는 불가능해.

클럽 앞에서 레니는 주위를 둘러보고 방향 감각을 잃었다는 것을 깨달았다. 어쩔 줄 몰라 하고 있는 동안 그녀는 앞으로 돌출한 이 건물 지붕 아래 어떤 남자가 모자달린 후드티를 입고 서 있는 것을 보았다. 레니는 어두운 지붕 아래 모자로 얼굴을 가리고 있었지만 그 남자가 자신을 주시하고 있는 것 같았다.

빨리 떠나는 수밖에 없겠다!

레니는 혼자서도 아일레나우로 가는 길을 찾을 것 같았다. 비비안 없이도 찾을 수 있으리라 여긴 것이다. 그녀는 일생동안 혼자 힘으로 모든 것을 잘해 왔다. 아우크스부르크 대학을 다니는 동안에 이미 레니는 대도시 생활에 따르는 여러 위험들을 잘 극복한 바 있었다.

처음 십분 동안 절망과 분노가 그녀를 앞으로 몰아댔지만, 이내 연기처럼 사라졌다. 레니는 주변을 살피기 시작했다. 소음과 냄새, 정적, 어두운 모퉁이 그리고 시커먼 골목이 눈에 들어왔고 주변에 돌아다니는 사람도 별로 보이지 않았다.

골목이 갈라지는 지점에서 레니는 방향을 잡으려고 멈췄다. 그녀는 몸을 돌려 이곳저곳을 살펴보았지만 지금 어디에 있는지 분간이 가지 않았다. 분명히 아우센알스터(Außenalster) 지역에 있는 것 같기는 한데 어딘지 알 수 없었다. 클럽으로 올 때 레니는 택시를 타고 이곳을 지나갔었다. 하지만 그때 주변을 살피지는 않았다. 흥분한 상태였고 또 비비안이 너무 말을 많이 했기 때문이었다.

레니는 핸드폰을 꺼내 구글맵을 열었다. 그녀는 도로명을 입력하고 숙소로 가는 길을 안내하게 했다. 20분 정도 예상되는 길이었다. 레니는 구글이 지시하는 대로 따라가면서 핸드폰에 너무 집중하느라 주변을 거의 살피지 못했다.

어떤 교차로에 도착했을 때 비로소 그녀는 발자국 소리를 들었다.

레니는 깜짝 놀라 몸을 뒤로 돌렸다.

아무도 없었다.

뒤에는 아무도 없었지만 레니는 분명히 발자국 소리를 들었다고 확신했다.

시골뜨기 레니, 이 바보. 레니는 속으로 자기를 꾸짖었다.

그녀는 왜 택시를 탈 생각을 하지 않았을까? 분명히 택시를 탈 돈이 없었다. 하지만 밤길에 강도의 공격을 받을지도 모르는데 돈이 무슨 큰 문제일까?

레니는 다음에 오는 택시를 잡아야겠다고 생각했다. 그때까지 그녀는 계속 걸으면서 가급적 어두운 쪽으로 가지 않으려 했다. 그때 그녀는 비록 버스는 몇 대 다니지 않았지만 큰길가에 있으니 자신을 해칠 사람은 없을 것이라 생각했다.

계속 걸어가야겠다고 생각한 레니는 인도를 따라 당차게 출발했다.

그때 레니가 좋아하는 시인 로버트 프로스트의 시 마지막 연이 떠올랐다. 그녀는 무섭거나 외로울 때면 자주 그것을 조용히 암송했었다.

> *숲은 아름답고 어둡고 깊다.*
> *하지만 내겐 지켜야 할 약속이 있어.*
> *자기 전에 몇 마일을 가야한다.*
> *자기 전에 몇 마일을 가야한다.*

언제나 그런 것처럼 이 시구를 읊는 것은 도움이 되었다. 이 시는 언제나 그녀의 두려움을 누그러뜨려 주었다. 이 시가 그녀가 어머니에게 맹세한 약속을 떠올리게 했기 때문이다. 하지만 이 밤에 누군가 자기 뒤를 밟고 있는 상황에 이런 시구가 무슨 소용이 있겠는가?

없다!

발걸음이 점점 가까이 다가오고 있다고 느낀 순간, 레니는 힘이 다 빠져나가는 것 같았다. 갑자기 레니는 누군가가 자신을 붙잡는 것만 같았다.

그녀는 소리치며 뒤돌아보았다. 그곳에는 아무도 없었지만 레니는 어떤 그림자가 건물 입구로 사라지는 것을 보았다. 이제 레니는 뒤로 걸어가며 건물 입구를 주시했다. 그러다 보도블록에 발이 걸려 비틀거리다 넘어졌지만 벌떡 일어나 달리기 시작했다.

레니는 목숨을 걸고 숨이 차오를 때까지 뛰었다. 그녀는 횡격막을 찌르는 듯한 느낌이 들자 속도를 늦추었다. 이번엔 몸을 뒤로 돌리지는 않고 시선만 어깨 너머로 돌렸다. 그런데 진짜 자기를 뒤쫓아 오는 사람이 있었다.

그녀의 뒤를 밟는 남자는 후드티의 주머니에 손을 찔러 넣고 고개는 숙이고 얼굴은 모자로 가린 채 일정한 거리를 유지하며 쫓아오고 있었다. 그는 어차피 그녀가 자기 손아귀를 벗어날 수 없다고 생각한 듯 느긋하게 따라오고 있었다.

이 남자가 그녀가 나올 때 클럽 앞에서 쳐다보았던 그 사람이었을까?

레니는 계속 뛰었다. 이미 오래 전부터 그녀는 지금 집으로 제대로 가고 있는지 몰랐다. 이 길에는 왜 아무도 다니지 않는 거야? 택시는 왜 안 오는 거야?

이런 생각을 하던 중 마침 그녀 앞으로 차 한 대가 나타났다. 레니는 자동차의 오른쪽 흙받이를 향해 뛰어 들어 따뜻한 보닛(자동차의 엔진이 있는 앞부분의 덮개)을 내리치고서는 아스팔트로 나자빠졌다.


### 3


첫 출발은 정말 좋았다. 홀가분하고 들떠있기까지 했다. 젊었을 때 5킬로미터를 20분 만에 주파했던 뛰어난 육상선수였다는 기억까지 되살아났다.

하지만 채 2분도 안 되어 이 시절이 얼마나 오래 전이었던가를, 그동안 얼마나 몸을 돌보지 않았던가를 몸이 알려주었다.

하지만 옌스 케르너는 처음 속도를 줄일 생각이 없었다. 그는 그린델피어텔(Grindelviertel)에 있는 집에서 밀히슈트라세(Milchstrasse)를 통해 아우센알스터(Aussenalster)로 달렸다. 그는 이 조깅코스를 카페 클립(Cliff)에서 시작했다. 인터넷에 따르면 함부르크에서 가장 인기 있는 조깅 코스인 이 아우센알스터를 한 바퀴 돌기 위해서는 7킬로미터 이상을 뛰어야 한다. 그는 오늘 이 코스를 완주하고 싶었다.

책상에서 일과를 마치자 옌스는 퇴근 후에 4년 동안 계속 차일피일 미루었던 조깅을 시작해야겠다고 결심했다.

그는 연말에 결심하곤 새해에 깨버리기 일쑤였다.

하지만 이번엔 달랐다. 그에게는 충분한 이유가 있었다.

옌스는 지난밤과 같은 치욕을 또 당할 수는 없었다. 차 유리 수리점 근처에서 자신을 때려눕힌 그 놈은 아무 일 없이 달아났다. 그런 일은 그가 몇 살이든 경찰에게는 일어날 수 없는 일이었다.

오늘부터 옌스는 계속 소깅할 것이며, 이 코스를 40분에 주파할 때까지 멈추지 않을 것이다.

그런데 옌스는 첫 날부터 이런 모습으로 뛰면 민망할 것 같아 조깅 시간을 날이 저문 뒤로 옮겼다. 하지만 퇴근 후 시간에는 뛰는 사람들이 너무 많아 이 구역이 장애물 달리기장 같았다. 옌스는 이 정도 문제쯤은 각오하고 있었지만 운동복을 보는 순간 학창

시절 체육을 한 뒤 너무 많은 시간이 흘렀다는 것을 느꼈다.

그는 할아버지의 운동복바지와 군대 시절 입던 것이라 배에 딱 붙는 색바랜 상의를 입고 뛰었다. 새 것이라고는 운동화 하나뿐이었다. 퇴근길에 운동화 가게에서 산 것이다. 아마 그는 나머지 것도 새로 장만해야만 했다. 여기서는 어떻게 보이느냐 하는 것도 상당히 중요했다. 여기서 하루 종일 달리기를 하는 젊은이들은 어쨌든 세련된 복장을 하고 있었다.

카페 클립을 출발한 지 5분 만에 고통이 찾아오자 처음 출발할 때 느꼈던 환희도 사라졌다. 이 시점부터 뛸 때마다 고통이 심해졌다. 무릎, 발목, 엄지발가락, 허리, 마침내 배까지 아파 오자 옌스는 눈에 띄게 천천히 뛸 수밖에 없었다. 론델운하(Rondeelkananl)의 다리를 건넜을 때 이미 그는 시베리아에서 툰드라와 타이가 지역을 거쳐 도망 온 귀향병처럼 뛰었다.

제기랄!

달리기는 생각만큼 쉬운 게 아니었다.

그는 어쩔 수 없이 달리다가 걸으며 휴식을 취했다. 그는 횡격막이 갈비뼈를 찌르고 있는 부분을 손으로 떠받쳤다. 지금 이곳에 조깅하는 사람들이 거의 없다는 게 정말 다행이었다.

앞으로 2주 혹은 3주간은 그들이 앞서 갈지 모른다. 하지만 그 다음부터는 뭔가를 보여줄 것이다. 만약 그가 옛날 실력을 되찾지 못한다면 비웃어도 좋다.

그는 겔러슈트라세(Gellerstraße) 전 구역을 걸어가다 (알스터호수의 지류인) 랑엔추크(LangenZug) 강의 다리에 도달했을 때 비로소 다시 달리기 시작했다. 이제 서서히 괜찮아 지겠지 라고 말하며 적당한 속도로 달렸다. 하지만 상태는 좋아지지 않았다. 통증이 바로 찾아왔다. 옌스는 통증에 신경 쓰지 않으려고 살인사건에 대해 생각하기 시작했다.

옌스는 하루 종일 야나 하이글 실종사건을 담당했던 하이덴하임 경찰과 통화했었다. 정보에 따르면 그녀는 남자친구인 니클라스 망펠트(Niklas Mangfeld)와 말다툼을 한 뒤, 원래 남자친구와 함께하려했던 여행을 혼자 떠났다고 한다. 현지 경찰이 이에 대해 많은 정보를 줄 수 없었기 때문에 옌스는 따로 실종자 부모와 남자친구와 통화를 했었다. 니클라스 망펠트는 야나 하이글이 독립심과 성취욕이 강하고 고집이 센 여자라고 말했다. 그들이 싸운 것도 이번이 처음이 아니지만 매번 화해했다고 했다. 그는 이번에도 그럴 것이라 여겼다. 그런데 야나는 4일 전부터 연락이 없었으며, 부모님에게도 연락하지 않았다. 그녀에게는 있을 수 없는 일이었다. 하지만 유감스럽게도 부모나 남자친구 모두 야나가 함부르크 어디에서 방을 구했는지 모르고 있었다. 함부르크에 그녀 친구나 지인은 없었다. 여행계획을 짤 때 니클라스와 야나는 값싼 호텔이나 유스호스텔 아니면 에어비앤비 방을 구할 생각이었다. 만약 야나 하이글이 인터넷으로 방 예약을 했다면 핸드폰으로 했을 것이다. 그런데 이 핸드폰이 그녀와 함께 사라졌다. 이로 인해 위치 확인이 아무런 성과 없이 끝나버렸다.

마지막으로 함부르크 기지국에 잡힌 통화 기록은 역 근처였다. 그리고 베를린으로 가는 기차에서 네 번 통화를 한 후 그녀는 사라졌다. 이것만이 야나 하이글이 함부르크에 없으며 기차를 타고 떠났다는 것을 말해준다. 베를린 경찰도 이 정보를 받고 실종된 처녀를 수색했었다.

가족은 큰 걱정을 하고 있었다. 옌스는 그 아가씨에게 무슨 일이 일어난 것만은 분명하다고 확신했다. 다만 이 실종사건이 간호사를 살해한 사건과 무슨 관계가 있을까?

아마 경우에 따라서는 서로 연관될 가능성도 있을 것이다.

이 사건에 대해 생각하느라 정확하게 펜타이히(Feenteich)까지 옌스는 통증을 느끼지 않았다. 하지만 곧 그는 달리기를 중단해야 했다.

젠장, 또 아프네! 옆구리 통증이 뭐 이렇게 아프지? 혹시 배에 암이 있는데 못 발견하고 있는 것 아니야? 고철하치장의 그 놈이 바로 이 때문에 도망칠 수 있었던 건가? 옌스는 펜타이히 앞 다리 난간에 기대어 스트레칭 하는 척하면서 불 켜진 부자들의 대저택들을 살펴보았다. 이 불빛은 조용히 흐르는 강물의 표면에 비쳤다.

"젠장, 그만두자! 너는 어쨌든 육상 선수가 될 수 없어"라는 약한 마음으로 옌스는 이렇게 말했다. 잠시 그는 이 말을 따르려 했다. 3달만 더 있으면 옌스는 52번째 생일을 맞이한다. 그리고 혼자 살고 있고 특별히 잘 보이려고 마음에 두고 있는 여자도 없다.

옌스는 다시 그날 밤의 추적 장면을 떠올렸다. 그것은 미국의 범죄영화에서 보았던 것과 전혀 딴판이었다. 만약 그날의 모습을 영화로 찍었다면 수치스럽기 짝이 없었을 것이다.

아니야! 옌스는 포기하지 않고 견디기로 했다. 중요한 것은 자기 마음에 드는 것이다.

그래서 다시 억지로 달리기 시작한 옌스는, 거의 구보하듯 달리며 신발 밑에서 작은 자갈들이 내는 마찰음에 귀를 기울였다. 자갈들이 내는 소리의 일정한 리듬만 찾으면 계속 잘 달릴 것 같았다.

문츠부르거 담(Mundsburger Dam)의 다리를 지나갈 때 불쾌한 통증이 등 아래 부분까지 찾아와 뛸 때마다 고통스러웠다. 그래서 더는 뛸 생각을 못했다.

이번에 옌스는 근육을 늘이는 스트레칭을 했을 뿐만 아니라 딱딱하게 굳어 탈이 난 허리근육의 긴장을 풀어주기도 했다. 이때 그의 눈길은 운하의 시커먼 물을 향했다. 그는 이 물이 쿠뮐렌타이히(Kuhmühlenteich)를 통해 아일벡운하(Eilbekkanal)까지 흘러와서 반츠벡(Wandsbek), 톤도르프(Tonndorf)와 랄슈테트(Rahlstedt)를 통해 슈텔모러 툰넬탈(Stellmoorer Tunneltal) 자연보호구역까지 흘러간다는 것을 알았다.

옌스는 운하가 어디까지 흐르는지 잘 알았다. 함부르크 운하를 예전에 한 번 수사한 적이 있었기 때문이다.

굴삭기를 실은 배가 여기서 좀 떨어진 문츠부르크운하(Mundsburger Kanal)에 계류 중인 것을 본 순간 직접 담당한 것은 아니었지만 2년 전에 일어난 사건이 떠올랐다.

그리고 문득 옌스는 이 두 사건이 연관성이 있을지도 모른다고 생각했다.

그럴 가능성이 있을까? 옌스는 시커먼 강물을 바라보면서 스스로 물었다.

그의 심장은 너무 흥분되어 전보다 훨씬 빨리 뛰었고 통증도 사라졌다. 옌스는 계속 뛰었다. 그가 옛날 사건을 생각하면 할수록 이 사건에 대한 자세한 기억이 더 많이 되살아났다.

로사리오 레오네(Rosario Leone)

이 운하에서 건져 올린 여인

옌스는 그 다음 날, 곧장 당시 이 사건 담당 형사를 찾아갔다.


# 4


20분 후 아일레나우 거리 39b번지에 있는 숙소에 도착한 레니는 순찰차에서 내렸다. 그녀는 자신을 집으로 데려다 준 두 명의 경찰관에게 고맙다고 인사했다. 레니가 보닛 앞으로 뛰어들었던 차는 다행히 순찰차였다. 이때 아무 일도 일어나지 않았지만 레니는 너무 놀랐고, 그건 경찰관들도 마찬가지였다.

레니는 떠나는 순찰차를 전송하며 자신이 왜 그렇게 과도하게 반응했는지 이해할 수 없었다. 그녀는 사방으로 소리치며 누군가가 자기를 노리고 있다고 외쳤다. 심지어 여자 경찰관이 레니를 돌보는 동안 남자 경찰관이 주변을 살펴보러 가기도 했다. 이때 레니는 자기가 얼마나 촌뜨기인지, 도시 생활이 자기에게 얼마나 어울리지 않는지를 여실히 증명했다.

순찰차를 타고 가는 동안에 경찰들은 레니를 이해하며 친절하게 대했다. 하지만 레니는 그들이 이 순간에도 자신을 비웃고 있다고 여겼다.

그렇다. 문제는 거기에 있었으며 이게 처음 있는 일도 아니었다. 어쨌든 레니는 별일 없이 숙소에 도착했다.

아니, 다시 말하면 그녀가 잠시 머물 집에 도착한 것이다.

어두웠지만 숙소가 앞에 우뚝 솟아 있었다. 이 건물 앞 유리창 뒤에는 불이 꺼져 있었다. 이 집을 둘러싸고 있는 쇠 울타리는 그 안에 들어가면 선악의 구분도 없고 무엇이든 상상 그 이상의 일이 터질 것 같은 성곽처럼 불쾌하고 섬뜩해 보였다.

"아니야, 더는 시골 촌년처럼 행동해서는 안 돼." 레니는 낮게 말하고 4개의 계단을 올라 현관 쪽으로 갔다.

바깥문이 닫혀 있지 않아 쉽게 들어갈 수 있었다.

아무나 마음대로 들어올 수 있게 하다니!

여기서는 이런 일이 일반적인 걸까? 아니면 BedtoBed.com을 통해 들어온 투숙객들에게 모두 현관문 열쇠를 줄 수 없기 때문일까? 여하간 레니는 이런 상황이 걱정되었다. 이런 걱정을 하는 것은 그녀뿐일까?

어두운 복도에서 그녀는 스위치를 찾다가 2층으로 올라가는 계단 옆에서 찾아 불을 켰다.

그녀는 아무도 모르게 계단으로 5층까지 올라갔다. 계단은 묘지처럼 조용했고 방마다 정적만 감돌았다. 다른 투숙객들은 이미 오래 전에 잠들었고 레니도 지금 잠자리에 들어야 했다. 내일 오전

9시에 출판사에서 인턴 생활이 시작된다. 그녀는 푹 자고 좋은 컨디션을 유지해야 했다. 클럽에 가겠다는 생각은 애초에 어리석은 것이었다. 레니는 시간에 맞추어 숙소에 돌아와서 기뻤다. 그녀는 비비안을 따라 클럽에 가지 말았어야 했다. 이날 밤 클럽에서 있었던 모든 일은 굴욕적이고 불필요한 것이었다. 레니는 예전부터 이런 모임에는 어울리지 않는다는 것을 잘 알고 있었다.

그 어떤 모임에도 말이다.

4층에서 5층으로 가는 마지막 계단에서 갑자기 어떤 소리가 났다. 레니는 멈춰서 그 소리에 귀를 기울였다. 벽 뒤에서 뭔가 움직이며 벽(담)을 긁고 있는 소리 같았다. 심지어 소리가 나는 곳에 손을 갖다 대자 뭔가 움직이고 있는 것 같기도 했다. 그러자 등에서 전율이 흘러내렸다. 레니는 이 소리가 층들 사이에 난 은밀한 통로로 어마어마하게 큰 쥐들이 먹을 것을 찾아 움직이고 있는 것이라 생각했다.

레니는 나머지 계단을 급하게 뛰어올라가 자기 방이 있는 집으로 들어갔다. 이 문 역시 닫혀 있지 않았다. 그녀는 문지방에 서서 다시 귀를 기울였다.

조용했다.

레니는 급히 신발을 벗어 손에 쥐고 까치발을 한 채 마룻바닥을 조심조심 건너갔다. 그녀는 어느 누구에게도 폐를 끼치고 싶지 않았다. 두 번째 문을 지나자 왼쪽 라인 방에서 누군가 코를 심하게 골았다. 어쨌든 이 소리가 그녀를 안심시켜 주었다. 그 소리는 너무나 인간적인 소리였고 그녀가 이제 이 큰 집에서 혼자가 아니라는 사실을 증명해 주었다.

레니의 아버지는 곰처럼 코를 골았다. 어머니와 그녀에게 아버지가 코를 고는 소리는 언제나 마음을 편하게 해 주었다. 아버지가 잠들어 있을 때면 더는 위험할 일이 없었기 때문이다.

레니는 방문을 열고 재빨리 안으로 들어간 다음, 조심스럽게 문을 걸어 잠그고 체인도 채웠다. 그러고 나서야 비로소 안심했다. 문에 등을 기대고 길게 한숨을 쉬자 그동안 쌓여 있던 무서운 생각도 사라졌다. 예전부터 문과 자물쇠는 그녀에게 이런 효과를 발휘했다. 철커덩거리는 소리와 함께 빗장이 걸리면서 나쁜 놈이 들어올 길이 막히면, 지금까지 그 어떤 마사지로도 풀릴 수 없을 것처럼 그녀의 어깨를 짓누르던 긴장이 완전히 풀렸다.

이 기분은 집처럼 편한 느낌은 아니었다. 하지만 이 순간 그녀는 집에 있다는 느낌이 어떤 것인지 알 것 같았다. 레니는 자신이 어디를 가든 집 생각을 한다는 걸 알았다. 그러나 언제까지 잔트하우젠(Sandhausen)의 집이 그녀가 행복을 느끼는 유일한 장소여서는 안 되었다. 그녀에게도 변화가 필요했다.

낮에 날씨가 따뜻해 방 공기가 질식할 정도로 탁했다. 레니는 창가로 다가가 창문을 열었다. 몇 미터 밑에는 운하가 조용히 흐르고 있었다. 물이 어디로 흐르는지는 전혀 알 길이 없었다. 하우스보트 가운데 하나에 아직 불이 켜져 있었다. 누군가가 밝은 커튼 뒤에서 움직이는 것이 보였다. 흐릿한 윤곽의 어떤 사람이 천천히 움직였다. 레니는 창가에 붙어서 이 모습을 더 자세히 바라보았다. 저런 집에서도 안전하다고 느끼는 사람이 있다는 것이 놀라울 따름이었다. 물로 둘러싸여 있고 벽이라고 해 봤자 두께가 몇 센티미터에 불과한 하우스보트는 크긴 하지만 좀 괜찮은 텐트 같기만 했다.

그런데 갑자기 하우스보트에서 불이 꺼졌다. 잠시 후 커튼이 두 쪽으로 갈라지면서 누군가가 밖을 내다보았다.

레니는 급히 창가에서 물러났다. 여기 위쪽 불 켜진 방에 있으면 금방 다른 사람의 눈에 띄는 법이다. 하우스보트에 있는 사람들이 이미 첫날밤부터 그녀를 보았을 지도 모른다. 그들은 이제 그녀를 무엇이라 생각할까? 혹시 변태성욕자로 보지는 않을까?

그녀는 모르는 사람들이 자신을 어떻게 생각하든지 상관없다고 여겼지만 실제로는 그렇지 못했다. 남의 눈에 띄고 싶지 않고, 모든 것을 잘 하고 싶어 하며, 규칙을 잘 지키고 싶고, 모든 사람들에게 적당한 거리를 유지하고 싶다는 마음이 지금껏 그녀로 하여금 비비안처럼 쉽게 춤 무대에 나서거나 무절제하게 행동하지 못하게 만드는 제동장치 역할을 했다.

레니는 자신이 바뀌지 않으리라는 것을 알고 있었다. 그런 콤플렉스를 가진 사람은 내면의 자유를 누리지 못하며, 이런 자유는 외적 자유를 쟁취할 때 딱 한 번 필요하다.

이런 생각을 하니 레니는 슬펐다. 그녀는 잠옷으로 갈아입었다. 그 다음 조그만 세면대에서 간단하게 얼굴을 씻고 양치질을 했다. 지금 레니는 아무것도 할 수 없었다. 목욕탕에 가기 위해 방 밖으로 나가고 싶지도 않았다. 다른 사람들에게 폐가 될지도 몰랐기 때문이다. 그녀는 내일 아침 다른 사람들보다 먼저 샤워할 수 있도록 자명종을 맞추어 놓았다. 그때까지 겨우 다섯 시간 정도 잘 수 있었다. 너무 적은 시간이었다.

레니는 두꺼운 양말을 신고 침대로 뛰어 든 다음 불을 끄고 두툼한 이불을 턱까지 당겨 덮었다. 피곤이 납처럼 무겁게 밀려왔다. 레니는 눈을 감고 옆으로 구르다가 다리를 당긴 자세로 누워 잠을 청했다.

하지만 아무리 노력해도 잠이 들지 않았다.

그 대신 벽 뒤에서 좀 전에 계단에서 들었던 것과 똑 같은 벽을 긁거나 비비는 소리를 또 들었다. 쥐들이 내는 소리인가? 레니는 벽에서 떨어져 의심스럽게 쳐다보았다. 예전에 그녀는 책에서 쥐들은 벽을 갉아서 구멍을 낼 수 있다고 읽은 적 있었다. 이 집은 오래되었고 운하는 분명히 온갖 종류의 해충들을 키웠을 것이다.

몇 초 후 이 소리는 사라지고 정적이 다시 찾아 왔다.

레니는 다시 몸을 둥글게 말고 눈을 감았지만 생각이 그치지 않았다. 문득 그녀는 다른 손님들이 내는 소리를 들을 수 있겠다고 생각했다. 그들이 침대에서 이리저리 뒹구는 소리나 숨 쉬는 소리, 꿈꾸는 소리, 잠꼬대 하며 코고는 소리까지 말이다.

그녀는 벽 하나를 사이에 두고 선혀 모르는 사람들과 함께 잠을 자고 목욕탕을 같이 사용한다. 그런데 그들은 누굴까? 그들에게 삶의 소망은 무엇일까? 그들은 사랑을 받을까? 그리고 자기를 사랑할까? 낯선 집에서 모르는 사람들과 함께 산다는 것이 그들에게 어떤 기분일까? 그들도 그녀처럼 겁을 낼까?

이런 생각을 하며 레니는 마침내 잠이 들었다. 그러다 갑자기 깜짝 놀라 몸을 일으켰다. 누군가 방에 있는 것 같았다. 하지만 그 것은 레니가 깜박 잊고 창문을 열어놓았기 때문이었다. 바람이 창 문을 문틀까지 밀어대고 있었다. 그녀는 불을 끈 상태로 침대에서 일어나 창문을 닫았다. 그때 하우스보트에 다시 불이 켜져 있는 것이 보였다.

그리고 지금 막 누군가가 수영이라도 한 것처럼 운하에 파도가 일어났다.

<br>

# 5

아주 천천히 물에서 머리를 들어올렸다. 수경에 물방울이 맺혀 잠시 시야를 가렸다. 하지만 지금까지 본 것만으로도 충분했다.

예상대로 그 혼자뿐이었다.

그는 울타리를 열고 나가 다시 닫았다. 네오프렌 장갑을 끼고 울타리를 여닫는 것은 쉽지 않았다. 하지만 그는 조그만 열쇠를 손목에 튼튼한 끈으로 안전하게 매어 두었기 때문에 물에 빠뜨리 지 않을 수 있었다.

그가 이 경로를 계속 이용하려면 몇 가지 어려운 문제가 있어서 바꿀 필요성도 있었다. 하지만 공단지역을 지나가기를 꺼려한다는 것 말고도 이 길은 분명한 장점이 있었다. 예전에 그는 포장도로 대신에 물길을 이용하는 것을 깊이 고려해 본 적이 있었다. 하지만 비용에 겁을 먹고 그만두었다. 그는 늘 그런 식이었다. 그라는 인간은 본질적으로 게으르고 나태했다. 반드시 외적인 강요가 있어야 움직이는 스타일이었다.

그에게는 무리지어 살아가는 양처럼 강요나 지도가 필요했다.

이런 성격을 깨닫자 별로 유쾌하지 않았지만 그래도 조금씩 변하고 있다는 것을 위안 삼았다. 그는 다른 사람들처럼 일생동안 변하지 않겠다고 고집을 부리는 사람은 아니었다. 아니다, 그는 그런 사람이 아니었다. 그의 변신은 2년 전에 시작되었고, 아직 끝난 것은 아니지만 지금까지 잘 해왔다. 목표는 분명히 정해져 있고, 이 목표에 도달하면 자신은 완전히 다른 사람, 더 나은 사람이 될 것이다. 이따금 크게 겁을 먹고 아무것도 못하는 버릇만 없어진다면 말이다.

하지만 그에게는 모든 것이 너무 힘들었다. 지금도 마찬가지였다.

너무 급했다. 그는 조금 더 시간을 가지기를, 며칠만이라도 좀 쉬기를 바랐다. 하지만 그렇게 되지 않았다. 지금 해야 했다. 그렇지 않았다가는 모든 일에 차질이 생길 것 같았기 때문이다.

문을 빠져나온 그는 숨을 들이마시고 부두의 벽까지 헤엄쳤다. 그리고 콘크리트 계단을 이용해 물 밖으로 나왔다.

그곳에는 카누가 준비되어 있었다.

그는 끈이 촘촘하게 잘 묶여 있는지 점검하고 담 위쪽 부분에 숨겨놓은 곳에서 검게 포장해 둔 것을 내렸다. 이를 위해 그는 먼저 느슨하게 눌러놓은 돌을 들어내야 했다. 하지만 그 돌이 너무 무겁고 축축하게 젖어 있어서 손에서 미끄러졌다. 그는 급히 발을 빼 떨어지는 돌을 피했다.

그는 그 자리에 서서 눈을 감고 숨을 멈춘 채 누가 이 소리를 들은 것은 아닌지 귀를 기울였다. 하지만 한 밤중에 여기 운하 둑 아래에서 나는 소리를 누가 듣겠는가?

충분히 기다린 뒤 그는 포장을 당겨내려 보트에 싣고 돌은 원래 위치에 올려놓았다.

그는 이 모든 것을 미리 생각해 두었던 걸까?

그들이 전에 수없이 논의했던 대로 남자는 물길을 따라 짐을 운반했다. 그때 그는 자신이 이 일을 얼마나 하기 싫어하는지 알았다. 그녀가 실망하고, 말로 그의 영혼에 비수를 꽂을 것이 두려워 이 일을 하러 나섰을 뿐이다.

# 6

5시 반에 자명종이 울리자 레니는 잠에서 불안하게 깨어났다. 창문을 닫기 위해 일어난 뒤 그녀는 침대에서 이리저리 뒹굴다 잠이 들었다가 다시 눈을 떴으며, 이상한 소리를 들었고 마지막에는 악몽까지 꾸었다. 꿈에서는 귀신이 나타나 어두운 골목에서 연기처럼 사라졌다가 운하의 시커먼 물을 타고 모습을 드러냈다. 귀신은 두 팔을 벌려 레니를 불렀다.

그 상황을 생각하면 레니는 지금도 몸서리가 쳐졌다.

레니는 2분 정도 더 누워 비비안의 꼬임에 넘어가 클럽에 함께 따라갔다는 사실에 화가 났다. 지금 그녀는 건강하고 맑은 정신으로 첫 출근을 할 상태가 아니었다. 게다가 오늘 있을 파티에서 서빙까지 보아야 했다.

그녀는 오늘 파티에서 아무 일도 일어나지 않기만을 바랐다.

대학시절 레니는 식당에서 서빙 아르바이트를 해보려 했지만 비참하게 좌절한 적이 있었다. 그녀는 이 일을 하기에 너무 느린데다 산만하기까지 해 자주 음료를 흘리거나 수저를 떨어뜨렸다.

레니는 출판사 사장이 창립기념 파티에 서빙을 부탁했을 때 분명히 좀 이상하다고 생각했다. 레니는 인턴생활이 커피 심부름이나 하며 끝나지 않기만을 바랐다.

그녀는 이불을 걷고 일어나 창가로 가 커튼 사이의 틈으로 내다보았다. 이른 아침 떠오른 해가 운하에 따뜻한 빛을 뿌리고 있었다. 오리 가족들이 지나가며 일으킨 잔잔한 파문이 운하에서 일어난 유일한 움직임이었다. 하우스보트에는 아무도 보이지 않았다.

레니는 샤워하기 위해 수건을 들었지만 문 앞에서 멈췄다.

문 앞에는 쪽지가 떨어져 있었다.

지난 밤 누군가 이 쪽지를 문 아래로 밀어 넣은 것이 틀림없었다.

레니가 허리를 숙여 쪽지를 집어 올려보니 A4 용지를 접어서 쓴 것이었다. 쪽지는 한 가운데를 접은 것이 아니라 사선으로 급하게 접은 것처럼 보였다. 레니는 접힌 부분을 펼쳐 보았다. 종이에는 삐뚤삐뚤한 글씨로 크게 몇 줄 적혀 있었다. 비비안이 파란 볼펜으로 쓴 것이었다.

> 헤이, 촌뜨기 레니.
> 정말 정말 미안해.
> 우리 오늘 저녁에 보자, 응?
> 넌 믿지 않겠지만 나 그 보트맨과 사귀게 됐어!!
> 백만장자 말이야!!!

레니는 이마를 찌푸리며 쪽지를 읽었다.

그녀가 비비안을 안 지 오래되지는 않았지만 이 편지는 비비안이 쓴 게 맞을 것이라 추측했다. 버릇없고 자유분방하며 진지한 구석이라고는 찾아보기 힘든, 그녀의 성격이 그대로 드러나 있었다. 다시는 안 그러겠다고 맹세까지 해놓고서 그녀를 촌뜨기라고 부른 것만 봐도 그랬다.

복도에서 시끄러운 소리가 들리면서 레니는 생각에서 깨어났다.

벌써 누군가 일어났단 말인가?

아아 맙소사, 다른 사람들보다 먼저 샤워하기 위해서 레니는 빨리 목욕탕으로 가야 했다.

레니는 비비안이 보낸 쪽지를 침대에 던져놓고 문에 걸린 체인을 벗겼다. 그녀는 손잡이를 조심조심 아래로 돌리며 복도로 눈길을 던졌다. 복도에는 아무도 없었다. 그녀는 쏜살같이 밖으로 나가 까치발로 목욕탕으로 향했다. 모퉁이를 돌았을 때 그녀는 깜짝 놀랐다. 방문이 열려 있었고 그 앞에는 청소도구로 가득 찬 카트가 있었다. 방 앞에는 검은 파머머리를 한 나이든 아줌마가 고무장갑을 손에 끼고 있었다.

눈길이 마주치자 아줌마는 친절하게 미소를 지었다.

"아가씨, 내가 잠을 깨웠나보군요. 미안해요."라고 그녀는 거친 남자 목소리로 크게 말했다.

레니는 고개를 흔들었다.

"자명종 때문에 일어난 거예요. 일찍 나가야 하거든요."

"그래요. 그렇다면 다행이네요."

레니는 청소카트에 가까이 다가갔다.

"그런데 여기서 뭘 하세요?"

"무엇을 하긴, 방 청소하지. 손님이 나가면 늘 하는 거요."

"그런데 비비안이 아직 그 방에 묵을 건데."

"비비안이 누구요?"

"이 방을 이번 주말까지 빌린 사람요."

청소부는 고개를 흔들고 장갑을 손목까지 당겨 꼈다.

"그것까지는 모르겠고 나는 방이 비었기 때문에 청소하라는 지시만 받았어요."

"이 방이 비었다고요?"

그때 아줌마의 표정에서 친절함이 사라졌다.

"이게 도대체 당신하고 무슨 상관이에요?" 그녀가 물었다.

"상관은 없는데…… 나는 그저…… 응응…… 제가 어제 비비안과 이야기를 나누었거든요……. 그런데 그때 나갈 거라는 이야기를 하지 않아서……"

"내가 알바 아니네요. 나는 이 방을 깨끗하게만 하면 되요."

청소부 아줌마는 하얀 스프레이통과 마른 걸레를 움켜잡더니 비비안의 방으로 사라졌다.

레니는 청소카트를 지나 목욕탕으로 들어갔다. 그녀는 샤워기를 틀고 물이 충분히 따뜻해질 때까지 기다렸다가 그 아래 섰다.

레니는 혼란스러웠다. 비비안이 전한 소식과 방을 나간 것이 어떻게 연결될까? 그녀가 어젯밤에 사귄 백만장자의 집으로 들어간 것일까? 그것은 비비안이 아무리 즉흥적이고 약간 괴짜라도 좀 이상했다. 그런데 비비안은 왜 저녁에 만나자고 썼을까?

비누칠을 하고 씻어내는 동안 레니는 이런 생각을 하며 그런 행동이 비비안에게 어울린다는 결론을 내렸다. 호화로운 저택에서 도우미들의 서비스를 받으며 아침을 먹을 수 있게 된 판에 그녀가 왜 레니를 걱정하겠는가?

비비안과 그녀는 완전히 다른 세상에서 살았다. 그럼에도 둘 사이에 공동의 토대가 되는 교집합이 있을 것이라 생각한다면 그것은 오산일 것이다. 그런 것은 없다. 여태껏 레니는 교집합을 만들 여지를 내주지 않았다. 그녀의 생활공간은 너무 협소했다. 최소한 현실에서는 말이다. 이에 반해 환상세계나 책 그리고 역사는 비비안 같은 사람들이 파악할 수 없을 정도로 한 없이 넓었다.

레니는 샤워를 마치고 몸을 닦으며 이제 비비안은 잊어야겠다고 결심했다. 백만장자를 만난 판에 그녀가 오늘 저녁 나타날 일이 없을 것이다.

수건을 감고 복도로 나갈 용기가 나지 않아 레니는 잠옷을 다시 입고 방으로 쏜살같이 돌아갔다. 청소부는 비비안의 방을 시끄럽게 청소하느라 그녀를 보지 못했다.

한 시간 뒤 레니가 집을 나섰을 때 청소부도 보이지 않았다.

# 7

"왜 이렇게 뻣뻣하게 굳어 있어요? 다친 것 아니에요?"

"좀 무리해서 그런 거야." 옌스 케르너 형사는 자신 있게 대답하고 동료가 가리키고 있는 손가락을 무시했다.

이날 아침에 옌스는 지금까지 없던 근육이 생겼다는 것을 느꼈다. 근육은 그가 움직이기 불편할 정도로 통증을 일으키며 반응했다. 통증은 장딴지와 엉덩이 부분에서 특히 심했다. 방에서 현관으로 이어지는 계단을 내려갈 때 고통은 이루 말할 수 없었다. 그는 노인처럼 계단 난간을 꼭 잡았다.

다행히 여기 경찰서에는 엘리베이터가 있었다. 동료들 앞에서 옌스는 약한 모습을 보일 수 없었다. 그가 매번 느끼는 것처럼 동료들은 경찰답게 모든 것을 예리하게 알아챘다.

동료가 정확히 본 것처럼 엉덩이가 좀 뻣뻣했지만 레베카의 사무실까지 그럭저럭 잘 왔다.

레베카가 벌써 나와 기분 좋게 그를 바라보고 있었다.

"안……녕. 그런데 모습이 왜 그래요?"

"아니야."

"농담 말고, 무슨 일이 있었어요? 사고라도 났나요?" 옌스는 그녀가 웃음을 참고 있다는 것을 느꼈다.

"어차피 이게 얼마나 아픈지 이해하지 못할 거야."

"왜요?"

"넌 걷지 않고 휠체어 타고 다니니까?"

"그게 내가 이해하는 것과 무슨 상관이에요?"

"조깅을 했거든." 옌스는 실토했다. 레베카는 만족할만한 대답을 듣지 않으면 그냥 넘어가는 법이 없는 여자였다. 옌스는 그녀가 얼마나 집요한지 알고 있었다.

"오랜만에 다시 뛰었더니……" 그는 부연 설명까지 갖다 붙였다.

그때서야 레베카는 웃기 시작했다. 그녀는 웃음소리가 너무 크게 나지 않게 하기 위해 손으로 입을 막았다.

"아무에게나 이야기했다가는 알아서 해!" 옌스가 위협조로 말했다.

"첫 마라톤 대회에는 언제 나갈 건가요?" 웃음을 멈추고 레베카가 물었다.

옌스는 손가락으로 그녀를 가리켰다. "좀 더 기다려 봐."

"그래요. 하지만 저는 믿어요. 제가 분명히 맹세하죠. 준비 잘해서 대회에 나가면 제가 페이스메이커가 되든지 음료수나 에너지바 같은 것을 드릴게요."

"그렇게 될 거야. 기대해도 좋아."

레베카는 그에게 손키스를 날렸고, 옌스는 사무실로 사라졌다.

그는 컴퓨터를 켜 경찰청 인트라넷에서 지난 밤 달리기 연습을 할 때 떠올랐던 사건을 조회했다. 옌스는 그 사건이 일어난 날짜를 몰랐지만 〈함부르크〉, 〈쿠밀렌타이히〉, 〈시체〉라는 키워드를 입력하자 시스템이 사건을 찾아냈다.

그 사건은 2년 전에 일어났지만 아직 종결되지 않았다. 사건 담당 형사는 옌스도 아는 사람이었다. 그는 서류 검토를 통해서 사건을 파악할 수도 있었다. 그래도 구식이지만 담당 형사를 만나 사건에 대해 이야기를 나누어 보는 게 더 좋을 것 같았다. 전화기를 잡고 그와 약속을 잡았다.

한 시간 뒤 그들은 발터 크뉘프켄(Walter Knüfken)이 근무하는 사무실에서 만났다.

둘은 몇 년 전에 특별수사대에서 함께 근무했기 때문에 서로 잘 알고 있었다. 모두가 그를 크뉘피라 불렀는데, 그는 어디 한군데 모난 곳을 찾아볼 수 없을 정도로 원만한 성격이었다. 하지만 옌스는 그가 굉장히 화를 내는 걸 본 적 있었다. 그렇게 되기까지 분명히 그럴만한 일이 있었을 것이다. 하지만 이럴 때 크뉘피는 자기가 예비역 소령 출신이라고 으스댔다.

크뉘피는 정말 스포츠 광이었고 또 그렇게 보였다. 그의 얼굴은 겨울에도 대부분 갈색으로 타 있었는데, 퇴근 후의 시간 대부분을 야외에서 보내기 때문이었다. 또 그는 깡말랐다. 몸에는 일 그램의 지방도 없으며, 아래팔 근육에는 힘줄이 드러나 있었다.

옌스는 두 사람 모두 돌아갈 여자나 가정이 없었기 때문에 서로 잘 통했다는 것을 기억하고 있었다. 그 당시 둘은 퇴근 후에 자주 맥주를 마시며 사건 이야기를 나누었다. 당시 사선 해결을 위한 결정적인 수사방향도 두 사람이 낸 것이었다.

크뉘피는 커피 잔에 커피를 따랐다. "오랜 만이네, 어떻게 지냈어?" 그가 물었다.

옌스는 어깨를 들썩였다.

"늘 그렇지 뭐."

"좀 지쳐 보이는데."

"거 참, 일이 많아서." 옌스는 회피하며 대답을 했다.

이 부서에는 엘리베이터가 없었다. 그래서 옌스는 장딴지에 어마어마한 고통을 느끼며 올라와야 했다. 그는 앞에 있는 스포츠광에게 굳이 자세한 내용을 이야기하고 싶지 않았다.

크뉘피는 보온병을 닫고 책상 의자에 앉아 옌스를 흥미롭게 바라보았다.

"더티-해리 문제가 늘 따라다니고 있지?"

"빌어먹을 사람들이 그 문제를 안 잊네."

"그래, 형사가 용의자 3명을 총으로 사살한 것은 늘 있는 일은 아니잖아."

"그들은 용의자가 아니라 폭력범으로 판결났어. 그리고 내가 기억하는 한, 그 중 한 놈은 유탄 맞고 죽었고."

크뉘피는 그런 뜻으로 말한 게 아니라는 듯이 손을 들었다.

"널 비난하자고 말한 게 아니야. 그 쓰레기 같은 놈들이 다른 의도를 가지고 있었다고 생각하지도 않아. 그들을 그리워하는 사람도 아무도 없고."

옌스는 그들을 잘 모르긴 하지만, 부모는 아들이 어떤 인간이고 무슨 짓을 했든지 간에 무조건 아들을 그리워할 것이라고 믿었다. 누구든지 칼을 든 사람에게 공격받게 되면 목숨을 지키기 위해 그를 죽이는 게 그리 어렵지 않다. 이럴 경우 깊이 생각하지 않고 바로 반응하고 행동한다.

어려운 건 정작 그 다음이다. 당시의 영상, 소음, 냄새가 다시 떠오르면 밤잠을 이루지 못한다. 옌스는 이런 사실을 누구에게도 말하지 않았다. 왜 하겠는가? 그를 도와줄 사람은 아무도 없었다. 이 사건을 해명하는 것은 오로지 그의 몫이었다. 그 외에 아무도 그의 일에 관심을 가지지 않았다. 경찰이 갓 스무 살 된 세 명의 범인을 사살했다는, 당시 신문에 대문짝만하게 난 머리기사에만 관심이 쏠렸다. 신문이나 잡지에 다른 기사들이 대중의 관심을 끌 때까지 최소한 몇 주 동안 말이다.

"내가 지금까지도 궁금한 건, 네가 어떻게 그 사건을 그렇게 빨리 잊었나 하는 거야." 크뉘피는 마치 옌스의 생각을 읽은 것처럼 말했다.

"잊어버렸다고?" 옌스는 반복해서 말하고 메마른 미소를 지었다. "그래, 그렇게 말할 수도 있을 거야. 내가 그 사건을 잊어버렸다……" 그는 무언가 할 말이 많다는 듯이 이마를 가볍게 쳤다. "…… 그런데 그 사건은 내가 죽는 날까지 잊지 못할 거야."

크뉘피는 옌스가 무엇을 말하는지 짐작이 간다는 듯 고개를 끄덕였다. 하지만 완전히 알지는 못했다. 그는 다른 사람에게 권총을 겨누고 방아쇠를 당겨 본 적이 없었다.

"아까 전화상으로는 로사리아 레오네 시건에 대해 알고 싶다고 말하던데" 크뉘피는 대화를 원래 주제로 돌려놓았다.

"그래. 그 사건에 대해 조금만 이야기해 줘."

"뭘 알고 싶은데."

"짧게 요약해 주면 좋을 것 같아."

크뉘피는 한숨을 내 쉬고 몸을 뒤로 기댔다. 그는 아직까지 해결하지 못하고 남아 있는 이 사건에 대해 이야기하는 것을 힘들어했다. 형사라면 최소한 늘 잊지 못해 기억이 나는 사건 하나쯤은 있다.

"로마 출신의 로사리아 레오네(Losaria Leone), 나이는 25세, 미인이고 자신감에 넘쳤으며, 대학까지 다녔어. 짧은 휴가를 이용해 이 도시에 왔다가 2016년 5월 12일 밤 흔적도 없이 사라졌지. 수색을 해 봤지만 성과 없이 끝났어. 그런데 9월 23일 굴삭기가 쿠밀타이히 저수지 바닥을 준설하다가 시체 한 구를 찾아냈지. 시체는 토끼장을 만들 때 사용하는 철사로 감겨 있었어. 물에 떠오르지 않게 하기 위해 돌도 함께 달아놓았고. 아마 굴삭기로 준설 작업을 하지 않았더라면 수면에 떠오르지 않았을 거야. 아니면 신체가 차츰차츰 해체되어 작은 조각으로 찢어져 물고기 밥이 되었겠지."

"시체는 분명히 로사리아 레오네였어?"

"응. 유전자 검사와 치아 비교를 통해 신원 확인이 됐어."

"그녀는 어떻게 죽었지?"

"물속에 오래 있어서 사망 원인을 단정하지 못했어. 다른 곳에 다친 흔적이 없는 것으로 봐서 부검의는 목이 졸려 사망한 것으로 보았어."

"범인은?"

크뉘피는 다시 한숨을 지었다.

"없어, 지금까지. 모든 단서를 다 찾아보았지. 아마 피해자는 우연히 범인을 만난 것 같아."

"휴가동안 그녀는 어디에 머물렀지? 호텔?"

"아니야. 요즘 젊은이들은 그렇게 하지 않아. 피해자는 이탈리아 부모에게 에어비앤비에서 소개한 집 주소를 불러주었는데, 정작 그 집에는 묵지 않았어. 피해자가 함부르크에 도착한 날 로마 집에 전화를 걸어 방이 너무 지저분하고 주인이 너무 불친절하다고 말했어. 피해자는 다른 방을 찾고자 했고, 저녁 무렵 다른 주소를 알려주었어. 그런데 거기서 뭔가 일이 잘못된 것 같아. 부모에 따르면 피해자는 코르사슈트라세(Corsastrasse)에 있는 방을 얻었어. 그런데 그런 주소는 함부르크에 없어."

"주소를 잘못 불러준 거 아니야?"

"그럴 가능성이 있어, 부모가 독일어를 못하거든. 함부르크에는 코르사슈트라세라는 곳이 없어. 이와 비슷한 이름도 당연히 조사해 보았지. 가령 이와 비슷한 이름인 고레아슈트라세(Korcastraße)가 하펜시티(Hafen City)에 있어. 그런데 그곳에는 에어비앤비에서 알선하는 집이 없고, 방을 소개해주는 다른 인터넷플랫폼 회사도 없어."

"흠……." 옌스는 턱을 만졌다. "그녀가 인터넷을 이용해 방을 구한 건 확실해?"

"그녀가 들어가지 않았던 첫 번째 집은 분명해. 그런네 그 다음 번은 모르겠어. 그녀의 핸드폰을 찾지 못했거든. 하지만 그 여자가 베를린으로 떠났을 것이라는 추측은 하고 있어."

"베를린으로?" 옌스는 깜짝 놀랐다. "무슨 근거로 그렇게 말하는 거야?"

"부모님에게 보낸 SMS랑, 페이스북에 올린 것들."

"사진?"

"응, 기차에서 찍은 셀카 한 장이 있어. 그런데 꼭 그 기차라고 단정할 수는 없어. 로사리아 레오나는 인터넷으로 기차표를 샀는데, 해당 기차에서 차장이 그 표를 검표하지 않았어. 차장이 그녀를 못 보고 지나쳤는지 아니면 그녀가 그 기차를 진짜 안 탄 건지 모르겠어. 그녀의 핸드폰이 마지막으로 켜진 것은 역 근처였으니까."

옌스가 생각하느라 잠깐 질문을 멈춘 사이 크뷔피는 내내 참아왔던 질문을 던졌다.

"그런데 이 사건은 왜 묻는 건데?"

"얼마 전에 실종된 독일 여자 사건을 수사하고 있는데, 이 여자도 아마 BedtoBed.com을 통해 함부르크에서 방을 예약했을 거야. 어젯밤에 문득 너네도 쿠밀렌타이히의 시체 때문에 쉐어하우스 예약 사이트들을 수사했을 거라는 생각이 들었어."

"그래, 그런데 두 사건이 꼭 연결된다고 볼 수 없을 것 같은데. 요즘 사람들 그렇게 많이 여행하잖아."

"그럴 수 있어. 그런데 방금 네가 두 사건 사이의 연결점을 말해

주었어."

"진짜? 뭔데?!"

"로사리아 레오네가 베를린으로 가는 기차에서 셀카를 찍었다는 거. 내가 찾고 있는 실종자도 베를린으로 가는 길이라며 역에서 셀카를 찍어 페이스북에 올렸어."

"재미있네. 그 여자 베를린에 도착했어?"

"핸드폰에 나온 데이터에 따르면, 그녀가 기차를 탄 것까지는 맞는데, 그곳에 도착했는지는 우리도 몰라."

"오케이, 그거 진짜 연결되네." 크뉘피도 인정했다.

"이건 분명 우연이 아니야. 그런데 이게 무엇을 의미하는지 알고 있지?"

옌스는 고개를 끄덕였다. "범인이 잔꾀를 부려 사회관계망 서비스에 베를린으로 계속 간 것처럼 보이게 한 거라면 이 사건을 연쇄 살인범의 소행으로 보아야 해."

"이런 사실을 대외적으로 발표하기 전에 우리부터 먼저 확신해야 돼. 정치권이 이런 사건에 어떻게 나올지 잘 알잖아."

"나야 어차피 이미 망나니 취급을 받고 있으니 다른 사람들이 어떻게 나오든지 신경 안 써."라고 옌스가 말했다.

"더티 해리가 되어도 된다는 이야기, 그래?"

"그런 경우라면 나쁘지 않지."

"하지만 실종된 여자가 베를린에 갔다면 어떻게 할 건데?" 크뉘피는 알고자 했다.

옌스는 그에게 간호사 살인사건을 이야기 해주었다. 크뉘피도 이미 그 사건을 들었지만 자세한 사항은 모르고 있었다.

"그러니까 범인이 피해자, 즉 네가 찾고 있는 실종자를 죽이고 시체를 유기하러 차로 나르고 있었는데 간호사가 그걸 보았다는 거군." 크뉘피는 추론했다.

"맞아, 그런데 그 간호사가 무엇을 보았는지 모르겠어. 분명히 무언가를 보긴 했을 거야. 범인이 장난으로 그를 죽이지 않았을 거란 이야기지. 그가 죽기 직전에 시체를 나르는 사진까지 찍었다는 게 모든 것을 말해주고 있어."

"뒷좌석 창유리에 피 묻은 손자국이 남아 있었다?"

옌스는 고개를 끄덕였다. "심증은 충분해. 지금 수사하고 있는 실종 사건은 하이덴하임 출신의 야나 하이글 사건이야."


# 8


프레데릭은 알프가 자기 쪽으로 오는 것을 보았다. 그 남자는 낡은 조각배가 파도에 흔들리는 것처럼 흐느적거렸다. 밝은 빛에서 보니 알프는 영화 "반지의 제왕"에 나오는 인물 같았다. 어쨌든 그는 회색 옷에 엉클어진 긴 머리 그리고 수염도 다듬지 않은, 이 시대에 어울리지 않는 모습이었다.

성공했다는 것을 알리기 위해 알프는 멀리서부터 엄지를 치켜세우며 왔다.

프레데릭은 한숨을 지었다. 그것은 다른 사람의 눈에 띄는 행동이었다. 그는 자기들이 꾸미고 있는 일이 위험하다는 걸 어제 분명히 설명했다.

다리 밑에서 함께 밤을 보낸 다음, 그들은 아침을 먹으러 갔다. 프레데릭이 밥을 샀고 10유로 90센트였다. 예전 같으면 그 정도 금액쯤은 아무것도 아니었지만, 지금은 매우 부담스러웠다. 주머니의 돈이 계속 줄어들고 있어 곧 텅 빌 것이며, 그때는 지금처럼 다리 밑에서 밤을 보내는 것보다 더 끔찍한 일이 일어날 것이다.

진짜 거지가 되어 구걸하는 일 말이다.

하지만 지금 프레데릭은 그런 생각까지 하고 싶지 않았다. 코르사에 탄 남자를 살해하고 자신을 쫓고 있는 범인만 생각했다. 그 남자만 붙잡는다면 돈 문제나 다른 걱정거리도 어떻게 해결될 것 같았다.

프레데릭이 새벽에 눈을 떴을 때 옆에 알프가 코를 골며 자고 있었다. 그는 자신이 왜 추적자에게 붙잡혀서는 안 되는지 생각해보았다. 출근길의 교통 혼잡이 시작되고 회사원들이 서둘러 출근길에 나서는 모습을 보자, 프레데릭은 차라리 죽어버리는 것이 낫겠다는 생각까지 했다. 그렇게 되면 더는 아들 걱정을 할 필요도 없었다. 어차피 레온도 그를 보고 싶어 하는 것 같지 않으니까.

프레데릭은 어디에도 자신이 소속되어 있지 않으니, 아무도 그를 그리워하지 않을 것이라 생각했다.

하지만 이제 배 속에 아침이 들어가고 몸이 따뜻해지자 머리에 새로운 생각이 떠오르며 모든 게 달라보였다. 옛날 그에게 들어 있었던 에너지가 다시 살아오면서 잠시나미 나약한 생각을 했다는 것이 부끄러웠다.

그의 계획은 자신을 쫓고 있는 사람을 추적할 때 알프가 인맥을 동원해 도와주는 것이었다. 프레데릭이 알프에게 도와주면 10유로를 주겠다고 해서인지 아니면 그냥 자신이 쓰임새가 있다는 것이 좋아서인지는 모르겠지만, 알프는 그 계획에 바로 동의했다. 아마 두 가지 이유가 다 있었을 것이다.

그들은 아침을 먹은 후 바로 역으로 갔다. 프레데릭이 기다리고 있는 동안 알프는 사람을 찾아다니며 탐문했다.

그가 성과를 올린 듯했다. 벤치에 있는 프레데릭을 보면서 환한 미소를 지었기 때문이었다.

"그래, 뭔가 좀 알아냈어요?" 프레데릭이 물었다.

"야 초짜, 하나만 아는구나. 우리 부랑아들은 거리에서 어떤 일이 벌어지는지 다 알아. 벌써 몇몇 놈들이 어떤 남자가 너를 찾아다니고 있다고 떠벌리고 다녀. 이런 상황에서 그에 대해 묻고 다니면 바로 눈에 띄지."

"그 남자 얼굴을 아는 사람이 있어요?"

알프는 크게 웃으며 주머니에서 납작하게 생긴 술병을 꺼냈다. 아마 프레데릭이 아침을 먹으면서 주었던 10유로로 샀을 것이다.

"정말 모르겠어, 어떤 놈은 이렇게 말하고, 다른 놈은 저렇게 말하니까. 그런 놈들은 언제나 술에 흠뻑 취해 있거나 치매에 걸려 있지. 그런데 리차라고 나보다 젊고 한 서른 살쯤 된 애가 있는데 걔가 그 남자를 뒤따라간 적 있었대."

알프는 술병을 입에 갖다 대고 크게 한 모금 마셨다.

"그래서 범인이 어디로 갔대요?" 프레데릭이 재촉했다.

알프는 보드카가 너무 쓰다는 듯이 인상을 찌푸리더니 트림을 하며 고개를 흔들었다.

"개새끼 리치는 한몫 잡았다고 여겼던지 그 정보를 알려면 10유로나 가져오래."

프레데릭은 한숨을 내쉬며 지금 자기 주머니에 남은 돈이 한 70유로 밖에 되지 않는데, 그 돈을 내기에 걸어야 할까를 생각했다.

"좋아, 줄게요." 프레데릭은 바로 결정했다. "하지만 리치라는 사람이 그 남자가 어디로 갔는지를 가르쳐줘야 줄 수 있어요."

알프는 알겠다는 듯 고개를 끄덕였다. "리치에게 그렇게 말할게. 넌 좋은 사람이야. 그 놈이 널 속인다면, 내가 가만두지 않을 거야."

프레데릭은 이 말에 감격하며 벤치에서 일어났다.

"그 사람 지금 어디 있지요?"

"리치 말하는 거야? 저 앞 맥도날드 부근에 있어. 그 놈은 늘 거기에 있지."

"좋아. 가요."

"잠깐, 나 같이 늙은 놈은 고속열차처럼 빨리 못 움직여."

알프는 한 모금 더 마신 다음 술병을 조심스럽게 주머니에 챙겨 넣고 프레데릭을 따라갔다.

맥도날드 앞에는 깡마른 남자가 다 떨어진 모포를 바닥에 깔아 놓고 앉아 있었다. 그의 오른 쪽에는 아무 죄 없이 궁핍하게 되었으니 자선을 부탁한다는 내용의 표지판이 있고 왼쪽에는 주인보다 더 건강해 보이는 똥개 한 마리가 있었다.

알프가 그들을 소개해 주었다. 리치는 불편한 눈치였다. 그는 짜증스럽게 눈을 깜박거렸고 프레데릭과 눈을 마주치지 않으려 했다. 그는 왼손잡이에 능글맞아 보였다. 양쪽 손목에는 볼품 없는 문신이 있었고 오른쪽 귀는 반쯤 잘려 있었다.

프레데릭은 이 사람 귀에 베인 자국이 있는 것으로 봐서 매우 조심해야겠다고 생각했다.

"그 사람을 마지막으로 본 곳은 여기서 걸어서 15분쯤 떨어진 곳이야"라고 리치가 말했다. "왔다 갔다 30분 정도 걸리지. 거기 가려고 이 자리를 비우면 난 최소한 10유로의 수입을 날리는 거야. 그러니까 현금으로 20유로야."

그는 입을 비죽이며 손을 뻗었다. 아마 자기가 천재적인 사업가라고 여기는 것 같았다.

"그러면 내게 그곳이 어딘지만 말해주면 되겠네. 함께 갈 필요는 없어." 프레데릭이 대답했다.

리치는 고개를 흔들었다. "설명하기 힘들어. 이야기해봤자 찾지도 못할걸."

"그래도 20유로는 못 줘."

"그러면 얼른 꺼져. 너희들이 여기 빙 둘러 서 있으면 내가 사업을 못해."

프레데릭이 바로 돌아서 떠나려 하자 리치가 벌떡 일어났다.

"기다려, 난 막 쉬려는 참이었어. 하지만 10유로 이하로는 안 돼."

프레데릭은 그를 쳐다보았다. 마음속으로 그는 이 놈에게 단 1센트도 주고 싶지 않았다.

"그곳에 가면 줄게." 프레데릭이 말했다.

리치는 물건을 그대로 놓아두고 앞장섰다. 프레데릭과 알프 그리고 똥개가 따라 갔다.

그들은 절뚝거리는 알프가 이내 보조를 맞출 수 없을 정도로 빨리 걸었다. 프레데릭은 속도를 줄였다. 프레데릭은 리치를 완전히 믿지 못했기에 알프를 무조건 데려가려고 했다. 그는 이 거래를 흥정한 사람이기도 했다. 프레데릭이 전에 걸어본 적 없었던 미로를 20분 정도 걸은 다음, 그들은 고층 빌딩 사이의 한 공터에 도착했다. 자동차가 주차되어 있었다. 그곳 바로 뒤에 운하가 있어 적갈색 방벽들 사이로 시커먼 물이 흐르고 있었다. 난간도 없이 설치된 콘크리트 계단을 따라 내려가면 바로 물가였다.

"저기야." 리치가 말하며 아래쪽을 가리켰다.

"저기라니 무슨 말이야?"

"그 남자가 저기로 내려가서 보트에 탔어. 카누나 카약 아니면 그 비슷한 것 있잖아."

"그 사람이 노 젓는 보트를 타고 갔다는 말이야?"

"안심하고 내 말 믿어. 이제 내 돈 10유로나 줘."

리치는 다시 손을 뻗었다.

프레데릭은 잽싸게 걸어가 손을 옆으로 밀어치웠다.

"그 말 못 믿겠는데."

"야, 임마, 무슨 똥 같은 소리야. 그 사람이 여기서 보트에 탔다니까. 내 돈이나 줘."

"그 보트 어떻게 생겼는데?"

"내가 어떻게 알아! 녹색이던가. 아니면 노란색. 아 그래. 노란색이었어. 탄소섬유라고 부르는 거 있잖아? 그걸로 만든 날렵한 노란 배였어."

"그 사람이 배를 타고 어디로 갔는데?"

"저 밑으로."

리치는 운하의 물길이 왼쪽으로 살짝 꺾어져 고층 빌딩들 사이로 사라져가는 쪽을 가리켰다.

"나는 그 사람이 어떻게 생겼는지 정확하게 알고 싶어."

"다른 사람들이랑 비슷하지 뭐. 키 크고, 날씬하며 머리 색깔도 진해. 그 이상은 기억 안 나."

"너 그 사람이랑 이야기해 봤지?"

"그래. 그런데 아주 짧게만 했지. 자세히 보지도 못했어. 이 세계에서 가장 중요한 원칙은 사람의 눈을 쳐다보지 말라는 거야."

프레데릭은 리치를 똑바로 쳐다봤다. 그의 마음에는 분노가 싹터 올랐다. 프레데릭은 그에게 한방 먹이려고 했다. 리치의 말이 맞다 해도 프레데릭은 이런 정보로는 아무것도 시작할 수 없었다. 프레데릭에게는 확실한 주소가 필요했다.

알프가 뒤에서 그의 소매를 잡아당겼다.

"돈은 줘야지. 약속은 약속이니까." 알프가 말했다.

프레데릭은 두 명의 부랑자에게 기습당한 것만 같았다. 그냥 떠날 수도 없었다. 그렇게 하면 알프에게 사기꾼이 되기 때문이다. 어쨌든 이 영감같이 생긴 놈은 자기를 보증해준 사람이었다.

"그래 좋아." 그는 말하고 5유로짜리 지폐 두 개를 꺼내 하나를 리치에게 주었다.

"아이! 우리 10유로로 합의했잖아."

"이 우습지도 않은 정보로는 그 이상 못 줘."

리치가 째려보았다.

"사업은 사업이야." 그가 말했다. "순순히 나머지 돈을 주든가 아니면……"

"아니면 뭐?"

프레데릭은 몸을 한껏 편 채 가슴과 턱을 내밀었다. 그는 지금 이 놈에게 뭔가를 제대로 가르쳐 줄 태세였다.

하지만 뒤에서 발길질이 날아와 그의 오른쪽 오금을 가격했다. 프레데릭은 비명을 지르며 무릎이 꺾였다. 그 다음 리치는 주먹으로 그의 턱을 때려 바닥에 쓰러트렸다. 그는 완전히 제압당한 채 주차장 자갈에 쓰러졌다. 게다가 알프는 그의 배를 더 힘껏 짓밟으며 자기가 고통에 찬 소리를 질렀다.

리치는 무릎을 굽혀 그의 배에 올라타 숨통을 조였다.

"아니면 내가 그 돈을 뺏든지." 그는 히죽거리며 프레데릭의 주머니를 뒤졌다. 그는 50유로짜리 지폐가 아니라 지폐로 20유로를 발견하고 그것을 꺼내 프레데릭의 눈앞에서 이리저리 흔들었다.

"이건 특별수당이야. 그 대신 내가 공짜로 하나 가르쳐 줄게. 여기 다시 나타나지 마."

리치는 그의 뺨을 때리고 다시 일어났다. 그래서 프레데릭은 다시 숨을 쉴 수 있게 되었다.

그는 정신없이 공기를 들이마셨다.

"그래, 맞아. 다시는 나타나지마, 이 초짜야." 알프가 덧붙였다.

둘은 떠났고 프레데릭은 리치가 알프에게 5유로짜리 지폐 두 장을 주는 것을 보았다.


# 9

*라스터차이트*(Lasterzeit)(Laster와 Zeit의 복합어. Laster는 짐차/화물차라는 뜻이고, Zeit는 시간이라는 뜻입니다. 그러니까 Lasterzeit는 〈짐차를 탈 시간〉, 혹은 〈짐차 타자〉라는 뜻)

옌스 케르너가 발터 크뉘프켄과 헤어진 다음 레베카에게 보낸 문자는 이 한 단어였다.

그녀는 잔뜩 기대하며 라스터차이트(Lasterzeit)를 기대하고 있겠다고 답장했다.

옌스가 경찰서에 도착했을 때 레베카는 이미 주차장에서 기다리고 있었다. 그는 레베카가 휠체어에 앉아 있는 모습을 보면 늘 가슴이 아팠다. 이제 막 38살이 된 레베카는 삶의 의욕과 에너지가 넘치는 여자였지만 휠체어가 어쩐지 큰 걸림돌이 되는 것만 같았다. 레베카 자신은 그렇지 않을지도 모르지만 최소한 옌스는 그렇게 느꼈다. 지금껏 옌스는 레베카가 자기 신세를 한탄하는 소리를 단 한 번도 들어본 적 없었고, 그녀가 조정경기를 한다는 것을 알았다. 그녀는 시합에 나가기 위해 조정클럽에서 훈련하고 있었으며, 쉴 때면 긴장을 풀기 위해 보트를 타고 함부르크 운하에 나가기도 했다.

옌스는 휠체어를 탄 그녀를 조수석 문 쪽으로 밀고 갔다. 그는 레베카에게 이렇게 해주는 것을 좋아했다. 레베카는 옌스가 휠체어를 밀려고 해도 거절하지 않았다. 첫 해에 옌스가 휠체어를 밀어주겠다고 했을 때, 그것은 코트 입은 어떤 남자가 느닷없이 와서 도와주겠다고 한 것과 같다고 대답했었다.

"내가 속고 있는 것은 아닌가 했어요." 그녀가 말했다.

"잘 알지, 내게는 레드 레이디와 너밖에 없다는 거. 어떻게 내가 너를 속인다는 생각을 하니?"

"지난 번 라스터차이트 이후로 너무 오랜만이니까요."

레베카도 직접 차를 운전한다. 그녀는 자기에게 맞게 개조된 도요타 자동차를 혼자 타고 내릴 수 있었다. 하지만 옌스의 픽업트럭은 그녀가 타기에는 너무 높았다.

옌스는 몸을 굽혀 오른 팔을 무릎 관절의 오목한 부분에 넣고 왼팔은 어깨에 넣은 다음 그녀를 휠체어에서 들어올렸다. 레베카는 그의 목덜미를 꼭 붙들었다. 그녀는 번개같이 조수석에 앉으며 환하게 미소 지었다. 옌스는 문을 닫고 휠체어를 접어서 짐칸에 옮겨놓았다. 그때 그는 뒷좌석 창유리를 통해 레베카가 창문 너머로 손을 내리고 있는 것을 보았다.

레베카는 기의 옌스만큼 이 차를 좋아했고 옌스와 차를 타고 시내 드라이브 하는 걸 즐겼다. 몇 년 전 그녀의 차가 고장 났을 때 옌스가 퇴근 후 레베카를 태워주기도 했다. 그때 레베카는 이 차에 푹 빠져 열광했다. 당시 그들은 차를 타고가면서 수사 중인 사건 이야기를 나누었는데, 여기에 너무 심취해 10분이면 갈 길을 한 시간 이상 간 적도 있었다. 이때부터 한 가지 습관이 생겼다. 사건이 잘 풀리지 않으면 옌스는, 레베카가 그렇게 부른 것처럼, 〈라스터 차이트〉에 그녀를 초대했다. 그녀가 이 시간을 〈라스터차이트〉라 부른 것은 트럭이 엄격하게 말하면 화물차(Lastkraftwagen)일 뿐 아니라, 이 차가 둘의 화물차(Laster)였기 때문이기도 했다.

원래 옌스는 혼자 차를 몰고 다니는 것을 제일 좋아했다. 이 투박한 차를 타고 시내를 돌아다니며 생각을 하거나, 생각할 거리가 없을 경우에는 컨트리음악을 들으며 큰 소리로 따라 부르면 스트레스 해소가 됐다. 하지만 그가 혼자 생각하는 것만으로 충분하지 않을 때도 있었다. 이때 칼처럼 예리한 레베카의 머리가 많은 도움이 되었다. 그녀는 비서나 보조직원으로 일했지만 옌스는 어떤 다른 동료형사들보다 그녀의 의견에 귀를 기울였다.

차에 타며 그는 문을 닫았다.

"너 태운 지 너무 오래 됐네. 지난번 사건이 너무 쉽게 해결되어서 그래." 옌스는 레베카의 핀잔에 나름 변명했다.

"그러면 이 사건은 안 그래요?"

"응, 안 그래. 안전벨트나 해."

그녀가 안전벨트를 하자 옌스는 출발했다.

신형 차의 소음에 익숙한 사람이 레드 레이디의 푸드득거리고 덜커덩거리는 소리를 들으면 약간 놀랄 수 있다. 하지만 레베카는 그러지 않았다.

"오, 예!" 그녀는 소리 지르며 손뼉까지 쳤다.

옌스는 옆 유리창을 내리고 담배에 불을 붙였다. 첫 번째 담배는 레베카에게 건네고 두 번째는 자기 입에 물었다. 그들은 하나로 이어진 자리에 사이좋게 나란히 앉아 말없이 담배만 피웠다.

얼마 후 옌스가 새로운 소식이 없는지 물었다.

"당신 문자가 들어오기 전에 베를린 경찰서 포로베르크 형사에게서 연락이 왔어요."

"야나 하이글 찾았대?"

레베카는 고개를 흔들고 담배를 한 대 빨더니 대답했다.

"아니, 그녀의 핸드폰 찾았다는데요."

"어디서?"

"함부르크에서 베를린으로 가는 기차 화물칸에서 청소부가 발견했대요. 다행히 정직한 그 사람이 핸드폰을 줍고 신고했다는군요. 배터리는 완전히 나가 있었고. 경찰이 다시 충전해서 핸드폰 주인의 신원을 확인했다는군요."

"흠. 어쩐지 알리바이를 짜 맞추려한 냄새가 나." 옌스가 말했다.

"왜요?"

"난 누군가 아나 하이글이 베를린으로 갔다고 믿게 만들고 싶어 한 것은 아닌지 의심이 가."

옌스는 레베카에게 크뉘피와 나눈 대화를 들려주었다. 그녀는 옌스가 왜 그렇게 생각했는지 바로 이해했다.

"그러니까 그 여자가 기차도 타지 않고 핸드폰도 거기 두지 않았다는 거죠? 그녀에게 나쁜 짓을 한 누군가가 가짜로 페이스북에 사진을 올리고, 이어서 핸드폰도 기차에 버렸다는 거네요?"

"지금 내가 너무 나갔다고 생각하고 있는 거지?"

"크뉘피가 한 말에 따르면 아닌 것 같은데요."

"나도 그렇게 생각해."

"그런데 의심쩍어 망설이고 있군요."

옌스는 고개를 끄덕였다. "나는 이 모든 것을 진짜 어떻게 짜 맞추어야 할지 모르겠어. 내가 정말 모르겠는 것은 그 간호사가 정말 봐서는 안 될 것을 보았기 때문에 살해당했던 걸까 하는 거야. 많은 정황상 그럴 것 같은데 증거가 없어. 그가 촬영했던 그 하얀 박스카에 야나 하이글이 타고 있었는지도 확실히 몰라. 나는 지금 개별 정황들은 설명할 수 있지만 이걸 제대로 연결할 수 없어."

"당신 생각이 일단 맞다 쳐요. 그러면 증거들은 어디에서 찾아야 할까요?"

"야나 하이글이 함부르크에 있을 때 어디서 방을 구했는지만 알 수 있다면, 그것을 근거로 수사를 시작할 수 있을 거야. 그녀 핸드폰은 어때? 사진 좀 나온 게 있어?"

"꽤 있는데, 베를린 경찰서에서 지금 수사하고 있대요."

"내일 당장 제일 먼저 베를린 경찰서에 전화해서 우리가 찾고 있는 것이 무엇인지 말해줘."

"그건 잘 될 거예요. 그런데 이 사건이 로사리오 레오네 사건과 관련이 있다는 걸 어떻게 생각한 거예요?"

"어제 달리기 연습을 끝냈을 때…… 웃지마, 난 진지하단 말이야!"

"언제 웃었다고 그래요!"

"그랬어. 그런데 상관없어. 운하를 가로지르는 다리 난간에 기대어 잠시 쉬고 있는데 옛날에 운하에서 시체를 찾아낸 사건이 있었다는 게 떠올랐어. 그때 크뉘피가 애어비앤비나 BedtoBed.com 같은 쉐어하우스 예약 사이트를 수사했다는 것도 생각났지. 그런데 그 사이에 시장이 몰라보게 커졌더라고."

레베카는 고개를 끄덕였다.

"지금도 똑똑히 기억하고 있어요. 그 당시 카약을 타고 나갈 때면 늘 기분이 나빴지요."

"왜?"

"물에서 시체가 나왔으니까요. 다음 번 시체를 내가 발견할 것만 같았어요. 그래서 한 달 동안 물에 나가지 않았죠. 심지어 연습도 빼먹었다니까요."

"그런데 다시 연습 시작했잖아."

"예, 그랬죠. 사람들은 모든 일에 길들여지는 법인가 봐요. 만약 그렇지 않으면 아무도 집 밖에 못 나갈 거예요. 하지만 그 이후로 밤에는 혼자 배를 잘 안 타요."

"그런데 전에 배 타고 나가지 않았어? 혼자 밤에 보트 타고 외출했잖아?"

"보트가 아니고 카약이라니까요. 그때는 정말 타고 싶었어요.

아주 독특한 감정인데요. 당신도 길에 늘어서 있는 집들과 전등불빛을 볼 때 문득 외롭고 혼자라는 생각이 들 때가 있잖아요. 그것은 외로운 영혼을 달래기 위한 것이었어요. 당신도 한번 그렇게 해 보세요. 체중 때문에 고민하니까 달리기 대신에 자전거를 타는 편이 당신 관절을 위해 좋을 것 같긴 하지만요."

"헤이, 무슨 말을 하고 있는 거야! 내 몸이 어때서?" -

"당신에게 백패킹용 카약을 사주고 싶어도 못 사요. 체중 150킬로까지만 탈 수 있으니까요." 레베카는 히죽 웃으며 옌스를 쳐다보았다.

"한마디만 더 해 봐. 이 차에서 내리게 할 거야. 그런데 백패킹용 카약이 뭐야?"

"공기를 주입해 탈 수 있는 휴대용 카약요. 가방에 넣어 다닐 수 있죠."

"그러니까 고무보트구나."

"아니라니까요. 달라요. 당신이라는 사람 정말 무뎌서 천상 형사밖에 할 게 없을 거예요."

"내가 머리와 천부적인 감각은 있지."

"경찰학교 졸업하고 둘 다 한 번도 써 본 적 없는 것 같은데요."

"넌 다리보다 입이 마비되는 게 나을 뻔 했어."

"방금 한 그 말 시청 장애인 인권센터에 신고해서 징계 받게 할 거예요."

"고맙네. 알다시피 내가 징계 받는 거 좋아하잖아."

"당신 참 매력적인 사람인데 왜 그런지 모르겠어요."

두 사람은 웃음을 터트린 뒤 잠시 정적이 흘렀다.

"당시 나는 범인이 로사리아 레오네를 산 채로 철사 줄로 묶어 물에 빠트렸을 것이라 생각했지요."라고 마침내 레베카가 말했다. 그때 그녀의 목소리는 슬펐다. "불쌍한 처녀야. 우리 도시를 보기 위해 이탈리아에서 이곳까지 와서 미친놈의 마수에 걸리다니……" 그녀는 고개를 흔들었다. "야나 하이글이 운하 바닥에 있다면?" 레베카는 눈을 크게 뜨고 그를 바라보았다.

"그거 배제할 수 없겠지?" 옌스가 말했다.

"당신 지금 연쇄살인범의 짓이라 생각하는 거죠?"

옌스는 입술을 깨물고 전면 유리창을 통해 밖을 내다 봤다. 앞에는 도시가 있고, 이 좁은 공간에 모여 사는 백팔십만 명의 시민, 그들의 운명, 꿈, 소망 그리고 목표가 있었다. 누구나 범인이 될 수 있고 피해자가 될 수 있다. 통계적으로 보았을 때 이 가운데 소수만이 살인범이 될 수 있다. 그리고 이보다 더 적은 사람들이 연쇄살인범이 될 수 있다. 그 숫자는 극히 적다.

하지만 온 도시를 공포와 두려움에 빠지게 만드는 데는 한 명으로도 족하다.

사람들의 꿈과 소망 그리고 목표를 짓밟는 데는 한 사람이면 족하다.

"분명히 그럴 거야. 하지만 당분간 우리끼리 아는 이야기로만 하지."

"바움개르트너 반장에게 이 이야기 한번 해볼까요?"

"한번 해봐! 반장이 연쇄살인범이라는 말에 어떻게 나올지 잘 알잖아."

"내가 입 닫는 대신 뭘 해 줄 건데요?"

"모차르트 초콜릿 한 다스 사 줄게."

"좋아요."

신호등에 빨간 불이 들어올 때까지 그들은 아무 말도 하지 않았다. 옌스가 기어를 중립에 놓고 엔진이 통통거리며 공회전하자 레베카가 옆에서 그를 바라보았다.

"어쩐지 내게 할 말이 더 있는 것 같은데요."

"있지. 수수께끼야."

"정말? 좋죠. 긴장하고 들어야겠는데요."

"로사리아 레오네가 사라지기 바로 직전 숙소를 옮겼어. 에어비앤비로, 처음에 예약한 방이 마음에 들지 않았던 거지. 크뉘피는 지금까지도 그녀가 어디서 다른 방을 구했는지 몰라. 그녀가 이탈리아에 있는 부모에게 그 주소를 알려주었는데도 말이야."

"응? 그게 무슨 말이에요?"

"잘 들어. 이게 이 사건의 하이라이트야. 그녀가 전화로 부모에게 자신이 지금 코르사슈트라세(Corsastraße)에서 방을 잡았다고 말했어. 그런데 함부르크에 그런 이름의 거리는 없어."

"그거 정말 수수께끼네?"

"수수께끼지. 크뉘피도 지금까지 풀지 못했어."

"흠, 그 간호사가 코르사 몰지 않았어요?"

"그래, 그런데 그것이 이 사건과 무슨 상관이야?"

"몰라요…… 그냥 한번 생각해 본 것뿐이에요."

"지금부터 차근히 잘 생각해 봐. 이 수수께기만 풀면 초콜릿 한 다스 더 사 줄게."

# 10

"그런데 우리 아빠 어떻게 생각해요?"

레니는 안전벨트를 붙잡고 늘어지며 배달차의 발판에 올려놓은 두 발에 힘을 주었다.

출판사 사장 호르스트 제캄프의 외동아들인 크리스티안 제캄 프(Christian Seekamp)는 곡예 운전을 하며 차들이 빽빽하게 몰려 있 는 거리를 빠른 속도로 빠져 나갔다. 그는 차선을 이리저리 계속 바꾸어가며 난폭운전을 했다. 가속페달을 밟다가 브레이크를 밟 고 또 가속페달을 밟는 일이 반복되자 레니는 차를 탄 지 5분 만 에 속이 불편해지기 시작했다. 하지만 그녀는 크리스티안의 이 난 폭한 운전 스타일에 대해 뭐라 말할 용기가 없었다.

"매우 좋은 분이잖아요." 그녀가 대답했다.

크리스티안은 그녀를 쳐다보며 조롱하듯이 웃었다.

"그렇게 이야기해야만 하는 거죠, 그죠?"

"아니에요…… 왜 그런 말을. 저는 정말 좋은 분이라 생각하는 데요. 만약 그렇지 않다면 당신 질문은 나를 매우 불편하게 만드 는 거겠지요."

"그건 나와 상관없어요. 하지만 내가 아빠를 잘 아는데, 결코 좋은 사람이라 말할 수 없지요."

레니는 이 말에 대꾸하지 않고 금방 부딪힐 것 같은 앞 차의 후미 부분을 바라보느라 정신이 없었다.

마지막 몇 초를 남겨두고서 크리스티안은 핸들을 획 돌려서 3차로의 중간 차선으로 차선을 바꾸며 가속페달을 밟기까지 했다.

레니는 그의 아버지는 물론이고 그도 불안했다. 출판사 사장은 지적이고 좋은 대화 상대였지만, 계속 상대의 몸을 더듬는 사람이었다……. 그래 그녀가 이것을 너무 심각하게 받아들이고 있는 건지도 모른다. 아마 그런 행동은 그가 직원을 다루는 일반적인 방식인지도 모른다. 레니도 자신이 이 문제에 있어서는 너무 예민하다는 것을 알고 있었다. 신체 접촉을 두려워하는 것은 모르는 사람에 대한 공포심과 자기 몸에 대한 불만과 결부되어 있는 법이다. 그런데 그녀는 이 두 가지 모두 매우 심각하게 느끼고 있었다.

"아빠가 하는 짓을 무조건 참고만 있지 마세요." 크리스티안 제캄프는 그녀를 보지도 않은 채 말했다. 그의 목소리에는 아버지의 손버릇이 점잖지 않다는 것은 자신도 알고 있다는 뉘앙스가 깔려 있었다.

겉으로 크리스티안은 철학을 전공하는 대학생이었다. 그런데 그가 자신보다 분명히 나이가 많았기 때문에 레니는 크리스티안이 아버지가 대주는 돈으로 생활하며 대학을 졸업하지 않고 버티는 전형적인 대학생이라고 여겼다. 엘케 알트호프는 레니에게 크리스티안과 함께 물건을 사오는 일을 시켰다. 그들은 테이블보, 냅킨,

그릇, 와인테이블. 커피포트. 쟁반 등 파티에 필요한 모든 것을 사와야 했다.

"당신도 출판 일을 할 거예요?" 레니는 이야기의 주제를 바꾸기 위해 물었다. 사장 아들과 아버지의 행실에 대해 이야기하는 것은 불편했다.

크리스티안은 크게 웃었다.

"아니오. 정말 아니에요. 미래가 없으니까요. 10년 후엔 아무도 책을 읽지 않을 거예요. 내 말 믿어요. 우리 아버지 같은 공룡들은 이걸 인정하려 들지 않을 뿐만 아니라 이미 다 죽은 미디어에 매달려 의지하려하죠."

'그 미디어가 네 학비 대주고 있거든'이라고 레니는 생각했지만 말하지는 않았다.

그 대신 그녀는 "나는 그렇게 생각 안 해요"라고 말했다.

"그렇게 생각한다면 당신이 여기 있을 이유가 없겠지요. 하지만 잘 생각해 보세요. 오늘날 벌써 사람들은 예전보다 짧은 시간에 더 많은 정보를 받아들이지요. 그래서 제대로 이해하거나 기억하는 정보는 점점 줄어들고 있지요. 사람들의 집중력은 새로운 정보에 대한 수요가 높아질수록 떨어지는 법이니까요. 지금 우리 사회는 패스트푸드-정보사회입니다. 아무도 책 한 권을 붙잡고 몰입할 시간이 없을 것입니다. 언젠가 우리는 책을 읽을 수 있는 지적인 능력도 잃어버리게 될 거예요."

"거 참. 각자 생각이 다 다른 법이니까요."

레니는 더 이상 할 말이 떠오르지 않았다. 그녀는 그와 그런 토론은 벌이고 싶지도 않았다.

"더 할 말이 없죠?"

"아뇨. 할 말이 많지만, 당신은 지금 운전에 집중해야 할 것……"

크리스티안이 녹색 불을 기다리지 않고 출발하려는 동안 신호를 어긴 화물차가 오른쪽에서 교차로를 가로질러 달려왔다. 레니가 너무 무서워 두 손으로 눈을 가리자 그는 큰 소리로 웃었다.

"무서워하지 마세요. 길에서 나의 포르쉐는 어떤 차보다 더 빠르거든요. 지금까지 내차를 앞서 간 차는 한 대도 없었어요."

두 시간 뒤 그들은 살아서 출판사에 도착했다. 크리스티안은 물건을 내릴 때 정확하게 2분만 도와주고 사라졌다. 그래서 나머지 일들은 모두 레니 몫이 되었다.

레니가 물건을 나르느라고 땀을 많이 흘리자 엘케 알트호프는 2시에 그녀를 집으로 보내 샤워도 하고 옷도 갈아입게 했다. 한 시간 밖에 시간이 없어서 그녀는 검은 치마와 하얀 블라우스로 수수하게 차려입었다. 치마를 가져오지 않았기 때문에 그녀는 급히 근처 쇼핑센터에서 구입했다. 싸구려 옷이라 몸에 잘 맞지 않긴 했지만 어쨌든 파티 의상 같은 옷이었다.

샤워하기 전에 그리고 샤워하고 나서도 레니는 비비안의 방문을 두드려보았지만 인기척이 없었다. 그녀는 방이 비어있는지 살펴보기 위해 그냥 문을 열어볼 용기가 나지 않았다. 유감스럽게도 비비안에 대한 다른 소식은 없었다. 레니는 이 친구 때문에 신경이 쓰여 스트레스를 심하게 받았다.

그녀가 오후 3시 정각 파티장에 도착했을 때 엘케 알트호프가 레니에게 에이프런을 건네주며 두르는 것을 도와주었다. 에이프런 왼쪽 아래 부분에는 뉴미디어 출판사라는 회사 로고가 수 놓여 있었다. 이 에이프런은 그녀가 새로 산 치마를 완전히 덮어 멀리서 보면 그 아래에 아무것도 입지 않은 것처럼 보였다.

레니는 그 의도가 무엇일까 생각했다.

에이프런이 실용적이긴 했다. 곧이어 그녀는 다시 차에서 먼지 묻은 와인박스를 파티장 안으로 옮기는 일을 도와야했다. 이미 다녀와서 알고 있었던 와인가게 사장이 함께 박스를 날라주었다.

레니가 나중에 와인을 따르는 서비스를 해야 했을 때 와인가게 사장은 그녀에게 3종류의 와인이 어떻게 서로 다른지 설명해주고 바로 손님에게로 갔다. 레니는 사장이 마음에 들었다. 부끄럼 많은 성격에다 와인에 대한 열정이 책을 매우 좋아하는 그녀 친구들과 비슷했기 때문이다.

오후 4시경에 출판사 사장인 호르스트 제캄프가 도착했다. 그녀가 이날 사장을 본 것은 이때가 처음이었다. 어제 입었던 파란 정장 차림의 그는 기분이 너무 좋아 직원들에게 농담을 던지기까지 했다. 관리인 아저씨 빼고는 남자 직원은 한 명도 없었다.

제캄프 씨는 레니에게 도와주어서 너무 고맙다고 또 한번 인사했다.

출장요리 서비스업체에서 뷔페를 준비해 두었던 홀에서 레니는 서비스를 했다. 그녀는 쟁반에 커피잔들을 담아 이리저리 돌아다니며 테이블에 놓거나 그것을 다시 치웠고, 잔에다 물을 가득 채우는 일을 반복했다. 몇 분 되지 않아 쟁반은 물로 넘쳤다.

마침내 그녀는 포기하고 잘 되겠지 하며 손님들이 오기 전에 잠시 쉬려고 구석에 앉았다. 비비안 생각이 다시 떠올랐다.

비비안에게 무슨 일이 일어났다면 어쩌지?

하지만 그랬다면 비비안이 문 밑으로 그 쪽지를 밀어 넣었을 리가 없었다. 그렇다, 그것은 논리적이지 않았다. 클럽에 갔던 그날밤 비비안에게 간다고 말하고 나오지 않은 것을 레니는 후회했다. 비비안의 입장에서 그것은 분명히 배신이었을 것이다. 비비안이 그녀를 꼭 파티에 데리고 갈 필요가 없었다. 비비안은 레니의 삶을 좀 더 재미있게 해주기 위해, 레니에게 인스타그램에 올릴만한 사진을 찍을 기회를 만들어주기 위해 그렇게 한 것이었다. 레니는 그클럽에서 단 한 장의 사진도 찍지 못했다. 왜 그랬을까? 그것은 한손에 콜라잔을 들고 몸에는 잘 어울리지 않은 옷을 입은 채, 거의 없는 사람처럼 구석에 처박혀 지루한 시간을 보냈기 때문 아닌가?

레니는 인스타그램의 비비안 계정이 생각났다. 그것만 보면 비비안이 지금 무엇을 하고 있고, 어디에 있는지 분명히 알 수 있을 것 같았다. 하지만 그걸 보려면 우선 레니가 핸드폰에 인스타그램을 깔아야 했다. 이날 오후에 레니는 그럴 시간이 없었다.

4시 반 무렵에 첫 손님들이 몰려오면서 바빠졌고 비비안은 자연스럽게 생각에서 밀려났다.

레니가 쟁반에 처음 담은 것은 커피잔이 아니라 와인잔이었다. 그런데 와인잔은 서비스하기 아주 어려웠다. 조금이라도 잘못 움직이면 잔들이 기울어졌다. 손님들이 쟁반의 양쪽 끝에 있는 잔들만 집으면 특히 위험해지는데, 한번 균형을 잃으면 다시 균형 잡기가 매우 어려웠다. 레니는 등을 똑바로 세워야 했다. 그녀는 땀이 났고 지옥 같은 공포심을 견뎌야 했다. 그래서 어서 빨리 고향 잔트하우젠으로 돌아가고 싶은 마음뿐이었다. 그곳에서는 매일 같은 옷을 입고 아무도 평일이나 오후에 와인을 마시지 않았다.

잘 차려입고 좋은 냄새를 풍기는 수려한 외모의 사람들이 그녀 주변에 모여 현실정치나 기후변화, 도널드 트럼프, 출판계의 위기에 대해 이야기를 나누었다. 레니는 모든 대화의 단편만 주워들었으며, 그 어떤 대화에도 낄 수 없었다. 그녀가 도우미 역할을 하고 있었기 때문에 아무도 그녀에게 말을 걸지 않았다.

하얀 셔츠와 청바지 차림에 팔목에 금팔지까지 찬 크리스티안 제캄프도 손님들 사이를 돌아다니면서 파티 분위기를 띄우고 있었다. 그는 레니의 쟁반에서 와인잔을 두 번이나 받아 가면서 아주 기분 좋게 미소를 던졌다.

그러던 중 레니는 남자 손님들과 이야기를 나누고 있는 제캄프 씨 쪽으로 쟁반을 들고 가게 되었다. 마침 누군가 웃기는 농담을 했는지 모두가 목청이 터져라 웃고 있었다.

그때 제캄프 씨가 과장되게 큰 소리로 말했다. "아! 제가 당신들에게 레니 폰타네 양을 소개해 드려도 될까요? 오늘부터 우리 출판사에서 인턴 생활을 할 분입니다. 위대한 작가 폰타네와는 친척도 인척도 아니지만 매우 성실하고 열정적으로 출판 분야에 뛰어들 준비가 되어 있는 젊은이입니다."

그는 레니의 쟁반에서 와인 한 잔을 들더니 계속 말했다.

"우리가 막 혈통에 대해서 이야기했죠. 한 소년이 엄마에게 번지

점프를 해도 되냐고 물었어요. 그러자 어머니 왈 〈안 된다 아들아. 네 인생은 다 닳은 고무(콘돔) 때문에 시작했어. 괜히 그런 짓을 해서 인생 종치게 하지 마.〉"

레니가 아주 잠깐 동안 어떤 농담이 더 나올까 듣고 있는 동안 주변에 있던 남자들이 폭소를 터트리며 웃었다. 그런데 어떤 남자가 몰래 고개를 흔들고 땅바닥을 바라보며 이 농담에 불쾌감을 표시했다. 그 남자가 다시 고개를 들었을 때 레니와 눈길이 마주쳤다. 그는 레니에게 미소를 던졌다. 이날 처음으로 레니는 누군가에게 주목받고 있다는 것을 느꼈다.

제캄프 씨는 팔로 레니의 어깨를 감싸더니 손을 겨드랑이 밑으로 넣어 손가락으로 그녀의 옆 가슴을 만졌다.

레니는 몸을 돌려 빠져 나와 쟁반을 들고 바(Bar) 쪽으로 도망쳤다. 아직 쟁반에는 와인이 든 잔들이 몇 개 더 있었지만 그녀는 잠깐 휴식 시간이 필요했다. 제캄프의 행동은 끔찍했다. 그녀는 명망 있는 출판사 사장인 그가 사람들 앞에서 그런 성적인 농담을 했다는 것이 믿기지 않았다. 게다가 자기에게 이런 성추행에 가까운 터치까지 하다니! 그것은 우연일까 아니면 의도적인 것이었을까?

레니는 얼른 방으로 돌아가 방에 틀어박혀 이 모든 것을 생각해 보았으면 했다. 아마 그녀가 출판사를 잘못 고른 것은 아닐까? 인턴 실습은 그녀가 원해서 시작한 것이라 당장 그만두고 집으로 돌아갈 수도 없었다. 그 조용한 시골 마을에 있으면 미래는 ICE처럼 한 번도 정차하지 않고 총알같이 지나가버릴 것이다.

잔트하우젠에서 나올 수는 있었지만 이대로 다시 돌아갈 수는 없었다.

'참아야해, 이것도 잘 지나갈 거야'라고 레니는 혼자 말했다.

쟁반이 잔으로 가득 채워지기를 기다리는 동안 누군가가 그녀 옆으로 다가왔다.

"내가 그 사람에게 바보 같은 짓거리 하지 말라고 말했어요."

그의 목소리에는 온정과 공감이 넘쳐흘렀다. 레니는 이 말을 한 사람을 향해 몸을 돌렸다. 그는 제캄프의 농담에 웃지 않았던 그 남자였다.

"제캄프가 너무 취했나 봐요. 그렇다고 그가 한 부적절한 행동의 변명이 되는 것은 아니죠." 그 남자는 이렇게 말하고 레니에게 손을 내밀었다.

"헨드리크 텐담이라고 합니다." 그는 자기를 소개했다.

레니는 잠시 주저하다가 그가 내민 손을 잡았다. 그 손은 부드러운 동시에 강해보였다.

"당신은 꽤 유명한 이름을 가졌더군요." 남자가 말했다.

"고맙군요. 당신도 그런데요. 네덜란드 분이시죠?"

"그곳에서 태어나 일곱 살 때까지 자랐습니다. 그 이후 세계시민이 되었죠. 제가 거주지를 얼마나 자주 옮겼는지 셀 수 없을 정도입니다."

"제캄프 씨가 제가 인턴생활을 할 동안 빌린 집주인이 당신이라고 하던데요."

"제캄프 씨가 약간 뻥을 친 것 같군요. 건물 전체가 아니라 그 층만 제 소유입니다. 모든 층에는 각각 집주인이 다릅니다."

"그런데 당신은 그곳에 살지 않으시죠?"

남자는 그녀에게 눈을 깜박거리며 미안하다는 미소를 보냈다. 레니는 그가 미남이라고 여겼다. 그는 어디에나 어울리는 배우의 얼굴에 호감어린 갈색 눈이었다. 레니는 그의 눈길이 마음 깊이 와 닿는 것을 느꼈다.

"BedtoBed.com에서는 원래 금지하고 있다고 알고 있습니다. 하지만 저는 그 건물의 가시권 안에 살고 있습니다."

"가시권이라뇨?"

"운하의 하우스보트에서 삽니다. 그 집 바로 앞에 있는."

"오!" 레니는 어제 자신이 창 너머로 이 배를 몰래 쳐다보다가 걸렸다는 생각이 났다. 그녀는 부끄러웠고 피가 거꾸로 솟아올라 얼굴과 귀까지 화끈거렸다.

"그것……, 멋지겠네요." 그녀는 말을 더듬거렸다.

"워낙 물을 좋아해서요."

레니는 텐담의 눈을 거의 볼 수 없었지만 그 눈에 매혹될 것 같았다. 그녀의 눈길은 소리 없이 계속 그의 눈을 향했다. 텐담은 레니보다 머리 하나가 더 컸다.

"당신이 대학을 졸업하고 출판사에서 인턴 실습을 하러 왔는데도 제캄프가 에이프런을 두르고 음료수 서빙을 시킨 거예요?" 그가 물었다.

"그렇긴 하지만, 저는…… 사장님이 이 파티를 위해 도와줄 수 없겠느냐고 말씀하셔서요."

헨드리크 텐담은 고개를 흔들었다. "아니지요. 그가 갑질을 한 거군요. 그와 한번 이야기 해봐야겠어요."

"아이, 안 됩니다. 부탁이에요. 그러실 것까지는 없습니다." 레니
는 흥분한 그를 진정시켰다. 그녀는 이 일로 제캄프가 자신을 나
쁘게 생각하면 어쩌나 걱정했다.

텐담은 뭔가 더 말하려고 했지만, 그 순간 그는 물론이고 다른
모든 손님의 눈길이 한 여자에게로 쏠렸다.

그녀는 혼자서 이 넓은 홀을 다 비출 수 있을 정도로 아름다운
광채가 흐르는 미인이었다. 그녀는 우아하긴 했지만 좀 선정적이었
고, 등이 깊이 파인 드레스가 눈길을 끌었다.

헨드리크 텐담은 고개를 흔들며 그녀가 있는 방향을 가리켰다.

"당신의 노고에 보상이 된다면, 제가 이 파티의 스타를 소개해
드릴게요."

"아 그래요?" 레니는 그렇게 말하고 다시 한 번 막 사람들 사이
로 사라진 미인을 건너보았다.

"엘렌 리온 모르진 않겠죠?"

"흠. 제가 알아야 해요?"

그는 미소를 짓더니 고개를 흔들었다.

"레니 폰타네. 당신 참 마음에 드네요. 엘렌 리온은 텔레비전 스
타예요. 텔레비전 연속극에 나오죠. 그녀는 지금 최고 인기스타예
요. 내가 추측하기론 당신만 빼고는 다 아는 연예인일 걸요."

"나는, 음…… 그러니까, 책을 많이 읽는 편이라."

"그 점에서 우리는 같네요. 어쨌든 내 보트에 세계문학 전집이
몇 권 있죠. 원한다면 한번 들러서 보세요."

레니는 얼굴이 빨개지면서 뭐라 말해야 할지 몰랐다. 그의 눈길이 너무 깊어 레니는 그 제안에 어쩔 줄 몰랐다. 텐담은 대답을 기다리지도 않고 자기가 제일 좋아하는 소설인 톨스토이의 『전쟁과 평화』에 대해서 이야기하기 시작했다.

몇 분 후 그 여배우가 숨 막힐 듯한 빨간 드레스를 입고 텐담 쪽으로 와 어깨에 손을 올렸다. 아주 가까이에서 그녀의 무결점 피부와 짙게 빛나는 머리카락이 레니의 눈길을 끌었다.

"헨드릭!" 그녀는 일부러 비난하듯 말했다. "내 얼굴도 안 보고 여기 바에서 서빙하는 아가씨와 노닥거리고 있다니 너무 한 거 아냐?"

여인의 눈길이 레니를 잠깐 스치고 지나갔다.

"이 젊은 아가씨는 서빙하는 사람이 아니라 대학을 졸업하고 이 출판사에서 인턴 실습하고 있는 분이야. 소개해 줄게. 레니 폰타네 양이야."

"엘렌 리온입니다." 여인은 자기 소개를 하고 레니에게 악수를 청했다.

하지만 그녀의 관심은 그 순간 사라졌고, 다시 텐담에게 몸을 돌렸다.

"하루 종일 널 만나려고 얼마나 기다렸는데!"

"이 말을 들으면 남편이 뭐라 할까?"

여배우는 무시하는 듯한 손동작을 했다.

"아, 분명히 또 와인에 대해서 허풍떨고 있겠지 뭐. 당신 나를 이 지루한 책벌레들 사이에 두지는 않겠죠, 그렇죠?"

그녀는 팔짱을 끼고 텐담을 어디론가 데려가려 했다.

텐담은 레니에게 미안한 미소를 던지며 사람들 사이로 사라졌다.

그 후 30분 동안 레니는 별일 없이 쟁반을 들고 돌아다녔지만 헨드리크 텐담을 다시 보지는 못했다. 얼마 후 엘케 알트호프가 와서 오늘 할 일은 다 끝났으니 에이프런을 벗고 손님들 사이에 들어가 사장의 연설이나 들으라고 했다.

제캄프는 홀 전면에 설치된 무대에 올라 손가락으로 스탠드 마이크를 톡톡 두드렸다. 손님들은 대화를 멈추고 그를 향해 몸을 돌렸다. 웅성거렸던 소리가 썰물처럼 사라지고 조용해졌다

제캄프는 손님들에게 이 출판사의 15년 역사를 짧게 소개했다. 레니는 그가 훌륭한 연설가임을 인정할 수밖에 없었다. 저급한 농담을 하지 않으면서도 재미있고 유머가 넘쳤다. 마침내 그는 몇몇 손님과 직원들에게 감사의 인사를 전하고 마지막으로 뉴미디어 그룹의 가장 중요한 후원자인 헨드리크 텐담을 불러올렸다.

레니는 무대를 좀 더 잘 보기 위해 오른쪽으로 이동했다.

텐담은 무대에 오르는 것을 좀 불편해하는 기색이었다. 그는 머뭇거리며 열광적으로 손을 흔드는 제캄프 옆으로 나갔다.

마침내 헨드리크 텐담이 마이크 앞에 섰다. 그는 뒷짐을 지고 헛기침을 했다.

"호르스트 제캄프 씨가 제게 출판업에 뛰어들 의사가 있는지 물었을 때 저는 좋은 책을 만드는데 조금 기여해보겠노라고 말했습니다. 지금 여러분은 제 사업파트너가 어떤 사람인지를 보고 계십니다."

헨드리크 테닦은 손님들에게 왼손을 위로 뻗어 내밀었다.

그런데 그의 새끼손가락 첫 두 마디가 없었다.

손님들은 큰 소리로 웃었다.

하지만 레니는 그러지 못했다.

그녀는 너무 놀라 오렌지 주스를 마시고 헛기침을 해야 했다.

# 11

우묵벽은 바람을 막아주고 다른 사람의 눈길을 막아주었지만, 방벽의 잠자리는 너무 좁아서 몸을 돌릴 수도 없었다. 몸을 돌렸다가는 물로 떨어질 것 같았다. 그동안 프레데릭은 잠이 들었다가도 가장 자리를 넘어가 물에 빠져 죽는 꿈을 꾸어 깜짝 놀라며 깬 적이 많았다. 물가에서 자는 것은 불안했지만 다른 방법이 없었다.

두 부랑자가 그를 때려눕히고 돈을 빼앗아간 후 프레데릭은 그 주차장에서 운하를 넘어 이곳까지 기어와 상처를 달랬다. 그들에게 발길질 당한 옆구리가 너무 아파 갈비뼈가 부러지지 않았나 걱정했다. 일부러 숨을 깊이 들이쉬면 뾰족한 뼈가 횡격막을 찌르는 듯했다.

그의 마음은 이보다 훨씬 나쁜 상태였다. 누가 봐도 완전 바닥이었다. 거리에 나 앉게 된 지난 3개월 동안 그래도 괜찮다고 생각했다. 하지만 시간이 갈수록 형편이 나빠져 지금에 이르렀다. 부랑자들에게 바보 취급당하며 두들겨 맞고 돈까지 빼앗겼고, 이혼한 아내는 아들을 만나지 못하게 했다. 프레데릭은 다리 밑에서 잤으며, 이제 곧 구걸을 해야 할 형편이다. 그렇게 되면 그를 지탱해줄 마지막 보루까지 무너질 것이다.

프레데릭은 인생의 종말이 다가온 것 같았다.

그리고 그를 도와주는 것은 아무도, 아무것도 없을 것 같았다. 그와 같은 실패자에게는 새 출발이란 없었다. 프레데릭은 자신을 불쌍히 여기고 동정하며 시간을 보냈다. 그는 이런 심정으로 해가 지고 하늘이 어두워지면 전등이 켜지는 것을 보았다. 해가 점점 어두워지며 자취를 감추자, 프레데릭은 자신이 이 악몽을 떨쳐버리지 못해 이제 일상이 되었다는 것을 알고 다시 깜짝 놀랐다.

주차장은 점점 비어갔다. 그는 자동차들은 볼 수 없었지만 차가 떠나는 소리는 들었다. 금방 프레데릭은 혼자가 되었다. 차 소리는 더 약해져 멀어진 듯했다. 이제 소리는 벽 뒤나 창문, 문 그리고 사람들이 자기 것이라 부르는 집 속에 가두어졌다.

프레데릭은 안전하게 보호받고 있다는 느낌이나 따뜻한 온기를 느낄 수 있기를 바랐다. 그는 자기 뒤로 닫을 수 있는 문이 있기를 간절히 바랐다.

프레데릭의 눈물은 뜨거웠지만 아무도 그것을 보는 이가 없기에 무의미했다. 그가 흘린 눈물은 조금도 도움이 되지 않았다. 정반대였다. 눈물이 마르자 그의 영혼은 딱딱하게 굳은 스펀지처럼 그 어떤 감정도 받아들이지 못했다.

주차장 주변이 완전히 텅 비었을 무렵, 프레데릭은 철썩거리는 소리를 들었다. 낮았지만 급하게 다가오는 소리였다. 프레데릭은 침낭을 눈 아래까지 당겨 올리고 몸을 잔뜩 웅크린 채 우거진 잡초들 사이로 운하 쪽을 살폈다. 왼쪽에 작은 배 한 척이 왔다. 카약을 탄 사람이 노를 저으며 다가왔다. 노 젓는 솜씨가 보통이 아니었다. 카약은 가볍게 방벽에 정박했다. 그곳은 프레데릭에게서 채 1미터도 떨어지지 않은 곳이었다. 카약을 젓던 사람은 배에서 내려 노를 카약에 포개두고 콘크리트 계단을 올라와 가느다란 밧줄을 고리에 걸어 단단히 묶었다.

프레데릭은 몸을 세워 주변을 살펴보았다. 큰 키에 호리호리한 남자가 짙은 색 옷을 입고 모자를 눌러쓰고 있어서 얼굴은 자세히 보이지 않았다.

프레데릭은 이 남자가 코르사 자동차의 운전자를 살해한 그 남자일 거라 생각했다. 키나 외모도 일치했지만 이보다 훨씬 중요한 것은 남자의 카리스마였다. 프레데릭은 우묵벽에서도 그것을 느꼈다. 차갑고 사악한 카리스마 말이다.

프레데릭은 숨도 쉬지 않고 그대로 숨어 있었다. 남자는 저쪽에 서서 이쪽저쪽을 살펴보기만 했다. 정확하게 2분 동안 그렇게 하다가 그는 주차장을 건너 거리 쪽으로 걸어갔다.

프레데릭은 갈비뼈가 계속 아팠지만 침낭 밖으로 나왔다. 그는 낮게 숙인 자세로 조심스럽게 앞을 살폈다.

남자는 사라지고 없었다.

프레데릭은 바로 그 남자를 추적해야겠다고 생각했다. 하지만 그를 따라 잡을 수 없을 것 같았기에 남자가 돌아올 때까지 기다렸다가 그가 카약을 타고 어디로 갈지 알아보기로 했다.

적당히 기다린 뒤 프레데릭은 우묵벽의 좁은 은신처를 떠났다. 어둠을 이용해 그는 주차장을 살금살금 건너갔다. 프레데릭은 도로 앞까지 나가 그 남자가 진짜 떠났는지 확인했다.

그리고 운하로 돌아와 정박되어 있는 카약 쪽으로 계단을 타고 내려갔다. 그는 배를 살펴보았지만 그 남자의 정체를 밝혀줄만한 것을 찾지 못했다. 카약은 비싸고 새것 같았다.

프레데릭은 침낭과 가방을 들고 새로운 은신처를 찾아 나섰다. 남자가 우묵벽에 숨어 있는 자신을 찾아낼 위험성이 높아졌기 때문이다. 텅 빈 주차장에는 숨을 곳이 없었지만 건너편 거리 어둠이 깊이 내려앉은 사무실 건물 출입구라면 충분히 숨을 만했다. 프레데릭은 이 건물 가장 뒤쪽 구석에 숨어 침낭을 둘둘 말아 그 위에 앉아 기다렸다.

프레데릭은 오후 내내 잤기 때문에 잠은 오지 않았다. 더군다나 그때 무섭기까지 했다. 그는 이 짐들을 그대로 놓아두고 그 남자가 찾을 수 없는 다른 도시로 달아날 생각까지 했다. 하지만 프레데릭은 살인자가 무서워 도망가고 싶지 않았다. 그 남자가 어디에 사는지 알아낼 수만 있다면 그에게서 풀려날 기회도 있을 것이다. 그렇게 하려면 경찰에 신고해야겠지만 익명으로 해야 했다.

프레데릭이 한 시간 이상 기다렸을 때 남자가 돌아왔다. 그는 아무 소리도 내지 않고 건물 앞에 불쑥 모습을 드러냈다. 그는 프레데릭과 등진 채 건물 모퉁이에 서서 주차장 쪽을 한참 살폈다. 마침내 다시 움직였지만 바로 카약 쪽으로 내려가지 않고 프레데릭이 좀 전에 머물렀던 모퉁이에 오줌을 누었다. 프레네릭은 장소를 바꾸기 정말 잘했다고 생각했다.

남자가 콘크리트 계단을 내려가자 프레데릭은 2분 정도 더 기다렸다가 건물벽을 따라 운하 쪽으로 갔다. 철썩거리며 배가 떠나는 소리가 나자 프레데릭은 우묵벽으로 달려와 그 남자가 20미터 정도 거리에서 왼쪽으로 사라지는 것을 보았다. 어두운 불빛이 젖은 노에 반사되었다.

프레데릭은 달렸다. 그는 뛸 때마다 다친 옆구리에서 통증을 느꼈지만 어느 정도 잘 달렸다. 운하를 건너가는 첫 번째 다리에서 그는 카약을 따라가는 것이 어렵다고 판단했다. 운하로 연결되는 길을 잘 몰라 번번이 멈춰야 했기 때문이다. 하지만 포기란 있을 수 없었다.

너무 어두워 얼굴은 거의 알아볼 수 없었지만 남자는 제방 근처에서 모습이 드러나지 않게 조심하는 눈치였다. 그는 가급적 나뭇가지가 깊이 늘어진 곳을 따라 카약을 몰고 갔다. 그래서 프레데릭은 몇 번이나 그를 놓치지 않을까 걱정했지만 매번 그를 다시 찾았다.

추적을 시작한 지 십 분 후 남자는 아우센알스터 방향으로 꺾어 들어갔다. 이로써 그를 추적하는 것은 더 어려워졌다. 그쪽으로 가면서 운하의 폭이 넓어졌기 때문이었다. 프레데릭은 제방에 멈춰 카약이 어둠 속으로 사라질 때까지 쳐다보았다. 프레데릭은 남자가 왼쪽 제방에 바짝 붙어서 계속 가고 있을 것이라 짐작했다.

# 12

레니가 아일레나우 39b번지에 도착했을 때는 거의 밤 열시였다. 손에 신발을 들고 있었지만 걸을 때마다 발에서 통증을 느꼈다. 아침 일찍 방을 떠난 뒤 한 번도 자리에 앉지 못했으며, 다리가 뻣뻣해지도록 오래 서 있었다.

레니는 육체적으로나 정신적으로 완전히 녹초가 되었으며, 머리로는 그러지 말아야지 하면서도 계속 비비안을 생각했다. 비비안이 클럽 라운지 구석에서 어떤 남자의 품에 안겨 있었던 그날 밤이 계속 생각났다. 그때 남자는 손으로 그녀의 등을 더듬었다.

레니는 그때 남자의 왼손 손가락 하나가 없는 것을 분명히 보았다. 그녀는 그 모습을 똑똑히 분명하게 기억하고 있었다.

헨드리크 텐담 역시 왼손 손가락 하나가 없었다.

*나 보트맨과 사귀게 됐어.*

파티장에서 텐담의 손이 이상하다는 생각이 드는 순간 비비안이 문 밑으로 밀어 넣은 쪽지에 적힌 말들이 갑자기 이해되었다.

아일레나우의 방으로 돌아온 지금 그녀의 눈길은 바로 건너편 하우스보트를 향했다. 보트에는 불이 켜져 있었지만 사람의 모습은 보이지 않았다.

헨드리크 텐담이 비비안과 사귀는 보트맨일까? 그녀는 지금 이 남자의 보트에 머무르고 있는 걸까?

레니는 궁금해 미치겠지만 감히 건너가 물어볼 생각을 하지 못했다. 그녀는 집 앞에 정박해 있는 보트들 가운데 어느 것이 텐담의 보트인지도 몰랐다. 대신 레니는 현관문으로 이어진 계단을 올라갔다. 현관문은 물론 잠겨 있지 않아 그녀는 복도로 들어가 마지막 남은 힘을 다해 위층으로 이어진 계단을 올라갔다.

파티는 끝날 생각을 하지 않았다. 제캄프의 연설 뒤에 대부분의 손님들이 떠났지만 술을 좋아하는 남자들과 그 부인들은 그대로 남아 있었다. 레니는 음료를 서비스하기 위해 또 한 번 고생해야 했다. 그녀는 텐담을 다시 보지 못했는데 아마 그도 연설이 끝난 뒤 간 것 같았다.

레니가 묵고 있는 집 현관문 역시 열려 있었다. 복도에 불이 환하게 켜 있었고, 첫 번째 방문 뒤에서는 투숙객들이 스페인어로 즐겁게 떠들고 있었다. 레니는 조용히 그 문을 지나 비비안이 묵었던 방까지 왔다.

그 방문에는 J. Davis라는 이름의 메모가 붙어 있었다.

레니는 자신이 도착한 날에도 방문에 이런 메모가 붙어 있었다는 걸 기억했다.

그녀는 문에 귀를 바싹 대어보았지만 아무 소리도 나지 않았다.

노크 한번 해볼까?

손을 올려보았지만 레니는 생각을 바꾸고 복도를 따라 자기 방으로 갔다. 아마 비비안이 다른 소식을 문 밑으로 밀어 넣어 놓았을 지도 몰랐다. 비비안이 그날 저녁에 만나자고 알려왔기 때문이다.

문을 열어보았지만 메모는 없었다.

피곤에 지친 레니는 신발을 털고 바로 침대에 쓰러졌다.

그때 비비안 걱정을 하지 않았더라면 레니는 바로 잠에 빠져들었을 것이다. 비비안이 좀 엉뚱하고 즉흥적이며 모험심이 강한 측면이 있긴 했지만, 그렇다고 진짜 이별 인사도 없이 사라졌을까? 클럽에서 본 그 남자와 텐담 모두 손가락이 하나 없다니 이 얼마나 이상한 우연인가?

레니는 핸드폰을 꺼냈다. 파티가 열리는 동안 그녀는 동료인 자브라나 슈미트에게 부탁하여 인스타그램을 깔고 자기 계정을 만들었다. 슈미트는 즉석에서 인스타그램에 올릴 사진을 찍어 주었다. 그 사진은 손에 샴페인을 든 레니가 찍지 말라고 손사래를 치고 있는 모습이었다. 이 사진을 조용히 처음 보는 순간 레니는 사진은 자기에게 어울리지 않는다고 생각했다. 그녀는 억지로 웃는 것 같았고 동시에 지쳐 보이기도 했으며 쑥스러워하는 것 같았다. 레니는 카메라를 싫어했다. 자기 모습을 자랑스럽게 찍는 셀카가 대세가 된 오늘날 이런 성격은 좋다고만 할 수 없었다.

레니는 인스트타그램에서 Vivilove를 검색하여 마침내 그 계정을 찾았다.

그녀의 계정은 사진으로 꽉 차 있었다.

마지막 사진은 역에서 찍은 모습이었다.

사진 밑에는 다음과 같이 적혀 있었다.

　　　함부르크 아듀. 암스테르담아, 내가 간다.

암스테르담이라고?

전에 비비안은 네덜란드 암스테르담으로 갈 것이라고 말한 적이 한 번도 없었다.

레니는 침대에서 일어나 불을 끄고 창 쪽으로 갔다. 바로 건너편에 있는 하우스보트에는 여전히 불이 켜 있었고 커튼 뒤에는 누군가 움직이고 있었다. 저것이 텐담의 보트일까?

비비안은 지금 저 배에서 그와 함께 있을까? 그녀의 백만장자가 어디에 사는지는 상관없다. 그런데 왜 그녀는 암스테르담으로 가고 있다고 인스타그램에 남겼을까? 텐담은 네덜란드 태생이고, 분명히 고국에 아는 사람도 많아 자주 그곳으로 갈 것이다. 그가 비비안을 데리고 그곳으로 간 것일까? 하지만 이 소식은 어제 것이고 텐담은 함부르크에서 오늘 밤을 보내지 않았나?

게다가 비비안이 암스테르담으로 갔다면 벌써 도착했어야만 한다. 비비안은 팔로워들을 위해 매번 사진을 올렸는데 왜 아직 암스테르담 사진이 없을까?

여기에는 뭔가 석연치 않은 구석이 있다고 레니는 확신했다.


# 13


옌스 케르너는 문츠부르크 쇼핑센터 근처에 있는 이동식 노점에서 순찰대 소속의 경찰 롤프 하게나(Rolf Hagenah)를 만났다.

하게나는 이 노점 앞에 놓인 하얀 간이의자에 앉아 기다렸다.

그는 큰 소시지와 감자튀김을 시켜놓고 있었다.

그들은 악수하며 인사를 나누었다. 옌스는 하게나를 안 지 20년이 넘었다. 차분한 성격에 신뢰감을 주는 이 남자는 함부르크의 모든 건달들과 잘 알고 지내면서 정보원으로 활용하고 있었다. 그는 모든 사람들을 똑같이 대하며 까다롭게 굴지 않아 누구와도 잘 지낼 수 있는 훌륭한 동료였다. 누구든 그에게 어리석은 짓만 하지 않는다면 절대로 화내는 법이 없었다.

"지방과 탄수화물 덩어리를, 이 늦은 밤에!"라고 옌스는 말하며 하게나가 시켜놓은 엄청난 양의 음식을 가리켰다.

하게나는 의아하다는 듯 그를 쳐다보았다.

"언제부터 건강을 그렇게 챙겼어?"

"우리 둘 다 이제 젊지 않아……, 몸무게도 적지 않고."

달리기 연습 때문에 옌스는 여전히 뼈와 관절이 아팠다. 이 고통이 가라앉으려면 아무리 빨라도 3-4일은 걸릴 것 같았다.

"중년의 위기에 빠졌어?" 하게나는 물으며 감자튀김을 한 움큼 집어 입에 넣었다.

옌스의 위장이 쪼그라들었다. 패스트푸드 냄새가 저녁 늦게 야식을 먹지 않겠다는 결심을 흔들어 놓은 것이다.

"살 좀 빼려고."

"재미 많이 봐라!"

"그건 그렇고 왜 날 보자고 한 거야?" 옌스는 물으면서 음식에 눈길을 주지 않으려 애썼다. 하게나는 한 시간 전에 옌스에게 전화를 했다. 옌스의 팀인 그는 거리에서 올리버 키나트 살인사건에 대해 주위들은 사람이 없는지 탐문하라는 임무를 받고 순찰을 돌았었다.

하지만 하게나는 대답하기 전에 입 안의 음식을 먼저 다 먹여야 했다.

"하나 먹어도 돼?" 옌스는 물으면서 특별히 긴 감자튀김 하나를 허락도 받지 않고 집었다.

하게나는 통 크게 고개를 끄덕이더니 음식을 다 먹고 나서 말했다.

"올리버 키나트 살인사건을 목격한 사람이 있다는 소문이 돌아."

"정말? 누구야?"

하게나는 어깨를 들썩였다.

"프레데릭이라는 이름의 노숙자래. 그런데 그가 누군지 제대로 아는 사람은 아무도 없어. 아무래도 요 근래 새로 거리에 나 앉은 것 같아."

옌스는 몰래 감자튀김 하나를 더 먹었다. 그리고 바로 다음에도 하나 더 먹었다. 이번에도 당연히 긴 것으로 골랐다.

"그 사람과 이야기해 봤어?"

"아니, 그 남자 눈에 잘 띄지 않아. 그는 노숙자들이 일상적으로 나타나는 곳에 오지 않거든. 그런데 오늘 이 이야기를 들었을 때 기억이 하나 떠올랐어. 살인사건이 일어나던 날 나는 사건 현장에서 멀지 않은 사무실 건물 뒤에서 잠자고 있는 노숙자 한 명을 불심검문 한 적 있어. 평소에 그런 곳에 갈일이 없는데 건물주에게 민원이 들어와 찾아간 거야."

하게나가 이야기를 하는 동안에도 옌스는 고개를 끄덕이며 계속 감자튀김을 입으로 가져갔다. 소시지는 유감스럽게 소스가 발려 있었다. 포크가 없어서 그것은 먹지 못했다.

"야, 너 정말 다이어트 하는 사람 맞니?" 하게나가 소리쳤고 감자튀김과 소시지가 담긴 플라스틱 접시를 옌스의 손이 닿지 않는 곳으로 치워 놓았다. "먹고 싶으면 사먹어."

"아니야, 이것으로 충분해." 옌스는 손가락에 붙은 소금을 핥아 먹었다. "계속 이야기해 봐!"

"내가 검문했던 그 사람 이름이 프레데릭 푀르스터였어."

하게나는 잠시 말을 중단하고 눈썹을 치켜뜨고 옌스를 바라보았다.

"아하" 옌스가 말했다.

"프레데릭…… 프레디" 하게나는 힌트를 주며 옌스를 도왔다. "이제 이해가 되니?"

옌스는 감자튀김을 먹고 싶은 욕심이 너무 강해 머리가 뿌옇게 흐려졌다는 걸 인정할 수밖에 없었다. 이것이 그의 작업에 해로운 것이라면 먹고 싶은 음식을 참는 고행은 좋은 생각이 아닌 것 같았다.

"그 사람 주소 알아?"

"그 남자 노숙자라고 했잖아." 하게나가 상기시켰다.

"그렇지, 네가 말했지. 그런데 그 남자가 노숙자들이 늘 모이는 장소에 나타나지 않는다면 어떻게 그를 찾지?"

하게나는 가볍게 이마를 쳤다. "사진을 보면 기억할 것 같아." 그는 자신 있게 말했다. "그 남자의 신분증을 섬사했고, 그가 마지막으로 신고한 주소도 기억하고 있어. 그곳에 가면 어디에서 그를 찾을 수 있는지 알만한 사람이 있을 거야. 가족이나 친구, 지인들 말이야. 그중에 한 명 쯤은 알고 있겠지."

"그 프레데릭이란 사람이 살인을 목격했다는 소문은 어느 정도 믿을 수 있어?"

"다른 소문들과 마찬가지지. 맞을 수도 있지만 반드시 그렇다고 할 수도 없는."

"그런데 그는 왜 경찰서에 신고하지 않았을까?"

"이유야 수천가지도 있을 수 있어. 아마 구린 구석이 있거나 누군가에게 신분을 감추어야 할지도 모르지."

"네게 그 소문 물어다 준 사람은 누구야?"

하게나는 턱에 묻은 커리 소스를 닦았다.

"그게 재미있어. 알프라는 이름의 무뚝뚝하고 완고한 노인이 소문을 퍼트리고 있어. 살인범을 찾는데 도와주는 대가로 프레데릭이 자기에게 돈을 주었다고 말이야."

"뭐라고?"

"사실이야. 내가 알프에게 다그치면서 물었는데, 그렇다고 말했어. 프레데릭이 살인범에게 쫓기고 있다고 생각하는 것이 분명해. 알프 말에 따르면 맞아. 그에 따르면 어떤 남자가 사건 현장 주위를 돌아다니며 검은색 긴 코트를 입고 군인용 배낭을 들고 다니는 사람을 못 봤는지 노숙자들에게 묻고 다닌다는 거야. 둘 다 내가 검문했던 그 남자와 일치해. 프레데릭 피르스터 말이야."

그때 하게나는 마지막 감자튀김을 입에 밀어 넣었다. 이 광경을 보면서 옌스는 배가 불편해졌다.

"잠깐, 내가 제대로 이해한 거야? 그러니까 프레데릭이라는 노숙자가 올리버 키나트 살인사건을 목격했고, 이때 범인에게 발각되어 계속 쫓기고 있다는 거지. 그 때문에 프레데릭은 알프라는 노인의 도움을 받아 살인범을 직접 찾아내어 게임을 역전 시키려 한다?"

"잘 들었네." 하게나는 칭찬했고 냅킨으로 입을 닦았다.

"어쩐지 좀 소설 같은데."

"다른 정보도 있어. 살인범이 카누를 타고 함부르크 운하를 다닌다는 거야."

"뭐라고! 가만 있어봐. 이것도 알프가 알려준 거야?"

"응"

"알프와 프레데릭. 나는 믿지 못하겠는데."

옌스는 하게나에게 고맙다고 말하고 프레데릭을 꼭 찾아야한다는 부탁과 함께 그와 헤어졌다. 그 다음 그는 트럭을 타고 이 구역을 한 번 더 돌고 다시 노점으로 되돌아 왔다. 그는 좀 전에 하게나가 먹었던 것과 똑같은 양의 감자튀김을 사서 가지고 갔다. 그는 아우센알스터까지 와서 호수를 바라보며 주차하고는 사가지고 온 음식을 정신없이 먹었다. 그러고는 이제야 진짜 제대로 생각할 수 있게 되었다고 자기 행위를 합리화했다.

그는 프레데릭과 알프 그리고 카누를 타고 다니는 사람의 이야기를 믿기로 했다.

누군가가 로사리아 레오네도 운하 바닥에 숨겼기 때문이었다.

# 14

복도는 조용했다.

이 넓은 집의 다른 여섯 개의 방에서도 아무 소리도 나지 않았다.

레니는 살짝 열린 방문에 바싹 붙어 무슨 소리가 나지 않는지 귀 기울였다. 몇 분 후에 그녀는 밖으로 나갈 용기가 났다. 그녀는 발뒤꿈치를 들고 마룻바닥을 건너갔다. 마루는 새것이라 삐걱거리는 소리도 나지 않았다. 비비안이 묵었고 이제 문 앞에 J.Davis라는 이름표가 붙어 있는 그 방 앞에서 레니는 멈췄다. 배 앞에 손을 깍지 낀 채 그녀는 좌우를 살피며 혹시 누군가 복도에 나타나 자기 계획을 방해하면 어쩌나 망설이고 있었다.

그녀의 계획은 방으로 몰래 들어가는 것이었다. 그녀는 누구 허락 없이 다른 사람의 방에 들어가는 것이 겁났다. 이제껏 레니는 법을 어겨본 적이 없었다. 하지만 달리 방법이 없었다.

그녀는 재빨리 한 걸음 앞으로 내디뎌 문손잡이를 잡았다. 만약 문이 잠겨 있었더라면, 레니는 이 엉뚱한 계획을 포기하고 자기 일에만 몰두했을 것이다. 아무것도 모르고 비비안의 일에 끼어들었다가 웃음거리가 된 적이 있지 않나? 그래서 좀 더 신중하게 처신해야 했다. 하지만 새 친구에게 무슨 일이 일어났을지도 모른다는 생각에 마음이 매우 불편했다.

레니가 손잡이를 밑으로 돌리자 문이 열렸다.

간이 콩알만큼 쪼그라들었지만 레니는 용기를 내어 문을 열고 재빨리 방으로 들어가 문을 다시 닫았다. 스위치를 눌러 불을 켜기 전 어둠 속에서 보내던 몇 초 동안 그녀는 불안에 떨었다. 사악한 악마가 자기 몸에 발톱을 박으려고 방에 숨어 있을 것만 같았다. 불안은 너무 심해져 레니는 누군가 무거운 숨소리를 토해내는 것을 들었고, 심지어 그의 입에서 나는 썩은 냄새도 맡은 것 같았다. 천장 밑에 달린 샹들리에에 불이 들어오자 전기불이 나쁜 귀신들을 모두 몰아냈다.

레니는 의아해하며 사방을 둘러보았다.

방은 그녀의 방과 똑 같았다. 크기, 실내설비, 가구 할 것 없이 모두 같았다. 다만 창문이 운하 쪽으로 난 것이 아니라 뒤뜰 쪽으로 나 있었다.

침대 시트는 새로 깔려 있었고 첫 눈에 비비안이 머물렀던 흔적은 그 어디에도 없었다. 레니는 무릎을 꿇고 앉아 침대 밑을 살펴보았다. 침대와 방바닥 사이의 틈은 그리 크지 않았고 폭 역시 그 밑에 누군가 숨기에는 너무 좁았다. 레니는 그곳에 비비안이 있을 것이라고 기대하지는 않았지만 그녀가 어디에 있는지 알 수 있는 단서는 찾을 줄 알았다.

예상은 완전히 빗나갔다.

그녀는 이불과 베개 그리고 나중에는 매트리스까지 들어보았지만 아무것도 없었다.

비비안이 나가고 청소부가 방청소를 했다지만 좀 이상했다.

레니는 일어나 창문 쪽을 바라보았다. 그때 집 앞에 차가 서더니 잠시 후 차문이 닫히고 차가 떠나는 소리가 났다.

레니는 큰 벽장 앞으로 가 문 두 짝을 열었다. 이 장 근처에도 전기 불빛이 비춰 장의 앞부분은 보였지만 깊숙한 부분은 어두워 보이지 않았다. 장은 벽감에 설치되어 있었다. 아마 그래서 굉장히 큰 것 같았다.

벽장에는 한 번도 사용하지 않은 하얀 수건 네 장만 있고 더는 보이지 않았다.

레니는 문을 닫으려 했다. 하지만 그때 집 문이 닫히고 복도 마룻바닥을 따라 누군가 다가오는 소리가 났다. 레니는 몇 분 전에 자동차 문이 닫히는 소리가 났다는 것을 떠올렸다. 그 이유가 무엇인지 레니는 갑자기 생각났다.

J. Davis가 왔다.

그녀는 이 방을 나가야 했다. 하지만 그러기에는 너무 늦었다. 무단침입으로 잡힐 것 같다는 불안감 때문에 레니는 공황상태에 빠졌고 큰 벽장으로 몸을 숨겼다.

벽장문을 닫는 순간 방문이 열렸다. 그리고 누군가 무거운 물건을 바닥에 내려놓은 소리가 났다. 아마 트렁크 같았다.

"와! 멋진데!" 여자 목소리였다.

레니는 엉덩이를 밀며 장의 제일 깊은 구석까지 가 몸을 완전히 웅크렸다. 그녀는 불빛이 여기까지 들어오지 않는다는 것을 알았다. 새로 투숙한 사람이 안까지 자세히 살피지 않는다면 그녀가 발각될 일은 없었다.

J. Davis는 제일 먼저 창문을 열었다.

"헬로우, 함부르크, 나는 너를 사랑해"라고 그녀는 외쳤다.

호감이 가는 목소리였다. 레니는 밖으로 나가 신분을 밝혀야 할지 고민했다. 하지만 그럴 용기가 나지 않았다.

방을 걸어다니는 소리, 수도꼭지를 짧게 트는 소리, 매트리스를 두드려보는 소리가 나더니 마침내 J. Davis는 벽장의 날개문을 열었다. 불빛이 안으로 비춰들었다. 레니는 얼굴을 뒤로 돌리고 바닥을 보았다. 그때 마룻바닥과 벽사이 틈에 은색으로 빛나는 물건이 눈에 띄었다.

몇 초 후 벽장문이 닫히고 어둠이 다시 지배했다.

레니는 웅크린 자세를 그대로 유지하며 밖에서 나는 소리를 엿들었다. 소리만 들어보면 그때 J. Davis는 트렁크 아니면 큰 가방에서 짐을 풀고 있었다. 하지만 그녀는 벽장으로 다시 오지는 않았다.

레니는 좀 전에 은색으로 빛나는 물건이 있던 곳에 손을 뻗어 작은 틈 사이로 손가락을 집어넣고는 작고 긴 물건을 찾아냈다. 집어내기 어려운 곳에 있었지만 그녀의 손가락이 얇고 길어서 겨우 그 물건을 집어낼 수 있었다. 그것은 물방울 모양이었고 차갑고 매끈한 느낌이었으며 앞뒤로 가느다란 홈이 있었다.

눈으로 볼 수는 없었지만 레니는 손에 들고 있는 것이 무엇인지 직감했다.

J. Davis는 갑자기 방에서 큰 소리로 말하기 시작했다. 처음에 레니는 방에 다른 사람이 더 있다고 생각했지만 나중에야 그녀가 전화하고 있다는 걸 알았다. 그녀는 숀(Shawn)이라는 사람과 통화했는데, 함부르크에 대해서 떠들다가 나중에는 지금 묵고 있는 집이 시내에서 너무 떨어져 있어 가능하다면 그의 집에서 묵고 싶다고 이야기했다. 그녀의 남자친구는 가능하다고 했고, J. Davis는

한 시간 후에 시청에서 만나자고 약속했다. 마지막으로 그녀는 지금 샤워하고 싶으니 전화를 끊자고 말했다. 그 뒤 2분 동안 방문은 닫혔고 정적만 흘렀다.

레니는 한동안 더 벽장에 웅크리고 있었다. J. Davis가 뭔가 잊어먹은 것이 있어 다시 돌아올 지도 몰랐던 것이다. 기다리는 동안 레니는 뒤쪽 벽에서 전에 자기 방에서 들었던 것과 똑같은 긁거나 문지르는 소리를 들었다.

그녀가 자고 있는 침대에서 몇 센티미터 떨어지지 않은 곳에 쥐들이 벽을 타고 돌아다닌다고 생각하니 등골이 오싹해졌다.

고통스럽게 2분을 기다린 뒤 레니는 J. Davis가 샤워를 하고 있다고 확신했다. 레니는 날개문을 조금 열고 밖을 엿보았다. 방은 예상대로 텅 비어 있어서 레니는 벽장 밖으로 나왔다.

트윈베드에는 큰 여행 가방이 있었다. 상단부 지퍼는 열려 있었고 옷들이 밖으로 쏟아져 나와 침대에 흩어져 있었다.

레니는 조심조심 문 쪽으로 걸어가 복도를 살폈다. 사람들이 없는 것을 확인하고 재빨리 방을 빠져 나왔다.

레니는 자기 방문을 닫았을 때라야 비로소 긴장이 풀렸다. 그녀는 등을 문에 기댄 채 방바닥에 주저앉았다. 다리가 너무 떨려 도저히 그대로 서 있을 수가 없었다.

레니는 쥐고 있던 손을 펴 벽장에서 발견했던 작은 물건을 살펴보았다.

그것은 레니가 예상했던 그대로 비비안이 걸고 있었던 인디언 깃털 모양의 은귀걸이였다.

# 15

"제기랄, 그런 곳은 없어."

레베카가 주먹으로 식탁을 내려치면서 거실 겸 주방으로 쓰는 방에 찻잔이 달그락 거릴 정도로 큰 소리가 났다.

식탁은 그녀가 노트에서 찢어 막 써놓은 A4용지로 덮여 있었다. 구겨 뭉쳐놓은 파지들이 이리저리 굴러다녔고, 그 중 몇 장은 방바닥에, 다른 것들은 책상에 흩어져 있었다. 그녀가 틀린 생각에 줄을 그을 때 사용한 형광펜도 거의 다 썼다. 그녀의 정신적 에너지 역시 마찬가지였다.

〈코르사슈트라세〉라!

이것은 수수께끼가 아니라 그냥 주소를 불러주는 과정에서 일어난 실수였을 지도 몰랐다. 함부르크에는 이런 거리가 없을 뿐더러 전화 통화할 때 잘못 들어 혼동할만한 비슷한 이름의 거리도 없었다. 하지만 진실은 늘 실수나 틀린 것에 있는 법이다. 수수께끼를 푸는 것은 이렇게 진실을 찾아가는 것이다.

레베카는 스도쿠 퍼즐 게임을 잘했다. 그래서 옌스가 그녀에게 이런 수수께끼를 내준 것이다. 그는 레베카가 숫자 퍼즐 게임을 굉장히 좋아한다는 것을 알고 있었고 이걸 갖고 그녀를 늘 놀리곤 했다. 레베카는 옌스보다 월등히 잘 풀었다. 그도 스도쿠 퍼즐을 풀어보았지만 늘 비참하게 실패했다. 옌스는 사건을 해결하기 위해 몸으로 뛰는 스타일의 형사였다. 책상에 앉아서 추상적으로 혹은 분석적으로 생각하는 것은 그에게 어울리지 않았다. 가만있지 않고 움직일 때 그의 머리도 가장 잘 돌아갔다.

반대로 레베카는 한 가지 문제를 여러 시간 동안 앉아서 생각할 수 있었다. 다리가 불편해도 그녀가 잘 살 수 있었던 것은 이 덕분이기도 했다. 하지만 레베카가 어떤 결과도 내 놓지 못한다면 그녀의 인내심도 한계에 도달할 것이다.

바람을 쐬는 게 필요했다. 그녀에게는 신선한 공기가 필요했다.

레베카는 휠체어를 밀어 겨울 정원으로 나왔다. 그곳은 테라스를 정원으로 개조한 곳으로 유리문 두 짝을 양쪽으로 밀면 집 앞 전경이 눈에 확 들어왔다. 이곳은 그녀가 제일 좋아하는 곳으로, 텔레비전 앞에 앉는 것보다 자주 이곳에 나왔다. 이 공간이 서서히 좁아지는 게 아쉽기는 했다. 녹색식물들이 점점 자라났기 때문이다. 이미 여러 해 동안 레베카가 앉았던 곳은 화초가 무성하게 자라고 있었다.

이곳은 삭막한 도시에서 그녀가 녹색 공기를 흡입할 수 있는 허파 같은 곳이었다.

레베카는 숨을 깊이 들이쉬었다가 내뱉으며 집 앞으로 20미터 정도 뻗어 있는 거리를 내다 보았다. 가로등은 여전히 켜져 있었지만 다른 것은 전부 컴컴했다. 조용한 주택가에 이 시간에 집 밖으로 나오는 사람은 없었다.

이제 그만 생각하자고 해놓고서도 〈코르사슈트라세〉가 머리에 다시 떠올랐다. 그녀는 너무 힘들게 어떤 문제에 골몰하면 늘 해결책에서 멀어졌다는 것을 알고 있었다.

〈코르사슈트라세〉가 아니라면 로사리아 레오네가 불러준 주소는 무엇이었을까?

레베카는 긴장을 풀기 위해 배를 타고 한 바퀴 돌고 싶었다. 하지만 그러기에는 시간이 너무 늦었다.

어쩌면 영화를 보고 싶었는지도 모른다. 레베카는 〈빅 리틀 라이즈〉와 같은 미드 시리즈의 광팬이었다.

그녀는 다시 방으로 돌아와 문을 닫고 바로 텔레비전 앞으로 가려고 했지만, 그때 핸드폰이 진동했다. 핸드폰은 휠체어에 부착된 가죽 주머니에 꽂혀 있어서 바로 받을 수 있었다.

"늦게 전화한 사람일수록 성가시다는 말이 있는 것 같은데." 그녀는 옌스에게 말했다.

"그 속담은 다른 것 같은데."

"그래요, 하지만 당신도 반가운 손님이 아니잖아요."

"그렇게 생각하지 않는 여자들도 많아."

"누군데? 당신 전 부인들?"

잠깐 말을 끊으면서 레베카는 너무 심하게 빈정거린 것 같았다.

그녀는 둘이 늘 주고받았던 것처럼 농담을 하려고 했을 뿐이었다. 몇 년 전부터 둘은 이렇게 자주 농담을 하면서 그 정도가 점점 심해졌다. 지금까지 옌스가 모욕감을 느끼거나 마음의 상처를 받은 적은 없었다. 그것은 레베카 자신도 마찬가지였다. 농담을 하는 사람은 자신도 당할 수 있다는 것을 생각해야 했다.

"예전 마누라들이 떠난 것은 내가 못생겼기 때문이 아니라 내 자동차 때문이었어."라고 옌스가 대답했다. 그의 목소리는 다소 의기소침하게 들렸다.

"맞아요! 그렇다고 레드 레이디 팔 거면 더는 말 안 할 거예요. 그런데 왜 이렇게 늦게 전화한 거예요?"

"내가 깨운 거야?"

"아뇨. 수수께끼 풀고 있었죠."

"진도는 좀 나갔어?"

"그거 물어보려고 전화한 거예요?"

"내가 전화한 건 네 생각을 들어보려고 한 거야."

"내 의견이라. 말해 드릴게요."

"잠깐 들러도 돼?"

"오는데 얼마나 걸리는데요?"

"차에서 문까지 2분."

레베카는 휠체어를 돌려 다시 테라스 쪽으로 나가 주변을 둘러보니 소방차 진입로 앞 주차금지구역에 레드 레이디가 서 있었다. 옌스는 창문을 열고 손을 흔들었다.

"거기 주차하면 안 되는데."

"난 더티 해리야, 해도 돼."

"3분 있다가 들어오세요." 레베카는 전화를 끊었다.

젠장, 이 꼴이 뭐람.

레베카는 체육복에 펑퍼짐한 셔츠차림이었고 머리는 대충 묶은 상태였다.

그녀는 목욕탕으로 들어가 거울을 보았다. 머리와 바지는 시간이 없어서 그대로 두어야 했다. 하지만 셔츠에는 좀 전에 수수께끼를 풀 때 조금씩 떼어먹은 초콜릿이 묻어 있었다. 레베카는 급히 침실로 건너가 셔츠를 벗어 빨래통에 던져 넣고, 브래지어를 착용하고, 네이비블루색 블라우스를 급히 걸쳤다. 블라우스 단추를 다 채웠을 때 벌써 문 두드리는 소리가 났다. 레베카는 정신없이 다시 목욕탕으로 가 그곳에서 옷을 갈아입느라고 완전히 헝클어진 머리를 다듬었다.

옌스에게 문을 열어주었을 때 너무 떨렸던 그녀는 평정심을 유지하기 위해 애썼다.

옌스는 건너편 벽에 뒷짐을 지고 붙어 있었다.

"뭐하느라 그리 오래 있었어?" 그는 물었다.

"휠체어 바퀴가 펑크가 나서요. 어서 들어오기나 해요. 늦은 손님."

레베카는 앞장 서 집으로 들어갔다. 그녀가 몸을 돌리자 옌스는 모차르트 초콜릿을 내밀었다.

"수수께끼 푸는데 도움이 될만한 게 없나 해서 챙겼어."

레베카는 초콜릿을 받았다. "당신은 정말 멋쟁이야."

그 목소리에는 약간 빈정거림이 섞였지만 레베카는 옌스를 사적으로 만날 때마다 애정이 샘솟는 것을 느꼈다. 그가 처음으로 집에 찾아온 지금 그녀의 애정은 더 각별했다.

"뭐 좀 마실래요? 와인 좋은 거 있는데."

"사구려 와인으로도 충분할 것 같은데. 나 맛의 차이 잘 몰라. 하지만 한 잔하고 싶어."

"이런 무딘 남자를 봤나"라고 말하며 레베카는 부엌으로 가 프리미티보 한 병을 가지고 왔다.

"코르크 따줄래요?"

그녀는 옌스에게 와인 병을 넘겼다.

"그러지!" 그는 병을 받았고, 레베카는 옌스에게 와인따개를 주었다. "그런데 환상의 조합인데." 옌스는 이렇게 말하고 고개로 그녀가 입고 있는 옷을 가리켰다.

"아무 예고 없이 갑자기 쳐들어와서 그런 거예요."

옌스는 와인을 따고 와인따개에서 코르크를 돌려 뺏다. 그런데 코르크가 그의 손에서 떨어지면서 탁자 아래로 굴러들어갔다.

"여기 이거 써 봐요." 옌스가 탁자 아래로 기어들어가려고 하자 레베카가 문고리에 걸려 있는 긴 집게를 가져와 내밀었다.

"이게 뭐야?" 그가 물었다.

"60센티미터 집게인데 숏다리들에게 아주 편리한 물건이죠."

옌스는 집게를 시험해보고 탁자 밑으로 들어간 코르크를 집어올렸다.

"멋진데."

"방마다 하나씩 있어요."

"나한테 하나 선물해 줄래? 등을 구부리는 게 점점 어려워져서."

"안 돼요. 등이 아플수록 허리를 숙여야 해요. 술병이나 가져가세요."

레베카는 품에 와인잔 두 개를 품고 겨울정원으로 나가 테이블에 놓았다.

"이거 완전 원시림인데." 옌스가 말했다. "전지가위 가지고 한번 들려야겠는데."

"그만둬요! 모두 아주 멀리서 온 귀한 식물들이에요"

"정말? 그런데 저기 저거는 이케아에서 파는 유칼립투스 같은데."

"나를 모욕하는 것은 좋은데 식물들에게는 하지 마요. 제네들 뒷 끝 있는 애들이에요."

옌스는 와인잔에 술을 따랐다.

"여기 앉아 있으면 거리에서도 보이겠는데."

"날 감시한 거예요?"

"일부러 한 것은 아니야. 주차할 곳을 찾다가 보았지. 뭔가 골똘히 생각하고 있던데."

"당신이 내 준 수수께끼 때문이죠. 로사리아가 말한 코르사슈트라세가 어딘지 모르겠어요."

"아니면 그녀 부모가 코르사슈트라세라고 잘못 알아들었을 수도 있어."

옌스는 그녀 맞은편에 앉았다.

"그래도 나는 모르겠어요."

옌스가 그녀에게 잔을 건네자 둘은 잔을 부딪쳤다. 보통 그는 레베카의 눈길을 피했지만 이번에는 잠깐 저나보았고, 그때 레베카는 잔을 들어 루비색 나는 와인의 색깔을 살펴보았다.

잠시 침묵이 흐른 뒤 옌스는 롤프 하게나에게 들었던 이야기를 해 주었다.

레베카는 유심히 듣더니 혼잣말을 했다.

"로사리아 레오네는 운하에서 발견되었죠. 그런데 간호사를 죽이 범인도 운하를 이용해 이동했단 말이에요. 그렇다면 연쇄살인을 암시하는 연결점이 되지 않을까요?"

"백만 불짜리 질문이군! 우리가 연쇄살인을 저지르는 범인을 쫓고 있는 걸까? 그는 피해자의 시신을 운하에 버리는 걸까? 만약 그렇다면 몇 명이나 운하 바닥에 버린 걸까? 굴삭기가 없었다면 로사리아의 시체는 찾지 못했을 거야. 이 도시의 물길에 대해서는 네가 잘 알잖아. 아무것도 모르는 사람이 수로로 움직이면서 시신을 버릴 수 있을까?"

레베카는 잠시 생각하다가 고개를 끄덕였다.

"어둠을 이용하면 가능하죠. 운하의 물길 근방은 풀이 우거져 있죠. 그리고 운하는 서로 연결되어 있어 쉽게 한 운하에서 다른 운하로 길을 바꿀 수도 있어요. 특히 밤에 운하에서 보트로 이동하는 것을 보아도 아무도 의심하지 않죠."

"너도 밤에 보트를 타고 나가지."

"나만이 아니에요."

"그러니까 그게 가능하다는 거지?"

"물론이죠. 그런데 좁은 보트를 이용해 시체를 나르면 불편할 것 같은데. 자동차로 나르는 것이 훨씬 편할 건데."

"아마 범인은 야나 하이글의 시체는 차로 날랐을 거야. 그러다가 올리버 키나트에게 목격된 거지."라고 옌스가 말했다.

"시체가 피 묻은 손자국을 유리창에 찍을 수는 없죠." 레베카는 이의를 제기했다.

"오케이. 그러니까 그 시점에 그녀는 살아 있었다는 거지. 그리고 지금도 여전히 살아 있을지도 모르고. 로사리아 레오네의 경우 그녀가 실종되었다가 시체로 발견된 시점까지 두 달 걸렸어. 부검의는 그 시점에서 약 한달 전에 죽었을 것이라 말했어. 그러니까 범인은 그녀를 잡아두었다는 거지. 만약 그렇다면 범인은 야나 하이글도 그렇게 할지 몰라."

레베카는 고개를 끄덕였다.

"운하를 잘 아는 범인이 은신처로 삼을만한 곳이 어딘지 알아내야 해요."


# 16


인디언깃털 모양의 은귀걸이를 주먹에 쥔 채 레니는 밖으로 나갔다.

그때는 이미 밤 11시 10분이었다.

클럽에서 왼손 손가락이 하나 없는 남자의 품에 안겨 있던 그날 저녁 비비안은 이 귀걸이를 달고 있었다. 그녀가 너무 급하게 옷을 벗느라 잃어버렸다 치더라도 귀걸이가 왜 옷장 가장 뒤편 어두운 곳에 떨어져 있었는지 설명되지 않았다.

그리고 비비안은 왜 이 귀걸이를 끝까지 찾지 않았을까도 설명되지 않았다. 비비안은 이 귀걸이가 정말 소중하다고 말했었다. 설사 그녀가 귀걸이를 찾아다니다가 결국 못 찾았다고 하더라도 레니의 방문 밑으로 밀어 넣은 직은 쪽지에 그 내용 정도는 적었을 것이다.

이 모든 게 앞뒤가 맞지 않아 레니는 골치가 아팠다. 그녀는 지금이라도 뭔가 조취를 취해야 할지 아니면 내일까지 기다려야 할지 오래 고심했다. 만약 비비안이 위험에 처했다면 내일은 너무 늦을 수도 있었다.

이런 생각에 파묻혀 결국 레니는 집 밖으로 나갔다. 출판사 창립 기념 파티가 끝난 뒤부터 찾아왔던 피로가 납처럼 무겁게 그녀를 따라다녔다. 어쨌든 벽장에 숨은 다음부터 머리가 맑아지면서 더는 잠이 오지 않았다.

이런 느낌을 마지막으로 느낀 것은 그녀가 14살 때 아빠를 피해 엄마와 도망갔을 때였다. 두 사람은 죽음의 공포를 느꼈지만 누구에게 도와달라고 해야 할지 몰랐다. 그때 모녀는 서로 의지했다. 서로 의지할 수 있었던 두 사람은 모든 것을 함께 해결했다. 두려움에 대해 말하면서 두려움도 줄어들었다. 지금도 레니는 옆에 누군가가 있었으면 했다. 하지만 아무도 없었다. 그녀는 혼자였다. 이 도시에서 레니가 믿었던 유일한 사람은 비비안이었다. 이것이 그녀를 찾는데 모든 것을 걸어야 하는 또 다른 이유였다.

레니는 이 근심이 곧 흔적도 없이 사라지기를 바랐다. 그녀는 도로를 건너 하우스보트 쪽으로 가는 동안에도, 비비안이 야한 속옷을 입고 헝클어진 머리로 만면에 행복한 미소를 지은 채, 선실 출입구를 열어줄 것만 같았다. 그리고 귀걸이를 보여주면 비비안은 그녀의 목을 부둥켜안을 것 같았다.

레니가 하우스보트를 찾아갈 용기를 낸 것도 오로지 이 작은 은귀걸이 때문이었다. 레니는 무작정 찾아가서 내가 지금 당신과 함께 있는 내 친구를 찾아왔다고 말할 수는 없었다. 하지만 이 귀걸이를 찾아 비비안에게 다시 주려고 왔다고 하면 이야기는 달라진다. 그런데 만약 비비안이 그 보트에 없다면 매우 난처한 상황에 처할 것이라는 건 분명했다. 하지만 헨드릭 텐담은 파티장에서 자기 보트에 와서 세계문학 고전들을 읽고 이야기해 보자고 초대했었다. 이게 텐담의 보트이고 그가 집에 있다면 아마 반갑게 맞이할지도 모른다.

하우스보트로 연결되는 좁은 보트선착장 앞에 섰을 때, 레니의 심장은 미친 듯 뛰었다. 건너편에는 모든 것이 컴컴했다. 선착장 아래로는 칠흑 같은 어둠 속에 물이 고요히 흐르고 있었다. 가로등 불빛이 흘러들자 수면은 밝게 빛났다. 선착장에는 건너가면서 수면을 볼 수 있도록 철제 난간이 설치되어 있었다.

레니는 마른 침을 삼켰다.

그녀는 물을 싫어해 수영을 배우지 않았다. 어릴 때 배우려고 여러 번 시도해 보았다. 아버지가 심하게 가르치려 한 적도 있었지만 결국 모두 실패했다. 물에 대한 공포가 어떻게 생겼는지는 그녀도 모른다. 지금껏 레니는 한 번도 물에 빠진 적도, 누군가가 그녀를 물에 밀어 넣은 적도 없었다. 그냥 그녀 생각에 이 축축한 물이 싫었다. 레니는 물을 무서워하는 게 문제라고 느껴본 적이 한 번도 없었다. 야외수영장을 가거나 해변을 걷는 것은 그녀에게 중요하지 않았다.

하지만 레니가 철제 난간에 발을 올리는 순간 문제가 생겼다.

그 구조물은 좌우로 가슴높이의 난간이 설치되어 있어 설령 미끄러진다 해도 운하에 빠질 위험은 없었다. 하지만 그녀는 가슴 근처에서 공황에 빠질 정도로 큰 공포를 느꼈다.

'용기를 내' 레니는 혼잣말을 했다. 그녀는 바로 이 발걸음이 앞으로 살아가는데 강한 독립심을 만들 것이라 생각했다.

레니는 난간을 꼭 잡고 천천히 걸으면서 선착장의 구조물에 눈길을 떼지 않았다. 하지만 검은색 수프 같은 물만은 보지 못했다. 그 아래 무슨 일이 기다리고 있을지 몰랐기 때문이다.

한 발 한 발 투쟁하듯 전진해 마침내 선착장을 건너 배에 도착하자 안심하며 숨을 내쉬었다. 하지만 매끈한 선판(船板)에 발을 들이기 전에 레니는 또 다시 멈추어 섰다.

그녀는 지금 자신이 타인의 재산에 발을 들여놓고 있다는 것, 즉 무단 가택침입을 하고 있다고 생각했다. 벌써 오늘 저녁만 해도 두 번째다. 이것은 그녀에게 어울리지 않는 짓이었다.

보트가 밧줄로 선착장에 묶여 있는 지점에서는 문이나 출입구가 보이지 않았다. 그래서 그녀는 일단 배 안으로 들어갔다. 레니는 선판으로 발을 들여놓았다. 그녀는 이 작은 배가 자기 몸무게 때문에 흔들릴 것이라 예상했지만 배는 꼼짝하지 않았다.

그녀 앞에는 커다란 방풍유리가 우뚝 솟아 있었고 그 뒤에는 커튼이 쳐져 있었다. 문도 보이지 않았다. 이 보트에서 자기가 왔다는 것을 어떻게 알릴까? 일반 가정집의 현관문처럼 어딘가 초인종이 있을까?

레니는 출입구를 찾기 위해 2층짜리 구조물에 바싹 붙어 뱃머리까지 걸어갔다. 하지만 공간이 너무 좁았고 여기에는 난간도 없었다. 발을 잘못 디뎠다가는 바로 물에 빠질 것 같았다. 레니는 한 손으로 벽에 박힌 매끈한 나무를 잡고 다른 손으로 균형을 잡았다.

다행히 뱃머리는 꽤 공간이 넓었다. 그곳에는 테라스도 있었다. 의자들 사이나 썬베드와 테이블 사이에는 야자나무까지 있었다. 마침내 레니는 출입구도 찾았다. 일반 가정집 현관과 다른 점이 있다면 얼굴 높이의 둥근 창이라는 것뿐이었다.

하지만 초인종은 없었다.

레니는 망설였다. 노크를 해야 할까? 한밤중에 말이야?

손에 들고 있던 귀걸이 때문에 레니는 용기를 냈다. 그녀는 손을 들어 나무문을 두드렸다. 처음에는 소심하게 두드렸지만 다음에는 세게 두드렸다. 하지만 아무 반응도 없었다.

갑자기 그녀는 자기 꼴이 우스워졌다.

어쩌면 헨드리크 텐담이 그 보트맨이 아닐 수도 있지 않을까? 분명히 이 도시에는 손가락 하나 정도 없는 사람은 많을 것이다. 비비안은 어디라도 갈 수 있다. 남의 배에 몰래 들어오는 나쁜 행동을 그만두어야 할 이유는 충분히 많았다. 하지만 레니는 너무 성급하게 포기하고 싶지 않았다. 최소한 이 배를 다시 한 번 둘러보고 비비안이 있다는 흔적이라도 있는지 한번 살펴보기라도 해야 했다.

모퉁이를 돌았을 때 그녀는 불쑥 나타난 시커먼 인물과 부딪쳤다. 그 인물은 억센 팔로 그녀를 밀었다. 그녀는 비틀거리며 뒷걸음치다가 뱃전을 넘어 운하로 떨어졌다.

비명을 지르기도 전에 물이 그녀를 덮치며 입 속으로 들어왔다.

# #4

Eilenau

39B

# 1

시체를 처리하는 일은 그리 간단하지 않았다.

제대로 하려고 들면 정말 어려운 일이었다. 이 일을 한다고 알아주는 사람도 없다.

그는 토끼장용 철망으로 시체를 묶을 생각을 했다. 이 철망은 들쥐방지용으로도 이용할 수 있을 정도로 아주 튼튼하고 촘촘하기까지 했다. 시체가 수면 아래에서 천천히 분해되면 (모든 시체들은 그렇게 된다) 이 촘촘한 철망 덕에 큰 덩어리가 빠져나가 수면에 떠돌아다닐 위험도 없고, 설사 작은 살점이 철망을 통과해 떨어져 나간다 해도 물고기 밥이 되거나 더 이상 사람들의 눈에 띄지 않는다. 또한 시체가 운하 바닥에서 물 위로 떠오르지 않게 하려면 일정한 중량의 물건을 달아 무겁게 눌러놓아야 하는데 이 철조망을 사용하면 빈틈없이 짐들을 한데 묶을 수도 있었다.

2년 전에도 굴삭기 작업을 하지 않았더라면 시신은 발각되지 않았을 것이다. 다른 두 시체가 지금까지 발견되지 않는 것은 그가 이런 실수에서 배운 게 있기 때문이다. 그는 굴삭기로 작업할 일이 거의 없거나 전혀 없는 작은 운하에만 시체를 숨겼다. 그는 엘베강 하구에 형성된 자연 운하들은 선택하지 않았다. 이 운하들은 수위가 조수 간만의 차에 의존하고 최저 수위일 땐 마른 바닥이 완전히 드러나기 때문이었다.

게다가 짐을 흔들리는 카누에 실었다가 배가 전복되지 않게 다시 물에 버리는 데 필요한 힘도 고려해야 했다.

그는 몇 주 전에 아주 촘촘한 토끼장용 철망 4롤을 샀다. 그는 인근의 시골에서 여러 건자재상을 돌며 철망을 구입했는데, 시골에서는 이런 것이 자주 판매되는 품목이었다. 이탈리아 여자의 시신이 굴삭기 작업 중에 발견된 다음부터 그는 이 일에 매우 조심해야 했다. 경찰은 바보가 아니었다. 아마 도시의 건자재상을 돌아다니며 토끼장용 철망을 대량으로 구입한 구매자부터 수배할 것이다.

시체 하나를 묶는 데는 2롤이면 충분했다. 나머지 2롤은 창고를 짓는데 쓰려고 했지만 이제 계획을 다시 바꿨다.

이번에 그는 벽돌이 아니라 5킬로그램짜리 둥근 철판을 시신에 함께 달았다. 그는 이것을 인터넷에서 세 군데 서로 다른 헬스클럽 용품판매 사이트에서 주문했다. 그는 아령에 끼울 철판뿐만 아니라 필요 없는 봉까지 함께 주문했다. 이렇게 하면 눈에 덜 띌 것 같았기 때문이다. 시체가 재수 없게 발견되었을 때를 생각해보면, 만약 봉은 빼고 5킬로그램짜리 둥근 철판 10개만 주문했다면, 경찰은 분명히 그부터 수사할 것이다.

안 된다. 그가 그런 어리석은 실수를 범해서는 안 되었다.

벌거벗은 시신을 철망으로 감는 것은 결코 할 만한 일이 아니었다. 살갗은 반죽처럼 흐물흐물해지고 탄력도 잃은 상태라 마치 오래되고 눅눅한 빵을 만지는 기분이었다. 너무 역겨워 그는 다른 더 좋은 기억을 떠올리려고 했다.

예를 들면 로사리아였다.

그녀는 첫 번째 여자였고 아내와 아주 많이 닮았었다. 둘은 똑

같이 호감이 가는 성격에다 똑똑하고 미인이며 자신감이 흘러넘쳤다. 로사리아도 모든 것을 자기가 결정하려고 하고 지배욕이 강한 여자인지는 모르겠다. 지하 감옥에서 로사리아는 오래 버티지 못하고 금방 고분고분해졌기 때문이었다.

그녀의 두 눈은 아주 특별했다. 정말 많은 것을 표현하는 눈이었다. 붙들고 있는 동안 그는 로사리아의 두 눈을 한 번도 쳐다보지 못했다. 약이 아니었다면 로사리아의 목을 손으로 조를 수 없었을 것이다. 알약은 이에 필요한 보조제였지만 요즘에는 필요 없었다. 이제 그 짓이 쉬워졌다는 말은 아니지만, 최소한 2년 전보다는 더 잘했다.

그는 성공적으로 발전해나가고 있는 중이었다. 그래서 여기서 중단하지 않는 것은 매우 중요했다.

로사리아와 함께 그의 변화는 시작되었다. 이 변화는 아직 끝나지 않았다. 그래서 시체를 버리는 일이 역겹고 힘들지만 계속해야 했다.

그는 시체의 배에 둥근 철판을 올려놓고 철망을 한 바퀴 감았다. 마지막에 짐의 무게는 90킬로그램에 육박했다.

혼자 이 짐을 나르기에는 너무 무거웠다.

그는 도움이 필요했다.

# 2

프레데릭은 여인의 가슴 주위를 미친 듯이 누르며 인공호흡을 했다. 자기 옷도 완전히 젖어 두 번째 피부처럼 몸에 딱 달라붙었는데도 춥지 않았다. 그가 그렇게 느낀 것은 한편으로 그녀를 소생시키는 것이 어려웠고, 또 그녀가 죽는 것이 끔찍하게 두려웠기 때문이었다.

레니가 불쑥 모퉁이를 돌아 나왔을 때 프레데릭은 너무 어두워 그녀가 여자라는 사실을 바로 알아채지 못하고 자신을 공격한다고 생각했다. 그는 조건반사적으로 손을 들어 레니를 밀어버렸다. 그 상황에서 프레데릭은 자신을 지키는 것 외에 다른 것을 생각할 수 없었다. 설사 그녀가 죽는다 해도 아무도 모를 것이다. 또 누가 부랑자의 말을 믿겠는가?

두려움과 절망에 빠져 그는 점점 강하게 펌프질했다. 예상치 못한 강력한 힘과 지구력으로 인공호흡을 계속했다.

갑자기 여인의 입에서 분수처럼 물이 뿜어졌을 때 프레데릭은 너무 기뻐 눈물이 났다. 그는 바로 그녀를 옆으로 돌려놓고 등을 힘껏 때렸다. 여인은 기침을 하고 침을 내뱉으며 다량의 물을 토해냈다. 프레데릭은 평생 남이 토하는 모습을 보고 그렇게 기뻐한 적은 없었다.

"그래, 힘내서 여길 나가요!" 프레데릭은 큰 소리로 웃으며 말했다. 그는 안도의 한숨을 내쉬었다. 하마터면 감옥에 갈 뻔하지 않았던가!

여인은 침을 내뱉는 것은 멈추었지만 힘겹게 숨을 헐떡였고 발작과 함께 온몸을 떨었다.

프레데릭이 몸을 숙였을 때 그녀는 움찔거리며 뒤로 몸을 빼더니 비명을 질렀다.

"겁먹지 말아요. 겁내지 말아요. 해코지 하지 않을 거예요. 당신을 물에서 건진 사람이에요!"

너무 당황한 나머지 그녀는 눈을 크게 뜨고 그를 바라보았다. 레니는 방금 전에 어떤 일이 있었는지 전혀 기억하지 못하는 눈치였다.

"비비안 어디 있나요?" 레니가 물었다.

"누구 말하는 거예요? 난 비비안이라는 사람을 몰라요. 여기 당신 말고 아무도 없는데요."

"그 남자…… 그가 날 물로 떠밀었는데……" 그녀는 중얼거리더니 사방을 둘러보았다. 잠깐 동안 프레데릭은 자기가 그런게 아닌 것처럼 해야 하나 고민했지만 사실을 그대로 말하기로 결심했다. 그는 이제까지 거짓말을 너무 많이 했다.

"미안해요. 내가 그랬어요. 하지만 사고였어요. 그러려고 한 게 아니었어요. 내 말 믿어야 해요."

레니는 프레데릭을 똑바로 쳐다보았다. 프레데릭은 그녀가 자기가 한 말을 제대로 알아들었는지 확신하지 못했다. 그녀가 이빨을 너무 심하게 떨어 놀라울 뿐이었다.

"사고라니요?" 그녀가 물었다.

너무 추워 레니의 입술은 파랗게 변해 있었지만 뺨의 혈색은 다시 돌아왔다.

"그래요. 맹세코 사고였어요. 빨리 몸을 따뜻하게 해야 해요. 당신 여기 하우스보트에 사나요?"

프레데릭은 오래 생각하지 않고 레니를 안고 하우스보트에서 데리고 나와 육지의 평탄한 곳으로 옮겼다. 프레데릭은 그녀를 도로 옆 풀이 무성하게 자란 제방에 눕혔다.

"나는…… 아니, 나는 비비안을 찾고 있어요."

"오케이, 오케이, …… 집이 어디에요? 빨리 더운물로 샤워하고 마른 옷으로 갈아입어야 해요."

이제야 한기를 뚜렷이 느낀 프레데릭은 자기 옷도 갈아입어야 한다고 생각했다.

레니는 한 번 더 기침을 하고 침을 뱉었다.

프레데릭은 그녀가 일어나 앉는 것을 도왔다.

"당신은 누구시죠?"

"내 이름은 프레데릭이요. 저는 우연히 그 하우스보트에 갔는데, 당신이 나에게 달려들었어요. 그건 사고였어요."

컴컴해서 프레데릭은 그녀의 눈을 거의 보지 못해 레니가 자기 말을 믿는 건지 아닌지 몰랐다. 하지만 레니가 자기에게 겁을 먹고 있는 것 같지는 않았다.

"근처에 살아요?" 프레데릭은 한 번 더 물었다.

"저 앞에 있는 빌라에…… 당분간만요."

"좋아요. 잘 됐네요. 갑시다. 내가 도와줄게요."

프레데릭의 도움으로 레니는 간신히 두 발로 섰다. 프레데릭은 레니의 어깨 밑으로 손을 넣어 부축하려 했지만 그녀가 질겁하며 몸을 뒤로 뺐다.

"괜⋯⋯ 괜찮아요."

두 발자국 정도 절뚝거리다가 레니는 더 이상 걷지 못했다. 쓰러질 것 같았지만 프레데릭은 그녀를 붙들 수 없었다.

"도와드릴게요. 당신을 해치지 않아요."

레니는 프레데릭의 도움을 거절하기에는 너무 기력이 없었다. 그녀는 저항을 포기했다. 레니는 물에 젖은 보따리처럼 프레데릭에게 매달렸다. 둘은 아무도 다니지 않는 도로를 함께 건너갔다. 이때 프레데릭은 혹시 순찰대가 우연히 지나가다 이 광경을 보면 어떻게 생각할까 혼자 물었다.

"저 건너편요"라고 레니는 말하며 화려한 외관의 빌라를 가리켰다.

"집에 당신을 돌봐줄 사람 있어요?"

"아니요, 나는⋯⋯ 난 혼자 살아요. 추⋯⋯ 추워⋯⋯ 너무 추워요."

사실 레니의 몸은 얼음으로 가득 찬 보따리 같았다. 프레데릭의 근심은 커져갔다. 앰뷸런스를 부르는 편이 더 나았을까? 아무튼 레니는 2-3분 동안 의식을 잃었다. 그녀가 의식만 잃은 상태인지 아니면 사실상 이미 저 세상에 간 상태인지 프레데릭은 몰랐다.

프레데릭은 이런 끔찍한 생각을 하지 않기로 했다. 그렇게 되면 노숙자인 자기가 하우스보트에 왜 갔는지 해명해야 했기 때문이다. 프레데릭은 레니를 서둘러 저 집에 데려다 놓고 싶을 뿐이었다.

더운물로 하는 샤워가 분명히 기적을 일으킬 것 같았다.

다행히 현관문은 닫혀있지 않았다.

"우리 어디로 가야 해요?" 집 안에 들어서자 프레데릭이 물었다.

"5층요."

"엘리베이터는 어디 있죠?"

"없어요."

"그렇다면 걸어가는 수밖에요. 도와줄게요. 함께 한번 해봅시다."

5층에 올라가자 프레데릭은 완전히 탈진상태였지만 최소한 더는 춥지 않았다. 프레데릭은 그녀를 대부분 끌다시피 하며 계단을 올라왔다. 레니는 결코 가볍지 않았다.

"열쇠 있나요?"

"열려 있을 거예요."

프레데릭은 이상하게 생각했다. 한 밤중인데도 건물 주현관은 물론이고 집 문까지 열려있다니.

프레데릭이 문을 밀어 열자 좁고 구불구불한 복도가 나왔다. 그는 복도를 따라 몇 개의 문을 지나갔다. 벽에 달린 작은 전등이 흐린 빛을 뿌려주었다.

"이쪽으로 쭉 가서 제일 뒤쪽에 있는 방이 제 방이에요." 레니는 말했다.

긴 복도 한 가운데서 불쑥 문이 열리면서 진한 갈색 피부의 남자가 잠옷 바람으로 비틀거리며 나오더니 그들을 쳐다보지도 않고 다른 문으로 들어가 사라졌다.

"여기 뭐예요?" 프레데릭이 물었다. "WG에요?"

"쉐어하우스 BedtoBed에 가맹된 게스트하우스죠. 집 전체가
요."

"아 그래요!"

복도 끝에 있는 방문은 잠겨 있었고 레니가 바지 앞주머니에서
열쇠를 찾는데는 한참 걸렸다. 당연히 프레데릭은 그녀를 도울 수
없었다.

마침내 문이 열리자 프레데릭은 크고 고상하게 꾸며진 방안으
로 그녀를 끌고 갔다.

"샤워장은 어디예요?"

"복도예요. 좀 전에 그 남자가 들어갔던 곳."

프레데릭은 라디에이터 위에 수건이 걸려 있는 것을 보고 재빨
리 그것을 낚아챈 다음 레니를 다시 복도 쪽으로 밀고 나갔다. 그
순간 갈색 피부의 남자가 목욕탕에서 나와 잠에 취한 듯 비틀거리
며 자기 방으로 갔다. 그는 이번에도 그들을 발견하지 못했다.

프레데릭은 레니를 목욕탕까지 데려다 주었다. 목욕탕은 크고
실내장식이 세련되었다. 욕조뿐만 아니라 유리벽 뒤에 샤워장도 있
었다.

"물을 받는데 시간이 좀 걸릴 것 같아요. 시작합시다. 옷을 벗으
세요." 프레데릭은 레니를 재촉하며 따뜻한 물이 나올 때까지 샤워
기를 조정했다.

레니는 프레데릭 뒤에 서서 하얀 블라우스의 작은 단추들을 이
리저리 매만졌지만 꽁꽁 언 손으로는 열 수 없었다. 레니는 절망적

인 눈빛으로 프레데릭을 쳐다보았다.

"도와 드릴게요. 약속하건대 안 볼게요."

프레데릭이 단추를 풀려고 애쓰는 동안 레니는 너무 추워 몸을 벌벌 떨었고 코가 막혀 킁킁거리기까지 했다. 그 역시 단추를 푸는데 문제가 있었다. 그의 손가락도 거의 마비가 될 정도로 얼어 있었기 때문이었다.

"당신…… 당신도 샤워해야……" 그녀가 말했다.

"예. 당신이 한 다음에요 제가 방에서 옷을 가져와서 앞에서 기다릴게요."

레니는 꼼짝하지 않았다.

"시작해요, 힘내요!" 프레데릭은 레니를 샤워장으로 데려다 주고 목욕탕을 나왔다.

레니의 방에서 프레데릭은 세면대 수도꼭지를 돌려 따뜻한 물로 손가락을 녹였다. 그 다음 그는 옷을 찾아 나섰다. 너무 큰 옷장에서 깨끗하게 잘 개어진 옷을 찾았다.

당연히 여자 옷밖에 없었고 자기가 입기에는 너무 작았다. 프레데릭은 물에 젖은 자기 옷을 보면서 애석해 했다.

그는 자기 몸에 걸치고 있는 옷밖에 없었다.

# 3

무거운 나무문이 소리 없이 열렸다. 검은색 쇠장식은 군데군데 녹이 슬어있었고, 경첩은 눅눅한 공기 때문에 삭아서 떨어져 나간 부분도 있었지만 기름이 잘 쳐져 있었다.

"주인이 와." 7번이 쉿 하고 소리쳤다. "내가 말했던 걸 잊지 마."

비비안은 고개를 끄덕였다. 그렇지 않아도 그녀는 두려움에 굳게 입을 닫고 있었다. 비비안은 하고 싶어도 더 이야기를 못할 것 같았다.

그분이 온다, 그분이 온다. 이 말이 그녀의 머리를 계속 때렸다.

그 남자는 비비안을 납치하여 이 지하 감옥으로 데려온 사람이었다. 비비안은 이 남자를 이루 말할 수 없을 정도로 두려워하고 있었다. 7번은 그에 대해 이야기 해주면서 비비안으로선 지금껏 상상할 수 없을 정도로 큰 두려움을 돋우었다. 그래서 비비안은 그를 아주 사악하고 전지전능한 괴물이라 여겼다.

내가 말했던 것 잊지 마!

비비안은 7번이 설명해 주었던 규칙만은 기억했다. 비비안은 이 규칙만은 반드시 지키고자 했다. 죽고 싶지 않았기 때문이었다.

"넌 8번이야. 난 7번이고. 이게 우리 이름이고 우리는 다른 이름을 사용할 수 없어. 넌 그가 요구한 것을 무조건 다 해야 해, 알았니. 그렇지 않으면 우리는 죽어."

7번이 규칙을 설명해주는 동안 비비안은 맞은편 감방 철창에 붙어 서 있는 이 여자에게서 눈을 뗄 수 없었다. 벌거벗은 7번은 온몸에 파란 피멍이 들어 있었다.

7번이 심하게 학대받고 있다는 것은 의심의 여지가 없었다. 비비안은 특히 그녀가 침묵의 규칙을 지금까지 철저히 지켜왔다는 것 때문에 너무 불쌍해 보였다.

〈침묵하는 자 살아남을 지어다〉라는 글자가 적혀 있는 간판이 둥근 천장을 떠받치고 있는 돌기둥에 걸려 있었다.

7번이 했던 말은 〈침묵하라, 침묵하라, 침묵하라〉 아니면 〈네가 말하면 우리 모두 죽는다. 내가 먼저 죽고 그 다음에 너다〉였다.

그런데 이제 그가 오다니!

집주인이.

이제껏 깊은 어둠 속에 파묻혀 보이지 않았던 무거운 떡갈나무 문을 통해 그가 들어왔다.

그가 빛 속으로 들어오자 비비안은 미리 경고를 받았음에도 뭐라 규정할 수 없는 소리를 토해냈다. 그 소리는 인간의 소리가 아니라 동물이 내는 소리였다. 그를 바라보기만 해도 비비안은 너무 두려웠기 때문이었다.

처음에 비비안은 그가 진짜 괴물처럼 기형적으로 생겼다고 여겼다. 하지만 비비안은 곧 그가 검은색 잠수복을 입고 있다는 것을 알았다. 잠수복과 잠수마스크로 얼굴과 온몸이 덮여 있었고 드러난 것이라고는 입뿐이었다.

"철창에서 물러나" 그가 명령했다.

7번은 바로 철창에서 떨어졌고 비비안은 감방 제일 뒷부분까지 물러났다.

남자는 손에 들고 있던 조그만 물건을 앞으로 쭉 뻗었다. 그러자 감방문이 레일을 따라 옆으로 열렸다.

그는 조그만 상자를 각 방에다 던졌다.

"빨리 입어."

비비안이 움직이기도 전에 7번이 먼저 튀어나와서 그 작은 상자에서 화가나 경찰 감식반원들이 입을 것 같은 얇고 하얀 작업복을 꺼내 입었다.

"어서 입어!" 잠수복을 입은 남자는 비비안을 재촉했다.

비비안도 그 옷을 입었다. 옷은 매우 차가웠다.

"이제 나와. 할 일이 있다."

남자가 앞장섰다. 7번이 고분고분 그를 따라갔다. 7번은 지나가면서 비비안에게 짧게 눈길을 던졌다. 아주 순종적인 태도로 아래에서 위로 쳐다보았는데 이것은 곧 너도 날 따라와야 한다는 것을 의미하는 것 같았다. 그래서 비비안도 그녀를 따라갔다.

지하 감방에 들어온 뒤 처음으로 비비안은 이곳을 떠날 수 있었다. 비비안은 그동안 시간이 얼마나 흘렀는지 몰랐다. 아마 하루 아니면 이틀 정도 될 것 같았다. 하지만 아닐 수도 있었다. 공포심으로 인해 그녀의 지각능력이 망가졌을 수도 있었다.

열린 떡갈나무 문을 통해 7번이 오른쪽으로 돌아나가면서 비비안의 시야에서 사라졌다. 잠깐이나마 지하 감옥에 완전히 혼자 있게 되자 도망가야겠다는 생각이 비비안의 머리로 밀려들어왔다. 하지만 어디로 가야 한단 말인가? 출구는 없었다. 그래서 일단 잠수복을 입은 남자가 요구한 대로 하다가 그 다음에 도망갈 기회를 엿보는 것이 나았다.

비비안은 떡갈나무 문 뒤에서 뭔가 놀랄만한 일이 벌어질 것만 같았다.

비비안은 벽돌로 반원 형태로 만든 터널 같은 공간으로 들어갔는데 전기불빛이 천장에 부딪쳐 굴절되고 있었다. 이 공간 한 가운데에는 폭이 약 2미터쯤 되는 운하에 물이 흐르고 있었고 그 양쪽에 평탄하게 잘 포장된 길이 있었다. 녹슨 철제 말뚝들이 버섯머리처럼 포장로에 우뚝 솟아 있었다. 보트 한 대가 네 개의 말뚝중 하나에 매여 있었다. 배는 나무로 만든 카누였고 그 안에는 노도 두 개 있었다. 배 아래로 흐르는 물은 잉크처럼 시커먼 색이었다.

아마 이 운하를 따라 10미터 정도 더 가면 물에 잠긴 철문이 나올 것 같았다. 너무 어두웠기 때문에 비비안은 그 뒤에 무엇이 있는지 알 수 없었지만 넓고 큰 강이 나올 것 같기는 했다.

비비안은 자기가 묵었던 그 빌라 앞에도 운하가 있었다는 것을 떠올렸다.

그리고 레니 폰타네도 생각났다. 레니는 잘 있을까? 레니가 자신을 찾고 있을까? 지금 몹시 걱정이 되어 레니가 경찰에 신고했을지도 모른다. 비비안은 레니에게 큰 희망을 걸었다. 레니가 자신이 사라졌다는 것을 아는 유일한 사람이기 때문이었다.

"저 짐을 카누에 실어야 돼." 그는 말하면서 바닥에 있는 무언가를 가리켰다.

"너희 둘은 카누에 타서 이 한쪽을 잡아. 내가 다른 쪽을 잡을 테니까." 그가 지시했다.

7번은 즉시 나서서 이미 여러 번 해보았다는 듯이 바로 흔들리는 보트에 탔다. 비비안이 7번을 따라 타려했을 때 그 물건을 지나가야 했다. 그때 비비안은 그 짐이 무엇인지 알고 비명을 지르며 뒷걸음쳤다.

거기 시체가 있다니!

날씬한 여인이 벌거벗긴 채 얇은 은색 철삿줄에 둘둘 감겨 있었다. 몸이 너무 팽팽하게 감겨 있어서 철사 줄은 시체처럼 창백한 등 피부를 육각형 모양으로 세분하고 있었다.

비비안은 차가운 돌 벽에 등이 붙을 때까지 흐느끼며 뒷걸음쳤다.

남자는 비비안 앞으로 다가가 소리치며 손가락으로 시체를 가리키고, 그 다음에 7번이 무어라 말하며 보트를 가리켰지만, 비비안은 7번이나 그 남자가 하는 말을 듣지 못했고 움직일 수도 없었다.

남자가 손바닥으로 얼굴을 때리자 비비안의 머리는 이리저리 돌아갔다. 그 다음 그는 목덜미를 잡고 벽에서 떼어내어 시체가 있는 바닥으로 내팽개쳤다.

"……시작해……"

오직 이 한마디만 비비안의 귀에 들렸다. 그녀는 지금 무엇을 해야 하는지 알고 있었지만 그대로 할 수 없었다. 응급구조대원으로 일한 비비안은 시체, 피투성이 상처, 사지의 한 부분이 절단된 끔찍한 환자들을 수없이 보아왔다. 그리고 이 때문에 종종 눈물을 흘리기도 하고 신참 때는 자주 밤잠을 설치기도 했다. 하지만 이번처럼 그렇게 충격적이었던 적은 없었다.

"…… 내가 말한 대로……, 아니면 너도 똑같이 죽을 거야……."

7번은 보트에서 내려 비비안에게 갔다. 7번은 비비안의 팔을 잡고 등을 쓰다듬어 주었다.

"나를 도와줘야 돼. 나 혼자 할 수 없단 말이야. 그렇게 되면 또 다시 나를 벌할 거야…… 부탁이야, 그렇게 되지 않게 해줘."

7번이 이렇게 말하며 쓰다듬어 주자 비비안은 다소 안정을 찾았고 광기도 사라졌다.

마침내 비비안은 7번의 도움으로 보트에 올랐다.

죽은 여인의 두 발이 철삿줄로 묶어놓은 데서 삐죽 나와 있었다. 7번이 한 발을 잡고 비비안이 다른 발을 잡았다. 남자가 위에서 밀어내리는 동안 두 여자는 시신을 끌어당겼다. 철삿줄이 돌바닥을 긁는 소리가 났다. 시체는 조금씩 가장자리를 넘어 배 안으로 미끄러져 들어왔다. 시체가 비스듬히 들어오며 하중이 실리자 배가 흔들렸다. 비비안은 엉덩방아를 찧었고, 보트를 타 넘고 들어온 시체는 엎드려 있었다.

비비안은 시체가 왜 그렇게 무거웠는지 알았다. 철삿줄로 묶어놓은 시체의 가슴, 배 그리고 골반에 둥근 철판이 달려 있었던 것이다. 하지만 얼굴에는 달려 있지 않았다. 자기 앞에 죽어 있는 사람이 누구인지 알아보았을 때 비비안은 다시 패닉에 빠졌다.

그것은 야나였다.

그녀는 지금 레니 폰타네가 묵고 있는 그 방에 살았었다.

"한 중간에 놓아야해" 남자가 말했다. "그렇게 하면 안 돼."

"같이 잡자." 7번이 말했다.

하지만 그러기에는 비비안이 받은 쇼크가 너무 컸다.

비비안은 뱃전에 등이 닿는 것을 느낄 때까지 될 수 있는 대로 시체에서 멀리 떨어졌다. 그녀는 계속 "안 돼, 안 돼, 안 돼!"라고 소리쳤다.

"빨리 안 해." 남자가 위에서 재촉했다.

"안 할래요, 안 해, 안 해."

그 남자는 손바닥으로 그녀의 얼굴을 때렸다. 비비안은 왼뺨에 불이 붙은 것처럼 아팠다.

7번이 가까이 다가와 그녀를 살펴보았다.

"뭐야?" 그 남자가 물었다.

"그녀가 이상해진 것 같아요."

7번은 비비안의 턱 아래에 손을 대고 고개를 들어 올려 눈을 뚫어져라 바라보았다.

"정신 나갔니?" 그녀가 물었다.

비비안은 다 알아들었다. 하지만 그것은 이상하게도 아주 멀리 떨어진 곳에서 말하는, 자기와 무관한 말처럼 약하게 들렸다.

"지금 기절하면 안 돼. 우리는 아직 네가 필요하단 말이야."

"너 정말……" 남자가 거칠게 말을 끊고 들어왔다.

"제발 입 좀 닫아." 7번이 호통쳤다.

그녀는 비비안의 얼굴을 때렸다.

"정신 차려. 그렇지 않으면 너도 토끼장용 철사로 묶어서 버려버릴 거야."

# 4

레니는 낯선 남자와 단 둘이 방에 있었다. 그것도 처음에 그녀를 운하로 떠밀었다가 나중에 목숨을 구해준 남자—최소한 그는 그렇게 주장했다—와 함께 말이다. 레니는 고맙다고 해야 할지 아니면 화를 내야 할지 몰랐다. 마지막 기억에 따르면 레니는 물에 거꾸로 떨어졌고, 물이 그녀를 덮쳤다. 이 순간 레니는 끝장이라 생각했다.

자신을 프레데릭 푀르스터라고 소개한 생명의 은인은 라디에이터를 등지고 바닥에 웅크리고 있었다. 그는 침대시트를 몸에 두르고 있었고, 그의 옷은 라디에이터에 걸려 있었다. 유감스럽게도 라디에이터는 바깥 날씨가 따뜻했기 때문에 열을 조금밖에 내보내지 않았다.

몇 분 전에 프레데릭은 추워 벌벌 떨면서 샤워를 하고 돌아왔다. 그 사이 레니의 침대 두꺼운 오리털 이불 아래는 이미 온기가 모이면서 따뜻했다. 그의 옷이 마르지 않았기에 레니는 프레데릭을 쉽게 쫓아낼 수는 없었다. 그것은 너무 당연한 일이었다.

프레데릭은 그녀를 물에서 구해주었다.

그가 아니었다면 레니는 지금 죽었을 것이다.

"하우스보트에서 원래 무엇을 하려고 했죠?" 레니가 그를 향해 물었다. 그녀는 프레데릭을 볼 수 없었다. 그러기에는 그녀가 덮고 있는 이불이 너무 두껍게 부풀어 올라 있었다.

프레데릭은 잠시 아무 대답도 하지 않고 있었다. 그는 레니에게 진실을 이야기해도 될지 고민하는 것 같았다.

"사람을 찾고 있었지요." 마침내 그가 말했다.

"진짜요? 저도 그랬는데."

"비비안인가요?"

"그래요! 그 친구를 아세요?" 레니의 심장은 너무 흥분해서 미친 듯 뛰기 시작했다.

"아니요, 좀 전에 당신이 그 이름을 불렀잖아요."

"아, 그래요." 레니는 실망했다. "당신은 누구를 찾고 있었죠?"

"이야기해도 될지 모르겠네요."

"꼭 그럴 필요는 없죠."

"제 말을 오해하지 마세요……. 저는 단지…… 응…… 엄청나고 무서운 일이라서"

레니는 몸을 옆으로 돌려 이불을 치우고 프레데릭을 쳐다보았다.

"물에 빠져 죽는 것보다 더 무서운 일인가요?" 그녀는 물었다.

그는 어두운 미소를 지었다.

"어떤 의미에서는요. 저는 겁이 나지만 살인범을 찾아다니고 있습니다."

그 다음 그는 밤에 도로에서 자동차 운전자가 살해당하는 현장을 목격했는데 불행히도 그 모습을 범인이 보게 되어 쫓기는 신세라는 거의 믿기 어려운 이야기를 레니에게 해 주었다. 프레데릭은 회사가 파산하면서 돈을 모두 날려 몇 달 전부터 노숙자 신세가 되어 거리에서 지낸다는 이야기까지 털어놓았다. 이런 말을 하는 동안 그는 몇 번 메마른 미소를 지었다. 하지만 레니는 그가 이렇게 해서 슬픔을 슬쩍 넘기려 한다는 것을 알았다. 마지막으로 프레데릭은 두 명의 다른 노숙자에게 도와달라고 부탁했지만 이들이 자신을 때려눕히고 돈을 훔쳐갔으며, 그래서 범인이라고 생각한 남자를 혼자 쫓게 되었다는 이야기까지 했다. 프레데릭은 그 남자가 카약을 타고 운하를 이동하면서 아일레나우 쪽으로 꺾어지는 것까지는 보았지만 더는 보지 못했고, 그래서 여기 있는 하우스보트들을 수색해 보기로 결정한 것이다. 레니를 만났을 때 그는 다른 하우스보트를 다 조사해 보았지만 아무것도 찾지 못했다.

그가 말을 마치자 침묵이 흘렀다. 프레데릭은 자신이 왜 이런 이야기까지 했는지 알 수 없다는 듯이 멍하니 앞만 바라보았다.

레니는 지금 자기에게 떠오르고 있는 질문을 어떻게 해야 할지 몰랐지만 이 질문은 해야만 했다. 그리고 이것은 그녀가 이 남자를 도울 마음이 있다는 것을 의미했다.

"어디서…… 오늘 밤 어디서 주무실 건가요?"

그녀를 쳐다보지도 않은 채 프레데릭은 어깨를 들썩이며 말했다.

"이미 찾아둔 데가 있어요. 그곳은 지난 세달 동안 아무 문제없이 잘 지낸 곳이죠."

"그러니까 밖에서 주무신다는 애기죠?"

프레데릭은 고개를 끄덕였지만 입술을 깨물고 있었고 얼굴은 돌처럼 굳어 있었다.

"안돼요. 그럴 수는 없죠. 제 생명의 은인이신데."

"조금도 그러실 필요 없어요. 먼저 제가 당신 생명을 위험에 빠뜨렸는걸요."

"그래도요. 옷도 젖었잖아요. 체온도 떨어져 있고…… 오늘 밤 절대로 밖에서 주무시면 안 돼요."

"그래서 어쩌자는 거예요?" 이제 프레데릭은 레니를 쳐다보았다. "당신은 지금까지 내게 한 번도 말을 놓지 않았어요. 그러니까 나를 당신 침대에 재울 생각이 없다는 얘기죠."

"내 침대가 아니라, 여기 비어있는 다른 침대가 있어요."

그녀는 자연스럽게 말을 놓으며, 비비안 방에 지금 미국여자가 묵고 있는데, 그 여자가 남자친구 집에서 자고 싶다고 통화하는 것을 들었다는 이야기를 프레데릭에게 해 주었다.

"그녀가 이 방을 얼마동안 예약했는지 모르겠네. 오늘 하루인지 아니면 더 오랫동안인지는 모르겠지만 확실한 건 오늘 밤에는 들어오지 않을 거라는 거지. 내 생각으로는…… 오늘 밤 여기서 보내는 게 어떨까……"

프레데릭은 레니의 말을 유심히 듣고 결국 고개를 끄덕였다.

"그거 좋은 소식이군. 내가 오늘 여기서 나갈 필요가 없다면 정말 잘된 일이지. 넌 정말 내가 그렇게 해도 된다고 생각해?"

레니는 고개를 끄덕였다.

"이 집에는 사람들이 계속 들락거려. 설사 네가 붙잡힌다 해도 큰 문제가 되지 않을 거야. 내가 이 집주인을 알거든. 주인에게 잘 이야기하면 아마 더 오래 머물러도 좋다고 할지도 몰라."

"아니야, 아니야. 절대 그럴 수는 없지. 다른 사람에게 폐를 끼치고 싶지 않아." 프레데릭은 거절했다.

"우리가 만났던 하우스보트도 아마 그 사람 것일 거야. 내 생각에 그 사람 꽤 부자 같아. 그래서 그렇게 부담스럽게 생각하지 않을 거야."

프레데릭은 의심하며 눈살을 찌푸렸다.

"잠깐……. 그러니까 BedtoBed을 통해 방을 빌려주는 남자가 하우스보트도 가지고 있다고?"

"그가 그렇게 말했어."

레니는 프레데릭이 침울한 표정으로 무슨 생각을 하고 있다는 것을 알 수 있었다.

"부탁인데 그 미국여자가 남자친구에게 전화할 때 왜 벽장에 숨어 있었는지 한 번만 더 이야기해 줄래."

"말했던 것처럼 그 전에 내 친구 비비안이 그 방에 묵었어. 그런데 걔가 파티에서 백만장자를 만나 바로 그의 집으로 가버렸어……. 최소한 비비안이 내방 문 밑으로 밀어 넣은 메모에 따른다면 말이야."

"그런데 넌 그 말을 안 믿는 거지?"

레니는 고개를 흔들었다. "나는 그게 이상해. 내가 그렇게 생각하는 이유는 인스타그램에서 비비안이 암스테르담으로 떠난다는 것을 보았기 때문이기도 해. 비비안은 내게 그런 말을 한 적이 없거든. 비비안이 걱정되어서 그녀의 방에 확인하러 갔던 참인데, 그때 마침 그 미국여자가 갑자기 들어온 거야."

"비비안이 사귀기로 했다는 그 백만장자가 내가 생각하는 그 사람일까?" 프레데릭이 물었다.

"메모에는 그런 내용이 정확하게 적혀 있지 않아. 비비안은 그냥 보트맨이라고만 불렀어."

"오케이, 이제 그건 상당히 분명해졌네. 그러니까 네가 하우스 보트에 온 것은 그녀를 찾기 위해서였구나?"

레니는 이불 아래에서 손을 앞으로 뻗어 작은 탁자에 올려놓은 귀걸이를 집었다.

"그래, 이건 그녀의 방 옷장에서 내가 찾은 거야. 비비안은 내게 이 귀걸이가 매우 소중하다고 말했어. 이상한 것은, 그랬던 그녀가 왜 이 귀걸이를 찾지 않았나 하는 거야."

프레데릭은 진지한 눈빛으로 말했다.

"그게 무엇을 의미하는지 너 알고 있지?"

레니는 고개를 끄덕였다.

"우리 이거 가지고 경찰서로 가자." 그녀가 말했다.

프레데릭은 고개를 흔들었다. "난 경찰서에 못 가. 아주 불확실한 사건인데 경찰은 노숙자의 말을 믿어주겠니? 그리고 난 여러 사람한테 빚진 게 많아. 내가 어디 사는지 그들에게 알게 해서 좋을 게 없어."

"그러면 나 혼자라도 갈게."

"경찰한테 뭐라 말할 건데? 넌 그 친구가 진짜 암스테르담을 갔는지도 모르잖아. 친구 핸드폰 번호는 알고 있니?"

레니는 고개를 흔들었다. "우리는 내가 이 도시에 와서 사귀게 된 사이야."

"인스타그램에 들어가 그 친구에게 글은 남겨보았니?"

"거기에 글도 쓸 수 있니?"

"그럼, 물론이지! 네 핸드폰 좀 보여줘."

"잠깐, 내가……"

레니는 일어나서 핸드폰을 찾으려고 했다. 그때 자신이 마지막으로 핸드폰을 가지고 있었던 곳이 떠올랐다. 그녀는 하우스보트에 들어가기 위해 상의 주머니에 있던 핸드폰을 청바지 뒷주머니에 넣어두었다.

레니는 침대에서 뛰쳐나와 땅바닥에 있는 젖은 바지를 샅샅이 뒤졌다.

핸드폰은 없었다.

"오, 안 돼, 제발, 안 돼!" 레니는 절망적으로 소리쳤다.

"왜 그래?"

"사라졌어. 운하 바닥에 떨어진 것 같아."

# 5

고요하고 맑은 밤이었다.

3시쯤 된 지금 빈터후데(Winterhude)의 이 아름다운 곳에는 인적이 끊겼다. 운하로 들어오는 도로나 길 쪽에는 사람들이 거의 다니지 않았다.

그는 노를 저어 카누를 천천히 앞으로 몰고 갔다. 뱃머리는 큰 물결도 일으키지 않았고 철썩거리는 소리도 내지 않았다. 카누를 잘 모는 그와 같은 사람이 이렇게 하는 것은 크게 어렵지 않았다. 물은 그와 너무 친숙한 친구였다. 물은 그를 실어 날랐고 보호해 주었으며 그가 반드시 숨겨야할 것을 맡아주었다.

폭이 좁은 골트벡 운하(Goldbekkanal) 좌우에는 활엽수가 들어서 있어 시야를 더 가려주었다. 그는 운하의 물길을 꿰뚫고 있어서 헤드라이트를 쓰지 않았다. 그는 혹시 한 밤에 잠을 이루지 못하는 사람이 물가에 나와 자신을 보지 않을까 신경도 써야 했다. 하지만 지금까지는 그런 일이 일어나지 않았다.

그의 양 다리 사이에는 시체를 묶은 짐이 놓여 있었다.

시체를 보트에 실을 생각을 하다니 얼마나 대담한가?

처음 이 일을 했을 때 그는 너무 당황해 어쩔 줄 몰랐지만 참고 견뎠다. 시체는 역겨웠다. 얇고 날카로운 토기장용 철사가 몸통을 파고들며 가르는 것은 차마 눈뜨고 보기 힘들었다. 그래서 다음번 에는 다른 방법을 찾았으면 했다. 그는 적당한 두께의 가정용 비닐로 미리 시체를 싸놓으면 좋을 것 같았다. 그렇게 하면 몸통이나 살점이나 얼굴을 더는 보지 않아도 되고, 물에 오래 있어도 살점이 시체에서 떨어져 나올 일이 없을 것이다. 하지만 그렇게 해도 시체는 부패될 것 아닌가? 물은 부패되어 분해되는 것을 늦출 뿐이다. 시체에 공기가 통하지 않게 잘 포장한다 해도 문제는 생길 것이다.

그는 일을 마치고 돌아가면 이 문제를 다시 한 번 잘 생각해 보아야겠다고 마음먹었다.

양 발 사이에 시체가 있어서 그는 야간 드라이브를 제대로 즐기지 못했다. 분명히 잠은 못자지만 밤에 카누를 타고 돌아다니는 것은 그럴만한 가치가 있었다. 그는 도심에서 멀리 떨어져 있는 여기 외곽지대에 나오는 것을 좋아했다. 요즘 들어 그는 이 도시와 여기에 살고 있는 사람들이 정말 싫어졌고, 그들과 어떤 일도 같이 할 수 없을 것 같았다. 솔직히 말하면 사람들이 두려웠다. 그들은 그를 성가시게 했고 불안하게 만들며 그의 삶과 영혼을 속박했다.

이 도시는 그의 삶을 힘들게 했다.

하지만 이 도시를 떠나야겠다는 생각은 하지 않았다. 어쨌든 당분간 그는 이 도시를 떠날 생각이 없었다.

그는 수풀이 무성하게 자란 제방까지 왔다.

위험한 순간이었다. 다리에는 밤에도 오고가는 차량들이 많았고 파출소도 물가에 바로 붙어 있었다. 2층 이상의 건물에서는 운하가 잘 보였는데, 그 건물에는 늘 불이 켜져 있었다.

그는 파출소가 있는 왼쪽 물가에 딱 붙어 가다가 나뭇가지가 길게 늘어져 있는 곳에서 몰래 멈추었다. 그는 천천히 나뭇가지를 헤치고 나왔다. 나뭇가지와 잎들이 머리와 얼굴을 긁었고 뱃전에서는 소리까지 났다. 그의 심장은 더 빨리 뛰었다. 속이 타들어가며 그는 흥분하기 시작했다.

최소한 다리에는 아무도 없었다. 지나가는 차에서 그를 내다보는 사람도 없었다.

이렇게 다리 밑을 빠져 나오자 그는 안도의 한숨을 내쉬었다. 지금부터 발견될 위험은 거의 없었다. 물가에는 수풀이 무성했고,

조금만 더 가면 주말 농장 움막이 있었다. 그는 조용하면서도 신속하게 노를 저어 슈타트파르크 호수(Stadtparksee)를 통과하고 쥐트링스 다리(Südringsbrücke)를 지나 마침내 폭이 좁은 바름베커(Barmbecker) 수로로 꺾어 들었다. 그곳 나무들은 꼭대기가 꼭 지붕을 달아놓은 모양을 하고 있었다. 그는 함부르크 도시철도공사 정비창 뒤에 배를 대었다.

그는 5분 동안 그곳에서 아무 소리도 내지 않고 머물면서 주위를 살폈다.

부랑자들이 있을 수 있다는 생각이 다시 들었기 때문이다. 그들은 도시 어디에나 시간을 가리지 않고 돌아다닌다. 대부분 술에 취해 있어 증인이 될 수도 없고 마귀가 성수를 피하듯이 경찰을 피해 다니긴 했지만 조심해야 했다.

기다리는 동안 그는 그 부랑자를 찾아야 할지 생각했다. 그것은 무의미해 보였다. 그 놈을 아는 사람은 아무도 없었다. 그리고 목격한 내용을 지금까지 경찰에 신고하지 않은 것으로 보아 더는 아무 짓도 하지 않을 것 같기도 했다.

그는 결정을 미뤘다. 그에게는 결정권도 없었다.

더 목격될 것 같지 않다는 확신이 들자 그는 카누에서 내렸다. 천천히 그리고 아무 소리도 내지 않은 채 그는 물속으로 들어갔다. 잠수복 때문에 춥지 않았다. 그는 보트의 가장자리를 꼭 붙들고 내리누르면서 흔들었다. 충분히 흔들어도 안 되자 모든 체중을 배의 가장자리에 집중시켜 아래로 내리눌렀다. 그러자 배 안에 실려 있던 시체가 그가 있는 쪽으로 미끄러졌지만 겨우 배가 물에 잠기는 흘수선(吃水線)까지만 내려왔다. 그는 토끼장용 철사를 잡고 (잠수장갑을 끼고 있었기 때문에 이것은 가능했다) 그 시체를 자기 쪽으로 당겼다. 물이 카누로 밀려들어오면서 시체는 뱃전 너머 운하로 미끄러졌다.

그는 재빨리 숨을 들이마시고 입을 닫은 다음 시체를 운하 바닥으로 끌어당겼다. 바닥에는 아무것도 보이지 않았다. 그곳은 물이 너무 오염되어 낮에도 아무것도 보이지 않았다.

시체는 이 바닥에 완전히 내려앉았다. 그는 손으로 주변을 더듬어보았다. 물가 지대는 대부분 돌로 단단히 고정되어 있었다. 그런데 이따금 흩어져 있는 돌들이 있었다. 둥근 철판의 무게만으로도 시체를 확실하게 바닥에 붙잡아 둘 수 있을 것 같았다. 하지만 조심해서 나쁠 게 없었다. 그래서 그는 옮길 수 있는 돌들을 들어서 시체에 더 올려놓았다. 숨을 쉬기 위해 두 번이나 물 밖으로 나오고 난 다음에야 이 일을 끝냈다.

그는 물 밖으로 나와 바로 카누를 타지 않았다. 그는 물가까지 헤엄을 치며 카누를 끌고 간 다음 그곳에서 배에 올라탔다.

많이 돌아가는 길이었지만 귀갓길로 골트벡 운하를 택했다. 그녀가 집에서 기다리고 있었다. 아마 그녀는 또 화가 나 있을 것이다.

# 6

엔스 케르너가 초라한 임대주택에 도착했을 때 문은 열려 있었고 30대 중반쯤 되어 보이는 짧은 금발의 여자가 밖으로 나왔다. 4살쯤 되어 보이는 사내아이가 가방을 메고 뒤따라 나왔다.

전날 밤 늦게까지 조사했기 때문에 엔스는 이 여자가 누군지 금방 알아차렸다.

"질케 자이델 씨죠?" 그는 친절한 목소리로 물으려고 애썼다. 이른 아침에 이런 목소리를 내기란 일반적으로 쉽지 않다. 특히 오늘 같은 날은 말이다. 레드 와인은 친절한 목소리를 내는 데는 좋지 않다. 그는 레베카가 두 번째 병을 따는 것을 말렸어야 했다. 그녀가 와인잔을 계속 채웠기 때문에 둘은 한 병을 깨끗이 비웠다. 그도 술에 완전히 취했다고 느꼈다. 머리가 지끈거렸고 이상하게 몸이 마비된 것 같았다. 여기에 계속해서 마신 술 때문에 통증이 심했던 근육까지 한몫했다. 이날 그는 모든 면에서 컨디션이 좋지 않았다.

"그런데요?" 그녀는 잔뜩 의심하는 눈초리로 대답하고는 아들을 자기 쪽으로 당겨왔다.

엔스는 신분증을 내보이며 자기소개를 했다.

"잠깐 시간 좀 내주시겠습니까?" 그는 물었다.

"애를 유치원에 보내야 하는데요. 8시까지는 가야해서요."

엔스는 손목시계로 눈길을 던졌다. "그러면 10분밖에 안 남았네요."

"예, 유치원이 여기 모퉁이를 돌면 금방이에요."

"그 다음에는 시간이 있으세요?"

"무슨 일이시죠?"

대답하기 전에 옌스는 아이에게 눈길을 던졌다. 이것만으로도 여인에게 충분이 답이 된 듯이 보였다.

"좋아요, 알겠습니다." 그녀는 말했지만 전혀 기쁜 목소리가 아니었다. "10분 안에 돌아올 수 있지만 그래도 한 시간 정도밖에 시간이 나지 않습니다. 일하러 가야하거든요."

"좋습니다. 그 정도면 충분합니다."

"진짜 경찰 아저씨에요?" 레온 자이델이 눈을 크게 뜨고 물으며 아래에서부터 위로 훑어보았다.

"그래, 나는 경찰이란다. 사람들이 나를 더티 해리라고도 부르지."

말해 놓고 그는 4살짜리가 이 영화를 모를 거라는 생각이 들었다.

"되르태리가 뭐에요?"

"아, 그건 별명이란다. 너도 별명 있지?"

"아뇨, 제 이름은 그냥 레온이에요. 사자라는 뜻이죠."

"진짜 사자처럼 보이는데."

"왜요?"

옌스는 이런 질문이 나올지 예상하지 못해 임기응변이 필요했다.

"글쎄⋯⋯ 네가 갈색머리라서 그런가, 아니면 힘이 세 보여서 그런가."

"저도 크면 경찰이 될 거예요." 레온이 말했다.

"정말? 왜?"

"악당들보다 똑똑하고 끝에 가면 늘 이기잖아요."

그렇게 되면 얼마나 좋을까 하고 생각했지만 옌스는 이 나이 대 아이들에게 자기 직업이 인정받고 있다는 게 기뻤다. 10년 후면 이 꼬마가 자기를 잡새라 부르며 벽돌을 던질지도 모른다.

"지금 가야 해요." 레온의 어머니가 대화를 끊고 아들의 손을 잡아당겼다.

"안녕!" 옌스는 뒤에서 큰 소리로 말했다.

꼬마는 몸을 돌려 손짓하며 그에게 밝은 미소를 지었다.

옌스는 질케 자이델을 기다리며 자기는 왜 아이를 가지고 싶다는 생각이 들지 않는지 궁금해졌다. 아이 문제는 중요하지 않아, 안 그래? 이 세상에는 할 게 얼마든지 많아. 그 가운데 아이는 그리 중요하지 않아.

레베카는 아이를 가질 수 있을까? 장애가 있는데도?

옌스는 왜 불쑥 이런 생각이 들었는지 몰랐다. 그는 이것도 레드와인을 너무 많이 마셔서 머리가 어떻게 되었기 때문이라 여겼다.

질케는 채 10분이 되지 않아 돌아왔다. 그녀는 약간 스트레스를 받은 인상이었다. 하지만 경찰과 면담을 해야 하는 사람이라면 대부분 그런 기분이 든다.

"편한 시간에 찾아뵈어야 하는데 죄송합니다." 옌스는 말했다. "상황이 좀 급해서요."

그녀는 고개를 흔들었다.

"전남편에 관한 것이라면 정말 편치 않군요. 전남편 문제 맞지요?"

"네, 프레데릭 피르스터 씨 때문에 왔습니다."

"그럴 줄 알았어요. 그 밖에 무슨 문제가 있겠어요."

그녀는 현관문을 열었다.

"이번에는 누가 고발했지요?" 그녀가 물었다.

"고발한 사람은 없습니다."

"그것 참 새롭네요."

그녀는 경멸적인 뉘앙스로 말했지만 신경이 많이 쓰이는 눈치였다. 그리 놀랄 일도 아니었다. 두 사람은 이혼하고 질케 자이델이 혼자 아들을 키우는 반면, 전남편은 노숙자가 되어 함부르크 길거리에서 지내고 있었기 때문이다. 둘 사이에는 분명히 무슨 일이 있었을 것이다. 하지만 옌스는 거기에 관심이 없었다. 그가 여기 온 목적은 프레데릭이 있을만한 곳을 알아내는 것이었다. 그 남자가 진짜 올리버 키나트의 살인 장면을 목격해 범인에게 쫓기고 있다면 옌스는 범인보다 먼저 그를 찾아야 했다.

그들이 집 2층에 도착하자 질케 자이델이 문을 열었다.

"집이 엉망이에요." 그녀가 양해를 구했다.

"제가 익히 잘 알고 있는 상태입니다."

질케는 옌스를 부엌 식탁 의자에 앉게 했다. 아침 먹은 그릇들이 널려 있는 것만 빼고는 최소한 부엌만은 잘 정리되어 있는 듯했다. 옌스의 집 상황은 대부분 이보다 더 심각했다. 그는 깨끗한 그릇이 없을 때라야 설거지를 하는 스타일이었다.

질케 자이델은 열쇠꾸러미를 달그락거리며 식탁에 던지고 의자에 앉아 한숨을 내쉬었다.

"죄송합니다…… 정말 미안한데요. 제가 전남편 문제를 해결하느라 계속 머리가 아프거든요."

"그런 일이 자주 일어났나 보지요?"

"어쨌든 제가 바라는 것보다 더 자주 일어나서요. 그는 온 사방에 빚을 지고 있는 것 같아요. 그를 찾아갈 수 있는 주소가 없다보니 사람들이 저만 찾아옵니다."

"어쩌다 그렇게 큰 빚을 지게 되었나요?"

"프레데릭은 보안기술 관련 회사를 차려 잘 경영했지요. 아시아에서 좋은 값에 수입하여 인터넷을 통해 비싸게 팔았습니다. 한동안 사업은 잘 나갔지요. 그런데 제가 잘 모르는 어떤 시점부터 회사가 내리막길을 걷더니 외상 거래를 시작했습니다. 한동안 그 상태로 조금 더 유지되다가 회사는 망했습니다. 그때 이미 우리는 이혼한 상태였습니다."

남편이 망해서 이혼한 것이 아니라는 점을 옌스에게 이해시키는 것이 그녀에게는 중요한 것 같았다.

"묻지도 않으셨지만, 아닙니다. 회사가 망했기 때문에 제가 이혼한 것은 아닙니다. 그가 저를 속였거든요."

"이런 이야기까지 하시게 해 죄송합니다."

그녀는 공허한 미소를 지었다.

"제가 미안하지요. 아니, 솔직히 말해 프레데릭은 원래 괜찮은 사람이었어요. 저는 남은 제 인생을 그 사람 옆에서 머물러야겠다고 확신했었지요. 그런데 인터넷을 통해 너무 빨리 돈을 벌자 사람이 변했어요."

옌스는 이 말에 어떻게 대답해야 할지 몰랐다. 그는 뻔한 위로의 말을 할 줄 몰랐다.

그런데 질케 자이델이 불쑥 그를 쳐다보았다.

"더티 해리, 맞죠?"

"미안합니다만 거기에 대해서는 드릴 말씀이 없습니다."

"아닙니다. 제 말은…… 제가 그 기사를 신문에서 읽었다는 거예요. 당신에 대해서 말이죠, 그 당시에."

"그 기사를 모르는 사람이 있겠어요? 제가 말씀드릴 수 있는 것은 사람들이 그 문제를 계속 거론하는 것이 저로서는 유감이라는 것입니다."

"레온은 당신을 좋아해요."

"똑똑한 아들을 두셨더군요."

마침내 그녀가 웃었다. 그녀의 긴장도 좀 누그러졌다.

"그래요. 아빠를 닮았나 봐요. 요즘은 모르겠지만 프레데릭은 원래 머리가 좋은 사람이었거든요. 그런데 왜 그를 찾으시죠?"

옌스는 그녀에게 전남편이 살인사건을 목격했고 증인으로 시급히 필요하다는 것을 설명했다. 하지만 범인이 그를 쫓고 있다는 사실은 말하지 않았다.

"그러니까 그가 아무 죄도 저지르지 않았다는 거네요."

"예, 그렇습니다. 그러니 제가 어딜 가면 그를 만날 수 있는지 말씀 좀 해주세요. 그가 있을만한 곳이 있습니까? 혹시 그와 연락이 됩니까?"

그녀는 고개를 흔들었다. "프레데릭은 핸드폰도 없어요. 저도 그가 어디를 돌아다니고 있는지 모릅니다. 이틀 전에 여기 오긴 했지만요."

"여기 당신 집에 말입니까?"

"예, 지금 생각난 건데, 그때 좀 이상하긴 했어요. 잠잘 곳을 구하고 있었는데, 뭔가 두려워하고 있는 눈치였어요."

"그런데 여기서 못 자게 하셨군요?"

질케 자이델은 고개를 흔들고 굳게 입술을 다물었지만, 옌스에게 변명하지는 않았다. 그녀는 그렇게 할 필요도 없었다. 그녀의 사생활은 그와 무관했다. 그녀에게는 전남편을 내칠 이유가 분명히 있었다.

"그가 어디로 가려고 했는지 모르십니까?"

"모릅니다……. 묻지도 않았고요."

"그의 가족관계는 어떻습니까? 부모나 형제는요?"

"프레데릭은 가족에게도 돈을 빌리고는 갚지 않았어요. 그는 가족 모두를 욕하고 다녔기 때문에 거기도 찾아갈 수 없을 거예요."

옌스는 프레데릭 푀르스터라는 남자와는 모르는 사이였지만 순간 그에게 동정심을 느꼈다. 옌스는 일생동안 외톨이였다. 이미 젊었을 때부터 외톨이로 살아온 그는 이따금 자기가 좋아하는 사람들을 만나며 외롭게 그럭저럭 잘 살아왔다. 하지만 옌스는 스스로 이런 삶을 선택하고 만들어 왔지만 프레데릭의 삶은 이와 전혀 달랐다. 이제 프레데릭은 어떤 도움을 받을 희망도 없이 완전히 홀로 다 망가진 삶을 살아야 했다.

옌스는 프레데릭이 매우 불쌍했다.

"저를 좀 도와주세요." 그는 마지막으로 부탁했다.

"어떻게 도와 드려야할지 모르겠군요."

옌스는 명함을 식탁 위에 내밀었다.

"프레데릭 씨가 연락해 오면 전화 주세요. 그는 아무것도 걱정할 필요가 없습니다. 최소한 저에게는 말입니다."

질케는 그러마고 약속하고 그를 문까지 안내했다.

"그 사람이 위험한가요?" 질케가 물었다.

"그런 상황을 배제할 수 없습니다." 옌스가 진지하게 대답했다.

이 순간 옌스는 그 여인의 표정을 보며 프레데릭이 완전히 절망적인 상황인 것만은 아니라는 것을 알았다. 그녀는 전남편을 걱정하고 있었다.


# 7


이 길이 행운의 길이 될지 아니면 불운의 길이 될지는 프레데릭도 알 수 없었다. 하지만 다른 수가 없다는 것만은 분명했다. 예전 같았으면 발을 뺄 수도 있었겠지만 지금은 그럴 수 없었다.

그는 범인과 안전거리를 유지한 채 계속 뒤를 밟았다.

헨드리크 텐담!

프레데릭은 이 남자가 자동차 운전자를 죽이고 자기 생명까지 노리고 있다고 확신했다. 그의 생각은 레니 폰타네와 달랐다. 레니는 텐담은 너무 친절하고 매력적인 남자며 그런 끔찍한 짓을 할 사람이 아니라 여겼다. 이런 생각은 여자들의 전형적인 사고방식인데다 그녀의 순진함까지 더해진 것이다. 프레데릭은 레니가 마음에 들었다. 그녀는 솔직하고 호의적이며 남을 돕기를 좋아했다. 그와 같은 사람에게 침대를 내어줄 사람은 많지 않다. 그녀는 예쁘고 사랑스럽기까지 했다. 하지만 인생 경험이 많지 않다는 것은 한눈에 알 수 있었다. 레니는 사람들은 모두 착하다고 분명히 믿고 있는 것 같았다.

레니와 프레데릭은 그날 밤 프레데릭이 하루 정도 텐담에 대해 알아보고 아무것도 찾아내지 못하면, 레니가 자신이 알고 있는 약간의 정보를 가지고 경찰서로 가 비비안의 실종신고를 내기로 합의했다. 프레데릭은 그러면 어떤 결과가 나올지 그리고 레니가 얼마나 실망할지 상상하고도 남았다.

아침 일곱 시에 프레데릭은 레니의 방 창턱에 앉아 텐담의 하우스보트를 감시했다.

여덟 시에 레니는 출판사로 출근했고, 그때까지 건너편 보트에는 아무 일도 일어나지 않았다. 정각 여덟 시 십오 분에 텐담이 문을 열고 밖으로 나왔다. 그는 무언가를 찾고 있는 것처럼 보트를 한번 휙 둘러보았다. 재킷과 구두를 신고 있어서 프레데릭은 텐담이 곧 외출할 것이라 확신했다. 곧장 뛰어 내려가긴 했지만 프레데릭이 텐담을 미행할 행운을 잡은 것은 텐담이 비싼 리무진을 타지 않고 걸어서 아일레나우 거리를 내려갔기 때문이다.

이제 그가 텐담을 따라간 지도 10분이 지났다.

텐담은 운하에 붙어 있는 카페에 들어갔다. 아마 아침식사를 하려는 것 같았다. 프레데릭도 배가 고팠다. 어제부터 아무것도 먹지 못했지만 그 카페로 들어갈 마음은 없었다. 돈도 돈이었지만 텐담의 눈에 띌 수도 있었기 때문이었다.

그는 기다리다가 카페 전면 유리창을 통해 텐담이 운하를 흐르는 물이 보이는 테이블에 앉아 무언가 주문하는 것을 보았다. 프레데릭은 30분 정도 시간이 있겠다고 판단했다. 그래서 그는 자리를 떠나 5분 후에 빵집을 발견하고 테이크아웃 커피 한 잔과 치즈브뢰트헨 하나를 샀다. 프레데릭은 이걸 들고 텐담이 아침식사를 하고 있을 카페로 돌아왔다. 그는 제방에 자리를 잡고 커피와 빵을 먹으면서 카페를 감시했다.

그의 생각은 레니 폰타네를 향했다.

그녀는 핸드폰을 잃어버려 매우 속상해 했다. 프레데릭은 다른 것을 사 주겠다고 그녀에게 약속했다. 하지만 그것은 그가 지킬 가능성이 거의 없는 약속이었다. 한 가지는 확실했다. 지금 그는 절대로 핸드폰을 살 수 없다.

잠시나마 핸드폰을 훔칠까 하는 생각까지 했지만 프레데릭은 자신이 이런 생각까지 했다는 것에 충격을 받지 않았다. 만약 그렇게 해서라도 레니에게 보상을 해 줄 수 있다면 그렇게 하고 싶었다. 레니를 알게 된 지 얼마 되지 않았지만, 프레데릭은 그녀가 착하고 예의바르다는 것을 알았다. 요즘 사람들은 너무 당연한 이런 가치들을 중요하게 생각하지 않았다. 그가 바로 산증인이었다.

프레데릭은 레니의 이런 성격을 존중했지만 동시에 그녀가 세상을 너무 모른다고 느꼈다. 이번 경우에는 세상 물정 모르는 그녀가 위험에 빠질 수도 있었다. 겨우 몇 분 동안 그녀를 잘 대해주었다고 해서 텐담이 무조건 친절한 사람이라고 할 수는 없다. 아마 그는 레니의 사장이 그녀에게 접근하기 위해 다른 사람들 앞에서 그녀를 욕보였을 때 그걸 기회 삼아 자기에게 유리하게 써먹었을 것이다. 그것은 그의 잔꾀일지도 몰랐다.

그런데 레니는 그렇게 생각하지 않았다. 설사 그렇게 생각한다 할지라도 레니는 텐담이 이 사건과 연관되어 있다고 생각하지 않는 것 같았다.

어젯밤부터 프레데릭은 이 문제를 깊이 생각해 봤지만 여전히 석연치 않았다. 만약 텐담이 비비안이라는 여인을 납치했다면, 그게 자동차 운전자 살해와 무슨 관계가 있을까? 프레데릭은 경찰도 아니고 그 문제를 이해할 필요도 없었지만 확실한 것은 텐담이 어젯밤 카약을 타고 운하를 이용해 아일레나우 거리로 왔다는 것이다. 어쨌든 그것은 분명한 사실이다. 프레데릭이 그 남자의 얼굴을 직접 확인한 것은 아니지만 하우스보트와 관련된 문제는 분명해졌다.

프레데릭이 이 문제를 두고 고민하는 시간이 길어질수록 어젯밤까지만 해도 분명했던 일들이 점점 불투명해져 갔다. 그가 흥분해서 이 문제에 너무 깊이 빠져든 것은 아니었을까?

가능했다, 여하튼 모든 것이 가능했다.

이런 생각을 하느라고 프레데릭은 텐담이 테이블에서 일어나 카페를 떠나려 하는 것을 보지 못했다. 텐담이 문 앞으로 나왔을 때야 비로소 프레데릭은 그를 발견했다. 텐담은 청바지 앞주머니에 손을 꽂고 서서 주변을 둘러보고 있었다. 그냥 보는 게 아니라 주변을 스캔하듯이 열심히 살폈다. 프레데릭은 이미 다 비운 종이컵을 입에 대고 커피를 마시고 있는 것처럼 가장했다.

마침내 텐담이 떠났다.

프레데릭은 그를 쫓아가면서 종이컵을 카페 앞 쓰레기통에 던졌다.

그는 이곳 지리를 잘 몰라 그냥 그 남자를 따라가기만 했다. 당연히 일정한 거리를 유지한 채로 말이다. 텐담은 바쁘지 않은 눈치였다. 이따금 쇼윈도에 붙어서 상품을 구경하기도 했다.

약 10분 후 그는 거리를 건너가면서 바지주머니에서 열쇠꾸러미를 꺼냈다.

그는 그것으로 도로가에 주차해 놓은 차의 문을 열고 탔다.

프레데릭은 멈춰서 벽에 바짝 붙은 채 이 모습을 살폈다.

그런데 그 차는 자동차 운전자가 살해되던 날 밤 그가 목격했던 하얀색 소형 박스카였다.

# 8

"저 아래 좀 이상한 남자가 너랑 이야기하고 싶어 하는데" 엘케 알트호프가 분개하며 말했다. "정말이야. 그 남자 노숙자처럼 보이던데."

마지막 말을 할 때 그녀의 목소리는 눈썹과 함께 올라갔다. 그녀는 당연히 레니에게 무언가 해명을 듣고자 하는 눈치였다.

레니는 근무를 시작하면서 반은 책상에 앉아 있었다. 첫 날부터 그는 페이스북을 통해 들어오는 독자의 문의에 대답하는 일을 담당했다. 그 일은 피곤하고 편집 업무와 무관한 것이었다. 하지만 그녀는 일개 인턴사원일 뿐이었다.

"아!" 레니는 이렇게 말하고 일어났다. "그 사람…… 제가 내려갈게요. 고마워요."

그녀는 알트호프를 피해 1층으로 내려갔다.

유리로 된 출입구 앞에 프레데릭 피르스터가 신경이 곤두 선채 왔다 갔다 하고 있었다. 약간 노숙자처럼 보이기도 했지만 레니는 알트호프가 좀 심하게 말했다고 생각했다.

"여기서 뭐하는 거야?" 그녀가 물었다.

프레데릭은 그녀의 팔뚝을 잡고 건물에서 좀 떨어진 곳으로 데려갔다.

"그 사람 찾았어." 그는 조용히 속삭였다.

"누구 말하는 거야?"

"누구긴, 살인범이지. 텐담의 뒤를 밟아 내가 그날 밤 보았던 그

흰색 소형 박스카를 타는 걸 목격했어. 그가 범인이야, 알겠지!"

프레데릭은 눈을 크게 뜨고 레니를 쳐다보았다. 그는 완전히 흥분한 상태였다.

"정말 확실해? 하지만 그런 차는 분명히 많이 있어."

"그래 그런 차는 많아. 하지만 그건 우연이 아니야. 분명히 말하지만 텐담이 범인이야."

"좋아……. 내 말은 좋지 않다는 뜻이야."

레니의 생각은 완전히 뒤죽박죽되어 흩어졌다. 헨드리크 텐담이 살인범일까? 그럴 수 있을까? 친절하고 매력적인 그 남자가? 그가 메모에 적힌 그 보트맨이라면 그것이 비비안에게 어떤 의미가 있을까?

"경찰에 신고해야 해." 프레데릭이 말했다. "네가 해야 돼. 난 문제가 있어 신고할 수 없어. 내가 신고한다 해도 경찰이 믿지 않을 거야."

"내가 경찰서에 가야 한다고?"

어떤 이유인지 모르지만 레니는 경찰서에 가야한다고 생각하니 겁부터 났다. 이마에는 땀이 맺혔다.

"잘 모르겠는데……" 그녀는 말을 더듬었다. "같이 가주면 안 돼? 나 겁나."

"경찰서까지 같이 가 줄 수는 있어. 하지만 안으로는 못 들어가. 너도 알지?"

레니는 고개를 끄덕였다. 그녀는 출판사 건물 쪽으로 눈길을 돌렸다. 사장실 창문 뒤에서 뭔가 움직이고 있는 것이 보였다. "퇴근

할 때까지 기다릴 수 있니?" 레니가 물었다.

프레데릭은 고개를 흔들었다. "뭐라고? 그 놈이 네 친구를 잡고 있는데? 한 시가 급해."

그렇다. 당연하다. 이 문제에 있어서 그의 생각이 옳았다. 처음부터 레니는 경찰서에 비비안 실종신고를 낼 작정이었다. 하지만 범인을 함께 고발하는 것까지는 결정하지 않았다. 출판사의 후원자이자 친구인 헨드리크 텐담을 고발해야 한다고 생각하니 레니의 심장이 콩알만 해졌다.

제캄프 사장이 이런 사실을 알게 되는 것은 상상할 수도 없었다.

"힘 내, 우리에게는 다른 선택이 없어." 프레데릭이 재촉했다. "비비안을 생각해!"

레니는 비비안을 생각했다. 그리고 클럽에서 비비안을 품에 안고 있었던 왼손에 손가락이 하나 없던 남자도 떠 올렸다. 헨드리크 텐담도 손가락이 하나 없다. 헨드리크 텐담은 살인사건에 연루된 자동차까지 탔다. 또 헨드리크 텐담은 보트맨이다.

"좋아, 내가 빨리 신고할게."

# 9

카트린이 속옷차림으로 화장대에 앉아 화장품, 파우더, 브러시, 화장 솜을 살펴보고 있었다. 해가 갈수록 화장품의 수는 늘어갔지만 효과는 점점 신통치 않았다.

그녀는 이런 사실이 우울하고 부당하다고 느꼈다.

그때 누군가 조용히 문을 두드렸다.

그녀의 남편은 한 번도 그냥 들어온 적이 없었다. 왜냐하면 이곳은 그녀의 방이자, 그녀의 제국이었고 그도 이것을 존중해 주었다. 남편은 그녀가 높이 살만한 점을 많이 갖추고 있었다. 한 마디로 그는 여자라면 모두 부러워할만한 남자였다. 카트린도 만족해야 한다는 것을 알고 있었다. 하지만 그녀는 그렇게 하지 못했다. 뭔가 모자라는 것이 있었다. 늘 뭔가 부족했고, 한번도 완벽한 적이 없었다.

"들어와." 그녀가 말했다.

우선 남편은 문틈 사이로 머리만 삐죽 들이밀었다. 남편은 늘 그렇게 했다. 아마 몸이 밖에 있으면 조금이라도 덜 방해가 된다고 생각하는 것 같았다. 늘 하던 대로 곧장 질문이 이어졌다.

"방해가 안 되겠어?"

"아니, 곧 끝나."

남편은 방 안으로 완전히 들어와 그녀 뒤쪽으로 갔다. 그는 친절하고 부드러운 미소를 지었다. 카트린은 남편이 이와 다른 표정을 짓는 것을 보지 못했다. 화가 났을 때조차도 온화함을 잃지 않았다. 카트린이 어떤 남자에게서도 찾아보지 못한 성격이었다.

"내가 도와줄까?" 남편이 물었다.

카트린은 고개를 흔들었다. 그녀는 이 질문에 화가 났지만 남편은 모르고 있는 것 같았다.

"비비안이 바보가 아닌 다음에야 보트에 실린 그 시체를 보고 모든 정황을 다 파악했을 거야. 우리는 그녀에게 더는 아무것도 보여줘서는 안 돼…… 솔직히 말해 나도 더는 그렇게 하고 싶지 않고."

"나한테 화났니?"

남편은 카트린의 어깨에 두 손을 올리고 엄지손가락으로 목덜미를 마사지하기 시작했다. 그는 카트린이 이것을 얼마나 좋아하는지 알고 있었다. 스트레스와 압박감으로 그녀의 목덜미는 자주 딱딱하게 뭉쳐 있었다. 마치 피부와 근육 그리고 얼굴과 목덜미가 서로 연결되어 있는 것처럼, 경련이 심해질수록 그녀의 얼굴에 새로운 주름이 늘어나는 것 같았다.

"아니야. 화 안 났어…… 다만 이번에는 좀 다르게 했으면 해. 일부러 상처를 내거나 푸른 멍이 들게 하는 것은 그만했으면 해, 알았지."

"그리고 다른 남자도 더 필요 없었으면 해."

카트린은 화가 끓어오르는 것 같았다. 그녀가 왜 바람 피우는지 알고 있으면서도 남편은 늘 그렇게 시작했다.

"내가 그 문제에 대해서 더 이야기해야 돼?"

남편은 거울에 비치는 카트린의 얼굴은 보지도 않고 고개를 흔들었다. 그의 억센 엄지손가락은 정확한 지점을 누르며 안마했다. 카트린은 딱딱한 근육이 풀리는 것 같았다.

"그렇게 하기는 힘들어" 그녀가 낮은 목소리로 말했다.

카트린은 눈을 감았다.

"4명의 아가씨를 상대로 연습했지만 아무것도 변한 게 없어." 그녀는 좌절한 듯 말했다.

"하지만 난 네가 바라는 대로 했어." 남편이 변명했다.

"그래, 하지만 그 여자들을 상대로 했지, 나를 상대로 한 것은 아니잖아."

그녀의 대답은 너무 날카로웠다. 남편은 묵묵히 계속 마시지만 했다. 카트린은 남편의 엄지손가락을 통해 이제 겨우 생긴 그의 자신감이 완전히 깨지고 있다는 것을 감지했다.

카트린은 회전의자를 돌렸다.

깜짝 놀란 남편이 팔을 내렸다.

"두 손으로 내 목을 잡아." 카트린이 요구했다.

"하지만…… "

"자, 시작해. 어서!"

남편은 카트린이 시키는 대로 했다. 하지만 늘 그런 것처럼 자발적으로 한 것이 아니라 억지로 했다. 남편의 따뜻하고 부드러운 손이 아주 조심스럽게 카트린의 목을 감쌌다. 그러나 손에는 힘이 하나도 들어가 있지 않았다.

"날 쳐다보면서 힘을 줘." 카트린이 말했다.

카트린은 남편이 바라보는 눈길을, 남편의 두 눈을 좋아했다. 카트린은 매일 새롭게 남편의 눈을 찬양하고 숭배했다. 하지만 남편은 그녀에게 발전하고 있다는 느낌을 주지 못하는 유일한 남자 같았다.

남편은 그녀의 목에 가하는 압력을 높였다. 하지만 많이 높이지는 못했다. 예전에 남편의 마사지는 이보다 훨씬 더 강력했다. 마사지를 하면서 남편은 예전에 하던 대로 카트린의 눈을 보고 눈길을 돌리지 않았다. 남편이 전혀 발전하지 않은 것은 아니었다. 하지만 발전은 너무 더디었고 오래 걸려 언제나 다시 옛날로 퇴보했다.

"더 세게 눌러줘" 그녀가 말했다.

힘껏 누르는 동안 남편의 입언저리는 실룩거렸다. 목이 막혀 카트린은 거의 숨을 쉬지 못했다. 하지만 내색하지 않고 이 공황상태를, 고통을, 내면에서 조용히 일어나고 있는 예속상태를 즐겼다. 하지만 이 즐거움도 곧 끝났다. 남편이 목을 누르고 있던 손을 푼 것이다.

"왜 그만둔 거야?"

"난 네게 고통을 주는 게 두려워."

"하지만 난 그걸 원해."

남편이 고개를 저었다.

"만약 내가 제때에 중단하지 못한다면? 우리가 너무 멀리 간다면 어떻게 할 거야? 난 너를 잃기 싫어."

카트린은 남편의 손을 잡고 쓰다듬어주었다.

"넌 그렇게 되지 않을 거야. 약속해. 하지만 너도 약속해야 돼."

남편은 카트린을 주저하며 바라보았다.

"비비안 말이야…… 그녀가 아주 적당한 것 같아. 난 우리가 늘 이야기해왔던 것을 그 여자와 함께 하고 싶어. 너도 알지 내가 무엇을 바라고 있는지, 응?"

남편은 무표정하게 받아들였다.

"그럼, 물론이지."

"나를 위해 그렇게 할 거지?"

"너를 위해서라면 못할 게 없어. 너도 알잖아."

"좋아. 그러면 몇 분만 혼자 있게 해 줘. 옷 입고 우리 비비안에게 가자."


# 10


30분 뒤 레니는 심장이 두근거리고 위통을 느끼며 출판사와 가장 가까운 곳에 있는 경찰서를 찾아갔다. 프레데릭이 문 앞까지 데려다주며 또 한 번 용기를 북돋아 주었지만 이내 용기는 온데간데없이 사라졌다.

그녀는 곰팡이 내 나는 좁은 복도 두 개의 큰 유리문 사이에 혼자 서서 실종자를 찾고 있는 게시판을 바라보며 지금 자기가 옳은 일을 하고 있는지 스스로 물었다. 그녀가 대답을 찾기도 전에 제복을 입은 여자 경찰이 나와 미소를 지으며 문을 열어주었다. 레니는 공손하게 안으로 들어갔다.

레니 앞에는 가슴높이로 창구가 설치되어 있었고 그 뒤에 직원들이 앉아 있었다. 한 남자가 모니터를 보다가 고개를 들었다.

"무엇을 도와드릴까요?"

그는 특별히 친절하다기보다는 약간 깐깐한 인상이었다. 실제로 레니는 엄청난 억측으로 그를 성가시게 만들지도 몰랐다.

"저는…… 사람을 찾고 있습니다." 레니는 작은 소리로 말했다.

"뭐라고요, 조금만 더 크게 말씀해 주세요. 하나도 못 알아듣겠어요."

"저는…… 음…… 사람을 찾고 있어요."

"실종신고를 내시고 싶다는 겁니까?"

"아, 그렇다고 할 수 있죠."

경찰은 창구에서 불만어린 눈으로 그녀를 바라보았다.

"누구를 찾으십니까?"

"친구요. 여자예요."

"언제요?"

"어제요."

"친구분 나이가 어떻게 되죠?"

"음…… 잘 몰라요. 20대 중반쯤 되는 것 같아요."

"친구분이 혹시 남자친구 집에 간 것은 아닌가요?"

"저는, 어…… 좀 이상하게 들릴지 모르겠지만, 우리는…… 저는, 제 생각으로는 제가 친구를 납치한 범인을 알고 있는 것 같아요 그러니까…… 비비안이 죽었는지는 모르겠지만 나는 다른 사람을 죽인 살인자를 알아요, 하얀 자동차를 탄 남자예요. 그 사람이 비비안에게도 나쁜 짓을 했을 가능성이 있어요. 그 사람은 보트에 살고 있어요. 비비안이 보트맨에 대해서 이야기 한 적이 있어요."

경찰관은 공허한 표정을 지었다. 잠시 후 그는 레니의 설명에 반응했다.

"술 마셨어요?" 그가 물었다.

"왜 그러시죠? 저는…… 안 마셨어요…… 진지하게 하는 이야기에요."

레니는 경찰이 자신을 대하는 태도에 서서히 화가 나기 시작했다. 그녀는 비비안을 돕기 위해 여기 온 것이다. 더욱이 그는 레니가 계속 그런 주장을 해도 신고를 접수하지 않을 것처럼 보였다.

"좋아요." 그는 내뱉듯이 말하며 창구 아래 함에서 실종신고서를 꺼냈다.

"실종자 이름은요?" 그는 물으며 볼펜을 들고 신고서를 작성할 준비를 했다.

"비비안……"

"성은 요?"

"성은 몰라요. 안 지 3일밖에 안 되거든요."

그의 눈길이 모든 것을 말해 주었다.

"여보세요." 그는 말을 시작했지만 그 목소리는 지금 정신박약아와 말하는 것처럼 들렸다. "독일에서는 성인이라면 누구나 자기가 원하는 곳에 머무를 권리가 있습니다. 성인이라면 친구에게 자기가 어디에 있는지 꼭 알려줄 필요도 없어요. 가족에게도 알릴 필요가 없죠. 그런데도 당신은 친구의 목숨이 위험하다고 믿고 있나요?"

"예, 제가 말하고자 하는 게 그거예요. 우리는 범인의 집에 살아요. 제 말은 집주인이 아마 범인일 거라는 거예요. 적어도 그는 시체를 날랐던 하얀색 박스카에 탔어요."

"젊은 아가씨, 제 말을 고깝게 여기지 마세요. 하지만 지금 한 말들이 너무 혼란스럽군요. 일단 저쪽으로 갑시다. 그 다음에 조용히 앉아서 제가 이야기를 들어드릴게요."

이제 경찰의 말은 전보다 친절했다. 레니는 이제 목적을 달성했다고 여겼다. 경찰은 레니를 사무실의 뒤쪽으로 데려가더니 조그만 사무실의 문을 열고 들어가 자리를 내 주었다.

주소와 지금 거주하고 있는 곳을 말하고 난 다음, 레니는 한 번 더 자신이 왜 비비안을 걱정하고 있는지 침착하고도 객관적으로 설명하려고 했다. 그런데 그것은 프레데릭을 언급하지 않고서는 쉽지 않았다.

마침내 경찰은 고개를 흔들었다.

"이것만으로 실종자 수색작전에 들어가기에는 부족합니다."

"왜죠?"

"당신은 이 비비안이라는 여자 분이 누군지 전혀 모르고 있고요. 또 스스로 그녀가 암스테르담으로 갔다고 말했잖아요. 비비안은 당신에게 그런 연락을 할 필요가 없습니다."

"그러면 그녀가 그쪽으로 떠나지 않고 납치되었다면 어떻게 하시겠어요? 아무 일도 일어나지 않은 것처럼 할 수 있나요? 최소한 우리 방의 주인인 헨드리크 텐담 씨는 조사해 봐야 하는 거 아니에요?"

"그러면 제가 제안을 하나 하죠." 경찰은 말을 시작했다. "제가 일단 실종신고를 우리 전산시스템에 받아 놓을게요. 그런데 24시간만 더 기다려봅시다. 아마 그 사이에 비비안 양이 다시 나타나거나 연락할 거예요. 내 경험상 대부분 그렇거든요. 만약 그렇지 않을 경우 한 번 더 나오세요. 그때 어떻게 할지 의논해봅시다. 알았죠?"

레니는 이 남자가 자신을 벗어나고 싶어 한다는 것을 알았다. 경찰은 그녀의 말을 믿지 않거나 진지하게 여기지 않는 눈치였다. 그녀는 자신을 해명해야 한다는 사실이 싫었다. 일은 어젯밤 프레데릭이 예상한 대로 진행되었다.

레니는 좌절하고 낙담한 채 경찰서를 나왔다. 그녀는 독일 땅에서 사람이 사라졌다는데 아무도 찾으러 나서지 않는다는 것이 어떻게 가능한지 이해되지 않았다.

레니는 프레데릭을 찾아보았지만 보이지 않았다.

그녀는 한 번 더 실망했다.

프레데릭은 레니가 믿을 수 있을 만큼 신뢰감이 가지 않는 인물이었던가? 애초에 레니는 그에 대해서 아무것도 몰랐다. 프레데릭이 이야기해주었던 것은 모두 잘 만든 거짓말일 수도 있었다. 그녀가 사람을 너무 믿었다가 낭패를 본 건 처음이 아니었다.

레니는 출판사로 돌아갔다.

그 밖에 그녀가 할 수 있는 일이 무엇이겠는가?

# 11

비비안은 눈을 떴다.

잠깐 그녀는 악몽에서 깨어난 것이라 믿었다. 하지만 주변을 둘러보자 다시 공포가 엄습했다.

비비안은 낯선 침실의 더블베드에 누워 있었다. 맞은편 벽은 이 방에서 유일하게 거울면으로 이루어져 있었다. 비비안은 그 뒤에 옷장이 있을 것이라 여겼다. 이 방의 벽들은 눈부시게 하얗게 페인트칠 되어 있었다. 벽에는 작은 창문 하나만 나 있었고, 그 앞에 차양이 쳐 있었다. 침대 옆에 있는 작은 독서등에서 희미한 빛이 흘러나왔다.

사방은 조용했고

어떤 소리도 나지 않았다.

비비안은 자리에 일어나 앉았다.

방은 넓었고 천장은 높았으며 모든 것이 고상하고 새것처럼 보였다. 그녀가 지난번에 깨어났던 지하 감옥과는 완전히 딴판이었다.

지하 감옥은? 7번은?

기억이 갑자기 멈추면서 비비안에게는 지리멸렬한 인상과 느낌만 남았다. 어떻게 여기까지 왔을까? 어떤 일이 일어났던 걸까?

불쑥 비비안은 무거운 나무문을 통해 잠수복을 입은 남자가 지하 감옥으로 들어왔다는 것을 떠올렸다. 그녀는 어렵게 이 남자를 떠올리려했지만 더 이상 기억나지 않았다. 블랙홀이 그녀의 모든 기억을 집어삼켰다.

비비안은 일어서기 위해 이불을 치웠지만 발가벗고 있다는 것만 확인했다. 동시에 문 너머에서 사람 목소리가 들려왔다.

여자와 남자가 이야기를 나누고 있었다. 비비안은 자세히 알아듣지는 못했지만 싸우고 있는 듯했다.

갑자기 문이 열렸다.

비비안은 깜짝 놀라 이불을 턱 밑까지 당겨 올리고 침대 머리 부분에 기대앉았다. 7번이 안으로 들어왔다. 하지만 그녀는 비비안이 기억하고 있던 여자와는 완전히 딴판이었다. 저 아래 지하 감옥에 있었을 때 7번은 벌거벗은 채 다쳤으며 매우 위축되어 있었다. 하지만 지금 그녀는 깨끗하고 몸에 딱 달라붙는 최신 유행의 청바지와 자두색 캐시미어 스웨터를 입고 있었다. 긴 머리는 잘 손질되어 있었고, 화장도 했으며, 목에는 예쁜 금목걸이까지 걸고 있었다.

7번은 문을 닫고 침대로 와 가슴에 팔짱을 낀 채 비비안을 내려다 보았다.

"푹 잤어?" 그녀는 조롱조의 저음으로 물었다. 그녀의 미소는 가장되어 보였으며, 자신을 대할 때 조심하는 게 좋을 것이라고 말하는 것 같았다.

"무슨…… 무슨 일이에요?"

"이봐, 좀 어때? 너 완전히 제 정신이 아니었어. 미친 사람처럼 계속 소리쳐서 우리가 널 진정시켜야 했어."

"우리라니?"

"어 그래, 나지. 이 집 주인은 주사를 놓을 줄 모르니까. 기억 않나?"

비비안은 고개를 흔들었다.

"아마 그편이 더 나을지도 몰라. 우리도 그때 네가 어떤 짓을 했는지 떠올리고 싶지 않으니까. 지금부터 잘해야 해. 안 그러면 너에게 좋을 일이 없을 거야."

"하지만……"

"'하지만'이라는 말은 말아. 일어나. 집주인이 너를 기다려."

비비안은 움직이지 않았다.

"일어나라니까." 7번이 그녀에게 야단쳤다.

"난…… 입고 있는 게 없어."

"그래서? 난 네가 벌거벗고 있는 거 벌써 봤어."

7번의 노려보는 눈길이 비비안을 순종하게 만들었다. 그것은 그녀를 오싹하게 만들 정도로 차갑고 딱딱했다.

두 팔로 몸을 가린 채 비비안은 침대 앞으로 한 발을 내디뎠다.

"7번으로 보냈던 시간은 이제 끝났어. 지금부터 나를 카트린이라고 불러." 캐시미어 스웨터를 입은 그 여인이 이렇게 말하고는 빠른 걸음으로 다가와 손으로 비비안의 얼굴을 때렸다.

비비안은 비명을 지르며 침대로 다시 쓰러졌다. 너무 아픈 나머지 왼뺨이 빨갛게 달아올랐다. 그러자 댐이 무너진 것처럼 기억이 밀려나왔다. 비비안은 아치형 터널과 시커먼 물이 흐르는 운하 그리고 그 위에 떠 있는 보트를 보았다. 그리고 토끼장용 철사로 묶여 있는 시체, 야나……

"아, 이제야 기억이 되돌아왔나 보군." 이제부터 카트린이라고 부르라고 한 7번이 말했다.

"이봐, 난 그것을 알 수 있지. 하지만 너무 떨 것까지는 없어. 우리 말만 잘 들으면 아무 일도 없을 테니까. 야나는 처음부터 고분고분하지 않았어. 규칙을 지킬 마음도 없었고 심지어 우리를 이간질하려고까지 했지. 야나는 여기가 어떤 곳인지 몰랐던 거야. 이 점에 있어서 넌 완전히 다르리라 믿어. 우리는 서로 정말 재미있게 즐길 거야. 그렇지!"

카트린은 기대에 가득 찬 미소로 비비안을 바라보았다.

비비안은 침대에 누워 아픈 뺨을 한 손으로 누르며 지금 벌어지고 있는 일을 어떻게 이해해야할지 몰랐다.

"일어나!" 카트린이 말하며 손을 뻗었다.

아주 잠깐 비비안의 마음에는 저항하고 반격하고 싶다는 충동이 일어났다. 하지만 얼굴의 통증이 심해지면서 시체와 카트린의 거칠고 잔인한 행동을 떠올리자 그럴 마음이 곧 사라졌다.

카트린이 다가와 뺨을 쓰다듬어 주었다. 그녀에게 고상하고 비싼 향수 냄새가 났다.

"그런 일이 일어나서는 안 되지, 적어도 우리 둘 사이에서는 말이야."

그녀의 미소와 눈빛은 약간 슬퍼 보였다. 카트린은 불쌍한 꼬마를 보듯이 비비안을 쳐다보았다. 불쑥 그녀는 몸을 돌려 거울벽면 쪽으로 다가가더니 큰 미닫이문을 열었다. 그러자 수납장과 서랍 그리고 옷걸이가 보였다. 모두 옷으로 가득 차 있었다.

"아마 우리는 옷 사이즈가 같을 거야. 마음대로 입어. 가장 멋진 것으로 골라. 너무 요란한 것만 빼고. 그 다음 집주인에게 너를 새로 소개할 거야. 우리는 함께 식사할 거니까. 5분 후에 데리러 올 게."

카트린은 침실을 떠나고 비비안 혼자 남았다. 그녀는 문을 쳐다보며 카트린이 돌아와 자신을 다시 때릴 것이라 확신했다. 하지만 그녀의 발걸음은 점점 멀어졌고 아무 소리도 나지 않았다. 비비안은 몇 초 동안 그렇게 있었지만 온몸이 격렬하게 떨렸다. 그녀는 더 이상 서 있을 힘도 없어서 옷장 앞에 주저앉고 말았다. 비비안은 있는 힘을 다해 공포와 공황을 몰아내고, 광기가 자기 머리를 지배하는 것을 막으려 했다.

하지만 광기는 아마 오래 전부터 그녀의 머리를 점령한 것 같았다. 그렇지 않고서야 여기서 일어난 모든 것이 어떻게 설명되겠는가? 몇 시간 전만 하더라도 비비안은 다른 여인과 함께 미친 놈의 손아귀에 잡혀 있고, 자신은 이 여인과 고통을 나누고 있다고 믿었다. 그런데 이제 비비안은 그것이 속임수임을 알았다. 그녀는 여기서 미친 남녀 한 쌍을 상대하고 있었다. 그리고 불쌍한 야나는 이미 그녀의 희생제물이 되었다.

비비안도 야나처럼 끝날 것인가?

그리고 레니는?

비비안은 토끼장용 철사로 묶여 있던 야나의 모습을 기억에서 지우려 했다. 그 모습은 비비안을 어떤 구원의 손길도 닿지 않은 심연으로 떨어지게 만들 것 같았다. 이런 생각을 하지 않기 위해 비비안은 옷장 선반을 붙들고 일어나면서 입을만한 옷을 찾았다.

서랍에서 속옷을 찾았지만 너무 관능적이고 몸에 꽉 끼는 속옷들뿐이었다. 몸을 가려줄 수 없고 매우 선정적인 것들이었다. 평소에 비비안은 그런 속옷을 입는 것을 좋아했다. 그러나 지금은 면팬티와 런닝을 입고 싶었지만 그런 것이 없어서 슬립과 브래지어만 착용했다. 청바지에 다리 하나를 끼워 넣고 편해 보이는 긴팔 셔츠를 입을 계획을 했지만, 같이 식사할 때 멋진 옷을 입어야 한다는 카트린의 말이 떠올랐다.

비비안은 그 요구를 무시할 생각까지 했지만 카트린이 또 때릴 것 같아서 다시 청바지를 벗고 짧은 검정 원피스를 입었다.

그 옷은 자신을 위해 만든 것처럼 잘 맞았다.

물론 그 옷도 어깨와 등이 파였지만 어쩔 도리가 없었다. 이런 옷이 집주인의 기분을 적당히 맞추어 주는데 도움이 될 것 같았다.

비비안이 신발을 찾던 중에 문이 열렸다. 카트린이 다시 방 안으로 들어와 손뼉을 치며 마음에 든다는 듯이 고개를 끄떡였다.

"정말 예쁜데." 그녀는 말했다. "그리고 매우 우아해. 기다려. 여기 어울리는 구두가 있어."

그녀는 옷장 끝에 있는 문을 열었다. 그 안에는 위에서 아래까지 여자 신발로 가득 차 있었다. 그녀는 중간 정도 굽의 검은색 구두를 꺼내어 비비안에게 건네주었다.

"나도 이 옷에는 이 구두를 즐겨 신어. 자 어서 신어, 이 집주인이 안달 났어."

신발은 좀 작았지만 비비안은 그냥 신었다. 그녀가 똑바로 서자 카트린은 묘한 눈길로 그녀를 바라보았다. 그 눈길은 전처럼 차갑고 불친절한 것이 아니라 왠지 슬퍼보였다. 원피스를 입고 있는 비비안을 보는 게 거의 불행한 듯 보였다.

"내가 이 원피스를 마지막으로 입은 지 6년이나 됐네."

카트린은 생각에 잠겨 말했다. "그때 나도 너처럼 예뻤어. 그리고 오늘……"

카트린은 고개를 흔들었다. 그녀의 눈길은 다시 딱딱해졌다.

"그 속에 무엇을 입었니?" 그녀는 물었다. 그리고 비비안이 대답도 하기 전에 치마를 들치고 속옷을 검사했다.

"오케이, 좋아."

치마가 아래로 내려졌다. 카트린은 그녀의 허리를 잡고 한 바퀴 돌렸다. 그리고 치마를 매끄럽게 펴고 어깨와 등에 있는 머리카락을 만지며 한 발 뒤로 물러나 주인이 가축을 살피듯이 비비안을 훑어보았다.

"자 그러면 문을 열어!"

12

옌스 케르너 형사는 원래 이보다 더 급한 일을 먼저 처리해야 했지만, 반나절을 야나 하이글과 프레데릭 푀르스터를 찾는 일에 매달렸다. 하지만 두 사람이 간호사 살해와 관련 있을 것이라는 확신은 여전히 서지 않았다.

베를린 경찰과 전화 통화는 오래 했지만, 질케 하이델을 만났을 때처럼 큰 성과를 거두지 못했다. 기차 수화물 칸에서 찾은 야나 하이글의 핸드폰은 그 사이 조사가 끝났다. 저장된 사진이 수 백 장이나 되었다. 그 가운데 함부르크에서 찍은 사진도 있었고, 야나가 지냈던 방 안에서 찍은 것도 있었다. 하지만 이 방이 어딘지 단서가 될만한 사진은 없었다. 야나나 그녀의 핸드폰이 베를린으로 갔다는 확신은 여전히 들지 않았다. 심지어 그 사이에 옌스는 지금 자신이 제대로 추적하고 있다는 확신도 들지 않았다.

그 프레데릭만 찾을 수만 있다면 하고 그는 바랐다.

하지만 그 남자는 갑자기 사라졌다.

옌스는 하게나와 한 번 더 통화하고 프레데릭을 찾는데 모든 인력을 투입해 달라고 부탁했다. 어디든 그가 나타나기만 하면 옌스는 그의 행방을 알게 될 것이다. 하지만 그 남자가 살인범에게 쫓기고 있다고 생각하면 분명 어딘가에 숨어 있을 것이다.

매우 실망스러웠다.

옌스는 레드 레이디를 타고 30분 정도 시내 드라이브를 하자 다소 마음이 안정되었다. 경찰서로 돌아올 때쯤엔 생각도 어느 정도 정리되었다. 하지만 앞으로 어떻게 할지 계획이 서지는 않았다.

그가 막 차에서 내리려는 순간 레베카로부터 문자가 왔다.

*수수께끼를 푼 것 같은데요*

옌스는 급히 건물로 뛰어 들어 갔다.

레베카가 복도에서 휠체어를 타고 나왔다. 그녀는 완전히 흥분해 있었다. 두 뺨은 빨갛게 물들어 있었고 두 눈은 반짝반짝 빛났다.

"모차르트 초콜릿은 많이 가지고 왔죠?" 그녀가 큰 소리쳤다.

"미안해, 하지만 진짜 수수께끼를 풀었다면 내일 당장 한 박스 사줄게."

"들어가요." 그녀는 말하고 사무실로 앞장섰다.

정면 벽에 화이트보드가 걸려 있었다. 이 화이트보드 하단에 레베카는 빨간펜으로 두 단어를 썼다.

Corsa-Rennen(빠른 속도로 뛰다)

레베카는 이 두 글자가 어떻게 연결되는지, 당연히 바로 알겠지 하는 눈길로 그를 쳐다보았다.

"설명해 봐." 아직 무슨 뜻인지 이해하지 못한 옌스가 말했다.

"이탈리아어 Corsa는 독일어로 Rennen(빠른 속도로 뛰다)이라는 뜻이죠." 레베카는 말했다. "크뤼피 형사에게 전화를 했더니, 그도 이 가능성을 당연히 검토해 보아야 한다고 말했어요. 그런데 렌넨 슈트라세(Renenstraße)는 로사리아 레오네가 머물만한 곳으로 적당하지 않았고, 렌넨(Rennen)이라는 단어가 들어간 다른 거리도 마찬가지였어요."

"Corsa와 비슷한 소리가 나는 거리들도 이미 다 찾아보았잖아. 할 건 다 해봤어. 그런데 네가 어디서 답을 찾았다는 건지 모르겠네."

레베카는 화이트보드에 가서 거기에 적혀 있는 두 단어를 지우고 빨간펜을 잡았다.

"구글 번역기 독일어-이탈리아어에 다음과 같은 단어를 입력했더니……"

그녀는 eilen(급히 달려가다)이라는 단어를 썼다.

"이탈리아어 번역으로 이런 결과를……"

레베카는 corsa라고 썼다.

그녀는 자신감에 넘친 눈길로 옌스를 쳐다보았다. 하지만 옌스는 여전히 어찌할 바를 모르고 있었다.

"함부르크에서 운하에 붙어 있고 로사리아와 그녀의 부모 사이에서 번역 실수가 일어날 법한 형태로 eilen이라는 단어가 들어가는 거리를 찾는다면, 그곳이 로사리아가 머물렀던 장소일 거예요."

레베카는 Eilenau라고 썼다.

옌스는 "와"라고 말했다.

"더 이상 칭찬이 필요 없을 정도죠." 레베카가 대답했다.

"아일레나우 거리는 아일벡운하(Eilbekkanal)에 있어……. 그리고 그 운하는 쿠뮐헨타이히(Kuhmühlenteich)로 이어져." 옌스는 말했다.

"그곳은 예전에 로사리아 레오네가 발견된 곳이기도 하죠." 레베카가 보충했다.

옌스는 급히 책상으로 달려가 함부르크 경찰청 전산망에 로그인했다.

그는 이 거리와 관련된 실종신고가 들어온 게 없는지 검색하기 위해 아일레나우(Eilenau)를 입력했다.

실종신고가 하나 들어와 있었다.

그것은 오늘 들어온 것이었다.

"말도 안 돼." 그는 외쳤다.


# 13


비비안은 카트린을 따라 길고 좁은 복도로 들어갔다. 눈부시도록 하얀 벽이 3미터나 되는 천장까지 이어져 있었다. 알루미늄 관으로 만든 창(槍)모양의 전등이 일정한 간격으로 바닥은 물론이고 천장에도 박혀 있었다. 비비안의 구두는 수 백 년 전부터 그곳에 깔려 있었던 것 같은 마룻바닥을 밟으며 마찰음을 냈다.

그들은 세 개의 문을 통과하고 복도 맨 끝에 있는 문을 향해 걸어갔다. 거기서 카트린은 노크했다. 들어오라는 말이 들리자마자 그녀는 문을 열고 들어가며 비비안에게 따라들어 오라고 눈짓했다.

넓은 방 한 가운데 큰 벽난로가 모난 기둥처럼 서 있었다. 벽난로는 유리로 빙 둘러쳐져 있었다. 그 속에서 불꽃은 천천히 혀를 날름거리며 쾌적한 온기를 발산하고 있었다. 그 뒤로 검은 쿠션이 놓인 호화로운 응접세트가 있었고, 옆에는 양가죽 카펫 몇 장이 마룻바닥에 깔려 있었다. 아무 장식 없는 빨간 벽돌이 좁은 창문 3개를 둘러싸고 있었고, 각각의 창문에는 블라인드가 내려와 있었다. 벽에 붙는 쇠 촛대에는 사람 팔 두께의 초가 타오르고 있었다.

이것은 비비안이 벽난로 앞에서 등을 돌리고 있었던 그 남자에게 집중하기 전에 보았던 방의 모습이었다. 정장 바지를 입은 그는 하얀 셔츠를 걷어 올린 채 두 손을 바지 주머니에 찔러 넣고 있었다.

"이제 그녀가 준비되었습니다." 카트린이 말했다. 그녀는 비비안 뒤에서 문을 닫고 옆으로 비켜섰다.

남자는 꼼짝도 하지 않았다. 그는 불꽃에 완전히 몰두해 있는 것 같았다.

"정말 준비가 다 된 거야?"

그의 목소리는 비비안에게 낯익었다.

비비안은 감히 말할 수 없었다.

"대답해!" 남자가 비비안에게 요구했다.

"예…… 저는…… 저는 준비되었습니다."

"무엇 때문이지?"

비비안의 아랫입술은 떨렸고 곧 눈물이 터져 나올 것만 같았다. 그녀는 어떻게 대답해야 할지 몰랐지만 또 다시 침묵하고 있다가는 벌을 받을 것 같았다.

"저는…… 저는…… 아무것도 몰라요." 그녀는 더듬거렸다. "부탁이에요. 저를 그냥 풀어주시면 안 될까요? 정말 아무 말도 하지 않을게요."

"물론 너를 풀어줄 거야. 다만 오늘 내일은 아니고 언젠가는 분명히 내보내줄 거야. 넌 네가 함께 보트에 실었던 그 여자처럼 죽을 필요가 없어. 그녀의 경우는…… 사고였어. 그 여자가 자초한 사고였지. 네가 기대에 어긋나지 않게 우리가 이야기한 대로만 한다면 그런 일은 다시 일어나지 않을 거야."

"그렇게 할 게요. 약속해요."

"네 말을 믿지."

이 말과 함께 남자는 몸을 돌렸다. 그는 비비안이 아는 사람이었다.

"이럴 수가!" 자기도 모르게 그녀의 입에서 이 말이 튀어나왔다. 이보다 더 놀랄 일은 없을 것 같았다.

"오 그래. 내가 이 집 주인이야. 넌 내 말을 들어야 해. 준비됐지?"

비비안은 아무 말도 못하고 그를 쳐다보기만 했다. 그녀는 이 남자가 살인범이라는 사실이 믿기지 않았다.

예상치 않게 뒤에서 주먹이 날아와 그녀의 배를 때렸다. 비비안은 비명을 지르며 앞으로 쓰러졌다. 눈에서 눈물이 났고 몸에서는 통증이 미친 듯이 일어났다.

"주인님이 물으셨잖아." 카트린이 조용히 말했다. "그러니까 친절하게 대답해야지."

비비안은 숨을 몇 번 깊이 쉬고 나서야 배에서 통증을 느끼지 않았다. 그 다음 그녀는 고개를 끄덕이며 말했다. "예, 준비되었어요."

"좋아!" 그는 손뼉을 쳤다. "그러면 오늘 즐거운 시간으로 넘어갈 수 있겠는 걸. 식사는 준비되어 있어. 네가 밥을 맛있게 먹기 바래. 노일리 프랏(Noily Prat)과 티미안(Thymian)과 연어그라탕을 준비했어.

멋지지, 아주 멋지지."

주인이 앞장 서 가다가 모서리 뒤로 사라졌다.

카트린은 비비안의 오른쪽 겨드랑이를 잡고 몸을 일으켜 세웠다.

"미안해, 좀 세게 때렸지." 그녀는 사과하고 비비안이 옷과 머리를 정리하도록 도왔다. "자, 이제 다시 시작하자. 네가 이 옷을 입으니 정말 매력적이야. 자 이제 밥이나 먹자." 카트린은 오래된 친구마냥 비비안의 팔짱을 끼고 식당으로 데리고 갔다. 그곳에는 스무 명은 앉을 수 있을 정도로 큰 식탁이 있었다. 식탁의 상판은 20센티미터 정도의 두께로 도끼로 다듬은 것 같았다.

식탁의 앞 쪽에 3인분 식사가 차려져 있었다. 집주인은 식탁의 상석에 자리 잡고 비비안이 오른쪽에 그리고 카트린이 왼쪽에 앉았다. 식기들 사이에 이미 연어그라탕이 올라와 있었다. 카트린이 커다란 도자기 그릇의 뚜껑을 열자 맛있는 냄새가 비비안의 위를 자극했다. 비비안은 배가 고팠지만 음식을 소화시킬 수 없을 것 같았다. 이런 상황에서, 이런 사람들과 먹는데 오죽했을까. 그렇다고 그녀가 먹지 않는다면 어떤 일이 일어날까?

카트린이 음식을 들어 나누어 주었다. 제일 먼저 주인에게 그 다음은 자기에게 마지막으로 비비안에게 덜어 주었다.

주인은 적포도주가 든 잔을 들었다.

"즐거운 시간을 위하여!"라고 말하고, 그는 카트린과 잔을 부딪치고 비비안 방향으로 잔을 흔들었다.

그녀가 바로 반응하지 않자 카트린의 안색이 어두워졌다. 비비안은 조심해야 한다는 생각이 번쩍 들었다. 정신을 바짝 차리고 그 어떤 것도 그냥 흘려보내어서는 안 되었다. 비비안은 급히 잔을 들어 주인의 잔과 부딪쳤다. 부드럽고 아름다운 소리가 났다. 그들은 동시에 마셨다. 집주인은 눈을 감은 채 음미하면서 와인 맛에 완전히 빠졌고, 카트린은 잔 너머로 비비안을 감시하며 마셨다.

공포심을 자아내는 카트린의 무서운 눈길은 전혀 해석이 안 되었다. 어떻게 한 인간이 매 순간 저렇게 기분이 바뀔 수 있을까?

집주인은 잔을 내려놓고 포크를 잡으며 많이 먹으라고 말하며 식사를 시작했다.

비비안은 위험을 자초하고 싶지 않았다. 그래서 그녀는 포크와 나이프를 들고 먹기 시작했다. 그라탕은 알맞게 데워져 있었고 맛이 정말 끝내주었다. 하지만 음식이 목에 걸렸다. 그녀는 매우 천천히 먹었고 식욕이 없어 포크로 여기저기를 뒤적거렸다.

잠시 후 카트린이 그녀 쪽을 바라보며 따뜻한 미소를 보내더니 자리에서 일어나 식탁을 한 바퀴 돌았다. 거의 무방비 상태로 비비안은 뒤통수를 세게 한 방 맞았다. 위 아래 이빨이 서로 부딪치고 포크는 접시 위에 쨍 하며 떨어졌다.

"포크와 나이프가 접시 바닥에 닿으면 안 되지." 카트린이 설명했다. "우리는 이 소리를 못 참아. 미천한 것들이나 그렇게 먹지, 우리는 그렇게 하지 않아."

그 다음 그녀는 아무 일도 없었다는 듯이 다시 자리에 앉았다.

비비안은 포크를 잡고 계속 먹었다. 다시는 접시 바닥에 닿아서는 안 된다고 신경 쓰며 조심스럽게 먹었다. 그녀는 카트린과 집주인을 계속 훔쳐보느라고 진땀이 났다. 하지만 두 사람은 식사에 열중했다. 몇 분간 아무도 말하지 않았다. 음식을 씹고 삼키는 소리만 났다. 그리고 간간이 벽난로가 바작바작 거리며 조용히 타오르는 소리도 났다. 이처럼 끔찍한 정적이 흐르는 곳에서는 포크나 나이프가 도자기 접시를 긁는 소리도 더욱 크게 들릴 것이다. 비비안이 음식을 입에 집어넣을 때마다 공포는 심해졌다. 포크를 들 때마다 그녀의 두 손은 떨렸다.

집주인은 특이하게 식사를 했다. 음식을 한 입 넣으면 토끼처럼 빨리 씹다가 갑자기 중지하고 또 다시 씹다가 중지했다. 그는 음식을 삼킬 때까지 이 리듬을 6-7회 반복했다. 이때 가느다란 목의 후두는 거의 움직이지 않았다.

카트린이 제일 먼저 식사를 끝냈다. 그녀는 포크와 나이프를 대각선으로 즉, 접시에 손잡이가 오른쪽 아래를 가리키도록 포크 위에 나이프를 겹쳐 놓았다. 잠시 후 집주인도 똑같이 했다.

비비안은 두 사람이 이렇게 하는 것을 정확히 관찰했다. 그녀는 더 이상 맞고 싶지 않았다. 잠시 후 식사를 끝낸 그녀도 이들과 같은 방식으로 식기를 정리했다.

비비안이 눈을 들자 카트린의 눈이 들어왔다. 비비안은 미소를 보냈지만 카트린은 차갑고 딱딱한 눈길로 그녀의 거짓 미소를 응징했다.

"자기야, 음식 맛이 최고였어." 집주인이 말했다. 그는 카트린의 손에 자기 손을 올려놓고 부드럽게 쓰다듬어 주었다.

그녀는 전혀 다른 미소로 그에게 고맙다고 말했다. 그 미소는 호감과 사랑 그리고 따뜻함으로 가득 차 있었다. 하지만 그 속에도 뭔가 다른 것이 더 들어 있었다.

불신? 아니면 불손함?

비비안은 그것을 뭐라 해석할 수 없었다.

"자기야, 어떻게 생각해?" 카트린은 비비안의 눈길을 받지도 않은 채 말했다. "우리 비비안과 좀 즐길까?"

"밥 먹자마자?" 그가 물었다.

"왜 안 돼?"

"위장이 꽉 찬 상태에서는 하고 싶지 않은데."

"하지만 우리 약속했잖아. 당신 비겁하게 또 피하려는 것 아냐?"

"내가? 아니…… 내가 왜. 그래 좋아, 우리 즐겨보자."

집주인의 목소리는 확고하다기보다는 사랑과 평화를 위해 응할 수밖에 없다는 투였다.

"그러면 내가 아래로 내려가서 기다릴게."

그는 급히 일어나 방을 떠났다.

카트린은 그가 사라질 때까지 바라보다가 다시 비비안에게 집중했다.

"내가 무슨 생각을 하고 있을까 궁금하지?"

"내가? 아니야…… 왜, 다만 나는…….

"아가리 닥쳐! 접시나 들고 다 핥아먹어."

"뭘 말이야?"

"네 접시. 너무 많이 남겼잖아. 그대로는 식기세척기에 들어갈 수 없으니까 다 핥아먹어."

비비안은 그녀를 쳐다보았다. 그들의 눈길은 주먹처럼 서로 부 딪쳤다. 비비안은 눈길을 피하거나 양보하고 싶지 않았다. 그녀는 그렇게 쉽게 굴복하지 않을 것이며 더는 그녀에게 모욕당하지 않 으리라는 것을 보여주고자 했다.

카트린은 번개같이 빨리 식탁에서 나이프를 높이 들더니 있는 힘을 다해 비비안의 손에서 채 일 센티미터도 떨어지지 않는 떡갈 나무 상판에 박았다. 나무가 이 충격을 다 흡수하여 식기는 단 하 나도 덜커덩거리지 않았다. 하지만 비비안은 움찔하며 몸을 뒤로 뺐다.

"핥아먹어, 당장!"

비비안은 접시를 얼굴까지 들고 다 핥아먹었다.

이때 그녀는 카트린이 의자에서 일어나는 것을 보지도 듣지도 못했다. 갑자기 그녀는 비비안 뒤에 서서 비비안의 오른쪽 귀에 입 술을 바싹 들이댔다.

"너의 젊음과 미모는 여기서 아무 쓸모없어." 카트린은 속삭였 다. "그러니 네가 뭔가 할 수 있을 것이라는 생각은 접어. 그렇지 않으면 너를 토끼장용 철사로 감아서 운하에 빠뜨릴 거야!"

그 다음 카트린은 접시로 그녀의 얼굴을 세게 눌렀다. 접시는 비비안의 이빨을 때리고 코를 짓눌렀다. 비비안은 더는 숨을 쉬지 못해 몸을 이리저리 돌려보았지만, 뒤에서 껴안고 있는 상태를 풀 수 없었다. 그녀의 뒤통수는 카트린의 가슴에 붙들려 있었다.

"그냥 다 핥아먹어!" 카트린이 소리쳤다. "반짝반짝 거릴 때까지 깨끗이 핥아 먹어, 이 창녀 같은 년아. 그 다음 지하실로 내려가 재미있는 시간을 보내자!"

# 14

"이번에는 경찰이 찾아왔네요." 엘케 알트호프가 말했다.

"건물 앞에 경광등을 켠 경찰차가 왔어요. 도대체 무슨 일이에요?"

엘케 뒤에 키 크고 건장한 남자가 나타났다. 그는 엘케 알트호프를 피해 레니에게 신분증을 제시했다.

"강력반 형사, 옌스 케르너라고 합니다."라고 그는 자신을 소개했다. 그의 목소리는 걸걸했으며 나이 들어보였다. "당신이 레니 폰 타네입니까?"

레니는 고개를 끄덕였다.

"어디 조용한 곳에서 이야기할 수 있을까요?"

형사의 눈길은 레니와 엘케 알트호프 사이를 왔다 갔다 했다.

"아!…… 여기서 하시죠." 엘케 알트호프가 말했다. 레니는 사무실 창가 자리에 앉아 페이스북에 올라온 문의 내용에 대답하고 있었다.

"양해해 주시면 정말 고맙겠습니다."

옌스는 알트호프를 사무실에서 내 보내고 문을 잠갔다.

레니는 이런 야단법석을 말없이 계속 지켜보고 있다가 나중에 비로소 자기 입이 벌어져 있다는 것을 깨달았다. 그녀는 입을 닫고 마른 침을 삼키며 생각을 정리했다.

"실종신고를 내셨죠." 형사는 말을 시작했다.

"진짜 빨리 오셨네요."

레니가 컴퓨터 앞에 다시 앉은 지 채 두 시간도 안 되었다. 그 사이에 레니는 경찰서에 간 것을 후회하고 있었다. 그녀의 엄마는 늘 공연히 다른 사람의 일에 끼어들지 말라고, 각자 자기 일만 잘하면 그것으로 충분하고 어리석은 생각도 하지 않게 된다고 말했다.

레니는 그 두 시간 동안 텐담을 의심한 것은 어리석었다는 결론에 도달했다. 하지만 옌스 형사가 긴장되고 심각한 눈빛으로 불쑥 나타나자 레니는 겁을 먹었다. 매우 심각한 사건이 터졌다는 것만은 이제 분명해졌다.

"그 사이에 당신 친구 비비안에게서 연락 온 게 없나요?"

레니는 고개를 흔들었다.

"지금 저와 함께 가주셨으면 하고 부탁드릴 수밖에 없네요."

"어디로요?"

"아일레나우 거리요. 당신 숙소가 있는 곳 말입니다."

그 순간 노크하는 소리가 들렸다. 출판사 사장 호르스트 제캄프가 들어오라는 말도 기다리지 않고 사무실로 밀고 들어왔다.

"무슨 일이에요?"

레니는 회전의자에 앉아 마치 텔레비전을 보는 것처럼 이상한 내적 거리감을 가지고 그 장면을 보고 있었다. 형사는 사장에게 신분을 밝히면서 레니 폰타네가 중요한 증인이기 때문에 데려가야만 한다는 것을 설명했다. 현재 수사 중인 사건과 관련이 있었기 때문에 사장은 더 물어볼 수 없었다.

"갑시다. 레니 폰타네 양."

형사가 레니를 바라보며 재촉했지만 그녀는 꼼짝하지 않았다. 레니는 그의 말을 들을 생각이 별로 없었다.

"레니 폰타네 양!"

그의 크고 거친 목소리에 레니는 회전의자에서 일어났다. 형사가 앞장서서 나가자 복도에 떼 지어 서 있던 사람들이 모세가 바닷물을 가를 때처럼 양쪽으로 갈라섰다.

"무슨 일이에요?" 제캄프 씨가 지나가던 레니에게 속삭였다.

어쨌든 제캄프 씨는 그녀의 사장이었기에 이야기를 해주고 싶었지만 형사가 그녀의 팔을 잡아 끌고 갔다.

"레니 폰타네 양을 체포하는 것입니까?" 제캄프가 물었다.

"이미 말씀드렸다시피 그녀를 증인으로 조사하려는 것입니다."

그 사이 건물 앞에는 경찰차 2대가 와 있었다. 하지만 파란 경광등은 켜있지 않았다. 형사는 레니를 뒷좌석으로 안내하고 문을 닫았다. 레니는 그가 밖에서 제복을 입은 경찰들과 이야기를 나누는 것을 들었다. 〈집안 수색〉, 〈살인죄〉, 〈운하〉 같은 말들이 들렸다. 레니는 계속 기진맥진한 상태로 있었다.

도대체 그녀가 무슨 짓을 한 거란 말인가!

형사는 뒷좌석에 타 그녀를 보고 앉았고, 운전석에는 제복을 입은 여자경찰이 탔다.

"지금 아일레나우 거리에 있는 당신 숙소로 갈 것입니다." 형사가 말했다. "그쪽으로 가는 길에 당신이 실종신고를 낼 때 경찰에게 했던 이야기를 저에게 한 번 더 해주세요. 가능한 자세하게 해주시면 좋겠습니다."

남자의 눈빛은 매우 인상적으로 레니의 피부 깊숙이 파고들었다. 레니는 도대체 어떤 범죄자가 이 사람 앞에서 감히 거짓말을할 생각을 할까 하고 생각했다. 거짓말을 한다고 해도 과연 통할까 싶었다. 그런데 문제는 레니가 프레데릭에 대해서는 이야기하지 않겠다는 약속을 지키기 위해서는 이 형사에게 거짓말을 할 수밖에 없다는 것이었다.

형사에게 이야기를 하는 동안 레니는 진땀이 났다. 그는 아무말도 하지 않고 듣기만 했다. 그의 태도에서는 레니의 말을 정말믿고 있는지 아니면 믿지 않는지 읽어낼 수 없었다.

차를 타고 얼마가지 않는 거리였지만 레니가 사건에 대해 이야기하기에는 충분했다. 차가 멈추고 여자경찰이 내렸지만 형사는그대로 앉아 레니를 계속 보고 있었다. 그녀가 뭔가 감추고 있다는 것을 예감하고 있는 것은 아니었을까?

"비비안이 당신 방문 밑으로 밀어 넣었다는 메모 아직 가지고계신가요?" 그가 물었다.

"예, 제 방에 있습니다."

"당신 핸드폰으로 비비안이 인스타그램에 마지막으로 올린 내용을 보여주실 수 있나요?"

"예, 제가…… 아뇨, 안 돼요. 제 핸드폰이…… 그게…… 물에 빠졌어요."

"물에 빠지다니요?"

레니는 격하게 고개를 끄덕였다. "예, 운하에요, 어제 저녁에요. 제가…… 비비안이 걱정이 되어 그 하우스보트로 가 찾아보려고 했죠. 그녀는 없었어요. 그런데 그때 제 핸드폰이 운하에 빠졌어요."

이 말이 얼마나 말이 되지 않는지 레니조차도 알았다. 이제 형사도 그녀의 말을 못 믿겠다는 눈치였다. 그는 협박하듯이 눈썹을 감았다.

"그 하우스보트에 텐담 씨가 산다는 이야기죠?"

"최소한 그는 그렇게 말했어요."

"출판사 파티에서요?"

"예."

"그 파티에서 그 남자 왼손에 작은 손가락 하나가 없는 것을 보았다는 거지요? 얼굴은 못 보았지만 나이트클럽에서 비비안과 관계된 그 남자와 마찬가지로요."

"물론이죠."

"비비안은 왜 그 보트맨과 사귄다고 썼을까요?"

"내 말이 그 말이에요!"

형사는 잠시 더 그녀를 바라보다가 고개를 끄덕이며 차문을 열고 내렸다. 여자경찰이 레니쪽 차문을 열어주어 그녀도 경찰차를 나왔다.

그녀 앞에는 아일레나우 거리 39b번지 건물이 우뚝 솟아 있었다.

그 사이 레니는 이 집이 위협적이라 느꼈고 여기서 도망쳤으면 했다. 대신 그녀는 형사와 두 명의 경찰과 함께 집으로 들어갔다.


# 15


엔스 케르너는 레니 폰타네의 방에 들어섰다.

방은 크고 깨끗했으며 잘 정돈되어 있어 호텔방과 견줄 수 있을 정도였다. 어떤 면에서 호텔방보다 더 나은 면도 있었다. 그게 호텔방과 달리 이 방은 나름의 매력이 있었다.

"여기요, 메모지."

레니 폰타네는 손 글씨로 쓴 메모를 넘겨주었다. 엔스는 그 메모를 펴서 읽었다.

> 헤이, 시골뜨기 레니, 정말, 정말 미안해,
> 쏘리! 우리 오늘 저녁에 만나자, 응?
> 넌 믿지 못하겠지만, 나 그 보트맨과 사귀게 되었어!!!!
> 백만장자 말이야!!!


그는 레니를 쳐다보았다.

다시 레니는 엔스의 눈길을 피했다.

왜 그랬을까?

단지 레니가 부끄럼을 많이 타기 때문일까? 아니면 그녀가 옌스를 속이고 있기 때문일까? 옌스는 레니가 뭔가 숨기는 듯한 느낌을 받았다. 여러 해 동안 근무하면서 수없이 많은 심문을 하다 보니 불가피하게 이런 육감이 생긴 것이다.

"백만장자라니요?" 옌스는 물었다. "이게 무슨 말이에요?"

"글쎄, 비비안…… 그 친구는 부자를 낚고 싶어 했죠. 이 때문에 함부르크에 온 거예요."

옌스도 그러기에는 함부르크가 적당한 도시라고 생각했지만 그렇게 말하지는 않았다.

"그 백만장자가 텐담 씨죠. 그 보트맨?"

"저도 그렇게 생각합니다. 그의 손 때문에 달리 설명할 수 없군요."

옌스는 이 젊은 처녀가 좋은 목격자이고 올바른 추론을 하고 있다는 것을 인정할 수밖에 없었다. 하지만 이것이 텐담이 레니의 친구에게 위해를 가했다는 걸 의미한다고는 결코 장담할 수 없다. 비비안은 텐담과 함께 암스테르담으로 갔을 수도 있다. 이것도 당연히 논리적일 수 있다. 어쨌든 경찰이 수색했지만 텐담은 하우스보트에 없었다.

로사리아 레오네는 이 도시 안에서 숙소를 옮겼다.

야나 하이글은 명목상 베를린으로 갔다.

비비안은 암스테르담으로 갔다.

비비안이나 야나에게서는 그것을 증명할만한 소셜미디어 사진도 나왔다.

심증은 충분했다. 옌스가 자신이 쫓고 있는 사람이 젊은 여자 여행객을 납치하여 살해한 연쇄 살인범이라고 믿기에 이것으로 충분했다. 로사리아의 경우 수많은 운하 가운데 한 곳에 버려졌다.

이제 남은 의문은 그가 누구이고, 지금 어디에 숨어 있으며, 어떻게 피해자에게 접근 했는가 그리고 살해당한 간호사는 이 사건과 무슨 관련이 있는가이다.

"당신 말고 이 메모를 본 사람이 더 있습니까?" 옌스가 물었다.

레니 폰타네는 흠칫 놀랐다. 그녀는 바로 대답하고자 했으나, 잠시 머뭇거리고 방바닥을 보다가 다시 그를 쳐다보고 말했다. "아뇨, 없습니다."

"오케이, 나중에 경찰서에서 당신 지문을 채취할 것입니다."

옌스는 메모지를 접어 투명 비닐에 넣고, 레니 폰타네에게 비비안이 묶었던 방을 보여 달라고 부탁했다.

레니가 옌스를 그쪽으로 안내하고 문을 가리켰다.

"저기가 비비안 방이에요."

옌스는 이 여자가 뭔가 위축되어 있다고 느끼며, 그녀를 지나 문을 열었다. 그는 수색영장이 없다. 그래서 엄격하게 말하면 법을 어기고 있다는 것을 분명히 의식했다. 옌스는 자신이 위험할 수 있다는 것을 알았지만 개의치 않았다. 그는 집주인이 자신을 고발하지 못할 것이라 여겼다. 이 호텔도 불법이기 때문이다. 방은 크기나 시설 그리고 실내장식에 있어서 레니 폰타네의 방과 비슷했지만, 운하 쪽 전망은 볼 수 없었고 건물 뒤쪽으로 통해 있었다. 그곳 중간에는 커다란 호두나무 한 그루와 잘 가꾸어진 작은 정원이 있었다. 이 정원의 좌우와 뒤쪽은 이웃집과 경계를 이루고 있었다. 작지만 함부르크에서 찾아보기 힘든 목가적인 곳이었다.

옌스는 창가에서 몸을 돌렸다. "당신이 친구의 귀걸이를 찾은 곳은 어디입니까?" 그가 물었다.

레니 폰타네는 벽감에 설치된 벽장을 가리켰다.

"저 안에서요."

옌스는 양쪽 문손잡이를 잡고 날개문을 열었다. 그 다음 순간 그는 뒤로 물러났고, 고함치며 권총을 잡았다.

# 16

지하실, 큰 지하실이었다.

비비안은 영화에서만 이런 끔찍한 도구들로 가득 찬 지하실을 보았다. 영화를 보면서 그녀는 베개로 가슴에 누르며 그 몸서리치는 장면을 물리치곤 했다.

하지만 이 지하실은 진짜였다.

지하실은 너무 크고 넓어서 비비안이 그 규모를 가늠할 수 없었다. 깜깜하게 어두운 곳이 있는가 하면 은은한 조명이 비치는 곳도 있었다. 자연석으로 이루어진 벽은 영원히 무너지지 않을 것처럼 크고 우람했다. 이 벽은 어떤 소리도 통과시키지 않을 것 같았다.

지하실에 있는 장비는 또 어떠한가? 단단한 쇠사슬과 쇠갈고리, 쇠장식이 박힌 나무바퀴, 갈색가죽으로 된 기계체조 안마기구가 보였고, 탁자와 수납 칸에는 여러 기구나 도구들이 있었으며, 그 아래에는 칼이나 드릴, 집게가 놓여 있었다.

지하실로 내려가기 전에 비비안은 카트린에게 뭔가 약속을 했지만, 이 방을 보는 순간 그녀는 약속을 지키지 못할 것 같았다.

"난 네가 좀 거만하고 도도하게 굴었으면 해. 그렇게 할 거지?" 카트린이 그녀에게 물었다.

"내가…… 어떻게 하라는 거야?"

"거만하고 잘난 척하는 년처럼 굴면 돼. 한 번도 그렇게 해 본적이 없다고 말하지 마. 집주인을 안달 나게 하란 말이야. 그가 원하는 것을 바로 들어주지 마. 처음부터 비굴하게 놀지 말란 이야기야."

비굴하게 굴지 말라니?

사람들에게 굴욕감을 주거나, 고문을 가해 자기 뜻을 관철시키기 위해서가 아니라면 이 장비들은 어디에 쓴다는 말인가?

카트린이 뒤에 딱 붙어 있어서 비비안은 등에서 그녀가 숨 쉬는 것까지 느낄 수 있었다.

"대단하지, 그렇지!" 그녀는 조용히 말했다. "주인은 손으로 물건을 만드는데 천재야. 우리가 함께 즐기기 위해 그가 이 모든 것을 직접 만들었어."

카트린의 발길질에 비비안은 비틀거리며 지하 고문실로 들어갔다.

카트린은 비비안 뒤에서 문을 닫고 열쇠를 채웠다. 그녀는 비비안을 지나서 뭔가를 찾으려고 두리번거렸다.

"주인님?" 그녀가 소리쳤다. "저희 준비됐습니다."

한동안 그들 둘은 유심히 귀를 기울이며 서 있었다. 그때 비비안은 여기서 도망갈 기회를 노릴 수 있지 않을까 생각했다. 카트린만 마음대로 할 수 있다면 못할 것도 없었다.

하지만 그녀는 탈출할 기회를 잡지 못했다.

집주인이 외벽으로 둘러싸인 연결 통로를 통해 지하실로 뛰어들어왔다.

"문제가 생겼다." 그는 다급하게 소리쳤다.

그는 패닉에 빠진 것 같았다. 공포가 그의 얼굴에 고스란히 드러났다.

"이곳에서 저 여자를 치워야 해!"

그는 비비안을 가리켰다.

#5

Eilenau

39B

# 1

엔스 케르너는 마지막 담배 한 모금을 빨고 발코니에서 33구역 관할의 운하를 내려다보았다. 밤 8시가 훨씬 지난 뒤라 물은 밤처럼 시커멨다. 도로를 오고가는 차들이 서서히 줄어들었고 사람들은 이미 오래 전에 퇴근했다.

하지만 그는 아직 퇴근하지 못했다.

엔스는 프레데릭이 아일레나우 39번지 집에 설치된 붙박이장에서 무엇을 찾고 있었는지 무척 궁금했다.

옷장 문을 열고 그 안에 누군가 숨어 있는 것을 보았을 때 그는 깜짝 놀랐다. 긴 외투를 걸치고 너무 놀라 일그러진 표정을 짓고 있었던 프레데릭은 가공할 모습이었다. 그래서 엔스는 예전에 범인을 향해 총을 쏜 후 처음으로 권총을 잡았다. 그는 이런 저런 생각을 할 겨를도 없이 행동에 나섰다. 반사 신경이 아직 살아있다고 생각하니 기뻤다. 만약 그가 아직도 트라우마를 극복하지 못했다면 권총을 잡을 엄두도 못 냈을 것이다.

그 일이 있는 다음부터 그가 손을 얼마나 떠는지 아무도 모른다. 그 사건 뒤로 그는 담배를 연달아 피우지도 못할 정도로 손을 떨었다.

엔스는 지금까지 있었던 일을 곰곰이 생각했다. 그는 하루 종일 프레데릭을 찾아 다녔고 그러다 실종 신고자를 따라 출동하자마자 아일레나우 거리 39b번지의 옷장에서 그가 웅크리고 앉아 있었다.

이 주소는 레베카가 Corsa, Eile, Eilenau를 연결하는 기가 막힌 수수께끼 풀이로 알아낸 것이었다. 옌스는 이 풀이를 듣자마자 분명하게 확신했다. 하지만 로사리아 레오네가 실종될 당시에는 아무도 이런 생각을 하지 못했다. 옌스는 아직 크뉘퍼에게 이 사실을 알리지 않았다. 그럴 시간도 없어서 나중에 알려줄 생각이었다.

옌스는 이런 사실을 알게 되면 그 불쌍한 놈이 어떻게 나올지 예상하고 있었다.

로사리아가 당시 진짜 아일레나우 거리에서 묵었는지 오늘 당장 확인할 수는 없지만, 그곳에서 다른 실종사고가 있었다는 것만은 의심의 여지가 없었다.

레니 폰타네가 바로 오늘 실종신고를 내 준 것은 정말 다행이었다.

옌스는 이 젊은 처녀를 한 번 더 조사했다. 그녀는 울먹이면서 모든 진실을 즉시 이야기하지 않은 것을 사과했다. 레니 폰타네는 우연히 이 사건에 말려든 정직한 여자였다. 그녀는 동정심에서 프레데릭에게 아일레나우의 집에서 공짜로 묵을 수 있는 방법을 가르쳐 주었다. 그녀의 이야기는 틀리지 않았고 옌스는 그녀의 말을 믿었다. 30분 전에 옌스는 그녀를 집으로 보냈다. 레니를 계속 아일레나우의 집에서 지내게 하는 것이 옳은 것인지 몰랐다. 어쨌든 그렇게 방을 빌려주는 것은 불법이었다. 그런 불법행위를 막기 전에 그는 이 집주인인 헨드리크 텐담을 조사해 볼 작정이었다. 아마 그는 이에 대해 어떤 해명을 할 수 있을지도 모른다.

다만 텐담을 찾을 수 없을 뿐이었다. 프레데릭이 그가 타고 떠나는 것을 보았던 그 하얀 박스카도 보이지 않았다. 유감스럽게도 프레데릭은 그 차 번호판을 기억하지 못했다. 그리고 그런 종류의 배달차는 함부르크에 너무 많다. 특히 하얀색으로 도색된 차는 말이다.

옌스는 다 피운 담배꽁초를 모래 재떨이에 눌러 끄고 건물 안으로 들어갔다. 그는 자판기에서 커피 두 잔을 빼 들고 프레데릭이 얼마 전부터 대기하고 있었던 조사실로 들어갔다.

옌스가 문을 열자 프레데릭이 깜짝 놀라며 일어섰다. 그는 불안에 떨며 눈길을 어디에 둬야할지 몰랐다. 손은 깍지를 낀 채 두 다리 사이에 두고 있었다.

옌스는 커피잔을 그 앞에 두고 마주 앉았다.

"커피 맛은 죽여주지만 정신은 차려야 해요." 그는 고개로 커피잔을 가리키며 자기 커피를 마셨다.

잠시 망설이더니 프레데릭도 커피잔에 입을 댔다. 그가 지금 불안에 떨고 있다는 것은 누가 봐도 알 수 있었다.

"제가…… 체포된 것입니까?" 그는 물었다.

옌스는 어깨를 들썩였다. "지금 참고인으로 조사하려는 거요." 그는 말했다.

"알고 있는 것은 다 말할게요."

"오케이, 그러면 살인사건을 목격했던 그날 밤부터 시작합시다."

"젊은 갈색머리 남자가 몰고 가던 차가 제 앞을 지나갔습니다. 그때 저는 취해 있었지만 그것은 똑똑히 기억하고 있습니다. 그가 저를 좀비 보듯이 쳐다봤거든요. 잠시 후 그 차는 도로가에 섰습니다. 저는 그때 사고가 날 것 같다고 생각했죠. 작은 하얀색 배달차가 바로 그 뒤에 섰거든요. 그 다음에 살인범이 차 옆창문에 대고 총을 발사하는 것을 보았습니다. 두 발요. 그리고…… 그리고 창문에 피가 튀었지요."

프레데릭은 말을 멈추고 고개를 흔들었다.

"그 하얀색 배달차가 당신이 오늘 텐담 씨가 타는 것을 보았던 그 차와 동일한 것입니까?"

프레데릭은 고개를 끄덕였다. "저는 그렇게 생각합니다."

"그 차 이름이 뭐예요? 당신이 오늘 본 차가 진짜 그 차가 맞아요?"

"형태나 색깔은 일치하는데 무슨 차인지는 모르겠습니다…… 총을 쏘았던 그 남자…… 그 남자가 제 쪽으로 쳐다보았기 때문에 저는 도망쳤습니다."

옌스는 땅이 꺼질 것처럼 한숨을 쉬었다. 그는 그런 애매한 진술을 참을 수 없었다. 오늘 아무도 확실한 진술을 하지 않았다. 모두 기껏해야 '아닐 것 같은데', '아마', '경우에 따라', '모르겠네요'라는 말만 읊었다.

"그 차는 너무 멀리 있었고, 그때 저는 충격을 받은 상태였습니다." 프레데릭은 변명했다. "그 사람은 키가 크고…… 호리호리했습니다. 그러니까 어쨌든 그는 날씬한 편이었어요."

"그 다음 뭐 했어요?"

"글쎄 뭐 했을까요? 그냥 달아났지요."

"목격한 것을 바로 신고했어야지요."

"예, 압니다. 하지만 저는 그때 취해 있었어요. 겁도 났고요. 게다가 저는 지금 거리에서 살아요. 솔직히 말해 신고를 해도 누가 제 말을 믿으려 하겠어요?"

"거 참, 법정에서는 당신 증언이 채택되지 않을 수 있어요. 하지만 이 사건 수사에서는 달라요. 나는 당신이 목격한 것을 믿어요."

"미안합니다. 제가 멍청했나 봐요."

"맞아요. 그런데 이제 그건 잊어버려요. 그러니까 당신은 도망가서 숨어 있었다는 이야기죠?"

프레데릭은 고개를 끄덕였다. "그 사람이 저를 쫓고 있었거든요."

"확실해요?"

"내기를 걸 수도 있습니다. 이틀 후 저는 다시 사건현장에 가보았는데……"

"현장에요?"

"예, 그 현장에요…… 밤에. 제가 왜 그렇게 했는지 저도 잘 모르겠습니다만…… 그 사람이 있었어요. 심지어 저를 쫓아오기까지 했죠."

"그런데 당신이 달아날 수 있었다는 말이네요."

프레데릭은 예의 없이 히죽히죽 웃었다. "저는 자동차 사이드미러를 그의 머리로 던졌어요. 그때 그 남자가 넘어졌어요."

옌스는 갑자기 머리에서 통증을 느꼈다. 그는 지금도 머리에 있는 혹을 만지고 싶다는 충동을 억눌렀다. 그때 자신을 쓰러트린 사람이 살인범이 아니라 프레데릭이었던 것이다! 옌스가 살인범에게 기습당했다고 생각했는데 사실은 노숙자였다는 소문이 퍼진다면, 영원히 놀림감이 될 런닝개그 한 편이 완성되는 것이다.

"예, 저는 그 순간 제가 그 놈을 두들겨 조졌어야 했다는 것을 잘 알고 있습니다. 하지만 저는 겁이 났어요. 그래서 그냥 달아났어요." 그가 말했다.

"좋아요." 옌스가 말했다. "앞으로 일이 어떻게 될지 모를 일이죠."

그는 잔기침을 했다.

"그런데 어떻게 아일레나우 거리의 그 집을 눈여겨보게 되었나요?" 그는 갑자기 질문을 바꾸었다.

"그 집요? 전혀 아니에요."

프레데릭은 자신을 수소문하고 다니는 남자가 카약을 타고 운하를 돌아다닌다고 어떤 노숙자가 말해 주길래, 바로 그 사람을 쫓아 아일레나우 거리가 쿠밀렌타이히로 이어지는 지점까지 왔지만 그를 놓치고 말았고, 그곳에 정박해 있는 하우스보트를 계속 수색하다가 우연히 레니 폰타네와 부딪치게 되었다는 이야기를 옌스에게 해 주었다.

"그러다 하우스보트에서 범인을 만나기라도 했다면 어떻게 하려고요?"라고 옌스가 말했다.

프레데릭은 어깨를 들썩였다.

"그를 두들겨 조졌을까요? 내가 알아낸 사실을 들고 경찰서로 갔을까요? 저는 모르겠습니다. 다만 더는 달아나고 싶지 않다는 마음뿐이었습니다."

그때 갑자기 누가 노크했다. 제복을 입은 경찰관이 대답도 기다리지 않고 문을 열었다.

"그를 찾았습니다." 그가 흥분하여 소리쳤다. "텐담 말이에요. 우연히 찾았어요."


# 2


레니는 정신적으로나 육체적으로 완전히 녹초가 된, 자신을 집까지 태워준 출판사 사장 호르스트 제캄프에게 감사했다.

그는 여전히 끔찍하게 흥분하고 있었다.

"나는 텐담 씨를 믿습니다." 그가 자기 신형 BMW에 타자마자 말했다. "텐담 씨는 아무 관련 없을 거예요. 모든 것이 잘 해명될 것이라 확신해요. 당신 친구도 틀림없이 아무 일 없이 잘 있을 거예요."

"그러기만 바랄 뿐이죠." 레니가 대답했다.

"경찰이 뭐라 했죠?" 제캄프가 물었다. "그들이 나에게는 아무 설명도 하지 않으려고 해서요. 나도 이 문제와 연관되어 있는데 말이죠. 어쨌든 당신은 내 회사의 인턴이잖아요. 당신이 무탈하게 지내도록 하는데 나도 어느 정도는 책임이 있단 말입니다."

"많이 물어보지 않았어요."

그녀는 친절한 형사 옌스 케르너에게 했던 말을 다시 반복하고 싶지 않았다. 그밖에 옌스가 보안을 유지해달라고 신신당부하기도 했다. 사실 들은 것도 별로 없었다. 레니가 아는 것이라고는 2년 전에 실종된 젊은 이탈리아 여자가 나중에 운하에서 발견되었는데, 그 여자가 아일레나우 거리의 이 집에 묵었던 것 같다고 형사가 말했다는 것이 전부였다.

레니에게는 이것이 끔찍한 일이었다. 그래서 돌아오는 길에 기분이 썩 좋지 않았다. 레니가 뉴미디어 출판사에서 계속 인턴생활을 하기로 결심한 이상, 그렇다고 딱히 할 수 있는 일도 없었다. 문제가 있다고 해서 집으로 달아날 수는 없었다. 나만을 위한 삶을 시작하겠노라고 엄마에게 약속했기 때문이다.

"경찰은 제게 뭐든 말을 해주어야 했어요." 제캄프는 주장을 굽히지 않았다. "레니 폰타네 양, 당신은 내게 털어놓을 수 있지요. 텐담 씨가 진짜 당신 친구에게 몹쓸 짓을 했습니까?"

레니는 제캄프가 어디서 이런 내용을 알게 되었는지 몰랐다. 그녀는 사장에게 이런 이야기를 한 적이 없었다. 헨드리크 텐담이 이 출판사의 후원자라 공연히 이런 이야기를 했다가 제캄프의 미움을 사고 싶지 않았기 때문이었다.

그녀는 이제야 자신이 얼마나 절망적인 사건에 연루되어 있는지 알았다.

"형사는 제가 무엇을 보았는지 알고 싶어 했습니다." 레니가 대답을 피했다.

"그러면 당신은 뭘 보았는데요?"

이 질문을 할 때 제캄프의 목소리는 전과 달랐다. 더 이상 할아버지처럼 걱정하는 목소리가 아니라 뭔가…… 저의가 있는 듯한 목소리였다. 그 외에도 그녀에게 아주 이상한 눈길을 던졌다.

레니가 사장에게 손가락이 없는 남자 이야기를 해도 괜찮을까? 옌스는 이런 목격 내용을 높이 평가하고 그녀가 추정한 연관성이 수사상 충분히 의미가 있다고 말했다. 아마 그녀가 읽었던 많은 추리소설들이 이에 도움이 되었을 것이다.

손가락 하나가 없다는 건 그녀가 의심할만한 근거가 되었다. 그리고 텐담이 작은 하얀 박스카, 즉 그날 밤 살인범이 타고 나왔던 것과 같은 차를 타는 것을 프레데릭이 목격했다는 상황도 당연히 근거가 되었다.

갑자기 레니는 기관지가 수축되고 심장이 쿵쾅거리는 것 같았다. 동시에 몸에 열이 올랐다가 다시 차가워지기도 했다.

출판사 창립기념 파티 때 레니는 제캄프 씨의 아들 크리스티안과 물건을 날랐다. 그때 두 사람은 작은 하얀 배달차를 타지 않았던가!

레니는 재빨리 제캄프 씨 쪽을 쳐다보았지만 그는 운전에 집중하고 있어서 그녀가 지금 공황상태에 빠져 있다는 것을 눈치 채지 못했다.

맙소사! 레니는 이 모든 게 사실이 아니었으면 하고 생각했다.

"레니 폰타네 양?" 제캄프가 그녀의 생각을 끊었다. "어디 안 좋아요? 얼굴이 너무 창백해요!"

"제가……" 레니는 이 기회를 이용해 아픈 척 하면서 머리를 만졌다. "지금 머리가 많이 아파서……"

"이상할 것도 없지요. 불쌍해라! 너무 흥분해서 그래요. 곧 도착할 거니까 조금만 참아요."

제캄프는 레니의 무릎을 쓰다듬었다. 그때 그녀는 등에 소름이 돋는 것 같았다.

"당신 진짜 텐담 씨의 유죄를 증명할만한 사실을 목격했어요?" 제캄프 씨는 다시 그 질문으로 돌아왔다.

레니는 고개를 흔들었다.

"아뇨, 제가 아는 것이라고는 비비안이 사라졌고, 마지막으로 그 하우스보트에 있었을 확률이 있다는 것뿐입니다."

"하우스보트라니요? 당신이 어떻게 그것을 알게 되었죠?"

"실종되던 날 밤에 친구가 문 밑으로 메모지를 밀어 넣었는데, 거기서 알게 되었어요."

"아 그래요." 제캄프의 목소리가 한결 가벼워졌다. "글쎄 뭐 내가 말했던 것처럼 모든 것이 잘 해명되겠네요. 당신도 분명히 알게 될 거에요. 텐담은 그 사건과 아무 관련이 없어요. 내가 지금까지 많은 인턴사원을 그의 집에 묵게 했지만 아무 일도 없었어요. 자 이제 도착했네요."

그는 아일레나우의 빌라 앞 두 번째 열에서 차를 멈추고 차 키를 뺐다.

"위에까지 바래다 드릴게요." 그가 말했다.

"그럴 필요 없는데"

"지금 당신 상태로는 그렇게 하는 것이 좋아요. 사양하지 마세요."

레니가 무슨 말을 하기도 전에 그는 차에서 내려 한 바퀴 돌아 차문을 열어주었다.

그녀는 어쩔 수 없이 그의 도움을 받아야 했다. 그때 그녀는 될 수 있는 대로 빨리 옌스 형사에게 전화를 해 출판사 배달차에 대해 이야기해주고 싶었다. 하지만 제캄프가 근처에 있어 그럴 수가 없었다.

그는 레니의 몸에 불필요할 정도로 팔을 꽉 끼어 넣었다. 레니는 전에 그가 자기 몸을 더듬었을 때는 단지 불쾌하기만 했지만 이번에는 위협감을 느꼈다. 하지만 레니는 저항할 수 없었다.

레니는 그에게 붙들린 채 5층 현관문까지 올라오면서 마치 사형대에 끌려가는 것 같았다.

# 3

두 명의 경찰이 옌스 케르너 형사의 지시를 받고 텐담의 하우스보트에서 기다리고 있다가 그를 만났다. 경찰 보고에 따르면, 텐담이 너무 자신 있게 나와 놀랐다고 했다. 무슨 사건인지 경찰이 말해주려 하지 않았는데도 텐담이 바로 협조하겠다고 말했다는 것이다. 지금 텐담은 자신이 중요한 범죄의 참고인 신분으로 조사받는 것으로 알고 있었다. 하지만 옌스는 은밀히 용의자 심문이라 생각했다. 그는 아직 체포영장을 신청해달라고 상관에게 보고하지 못했다. 그러기에는 증거가 충분하지 않았다. 결정적인 증거가 나오지 않았던 것이다. 인터넷 공유숙박 예약 사이트인 BedtoBed에 관련 내용을 조회해 보았지만 회신이 아직 오지 않았다. 이 회사는 여러 나라에 있고 예약은 완전 자동화 시스템으로 이루어진다. 그리고 그곳에서 누가 협조할지도 모른다.

아직 옌스는 야나 하이글이 텐담의 집에 방을 예약했는지 아니면 함부르크의 다른 곳에서 묵었는지 몰랐다. 이것은 로사리아 레오네도 마찬가지였다. 그는 내일을 위해 증거를 찾았으면 했다. 만약 옌스가 아직 성(姓)도 모르는 실종자 비비안과 두 명의 다른 아가씨들이 아일레나우 39b번지에 묵었다는 증거만 확보한다면, 텐담에 대한 체포영장 발부는 문제가 없을 것이다.

그런데 심문은 잠시 지체되었다.

텐담은 이미 30분 전에 3호 조사실에 도착해서 참을성 있게 기다리고 있었다. 이 남자는 돈도 있고 영향력도 있으며 좋은 변호사를 고용할 수도 있다. 이런 그가 너무 오래 참고 기다리지는 않을 것이다.

텐담이 자리를 떠나려고 할 때쯤 옌스가 조사실에 들어왔다. 그는 옌스와 키가 똑 같았고 날씬한 편이었으며 완전히 검은 머리에 근육질의 몸이었다. 누가 봐도 미남이었다. 옌스는 IT전문가 리누스 티첸이 했던 말을 떠올렸다. 텐담은 티첸이 설명한 것처럼 잘생겼다. 옌스는 무조건 텐담의 사진을 티첸에게 보내야겠다고 마음먹었다. 그의 프로그램과 이 사진을 맞추어 보기 위해 말이다. 티첸은 올리버 키나트가 찍은 사진의 상태가 좋지 않지만, 용의자와 비교하면 하얀 박스카의 핸들을 잡고 있는 사람이 누군지 60퍼센트 정도는 밝힐 수 있다고 했다.

옌스는 텐담과 악수하며 자기를 소개한 다음, 다시 자리에 앉아 달라고 부탁했다.

"기다리게 해서 죄송합니다." 그는 대화를 시작했다. 분위기를 좋게 가져가는 것도 나쁠 게 없었다.

"글쎄 저야 물론 도와드리고 싶습니다. 하지만 지금까지 저를 대하는 방식을 보니 좀 무례하신 것 같군요. 제가 중범죄자인 것 같이 느껴집니다."

옌스는 사실상 중범죄 혐의를 받고 있다는 점을 분명히 밝히고 싶었지만 그만두었다.

"말씀드린 것처럼 죄송합니다. 공교롭게도 처리해야 할 일이 갑자기 너무 많이 생겨서 그렇게 되었습니다."

"좋습니다. 이건 그냥 넘어가죠. 어떤 문제인지나 말해주세요." 텐담이 워낙 말을 가려가며 교양 있게 해서, 그의 목소리에서 신경질이나 화 같은 것은 느낄 수 없었다.

"당신이 아일레나우 거리 39b번지의 부동산 소유주입니까?" 옌스가 단도직입적으로 물었다.

"아닙니다. 저는 아니에요."

오! 처음부터 예기치 않은 상황이 벌어졌다.

"제가 다른 정보를 가지고 있나 봅니다."

"당신 정보가 틀렸습니다. 저는 그 빌라의 한 층만 소유하고 있습니다. 정확하게 말해서 5층이지요."

옌스는 그것을 메모했다.

"나머지 층은 누구 것입니까?"

"저야 모르죠. 공동소유인 것 같은데 그 문제는 제 변호사가 담당하고 있습니다. 여기서 제가 알고 싶은 것은 제가 변호사를 불러도 되는가 하는 것입니다."

옌스는 입을 삐죽였다. "그것은 전적으로 당신이 결정할 일입니다. 당신은 지금 참고인 자격으로 조사받고 있습니다."

"그러니까 피의자 신분은 아니라는 거죠?"

"예, 아닙니다."

"좋습니다. 그러면 우선은 변호사의 조력을 받는 것은 그만두지요."

"오케이, 당신은 공유숙박 예약 사이트를 통해 방을 임대하시죠?"

"맞습니다. Bedtobed.com입니다."

"비비안이라는 이름의 젊은 여성에게 방을 빌려준 적 있습니까?"

"솔직히 털어놓으면, 제가 예약을 점검하거나 방을 빌린 사람과 이야기를 나누지는 않습니다. 모든 것은 컴퓨터로 자동처리됩니다. 시스템이 워낙 좋잖아요."

"그렇다면 바꿔 물어보죠. 비비안이라는 여성을 아십니까?"

"나는 비비안이라는 사람을 모릅니다. 성은 무엇입니까?"

"그것은 우리도 아직 모릅니다." 옌스는 시인할 수밖에 없었다. 이에 대해 텐담은 약간 조롱조로 눈썹을 치켜떴다.

"아하" 그는 말했다. "그러니까 현재 저는 방을 빌린 여자분들 가운데 한 명만 알고 있습니다. 레니 폰타네 양요. 뉴미디어 출판사 파티에서 그녀를 만났습니다. 우리는 잠깐 이야기를 나누었을 뿐입니다. 레니 폰타네 양은 잘 있죠?"

옌스는 남자를 응시했다. 텐담이 자발적으로 레니 폰타네를 알고 있다고 인정한 것은 그리 놀랄 일이 아니었다. 그것은 쉽게 확인할 수 있었기 때문이다.

"예, 레니 폰타네 양은 잘 있습니다. 그녀가 실종신고를 냈죠. 그녀의 친구 비비안요. 레니 폰타네 양은 그 아가씨가 무슨 일을 당했을지도 모른다고 걱정하고 있어요."

"그러면 그 때문에 경찰이 내 집을 뒤지고 불법적으로 내 하우스보트에 머무는 거군요? 저는 지금 상당히 놀랍고 화가 난다는 이야기를 분명히 하지 않을 수 없군요."

"그렇지만 사람의 생명이 걸린 문제입니다." 옌스가 이의를 제기했다.

"예, 오케이, 그것은 이해합니다. 하지만 이곳은 함부르크입니다. 당신이 성도 모르는 비비안에게 진짜 무슨 일이 일어났다 해도 함부르크 어디에서나 일어날 수 있는 일이에요, 그렇지 않아요? 경찰이 왜 제일 먼저 저에게 온 거죠?"

옌스는 증거가 될 만한 더 많은 정보를 내놓아야 한다는 것을 알았다. 그렇지 않으면 텐담에게서 아무것도 얻어낼 수 없을 것 같았다.

그래서 그는 털어놓았다. "실종된 여자가 두 명이나 더 있습니다."

"뭐라고요? 그들도 우리 집에서 묵었어요?"

"그들은 온라인으로 여기 방을 예약하고 혼자 여행에 나섰습니다. 이건 사소한 일치점이 아니에요."

텐담은 책상에 바싹 붙어 눈을 가늘게 뜨고 옌스를 쳐다보았다.

"그 여자들이 모두 내 집에 묵었다는 거요?" 그는 다시 물었다.

"아직은 모릅니다." 옌스는 시인할 수밖에 없었다.

"그러면 당신들도 아직 많은 것을 모르고 있는 거군요."

텐담은 몸을 뒤로 기대면서 가슴에 팔짱을 꼈다. 왼손에 작은 손가락 하나가 없는 것이 옌스의 눈에 띄었다.

"당신들 너무 성급한 것 아니에요? 이로 인해 행어 나쁜 소문이라도 퍼지게 되면 내게 어떤 결과를 초래할지 먼저 한번이라도 생각해 보았습니까?"

"어떤 나쁜 소문이 퍼질 수 있다는 말입니까?"

"형사님, 그런 말장난일랑 그만두시죠. 그렇지 않으면 바로 일어나서 나갈 거예요. 내 생각으로는 제 변호사가 당신에 대한 직무 감사 청구를 준비해야 할 것 같군요."

"처음에 당신이 기꺼이 돕겠다고 말했잖아요."

"처음에 당신은 내가 참고인으로 조사받을 것이라 했습니다. 말이 바뀐 것 아닌가요?"

그들은 검객처럼 눈길을 부딪쳤다. 텐담은 결코 위축되지 않는 사나운 개 같았다.

"하얀 소형배달차를 갖고 계시죠?"

"내가요? 아닌데요. 어떻게 그런 말을 하는지요?"

옌스는 텐담과 이야기를 시작한 뒤, 처음으로 그가 대답하기 전에 잠깐 주저한다는 것을 눈치챘다. 그가 여기서 거짓말을 한 걸까?

"당신 가끔 이 차를 타잖아요?"

"도대체 왜 이런 질문을 하는 거죠?"

"대답이나 하세요."

"아뇨, 대답하지 않겠어요. 조사도 그만하죠. 내일 일찍 제 변호사와 상담해 보겠습니다."

"이미 말씀드린 바와 같이 그것은 전적으로 당신이 결정할 일입니다. 물어볼게 하나 더 있습니다. 혹시 운하에서 카누를 타시나요?"

"예, 그렇습니다. 정확하게 말하면 카약이죠. 정기적으로 카약을 탑니다. 그런데 그것이 실종된 아가씨와 무슨 상관입니까?"

"그 아가씨들 가운데 한 명이 운하 바닥에서 발견되었습니다. 소포처럼 온몸이 철삿줄로 감긴 채 말입니다."

텐담은 옌스를 뚫어지게 쳐다보았다. 그의 눈길은 의도를 알 수 없었다.

마침내 그가 일어났다.

"끝났죠?"

"오늘은 끝입니다. 그런데 다시 소환에 응해 주십사 부탁드리고 싶네요."

"그것은 제 변호사가 답변할 것입니다."

"왼손 작은 손가락은 어쩌다가 그리 되었는지 물어봐도 되겠습니까?"

텐담은 손을 들고 진짜 손가락이 없는지 확인하려는 것처럼 살펴보았다.

"오래되었죠." 그가 말했다. "그런데 왜 여기에 관심을 가집니까?"

옌스는 웃기만 했다.

"그냥요."

그의 눈길은 텐담에게 이 질문이 매우 중요하며 결코 무의미하지 않다는 것을 암시했다. 하지만 옌스는 이 남자에게 그런 질문을 한 배경까지 알려주고 싶지 않았다. 만약 그가 범인이라면 옌스가 자기 뒤를 바싹 쫓아왔다고 생각할 것이기 때문이다.

텐담은 더 이상 말하지 않고 조사실을 떠났다.

옌스는 의자 등받이에 기대며 앉아 볼펜머리 부분으로 자기 앞이빨을 톡톡 치면서 생각에 잠겼다.

그때 누군가 문을 두드리고 머리를 들이밀었다.

"1호 조사실을 사용하려고 하는데요." 그는 투덜거렸다. "그 노숙자가 얼마나 더 그 방에 있어야 하나요?"

"아, 망할!" 옌스는 소리 지르며 의자를 박차고 나갔다.

그는 텐담 때문에 너무 흥분해 프레데릭 피르스터를 잊어버리고 있었다. 아무도 신경 쓰지 않았기에, 그는 한 시간 전부터 그곳에서 하는 일 없이 앉아 빈둥거리고 있었다.

프레데릭은 아마 이 재미없는 곳에 있는 걸 좋아했을 것이다.

옌스는 그의 협조가 필요할 때가 있을 거라 생각했다.

옌스에게는 좋은 아이디어가 있었다.

# 4

"레니 폰타네 양, 그 밖에 더 도와드릴 게 없을까요?"

호르스트 제캄프는 그녀에게 몸을 바싹 붙였다. 그는 레니의 얼굴 가까이 손을 가져가 손가락으로 뺨을 어루만졌다.

"당신에게는 정말 끔찍한 하루였네요. 원하면 조금 더 머물 수도 있는데요."

제캄프는 레니를 5층까지 바래다주었을 뿐만 아니라 방안까지 함께 들어가겠다고 고집을 부렸다. 레니는 어떻게 해야 그가 기분 나쁘지 않게 거절할지 몰랐다.

왜 그녀는 지금 자신의 속내를 그냥 털어놓지 못했을까? 다른 사람들은 잘 해내는데 말이다. 하지만 레니는 속마음을 늘 숨기며 살았다. 다른 사람들이 자기를 험담하는 것을 싫어했기 때문이었다. 이런 점은 늘 좋은 모습만 보이고 작은 시골동네 이웃들의 입방아에 오르내릴 구실을 주지 않는 것을 중시했던 어머니를 빼닮은 것이었다. 그래서 레니는 다른 사람들에게 감정을 폭발시킬 일이 생겨도 늘 거짓말을 했다. 그녀는 문제가 무엇인지 당연히 알고 있었다. 그녀는 언제나 알고 있었지만 그것은 전혀 중요하지 않다고 여겼다. 중요한 것은 옳고 그름을 따지는 것이 아니라 다른 사람들과 원만하게 지내는 것이었다.

레니는 지금 아무 반응도 보이지 않는다면 제캄프가 귀찮게 나올 것이라는 것을 알았다. 최소한의 공감 능력이나 지성이 있는 남자라면 지금 그녀가 어떤 감정인지 알 수 있을 것이지만, 레니가 주저하거나 소극적으로 나오면 그는 동의하는 것으로 해석할 것이다.

"몸을 떨고 있네요. 어서 가서 침대에 앉아요."

제캄프는 레니의 어깨에 손을 올렸다. 그는 레니의 몸을 돌려 부드럽지만 세게 매트리스 쪽으로 밀었다. 그 다음 앞으로 걸어와 레니의 얼굴 바로 앞까지 다가섰다.

그때 레니가 벌떡 일어났다. 머리로 제캄프의 턱을 들이받을 정도로 세고 빠르게 말이다. 레니는 그의 이빨이 부딪치는 소리를 들었다. 제캄프는 비명을 지르고 비틀거리며 뒤로 물러나더니 두 손으로 입을 눌렀다.

그는 깜짝 놀란 듯 눈을 크게 뜨고 레니를 쳐다보았다.

"나는 당신이…… 빨리 제 방에서 나가주세요." 레니는 그를 힘껏 앞쪽으로 떠밀었다.

"혀를 깨문 것 같은데." 제캄프는 손으로 입을 막은 상태에서 우물우물 말하고는 입에서 손을 뗀 뒤, 피가 나는지 확인했다. 실제로 입 안쪽과 입술에는 립스틱을 바른 것처럼 빨갛게 피가 묻어났다.

제캄프는 손으로 입을 닦아 피를 보더니 마침내 레니를 쳐다보았다. 순간적으로 그의 눈길이 변했다. 놀람도 모두 사라지고 고삐 풀린 분노도 누그러졌다.

"이 배은망덕하고 바보 같은 년." 제캄프는 낮지만 위협적인 어조로 말했다. 아버지 같이 온화한 태도도 사라졌다.

레니는 성폭력 수업시간에 배운 내용을 떠올렸다.

> 큰 소리로 여기저기 돌아다니며 소리쳐서
> 다른 사람들의 눈길을 끌어라.
> 결코 조용히 당하고 있지 말라.

그녀는 문 쪽으로 달려 나가 문을 열고 복도 쪽으로 한 발을 내밀었다.

"가 주세요, 지금 당장요!" 레니는 크게 고함쳤다. "아니면 소리 지를 거예요. 될 수 있는 한 크게 도와달라고 소리 칠거란 말이에요."

제캄프는 주저했다. 그는 레니의 말이 진심인지 알아보려 했다. 이 순간 분노와 공포가 힘을 불어 넣어 레니는 그의 눈길을 피하지 않고 당당히 맞설 수 있었다. 더욱이 그녀는 집게손가락을 펴 그에게 나갈 길을 가리키기도 했다.

"꺼져, 당장!"

그녀의 목소리에 갑자기 나타난 이 결연함은 어디서 온 것일까?

제캄프는 또 한 번 입을 닦고 움직이기 시작했다.

문에서 그는 또 한 번 레니에게 다가 왔지만 몸에 손을 댈 생각은 하지 못했다.

"인턴 실습은 걱정 안 해도 돼요." 그는 말했다. "여기 이 방도요."

레니는 그가 복도의 반 정도 갈 때까지 기다렸다가 너무 화가 나고 무서워서 소리질렀다.

"당신 회사 인턴 잘리는 것쯤은 신경도 안 써! 난 당신의 웨이트리스가 아니란 말이야."

그녀는 현관문이 닫힐 때까지 기다렸다가 방으로 돌아와 문을 닫고 떨리는 손가락으로 걸쇠를 걸었다. 레니는 창문 쪽으로 걸어가 커튼 사이의 틈을 통해 제캄프가 차를 타고 떠나는 것을 살펴보았다.

제캄프는 떠나기 전에 분노와 악의에 찬 눈길로 레니의 방 창문 쪽을 다시 한 번 올려 보았다.

레니는 창문에서 뒷걸음질로 물러나 침대로 가 쓰러졌다.

그녀는 자신이 방금 무슨 일을 했는지도 몰랐다.

그것이 잘못된 것일까? 어쩌면 제캄프가 그녀를 도와주려 했을지도 몰랐다. 그러면 그녀가 그를 오해했단 말인가?

아니다, 그런 생각은 그만하자고 속으로 그녀는 말했다. 모든 책임을 너에게 돌리지 마. 제캄프는 스스로 떠들고 있는 것처럼 그렇게 친절하고 교양 있는 출판사 사장이 아니야. 파티 때부터 너도 알고 있었잖아.

레니는 생각을 가다듬고 어렵사리 안정을 찾으며 곰곰이 생각했다.

지금 막 제캄프는 더 이상 믿을 수 없는 사람이라는 것을 증명했다. 만약 그가 이 일에 깊이 개입되어 있다면 어쩌지? 출판사의 하얀 배달차가 그것을 증명하는 것은 아닐까?

제캄프와 헨드리크 텐담이 어쩌면 공범이 아닐까? 그들이 젊은 여자들을 이 집으로 유인해 납치하고 살해했을까?

레니는 무조건 형사에게 이런 이야기를 해야 했다.

문제는 어떻게 하느냐였다.

방에는 전화가 없었고 핸드폰은 운하에 빠져 있었다.

레니는 나가서 바깥 어딘가에서 전화를 해야 했다.

그것도 지금 바로 말이다.


# 5


"우리 도망가자!"

남편은 간절한 눈길로 바라보았지만 카트린은 그 눈길을 참을 수 없었다. 그들은 막다른 골목 어두운 도로에 차를 정차해 놓고 앉아 있었다.

"말도 안 돼." 그녀는 말했다. "그동안 우리는 너무 많이 투자했어. 이제 처음으로 별것도 아닌 문제에 부딪쳤다고 달아나지 않을 거야."

"이건 작은 문제가 아니야! 경찰이 우리를 쫓고 있다니까. 그리고 레니 폰타네도 뭔가 냄새를 맡은 것 같고."

"그 여자는 아니야. 어림짐작만 하고 있거나 잘해봤자 헤매고 있을 거야. 그건 우리가 바라는 바지. 안 돼, 지금 우리가 없어지면 스스로 자백하는 꼴이 될 거야."

"나 겁나."

"그래서! 당신은 마음을 다스리는 법을 배워야 해. 심약한 사람들만 겁먹고 무릎을 꿇지."

"난 그런가 봐. 나약해."

카트린은 그를 쳐다보았다. 남편은 파도가 바위에 부딪쳐 부서질 때처럼 상대의 안식과 신뢰, 기(氣)를 쓸어가 버리는 남자였다.

"그래, 아마 당신은 그럴지도 몰라." 그녀가 말했다.

이 말은 가혹했다. 카트린도 그것을 눈치 챘다. 하지만 자신도 큰 압박을 느끼고 있는 지금, 그녀는 더 이상 남편을 응석꾸러기 동생으로 만들 수 없었다. 어쩌면 지금까지 했던 모든 일과 이에 투자한 시간이 물거품이 될지도 몰랐다. 많은 사람들이 말하듯 사람은 쉽게 변하지 않는다. 그러나 카트린은 이 말을 믿지 않았다. 그리고 오래 전부터 남편은 자신을 능가할 가능성도 엿보였다. 하지만 단 한가지만은 안 되었다. 아무리 격려해도 남편의 위축된 자신감을 키울 수 없었다. 남편이 자기보다 커지는 것을 보지 못해 자기 남자들을 잡초처럼 고사시키는 여자들도 있다. 카트린은 그런 여자는 아니었다. 오히려 그녀는 남편을 키우려 하는 여자였고, 자기 기대를 저버리는 남편을 나무라며 왜 그러는지 이해하지 못하는 여자였다. 카트린은 칭찬 따위는 모르는 여자였다. 남편을 완벽한 파트너로 만들기 위해서 그를 어떻게 다루어야 할지 잘 알고 있었다.

그렇게 많은 시간을 들였고, 그렇게 많이 인내했으며, 그렇게 많은 희생자를……

그런데 지금 어쩌자고?

남편은 별거 아닌 어려움에도 좌절했다.

카트린은 자신이 실수로 남편을 잘못 보았다는 것을 인정하지
못했다. 그렇다고 그런 생각을 아예 안 한 것도 아니다. 그녀의 인
내심이 한계에 이르렀다.

"나는 그렇게 생각하지 않아." 카트린은 말하며 그의 손을 잡았다.

그 손은 사람을 죽일 수 있는 손이었다. 남편은 이미 이것을 증
명했다.

"우리 함께 이 난관을 이겨내자. 알았지! 우리 서로 사랑하잖아."

남편은 고개를 끄덕였다. 그는 마지못해 미소를 지었다.

"이제 우리에게 필요한 일이 무엇인지 분명히 알겠어." 카트린이
말했다. "우선 그 시골뜨기부터 해치워야 해."

# 6

스마트폰 시대에 어디서 전화를 할 수 있을까? 아직 공중전화
박스가 있을까?

레니는 몰랐다. 비상사태라 식당이나 근처 파출소에 바로 부탁
할 수 있다. 하지만 그녀는 파출소가 어디 있는지 몰랐다. 그래서
레니는 함부르크에 도착한 첫날 비비안과 함께 아침을 먹기 위해

접어들었던 방향으로 그냥 걸어갔다. 그녀는 운하를 따라 걸어가다가 도로를 건넜다.

몇몇 사람들이 전화를 하는 것처럼 귀에 핸드폰을 대고 다가왔다. 하지만 레니는 길에서 모르는 사람에게 전화기를 빌려달라고 부탁할 용기가 나지 않았다.

혼자말로 그녀는 '해야 돼. 한계를 뛰어 넘어 한번 시도해 봐. 방금 제캄프 씨한테도 멋지게 성공했잖아'라고 했다.

그녀는 핸드폰을 가진 여자가 다가오기만을 기다렸다. 옷을 잘 차려입은 40대 중반 아줌마가 오른팔에 쇼핑백 두 개를 들고 왔다. 쇼핑백은 옷 정도만 담을 수 있을 정도로 가벼운 것이었다.

"실례합니다." 레니가 말을 걸었다.

그 여자는 레니를 쳐다보더니 전화를 끊지도 발걸음을 멈추려 하지도 않았다. 레니는 속수무책으로 그녀가 나무 사이로 사라지는 것을 지켜볼 수밖에 없었다.

오케이, 금방 포기하지만 말자. 첫술에 배부를 수는 없잖아.

하지만 너무 늦은 시간이었다. 거리는 어두웠고, 거리에 나와 걸어 다니는 사람은 많지 않았다. 레니는 남자에게는 말을 걸고 싶지 않았다. 그래서 어린 여자아이들이 다가올 때까지 달리고 또 달렸다. 14살쯤 되어 보이는 여자아이들이 열심히 수다 떨거나 스마트폰으로 문자를 보내며 오고 있었다.

"잠깐만요." 레니는 좀 전의 아줌마를 부를 때보다 더 크고 또렷하게 말을 걸었다. "급하게 경찰에 전화를 해야 하는데, 핸드폰 좀 빌릴 수 있을까?"

그들은 레니의 말을 듣고만 있었다. 그녀의 부탁은 오해할 수 없는 것이었지만, 여자아이들은 레니가 딴 나라 말을 하고 있다는 듯이 빤히 바라보기만 했다.

"꺼져!" 그들 가운데 한 명이 말했다. 그들은 큰 소리로 깔깔거리며 레니를 그대로 두고 가버렸다. 한 아이가 그녀 쪽으로 몸을 돌렸다. 그 아이는 공감하는 눈길을 보냈지만 친구들과 함께 가버렸다.

만약 이 순간 누군가 나타나서 도와주지 않았다면 레니는 울었을지도 몰랐다. 그녀는 이 젊은 남자의 존재를 전혀 눈치 채지 못했다.

"헤이." 그가 레니에게 말을 걸었다. "경찰에 전화한다고요?" 남자는 레니에게 스마트폰을 보여주었다.

레니는 너무 놀라 바로 대답하지 못했다.

"제가 도와드릴게요."라고 말하며 그는 자기 전화기를 가리켰다. "여기요. 110번요. 전화하세요."

레니는 생각을 가다듬고 바지주머니에서 옌스 형사가 조사를 마친 후 주었던 명함을 찾았다.

"저는 이 번호로 전화를 해야 해요." 레니는 과장된 목소리로 또렷하게 말하고 남자에게 명함을 보여주었다. "이 사람 형사예요. 그리 오래 걸리지 않을 거예요."

"오케이, 오케이, 전화하세요."

남자는 레니에게 전화기를 거의 떠넘기다시피 했다.

"독일인들이 나를 돕고, 나는 당신을 돕습니다." 젊은 남자가 말했다. 그의 미소가 너무 솔직하고 호감이 가 레니의 마음은 다시 따뜻해졌다.

그녀는 전화기를 받아 명함에 있는 전화번호를 눌렀다. 엔스 형사가 바로 받았다. 레니는 흥분한 목소리로 파티 날 크리스티안 제캄프와 함께 파티용품을 날랐던 출판사 소유의 하얀색 작은 배달차에 대해 이야기했다. 그녀는 또 텐담이 뉴미디어 출판사 재정적 후원자라는 이야기와 사장의 이상한 행동까지 엔스 형사에게 보고했다.

이야기를 다 했을 때 레니는 완전히 숨이 차올랐다.

"전화해줘서 고마워요." 엔스 형사가 말했다. "이 정보가 매우 도움이 될 것 같네요. 내일 아침에 바로 조사해 볼게요. 안녕히 주무세요, 레니 폰타네 양. 내일 연락드릴게요."

엔스는 전화를 끊었다. 레니는 엔스가 모든 내용을 너무 담담하게 들어서 실망했다. 그는 왜 레니처럼 흥분하지 않았을까? 비비안 실종사건 담당 형사이면서 말이다!

레니는 젊은 남자에게 전화기를 돌려주고는 고맙다고 인사했다. 젊은 외국남자는 레니를 친절하게 바라보았다. 과연 그는 레니에게 어떤 일이 일어났는지 이해했을까?

"괜찮아요?" 그가 물었다.

"아니오. 괜찮지 않아요."

그의 얼굴은 레니의 감정 상태를 잘 반영하고 있었다.

"더 도와드릴 일이 없을까요?"

그렇다. 그녀는 도움이 필요했다. 하지만 그가 도울 수 있는 일이 아니었다.

"정말 고마웠습니다. 정말 큰 도움이 되었어요."

레니는 몸을 돌려 자리를 떠났다.

몇 분 동안 생각에 깊이 잠겨 일정한 목표도 없이 무작정 걸어가다 레니는 지금 잘못된 길로 접어들었다는 걸 알았다. 보이는 것마다 그녀에게 낯설었다. 이 도시는 레니에게 늘 수수께끼 같았고 앞으로도 계속 그렇게 남을 것이다. 레니는 몸을 한 바퀴 빙 돌렸다. 어디로 가야 아일레나우로 가지? 그녀는 더는 운하를 보지 못했다.

레니는 옌스 형사와 통화하고 난 뒤 반대방향으로 가고 있다고 여겼기 때문에 길을 돌렸다. 언제든지 운하만 나오면 그녀는 제대로 가고 있는 것이다.

거리의 행인들은 점점 줄어들다가 마침내 한 명도 보이지 않았다. 더욱이 여기에는 가로등이 있긴 했지만 어두웠다. 그 사이의 컴컴한 들판을 보니 레니는 무서웠다. 그녀는 조심조심 긴장한 채 길을 따라갔다. 절망감이 커질 때쯤 길을 다시 찾을 수 있을 것 같다는 희망이 보였다. 언제인지는 확실히 모르겠지만 이미 한 번 보았던 건물이 나왔던 것이다.

그 앞에 멈추었을 때라야 비로소 그 건물이 생각났다. 레니는 차를 타고 파티에 쓸 물건을 구입하러 가는 도중에 모퉁이에 작은 탑이 있는 눈에 띄는 건물을 지나갔었다. 따라서 이곳은 출판사에서 그리 멀지 않은 곳일 수 있다. 다행히 거기서부터 아일레나우 거리로 가는 길을 찾는 것은 쉬웠다.

마침내 출판사 건물이 눈에 들어오자 레니의 마음은 한결 가벼

위졌다.

레니는 발걸음을 재촉했고, 그곳에 도착했을 때 숨이 차올랐다.

3층에 불이 켜져 있었다.

창문 쪽을 살펴보던 레니는 벽에 비치는 그림자를 보고 두 사람이 그곳에 있다는 것을 알았다. 레니는 아마 그곳이 호르스트 제캄프 씨의 사무실일 것이라 생각했다.

그래, 뭐 사장이 오래 일하는 것이 이제 그녀와 무슨 상관이겠는가?

레니는 바로 걸어가려고 했다. 그때 한 사람이 창문으로 다가섰다.

그들은 서로 눈길이 마주쳤다. 레니는 어둠 속에 있었기 때문에 불이 밝게 켜진 방에서는 잘 보이지 않았을 것이다. 그래도 레니는 재빨리 발걸음을 옮겨 덤불 뒤로 숨었다.

레니는 저 위 창가에 서 있는 사람이 여자라는 것을 알았다.

그녀는 파티 장에서 헨드리크 텐담이 소개해 주었던 여배우였다.

그 여자 이름이 뭐라고 했더라?


# 7


"엘렌 리온이에요" 레베카가 말하며 거실 벽에 설치된 대형 평면 스크린을 가리켰다. "〈우리는 누구를 사랑하나〉라는 연속극의 스타 여주인공이었지요."

"한 번도 못 들어봤는데" 옌스는 말하면서 스크린에 나온 여자를 살펴보았다. 그녀는 키가 크고 아름다웠으며 옷도 잘 입고 있었다. 그녀가 훌륭한 여배우인지는 판단할 수 없었다. 그 여자를 안 지 2초밖에 되지 않았으며, 더군다나 방송에서는 소리도 나오지 않았다.

"내 그럴 줄 알았어요."

소파에 누워 있던 레베카가 울담요로 다리를 덮으면서 미소 지었다.

"주말드라마는 로맨틱한 내용을 좋아하는 시청자들을 위해 제작되니까요."

"그래서 내가 그런 사람에 속하지 않는다는 이야기야?"

"그렇죠. 당신은 그런 류는 아니죠."

잠시 둘의 눈길이 서로에게 머물렀다. 옌스는 속이 거북하던 참이었다. 이상하게도 위가 완전히 쪼그라들었다. 아마 레베카에게 오는 길에 사왔던 중국음식 때문인 것 같았다. 다 비운 종이용기만 거실테이블에 있었다. 둘은 엄청 배가 고파 야수처럼 허겁지겁 먹었다.

"하지만 이제부터 잘 보세요." 레베카는 말하면서 다시 텔레비전 쪽으로 몸을 돌렸다. "이것 때문에 제가 당신에게 전화한 거니까요."

옌스는 화면에 집중했다. 최소한 그렇게 하려고 시도했다. 피로가 밀려와 괴롭혔기 때문이다. 그는 오늘 하루 종일 밖에 나가 있다 들어와서 연달아 두 명을 심문했다. 그리고 지난번 조깅 연습으로 인한 통증도 여전히 남아 있었다. 그래서 퇴근길에 레베카의 전화를 받았을 때 그리 반갑지 않았지만 기분은 금방 바뀌었다.

전화상으로 레베카는 내가 결정적인 단서를 찾은 것 같다고 말했지만 그 이상은 알려주지 않았다. 밥을 먹는 동안에도 집요하게 물어 보았지만 그녀는 꿈쩍하지 않았다. 내근을 하는 부하직원인 레베카는 형사인 그보다 자기가 더 낫다는 것을 분명히 즐기고 있는 것 같았다.

"뭘 주목하라는 거야?" 옌스가 물었다.

스크린에는 잔치처럼 차려진 테이블 주위로 8명이 앉아 있었다. 그들은 즐겁게 먹고 마시고 있었다.

"곧 누군가 현관문 초인종을 누를 거예요. 주인인 엘렌 리온이 문을 열어줄 건데요. 문 앞에 서 있는 남자 잘 보세요."

옌스는 그렇게 했다. 그런데 이보다 더 큰 놀라움은 없었을 것이다.

"텐담이네!" 그는 소리쳤다. "그 남자가 배우였어?"

레베카는 고개를 흔들었다. "아니에요. 싼값으로 제작되는 연속극에서는 자주 아마추어 배우가 작은 역할을 받지요. 여기에서도 마찬가지 같아요. 텐담은 이번 회와 그 다음 회에 약 2분간 등장하고는 더 나오지 않아요."

"이거 언제 방송된 건데?"

"일 년 전에요."

"그런데 어떻게 이걸 기억해 낸 거야?"

레베카는 스크린을 가리켰다.

"저 남자 한번 보세요. 어떤 여자도 못 잊을 인물이에요."

"그래, 그건 취향의 문제니까."

"텐담을 질투하는 거예요?"

옌스는 그녀를 노려보았다. "내 생전에 질투라는 것을 해본 적 없거든."

레베카의 미소는 따뜻했고 진심이었다. 그녀의 눈빛은 참기 어려웠다.

"사실 이 드라마 시리즈 처음 시작한 10년 전부터 쭉 봤어요." 레베카는 말했다. "제가 이 드라마의 원조 팬이죠. 오늘 경찰서에서 텐담이라는 이름을 들었을 때 어디선가 알고 있는 사람 같더라고요. 그리고 그 사람을 직접 보자 확실하게 알게 되었지요."

"오케이" 옌스는 말하며 몸을 의자에 기대어 앉았다. "그런데 이게 우리에게 무슨 도움이 돼?"

"잘 생각해 봐요, 이 뚱보 아저씨."

레베카가 내내 속이 메스꺼운 시선으로 쳐다보아 힘들었지만 옌스는 그렇게 했다. 그 밖에 레베카가 한 "뚱뚱보 아저씨"라는 말이 그의 귀에 계속 울리고 있었다. 그래서 그 말이 이해될 때까지 한참 걸렸다.

"아, 올리버 키나트를 살해한 권총." 옌스가 소리쳤다.

레베카가 고개를 끄덕였다.

"전화로 말했던 것처럼 그 권총은 영화제작사에서 없어졌어요. 당시에는 쏠 수 없는 상태로요, 하지만 그런 총은 개조할 수 있다는 것은 우리 둘 다 알고 있잖아요."

피로가 싹 달아난 것 같았다. 옌스는 벌떡 일어나 텔레비전과 소파 사이를 왔다 갔다 했다.

"지금 말할 수 있는 것은 그 권총이 당신이 내게 보여준 영화 제작사에서 사라졌다는 것 뿐인데."

"아쉽게도 우리 전산시스템에는 이에 대한 정보가 없어요. 이제 남은 것은 내일 아침까지 기다려 영화사에 전화해 보는 것뿐이에요."

"제기랄! 그때까지 기다리기는 너무 힘든데. 만약 텐담이 세트장에 있을 때 권총이 사라졌다면 무조건 체포영장을 발부받을 건데."

옌스는 소리가 날 정도로 세게 주먹으로 손바닥을 쳤다.

"영장은 나올 거예요. 그거 받을 수 있어요."

너무 기쁘고 흥분해서 옌스는 레베카 쪽으로 허리를 숙이고 두 손으로 그녀의 뺨을 잡고 정수리에 키스했다.

"정말 대단해!"

"잘 모르겠는데. 그냥 하는 말 같은데요. 이번 사건에서 내가 당신께 약속한 거 알고 있죠?"

"나 더는 결혼은 안 해!"

"하지만 최소한 여자한테 하는 것처럼 내게 키스할 수는 있을 것 같은데요. 당신 할머니한테 하는 것처럼 하지 말고요."

레베카는 그를 향해 턱을 쭉 내밀었다.

멋쟁이 신사로서 옌스는 숙녀가 바라는 대로 해 주었다. 그런데 키스가 더 강렬해지려고 하는 순간 핸드폰이 울렸다.

그는 레베카에게서 떨어져 전화를 받기 싫었다.

"저, 레니예요" 흥분한 목소리가 들려왔다.

# 8

그녀는 내일 아침 일찍 이 도시를 떠나고 싶었다. 레니는 집으로 돌아오는 길에 이런 결정을 내렸다. 레니는 비비안에게 어떤 일이 일어났는지, 텐담이나 제캄프, 이것도 아니면 두 사람 모두 이 사건과 연관되어 있다는 결과가 나올 때까지 기다리지 못했다. 이것은 그녀의 문제가 아니었고 그녀가 도울 일도 없었다. 이런 이유가 아니더라도 내일부터는 방도 없었고 호텔에 갈 돈도 없었다.

레니가 집에 들어갔을 때는 이미 자정이 훨씬 넘었다. 그렇지만 시끄러운 음악이 귀를 때렸다. 그녀가 잘못 듣지 않았다면 그것은 스페인 음악이었다. 파티가 열리고 있던 문 앞에서 멈춰 서서 레니는 노크하기 위해 손을 들었다. 주로 여자 여럿이 웃고 떠드는 소리였다.

'노크를 해야 되나?' 그녀는 속으로 생각했다.

레니의 손은 공중을 떠다녔고, 그렇게 해서는 안 된다는 수천 가지 이유들이 떠올랐지만 레니는 등을 쭉 펴고 턱을 들고 문을 세게 두드렸다.

술에 취해 얼굴이 벌겋게 변한 금발여자가 땀을 흘리며 문을 열었다. 그녀는 왼손에 맥주병을 들고 있었다. 맨발이었고 머리카락이 머리에 붙어 있었다. 그녀는 레니를 모두가 기다리는 파티손님인 줄 알고 환하게 웃으며 맞이했다.

"잠 좀 잡시다." 레니는 크고 분명하게 말했다.

그 여자는 스페인어로 대답했다. 한 두 마디만 한 것이 아니었다. 여자는 레니에게 빠르고 거침없이 말을 쏟아내고서는 가까이 다가와 어깨동무를 하고 방 안으로 데려가려 했다.

방에는 8명의 젊은 남녀가 있었다. 모두 레니 또래였고 술에 취해 제멋대로 굴었다. 마약을 하고 있는 것 같았다. 몇몇은 춤을 추고 있었고, 다른 이들은 침대나 바닥에 앉아 있었다. 창문을 활짝 열어놓았지만 땀 냄새와 술 냄새가 진동했다.

레니는 그 스페인여자를 뿌리치고 복도로 다시 나왔다.

"좀 조용히 해 주세요. 잠 좀 잡시다." 그녀는 다시 한 번 크고 분명하게 말했지만 금발여자는 이 말을 알아듣지 못하는 것 같았다.

"Silencio" 레니는 음악 소리를 줄여달라고 간청했다. "Sueno.....yo" 그녀의 스페인어 실력이 그다지 도움이 되지 않았다.

금발여인은 레니의 코앞에서 문을 쾅 닫았다.

"그래, 너희들도 좋은 밤 보내라." 레니는 작은 소리로 말하며 복도를 따라 방으로 갔다.

레니가 새로 얻은 자신감은 그리 큰 성과를 거두지 못했다.

방에 들어가자마자 레니는 창문을 열어 환기를 시킨 다음 수건을 들고 목욕하러 갔다. 다행히 목욕탕은 비어 있었다. 그녀는 문을 잠그고 옷을 벗은 다음 샤워했다. 그러자 레니는 프레데릭이

블라우스 단추를 풀어주는 것을 도와준 어젯밤의 상황을 떠올렸다. 그때는 너무 추웠기 때문에 그렇게 곤혹스럽지는 않았다. 그는 지금 어디에 있을까? 허락도 받지 않고 비비안의 방에 들어갔다고 경찰이 체포했을까? 만약 그렇다면 그것은 레니의 책임이었다. 레니는 무조건 그것을 해명해주어야 했다.

아니면 벌써 돌아와서 옆방에서 자고 있을까?

그녀는 수건으로 몸을 다 닦고 난 다음 다시 옷을 완전히 입으려고 하다가 멈추었다.

왜 그렇게 해야 돼?

네 걸음이면 복도를 건너갈 텐데?

그녀는 큰 수건으로 몸을 감고 옷은 손에 든 채 문을 열고 복도를 살폈다.

좋았다. 아무도 없었다.

레니는 잽싸게 목욕탕을 빠져나갔다.

하지만 그 순간 건너편 화장실 문이 열리며 젊은 남자가 나왔다.

둘은 거의 부딪칠 뻔했다.

그는 미남이었다. 구릿빛으로 잘 태운 몸에 호리호리하고, 길고 검은 머리, 그리고 눈도 검은색이었다.

그의 미소가 음탕하게 보여 레니는 얼굴이 바로 붉어졌다.

그녀는 도망치듯 방으로 달려갔다.

"Dulces suenos" 그는 뒤에서 외쳤다.

문을 눌러 닫고 걸쇠를 걸었을 때 레니의 심장은 벌떡거리며 뛰었다.

복도에서 누군가 웃다가 문 닫는 소리가 들렸다. 시끄러운 음악 소리가 뚜렷이 들렸다. 저음 악기 소리가 벽에 울렸다. 왜 아무도 항의하지 않는 거지? 그녀는 속으로 생각했다.

대답은 간단할 것 같았다. 모두 파티를 즐기고 있기 때문이었다.

늘 그랬던 것처럼 나를 제외하고 모든 사람이 말이야 라고 레니는 생각했다.

그녀는 잠옷을 입었지만 오늘 밤에 이 옷을 입으면 너무 더울 것이라는 것을 금방 알았다. 레니는 속옷만 입고 이불 속으로 들어갔다. 창문을 열어두었기 때문에 시원한 공기가 조금씩 들어왔고, 이따금 자동차 소음이나 먼 곳에서 경찰차 사이렌 소리도 들렸다. 대도시에서 나는 이런 소리들이 파티의 소음과 뒤섞였다.

레니는 창문을 통해 맑은 밤하늘에 별이 반짝이는 것을 보며 비비안을 떠올렸다.

비비안은 지금 어디에 있을까? 잘 있을까 아니면 고통을 당하고 있지는 않을까?

그럴 가능성이 충분히 있었지만 레니는 헨드리크 텐담이 여자들을 고통스럽게 죽였을 것이라는 상상은 할 수 없었다. 그는 전혀 그렇게 보이지 않았다. 심지어 그와 같은 남자라면 사랑에 빠질 수도 있을 것 같았다.

비비안이 그와 사랑에 빠졌을까?

비비안을 잘 알지는 못했지만 레니는 우정 같은 걸 느꼈다. 그녀의 솔직함, 남을 배려하는 마음, 삶을 무겁게 여기지 않고 좋게만 보려는 태도, 인생을 즐기려는 자세, 이런 것들이 레니의 마음에 들었다. 레니가 이 방을 집처럼 편하게 느낄 수 있었던 것도 비비안 덕이었다.

눈꺼풀이 무거워지며 심한 피로가 밀려오면서 이런 생각도 자취를 감추었다. 별들이 빛의 바다로 헤엄쳐 가자 갑자기 어둠이 찾아왔다. 레니는 잠에 빠져들었다.

하지만 몇 초 동안이었다.

레니는 화들짝 놀라 잠에서 깨어났다. 파티장의 소음을 뚫고 다른 소리를 들은 것 같았기 때문이다. 아니다. 들은 것이 아니라 느꼈다. 그 소리는 몸으로 밀려들어와 그녀를 몸서리치게 만들었다.

아니면 그것은 꿈이었을까?

레니는 지금 깨어 있는 것인지 아닌지 몰랐다. 그녀는 일어나 앉아 그 소리를 들어보고자 했다. 하지만 사지가 말을 듣지 않았다. 그녀의 머리에서는 그대로 그냥 내버려두고 잠이나 자라는 소리가 들렸다. 레니는 너무 피곤하고 힘이 없어 그 소리가 시키는 대로 따라했다.

왜 안 되겠는가? 그녀는 잠을 잘만 했고, 음악도 좋고, 공기와 별들도……

날카로운 괴성이 나직이 그녀를 따라 꿈의 세계로 들어왔다. 문손잡이가 돌아가고 있는 것일까? 아버지가 그녀가 있는 방으로 오려고 하는 것일까?

그만 자! 그만 자! 아버지가 죽었어!

자자…… 자자……

# 9

비비안은 어둠을 응시하고 있었다.

그녀는 두 다리로 설 수도 없어 아프지만 다시 팔목에 수갑을 차고 십자가에 묶어달라고 했다. 그녀는 얼마나 오랫동안 그렇게 묶여 있었는지 몰랐다.

자신을 납치한 두 남녀는 심하게 싸우고 헤어지더니 다시 모습을 드러내지 않았다.

비비안은 그 두 사람이 패닉에 빠진 게 틀림없다고 생각했다. 뭔가가 분명히 일어났다. 아마 둘이 도망간 것은 아닐까? 경찰이 이미 그들을 찾고 있는 것은 아닐까? 집주인은 누군가가 냄새를 맡고 이 근처를 찾아다니고 있다고 말했다. 남자는 정말 울 것 같은 표정이었다. 카트린은 반대로 화만 내었다. 그녀는 간호사를 총으로 살해했던 그날 밤 그가 너무 흥분했기 때문에 이런 일이 생긴 거라고 비난했다. 남자 혼자라면 이제 아무 일도 맡길 수 없다고 말이다.

자신을 집주인이라 말하는 키 크고 힘센 남자가 카트린 앞에서 꼼짝하지 못하는 모습을 보면 정말 이상하다는 생각이 들었다. 그가 카트린에게 주도권을 넘겨주자 카트린은 비비안을 다시 지하 감옥으로 보내지 말고 사슬로 묶어 여기에 두라고 지시했다.

그 다음부터 비비안은 여기에 있게 되었다.

이제 비비안은 이성을 마비시켰던 끔찍한 공포는 잊었다. 그녀는 다시 희망을 품었다. 어쩌면 레니, 착하고 남을 돕기 좋아하는 이 시골뜨기 레니가 자신을 구하기 위해 할 수 있는 일을 다 했을지도 몰랐다.

그때 갑자기 소리가 나서 비비안은 기겁했다. 위쪽에서 문이 닫히는 소리 같았다.

비비안은 몸을 일으켜 그 소리를 들어보려고 귀를 기울였지만 아무 소리도 나지 않았다. 그 다음 다른 문이 닫혔고 여러 목소리가 가까이 들렸다. 그 소리는 카트린과 집주인의 목소리였다.

비비안의 희망은 산산조각 났다.

두 사람이 다시 여기에 왔다면, 경찰이 그들을 체포하지 못한 것이었다.

"그만 해" 카트린이라고 생각한 여자의 목소리가 크게 들렸다. "더는 당신이 울먹이는 걸 참을 수 없어. 우리는 이번에도 잘 넘길 거야. 그렇게 하려면 당신이 정신을 차려야 해."

이제 그들이 옆방에 있는 것처럼 소리가 났다.

"저 둘 어떻게 할 거야?"

"뭘 하긴 뭘 해? 물고기 밥으로 만들어야지. 저들은 우리를 곤경에 빠뜨릴 거야."

"당신이 할 거야?"

"뭐?"

"두 사람 죽이는 거."

"원래 당신이 해야 되는 거잖아. 잘 알면서 그래. 분명히 말해두겠는데, 지금 너무 화가 났거든. 당신이 꼭 해주면 좋겠어."

# #6

Eilenau

39B

# 1

유치장에서 하룻밤을 보내는 게 그렇게 안락한지 프레데릭은 생각도 못 했었다.

어제 저녁 옌스 케르너 형사가 경찰서 보호소에서 밤을 보내는 것이 어떻겠느냐고 제안했을 때 그럴 거라 짐작했지만, 지금 프레데릭은 너무 고맙게 느껴지기까지 했다.

하지만 이로써 프레데릭 자존심에 최후의 보루가 무너졌다. 프레데릭이 피하고 싶었던 모든 일이 지난 며칠 사이에 일어났다. 무의미하게 술을 마셨고, 다리 밑에서 잠을 잤으며, 노숙자들과 함께 행동했고, 이제는 유치장에서 하룻밤을 보내기까지 했다.

그런데 지금은?

그는 지금 무엇을 해야 할까?

침낭과 배낭을 들고 경찰서를 떠나 거리로 나섰을 때 프레데릭은 자기에게 이런 질문을 했다. 출근 차량들이 이미 길을 가득 메우고 있었다. 모두가 일이 있고 하루를 어떻게 보낼지 그리고 밤에 어디로 돌아갈지 알고 있었다.

단지 그만 몰랐다.

프레데릭은 레니 폰타네를 떠올렸다. 어제 저녁 함께 경찰서로 온 다음부터 프레데릭은 레니를 보지 못했다. 그 빌라의 빈방에서 하룻밤 더 지낼 수 있을까? 지금까지 벌어진 일들을 모두 보면 아마 불가능할 것이다. 하지만 프레데릭은 레니와 작별인사를 하며 행운이라도 빌어주고 싶었다. 어쨌든 그는 레니를 거의 죽일 뻔했고, 그 다음 다시 살려냈다. 그 때문에라도 아무 일 없었다는 듯이 그냥 사라질 수 없었다.

프레데릭은 오늘 할 일이 이것이라 여겼다.

그는 레니가 일하는 출판사로 바로 가려고 했다. 레니는 분명히 벌써 출근했을 것이다. 만약 그럴 마음이 있고 시간도 있다면 어디라도 가서 커피나 마시며 수다라도 떨 수 있을 것이다. 아마 자신이 연루된 살인사건에 대해서 약간의 정보를 더 얻을 지도 모르겠다. 옌스 형사는 텐담에 대해서 아무 말도 해 주지 않았다. 시간이 지나면 그가 감옥에 들어갈까? 아니면 프레데릭이 계속 안전을 염려해야 할까?

아닐 것이다. 이런 생각을 하면서 그는 기분이 좋아졌다.

프레데릭은 출발하여 15분 만에 출판사 건물에 도착했다.

레니와 다시 만날 것을 기대하며 기분 좋게 초인종을 눌렀다. 처음 만났을 때 그를 흑사병에 걸린 환자처럼 보았던 여자가 다시 문을 열어주었다.

"예, 무엇을 도와드릴까요?"

젠장! 그는 이런 가식적 행동이 정말 싫었다. 돈도 좀 있었고 비싼 차를 굴리고 다녔을 땐 그도 거만했다. 그러고 보면 모든 것은 허망하고 아무것도 아닌 것이었다. 행운이 지나가면 허무가 찾아와 그를 가혹하게 땅바닥에 밀치기 때문이다.

"레니 폰타네 양을 만나고 싶은데요." 프레데릭은 건실한 사업가의 목소리로 말했다.

그 여자는 입술을 쫑긋 세우고 그를 머리부터 발끝까지 살피더니 기다리라고 말하면서 사라졌다. 당연히 그녀는 조심스럽게 출입문을 닫았다.

기다리는 동안 프레데릭은 노숙자로 살아온 삶이 자신을 어떻게 바꾸어 놓았는지 생각해 보았다. 언젠가 다시 돈을 벌어도 거리에서 지낸 삶의 흔적이 남을까?

질케처럼 든든한 언덕이 있다면 그는 다시 일어설 수 있을 것이다. 프레데릭도 그것을 알고 있었다. 하지만 기차는 떠났다.

문이 열리면서 키 큰 남자가 화난 얼굴로 뛰어 나왔다.

프레데릭은 몇 발자국 물러서는 수밖에 없었다.

"무슨 생각으로 우리를 또 괴롭히는 거요?" 남자는 버럭 소리를 질렀다.

안색으로 보아 그는 폭발하기 직전이었다.

프레데릭은 그의 위압적인 태도에 기가 죽었다.

"말씀을 좀 곱게 하시면 안 되나요?" 그가 말했다. "그리고 레니 폰타네 양을 좀 내려오게 해 주세요. 제가 여기서 소란을 피우기 전에 얼른요."

"레니 폰타네 양은 이 건물 출입을 할 수 없습니다. 평생요! 그건 당신도 마찬가지요. 그리고 머리나 좀 잘라요, 제기랄. 당신…… 당신……"

레니의 사장은 화풀이를 다 하고 싶지만 그냥 참는 눈치였다. 그는 문틀이 다 흔들릴 정도로 있는 힘껏 무거운 문을 닫았다.

프레데릭은 얼굴을 찡그리며 입을 비죽였다.

레니가 출판사 사장이 얼마나 뻔뻔한지 그에게 이야기해 준 적이 있었다. 하지만 얼굴만 봐서는 그럴 것 같지 않았다. 그래서 서로 상반된 두 가지 사실 때문에 다투었다. 아마 텐담이 출판사의 돈줄이기 때문에 사장이 그렇게 나왔을 수도 있을 것이다.

아일레나우 거리의 빌라까지는 그리 멀지 않았다. 프레데릭은 발걸음을 재촉하여 20분 만에 도착했다.

현관문은 열려 있었다. 그는 투숙객인 체하며 안으로 들어갔다. 층계참에서 젊은 부부가 영어로 이야기하며 다가왔다. 그들은 친절하게 인사하고 사라졌다.

5층의 집 역시 문이 열려 있었다. 프레데릭은 이 집에 다시 들어가는 것이 그리 유쾌하지 않았다. 하지만 그가 레니를 방문하는 것을 누가 막으랴?

그는 모퉁이를 돌다가 놀라서 뒤로 물러났다.

거기에 온갖 종류의 청소도구를 실은 청소카트가 복도를 막고 있었다. 레니의 방문은 열려 있었고 파란 청소복을 입은 아줌마가 걸레질을 하고 있었다.

순간, 청소부 아줌마가 몸을 돌려 걸레를 빨간 물통에 담그면서 프레데릭을 발견했다. 그를 쳐다보는 아줌마의 눈길은 의심스럽다는 표정이었다.

"레니 폰타네 양을 만나러 왔는데요." 프레데릭은 재빨리 말하고 애써 친절한 미소를 지으려했다.

"잘 모르는 사람인데."

청소부 아줌마는 남자처럼 걸걸한 목소리였으며, 어깨는 떡 벌어져 있었다.

"이 방을 빌린 아가씨 말이에요." 프레데릭이 설명해 주었다.

"이제 여기 아무도 안 살아요. 그래서 내가 청소하는 거예요."

"하지만 어제……"

"어제는 어제지. 오늘 이 방은 비었어요. 나 청소해야 해요. 그 밖에 볼 일 있어요?"

청소부 아줌마가 걸레를 들어 올리는 것을 보자 프레데릭은 다른 질문을 할 생각을 접었다. 그는 인사를 하고 나갔다.

아래로 내려가는 층계참에서 그는 실망감을 감출 수 없었다. 그 사이 프레데릭은 둘이 같은 체험을 했기에 자신과 레니는 유대감이 있다고 믿었다. 그녀는 자기 때문에 죽을 뻔했고, 자기로 인해 살아나지 않았던가. 그는 방바닥에 앉고, 레니는 담요를 두른 채 침대에 앉아 깊은 이야기도 나누었다. 그렇다면 최소한 짧게나마 간다는 인사 정도는 하고 가야하는 것 아닌가? 대신 그녀는 하룻밤 사이에 떠나버렸다.

복도에 들어섰을 때 프레데릭은 질케가 도움을 거절하고 집에서 나가라고 했던 그날처럼 더러운 기분이 들었다.

그와 함께 무언가를 하려는 사람은 아무도 없었다.

거리에서 살게 되면 다 그렇게 되는 것 같았다.

프레데릭은 레니는 좀 다를 것이라고 믿었다. 오케이, 프레데릭은 사실 레니를 잘 몰랐고, 그녀에 대해 아는 것이 거의 없었다. 하지만 레니는 겉과 속이 다르거나 쌀쌀맞은 여자는 아니었다. 그녀는 마음이 넓었고 자기가 생각하는 것보다 용기 있는 여자였다.

그런 레니가 그렇게 떠났다는 것이 너무 슬펐다.

복도에서 그는 다시 한 번 그녀의 방을 쳐다보았다.

마침 청소부가 창문을 닫고 있었다.

그때 프레데릭은 레니가 해주었던 말이 떠올랐다.

비비안이 사라지고 바로 다음 날, 청소부가 와서 방을 정리했다. 비비안은 자기 앞방을 빌린 사람이 밤사이에 나간 것 같은데도 방이 바로 청소되었다고 레니에게 말했다.

'제기랄' 프레데릭은 생각했다.


# 2


텐담의 변호사는 금방 경찰서에 도착했다. 그 남자의 이름은 발터 클루게(Walter Kluge)였으며, 백발에 금도금 된 안경다리에 테 없는 작은 안경을 쓰고 있었다. 눈치 빠르게 생긴 파란 눈에 조각 같은 얼굴이었다. 그는 늘씬한 몸에 옌스가 절대로 살 수 없을 것 같은 고급양복까지 입고 있었다. 당연히 옌스 케르너 형사는 함부르크의 다른 형사들과 마찬가지로 이 사람에 대해 들어서 알고 있었다. 클루게는 오로지 예쁘고 돈 많은 사람들만 변호했다. 옌스는 텐담이 돈이 많을 것이라 생각은 했지만 발터 클루게를 변호사로 고용할 정도로 진짜 돈이 많았던 것이다.

레니 폰타네가 어제 저녁 옌스에게 주었던 새로운 정보는 체포영장을 발부받기에는 아직 부족했다. 옌스도 이것을 알고 있었다.

그래서 그는 체포영장 신청을 아예 하지 않았다. 하지만 그 정보는 심문을 위해 텐담을 소환하기에는 충분했다. 옌스는 순찰대를 하우스보트로 보내 텐담을 데려오게 했다. 그는 거부하지 않았지만 이번에는 당연히 변호사를 데리고 왔다.

텐담이 변호사와 단 둘이 이야기를 나누는 동안, 옌스는 그렇게 기다리던 중요한 통화를 했다. 그리고 그때 속이 좀 불편했지만 조사실로 갔다.

발터 클루게는 웃고 있었고 헨드리크 텐담은 화난 얼굴로 조사실을 살펴보고 있었다.

"무슨 일로 내 의뢰인을 부른 것입니까?" 클루게가 바로 대화를 시작했다.

"올리버 키나트 살인사건과 관련하여 조사할 게 있습니다."

"혐의를 입증할 증거나 있소?"

옌스는 그때 난처했다. 원래 옌스는 야나 하이글, 로사리아 레오네가 텐담의 빌라에서 방을 예약 했는지에 대한 정보를 인터넷 플랫폼 BedtoBed.com에서 얻는데 희망을 걸었다. 하지만 이 미국 회사는 개인정보 보호라는 이유로 정보를 넘기는 걸 거부했다. 그러면 개인정보 보호가 범인만 보호한다는 옌스의 주장에도 전화 통화를 한 담당자는 물러서지 않았다. 법원의 명령이 없다면 정보를 제공할 수 없다는 것이었다. 법원의 명령을 받으려면 시간이 많이 걸렸다. 그래서 옌스는 이 조사를 오로지 올리버 키나트 살인사건으로 한정할 수밖에 없었다.

"텐담 씨, 하얀 배달차를 운전한 적 있습니까?" 옌스는 질의 응

답 게임을 시작했다.

"내 의뢰인에게 그런 차가 없다니까요." 변호사가 대답했다.

"저는 그런 적 없습니다."

"그는 한 번도 그런 차를 운전한 적 없습니다."

빙고!

옌스는 이런 거짓말이 나오기를 바라고 있었다.

"당신 의뢰인이 그렇게 주장한다면 그것은 거짓말입니다." 옌스가 말했다. 동시에 그는 텐담이 깜짝 놀라는 것을 보았다.

"어제 텐담 씨가 그 차를 타고 떠나는 것을 본 증인이 있습니다."

"그 증인 이름이 뭐요?" 발터 클루게는 값비싼 볼펜을 꺼내들었다.

"그 이름은 나중에 서류로 확인하세요."

"이야기 한 차의 차량번호는요?"

이 지점에서 옌스는 레니 폰타네와 프레데릭 푀르스터가 정말 고마웠다. 그들이 아니었더라면 이 정보를 얻을 수 없었기 때문이었다.

그는 변호사에게 뉴미디어 출판사 소유의 차량번호를 불러 주었다. 이 출판사는 등록된 소유주이기도 했지만, 옌스는 이에 대해서는 말하지 않았다. 그는 우선 텐담의 반응이 어떤지 보고자 했다.

변호사와 의뢰인은 재빨리 눈길을 교환했다.

"아 그래요. 당신은 배달차를 말하는 것이었군요." 뭔가 준비해 온 듯한 목소리였다.

"그것을 다르게도 이해할 수 있나요?"

"그 말을 들었을 때 난 Fiat Ducato라고 생각했소. 그 하얀 박스카가 아니라."

옌스는 두 사람이 이런 질문이 나올 것에 대비해 미리 준비해 왔다는 것을 눈치 챘다.

옌스가 그들을 곤란한 상황으로 몰아넣은 것이 아니라 그들이 옌스를 곤란하게 만들었다.

옌스는 한숨을 쉬며 더 질문했다.

텐담이 대답했다.

"이따금 큰 물건을 나를 때면 뉴미디어 출판사의 피아트·박스카를 이용했습니다. 아마 일 년에 서너 번 정도 될까."

"그 차를 마지막으로 이용한 것이 언제입니까?"

"어제요."

"어디에 이용하셨죠?"

"음료수 박스를 나르려고요."

"당신 차로는 안 됩니까?"

"내 차는 포르쉐 카레라(Porsche Carrera)란 말이요. 물병 몇 개 정도만 나를 수 있죠. 그래서 안 돼요. 내 차로는 불가능해요."

포르쉐라면, 그렇겠지 하고 옌스는 생각했다.

"6월 12일 밤에서 13일 사이에 그 차를 이용했습니까?"

"하필이면 왜 이날 밤에 차를 몰았는지 물으시죠?" 변호사가 물었다.

"이날 밤 간호사 올리버 키나트가 그의 자동차에서 살해당했기 때문입니다. 우리가 추측하고 있는 범인이 하얀 피아트 박스카를 몰았습니다."

"번호판이 일치합니까?" 발터 클루게가 물었다. 그는 쉴 새 없이 메모하다가 간간히 옌스를 쳐다보기도 했다.

"범인의 번호판은 몰라요."

그러자 클루게는 눈썹을 치켜 올리며 바라보았다. 그는 말할 필요도 없었다. 조사 결과 함부르크에만도 이와 같은 종류의 차가 2803대나 있었다. 함부르크 주변에 있는 차들은 여기에 포함하지도 않았다.

"그 차는 우리 감식반이 지금 조사하고 있습니다." 옌스가 말했다. 이 말은 일부만 맞는 말이었다. 그 차가 경찰서에 있긴 했지만, 모두 너무 바빠 그것을 조사할 사람이 없었다.

"그 말을 믿기로 하죠." 발터 클루게는 쳐다보지도 않고 말했다. 그는 다음 질문을 하는 동안에도 계속 메모장에 이리저리 뭔가를 적고 있었다.

"내 의뢰인의 지문이 찍힌 권총이라도 확보하셨나 보죠?"

"왜 그렇게 생각하는 거죠?"

클루게는 고개를 들고 볼펜을 옆으로 치운 다음 안경을 벗었다.

"죄송하지만 옌스 케르너 씨. 그런 것도 확보하지 못했는데, 어떻게 이런 조사를 할 수 있는지 모르겠네요."

"그래요, 하지만 우리는 그 무기가 당신 의뢰인과 연관되어 있다고 말할 수 있습니다."

텐담은 완전히 놀란 표정이었다.

클루게는 그보다 표정 관리를 잘하고 있었다.

"들어나 봅시다."

"살인에 사용된 그 무기는 2년 전 영화 촬영 세트장에서 분실된 것입니다. 우리는 텐담 씨가 그 시점에 그곳에 있었다는 것을 알고 있습니다."

옌스는 이것을 확인하기 위해 영화사에 전화를 했다. 회계를 담당하는 친절한 직원이 텐담이 이 무기를 잃어버린 시점에 영화 촬영을 했다는 사실을 확인해 주었다.

"그러면 텐담 씨가 영화를 촬영하는 동안 이 무기를 썼다는 거요?"

"아닙니다. 하지만 슬쩍할 수는 있죠."

"꼭 그가 아니더라도 다른 사람들이 그렇게 할 수 있는 것 아니에요?" 클루게가 총알같이 묻고 다시 안경을 썼다.

옌스는 이 질문에 반응하려 하지 않았다.

그는 오른 손을 높이 들고 숫자를 세면서 손가락을 꼽았다.

"첫째, 텐담 씨는 하얀 박스카를 몰았습니다. 범인도 그 차를 몰았다는 것이 증명되었습니다. 어제 당신의 의뢰인께서는 이와 관련하여 제게 거짓말을 하셨는데, 오늘 또 다시 거짓말을 하셨습니다. 심지어 변호사 면전에서요. 둘째, 텐담 씨는 올리버 키나트 살해에 사용된 무기를 훔쳤을 가능성이 있습니다. 셋째, 텐담 씨는 불법 임대업을 했는데, 실종되거나 살해된 여자들이 모두 그의 집에서 묵었다는 혐의가 있습니다. 넷째, 우리에게는 텐담 씨가 다른 여자 실종자 한 명과 함께 있는 것을 본 증인이 있습니다."

"다른 여자 실종자라니요?" 발터 클루게가 물었다.

"맞습니다. 우리는 그녀가 아일레나우 거리 39b번지에 묵었다는 증언도 받았습니다."

"어떻게 내 의뢰인이 그녀와 접촉했다는 거요?"

"그녀는 텐담 씨의 품에 안겨 키스까지 했습니다."

옌스는 레니 폰타네가 증언한 사람이 왼손 손가락이 없는 남자였다는 사실은 잠시 숨겼다. 만약 그렇게 하지 않았더라면 함부르크에 그런 사람이 얼마나 많은지 아느냐는 클루게의 질문을 피할 수 없었을 것이다.

텐담은 헛기침을 했고, 변호사와 눈길을 주고받더니 그를 향해 고개를 끄덕였다.

"내 의뢰인께서는 이 정보들을 비밀에 부쳐 줄 것을 바라고 있고, 부탁드립니다. 이것은 유명인과 연관된 것이니까요."

"약속드릴 수 없습니다. 사건 해결이 달린 정보니까요."

"텐담 씨는 유명배우인 엘렌 리온과 은밀히 만나고 계십니다. 그녀는 기혼자입니다. 그래서 두 분은 매우 조심해야만 합니다. 이런 이유로 텐담 씨는 리온 씨를 만나러 갈 때 출판사 차량을 이용하거나 아니면 카약을 타고 가십니다. 리온 씨가 주연을 맡았던 그 연속극에 짧게 출연하게 된 것도 그녀 덕분이었죠. 우리는 당신이 내 의뢰인을 왜 의심하는지 알고 있습니다. 하지만 그는 앞에서 말한 범행과 무관합니다. 텐담 씨는 실종된 여자를 알고 있다는 것도 반박합니다. 올리버 키나트가 살해되던 날 밤에 텐담 씨는 알리바이가 있거든요."

"제가 맞추어볼까요. 리온 씨의 집에 있었다는 거죠."

"맞습니다. 그것도 밤새도록."

"그것은 제가 알아보죠."

"제가 부탁드리고 싶은 것은 신중하게 수사해달라는 것입니다. 이것으로 우리 대화가 끝난 것 같은데요. 제 의뢰인의 이름으로 요구합니다만, 확실한 이유가 있을 때만 그리고 영장을 제시할 수 있을 때만 소환해 주세요."

클루게와 텐담은 일어났고, 옌스는 두 사람을 바로 라디에이터에 묶어버리고 싶은 마음을 억눌러야 했다.


# 3


프레데릭은 아일레나우 거리의 이 빌라 현관문 근처에 숨어 있었다. 계단 아래에 있어서 많은 것을 볼 수 없었지만 곧 누군가 계단을 내려오는 소리를 들었고, 얼마 후에는 청소부 아줌마도 지나갔다.

뒤에서 담장을 뒤흔들 정도로 크게 덜커덩 거리는 소리가 나더니 바로 청소부 아줌마가 옷을 갈아입고 집을 나갔다.

프레데릭은 2분 정도 더 기다리다가 숨은 곳에서 나와 5층으로 올라갔다.

레니의 방문은 잠겨 있지 않았다. 프레데릭은 재빨리 안으로 들어가 문을 조용히 닫았다. 방 안에는 청소세제 냄새가 났고 침대 시트도 새로 교체되어 어디에도 레니의 흔적은 찾아볼 수 없었다.

프레데릭은 방을 한 바퀴 돌면서 여기서 어떤 일이 있었는지 생각해 보았다. 레니는 진짜 가버렸을까? 집으로 돌아간 걸까? 아니면 여기서 지내는 것이 겁이 나서 호텔방으로 옮겼을까? 아니면 여기서 전혀 다른 일이 일어난 걸까?

그의 눈길이 벽에 붙어 있는 큰 붙박이장에 꽂혔다. 이 장은 경찰이 들이닥쳤을 때 그가 숨어 있었던 곳과 같은 것이었다.

그는 문을 열었다.

옷장은 비어 있었다. 그 안에도 청소세제 냄새가 났다. 바닥의 앞부분은 여전히 축축했다.

프레데릭은 몸을 돌리려 했다. 그때 레니가 비비안의 귀걸이를 찾았던 곳이 생각났다.

그는 무릎을 굽혀 옷장 깊숙한 곳을 살펴보았다. 이 장은 아마 틈을 메우기 위해 벽감에 조립해 넣은 것 같았다. 하지만 장의 뒷부분은 안으로 기어들어가야 도달할 수 있었기 때문에 거의 이용할 수 없었다.

프레데릭은 기어서 끝까지 들어갔다. 눈이 장 속의 어둠에 익숙해진 후 그는 눈을 돌려 살펴보았지만 아무것도 발견하지 못했다. 프레데릭은 몸을 돌리면서 발로 붙박이장이 붙어 있는 벽을 찼다. 그런데 텅 빈 소리가 났다.

"젠장" 프레데릭은 소곤거리며 몸을 앞으로 굽혀 나무를 두드려 보았다.

진짜였다! 벽 뒤에 수직 통로와 같은 빈 공간이 있었다.

프레데릭은 더듬어 찾아보았지만 이 빈 공간에 닿을 방법이 없었다. 아마 그 빈 공간은 배관을 설치하기 위한 기술적인 이유에서도 만들어졌을 것이다.

하지만 배관도 없는 것 같았다!

청소세제 냄새가 코를 찔러 그는 생각을 멈출 수밖에 없었다.

그는 복도로 나갔다.

청소카트는 어디에 있지? 카트는 여기 어딘가에 있을 것이다. 층계참에 두기에는 너무 크고 무거웠기 때문이다. 프레데릭이 U자 형태로 설계된 복도를 뒤졌더니 모든 방문이 이 복도를 따라 설치되어 있었다. 그는 목욕탕과 화장실, 비비안 방도 알아보았다. 이 방 말고도 문은 5개나 더 남아 있었다. 이 문을 다 열어보기 전에 먼저 주변을 돌아보니 (복도) 입구 맞은편에 다른 방문에 비해 폭이 좁은 문이 하나 있었다.

문은 잠겨 있지 않았다. 그 뒤에 창고로 쓰는 조그만 방이 하나 있었는데, 벽에는 빗자루 2개, 쓰레받기 그리고 마른 걸레가 걸려 있었다. 뒷벽에는 진공청소기가 있었다. 하지만 청소카트는 여기에도 보이지 않았다.

청소부 아줌마는 어떻게 카트를 여기까지 가져왔을까?

프레데릭이 창고 방으로 들어가 진공청소기를 치우자 그 뒤에 다른 문이 하나 더 나왔다. 그 문은 높이 1미터, 폭 50센티 정도의 크기였으며 손잡이가 하나 달려 있었다.

프레데릭은 문을 열었다.

그러자 청소카트 한 대 정도는 충분히 들어 갈만한 화물엘리베이터가 나왔다. 벽에 붙은 작은 계기반에는 1부터 5까지의 숫자와

K라는 부호가 적혀 있었다.

프레데릭은 다시 복도로 나와 이 층의 평면도를 그려보았다.

이 집에서 U자 형태의 복도 안쪽에 있는 방들은 이 빈 공간을 중심으로 배치되어 있고, 각 방에 있는 붙박이장들은 이 수직 통로가 설치된 벽감을 가리고 있었다.

프레데릭은 일층으로 뛰어 내려갔다. 그곳에서 그는 계단 옆 좀 넓은 곳에 화물엘리베이터가 있는 것을 발견했다. 청소카트는 이곳 벽감에 있었다. 더 생각할 겨를도 없이 그는 화물엘리베이터로 들어가 K라고 쓰는 버튼을 눌렀다. 덜커덩거리며 나무로 만든 승강기가 움직였다. 승강기는 잿빛 벽을 통과하여 마침내 빌라 지하실에 도착했다. 그는 좁은 승강기에서 기다시피 빠져 나와 주변을 살펴보았다. 계단참에는 세탁기 세 대와 건조기 두 대 그 옆에는 바구니 몇 개 그리고 침대시트와 수건이 가득 담긴 하얀 자루가 있었다. 채 2미터가 될까 말까 한 낮은 천장 아래에 큰 난방 배관과 상하수도 배관이 지나가고 있었다. 어떤 것들은 외피로 감겨 있었고 아무것도 감겨 있지 않은 것도 있었다. 몇몇 배관이음부에는 녹이 심하게 끼어 있었다.

지하실은 약 30평방미터로 꽤 넓었다. 오른쪽 전면에는 큰 나무선반이 한쪽 담에서 다른 쪽 담까지 이어져 있었다. 하지만 이 선반들은 비어 있었다. 세 개의 방화문이 있었는데, 프레데릭은 첫 번째 문을 건드려보았다. 문은 저절로 열렸고 계단참이 보였다. 회색 페인트로 라크칠 된 계단이 위로 이어져 있었다. 프레데릭은 문을 닫고 그 옆의 문을 건드려 보았다. 문 뒤에는 좌우로 나무 선반이 설치되어 있고 가운데 좁은 통로가 있는 창고가 있었다. 선반에는 공구, 부품, 케이블, 이사용 박스 등 온갖 잡동사니들이 있었다.

"여보세요" 프레데릭은 선반 뒤 어둠 속으로 소리쳤다. 아무 대답도 없었다.

세 번째 문은 닫혀 있었다.

프레데릭은 생각을 집중했다. 그가 틀리지 않았다면, 이 문은 (건물) 앞 거리로 그리고 운하로 이어진다!

그는 이쯤에서 중단하고 경찰서로 달려갈 수도 있었다. 하지만 아직까지 아무것도 증명된 게 없었고, 이 엄청난 의심으로 인해 자신을 웃음거리로 만들고 싶지 않아 다시 화물엘리베이터를 탔다. 이를 위해서는 두려움을 극복해야 했다. 그는 좁은 곳에 대한 두려움이 있었다. 앞으로 닥칠 일도 무서웠다. 5층 버튼을 누르자 화물엘리베이터는 움직이기 시작했다. 승강기는 다시 잿빛 벽을 통과했다. 그런데 각 층마다 5층과 마찬가지로 청소 도구실이 있었다.

그는 어렵게 좁은 승강기에서 몸을 돌렸다.

뒷벽에, 눈에 잘 보이지 않지만 우묵하게 들어간 곳이 있다는 것을 발견했다. 집게손가락 끝 정도는 충분히 찔러 넣을 수 있었다. 이렇게 하면 합판으로 된 이 벽을 1-2센티미터 정도 들어 올려 안쪽으로 여닫을 수도 있었다.

프레데릭은 우묵하게 들어간 곳은 그대로 두고 다시 나무 벽을 살펴보았다. 같은 원리로 이 벽 역시 안쪽으로 뜯어낼 수 있었다.

그 뒤에는 레니의 방에 설치된 옷장이 있었다.

계속해서 움직이는 화물승강기 벽은 비비안이 묵었고, 프레데릭이 옷장 속에 숨어 있었던 그 방으로 들어가는 길을 내주었다.

그는 등골이 오싹했다.

나무 벽을 다시 끼워 넣기도 전에 프레데릭은 승강기에서 소리가 나는 것을 들었다. 그가 버튼에 손도 대지 않았는데 화물엘리베이터는 움직이기 시작했다.

화물엘리베이터는 아래로 내려갔다.

프레데릭은 잠시 숨이 멎을 것 같았다. 그는 패닉에 빠졌다. 갑자기 이 좁은 승강기가 무덤 같이 느껴졌다. 그는 여러 버튼을 힘껏 눌렀지만 승강기는 무심하게 계속 내려가기만 했다.

프레데릭은 도망칠 기회가 없어서 싸울 준비를 했다. 범인이 아니라면 누가 이 승강기를 이용하겠는가? 아마 이 놈을 급습한다면 도망칠 기회가 될 지도 몰랐다.

승강기가 지하실에 멈추자마자 프레데릭은 크게 고함치며 밖으로 뛰어나갔다.

하지만 무언가 얼굴로 날아와 그의 코를 부러뜨렸다.

프레데릭은 바닥에 피까지 흘렸고 별까지 보았다.


# 4


"레니…… 레니, 눈떠 봐!"

이 말은 솜을 뚫고 나오는 것처럼 불확실하게 들렸다. 레니가 꿈을 꾼 것일까?

그녀는 엄마가 옆에 앉아 어깨를 흔드는 것 같았다. 레니가 눈을 떴을 때 늘 그런 것처럼 근심으로 가득 찬, 그러나 이번에는 이상하게 변한 엄마의 눈길을 만났다. 그것은 웃을 때 생긴 것 같지 않은, 잔주름이 잔뜩 낀 회색 눈이었다. 그 안에는 알콜 중독자나 마약중독에게서 볼 수 있는 슬픈 무덤덤함까지 엿보였다.

"레니…… 내 딸, 눈을 떠" 엄마의 손가락이 그녀의 볼을 부드럽게 쓰다듬었다. "네 도움이 필요해, 아빠 때문에."

레니는 어렵게 잠을 떨쳐냈다.

"아빠에게 무슨 일이 있는 거야?"

"모르겠어……"

불안한 목소리였다. 레니는 등을 침대 머리 끝부분에 대고 일어나면서 잠을 떨치려 했다.

"엄마? 무슨 일이야?"

"아빠가 움직이지 않아."

레니는 이 소식을 오래 전부터 기다리고 있었다. 아빠는 지금 거의 70세고 갈수록 술은 더 많이 마셨다. 나이가 들면서 여러 질병에 걸리고 우울증까지 찾아와 약을 달고 살았기 때문에 아빠는 하루 대부분을 안락의자에 앉아 텔레비전을 보며 지냈다. 하지만 아빠의 공격성은 예전 그대로였다. 아빠는 더는 엄마를 때리지는 않았지만, 술을 충분히 주지 않으면 엄마를 괴롭히거나 언어폭력을 가했다. 레니는 대학을 다니고 있어서 주말에만 집에 갔다. 그때마다 엄마랑 함께 아빠한테 당해서 정신적으로 완전히 지쳐 있었다. 레니는 아빠 머리에는 무엇이 들어있는지 몰랐다. 어떻게 사랑해서 결혼한 사람을 저렇게 대할 수 있단 말인가?

그런데 엄마는?

아빠의 학대를 참았다.

엄마는 거의 매일 전화를 해 신세한탄을 하며 집과 아빠를 떠나겠다고 말했지만 그렇게 하지 않았다. 레니는 왜 그랬는지 알았다. 엄마는 아빠에게 괴롭힘을 당하는 것보다 잔트하우젠 사람들이 하게 될 뒷말이 더 두려웠던 것이다. 엄마는 50년 동안 아빠랑 살면서 길들여진 것 같았다. 아빠의 행동이 참기 어렵긴 했지만 엄마의 일상이 되어버린 것이다.

"아빠는 어디 있어?"

"부엌에. 바닥에."

"아빠가…… 상태야?"

엄마는 어깨를 들썩였다. 이 순간 엄마는 어린 아이처럼 무기력한 인상이었다.

레니는 두 다리를 흔들며 침대에서 나왔다. 방바닥의 공기는 얼음처럼 찼다. 이처럼 낡고 외풍이 심한 집은 어차피 춥기 마련이다. 난방비를 아껴야 했기 때문에 밤에도 실내 온도를 높이지 못했다. 아빠는 예전처럼 장작을 패지도 않았다.

"내가 가볼게."라고 말하고 레니는 모직외투를 입고 문으로 걸어갔다.

엄마는 침대에 앉아서 멍한 눈으로 창밖을 바라보고만 있었다.

"함께 안 갈 거야?"

엄마는 레니에게 겸연쩍게 고개를 흔들고는 손가락을 깍지 낀 채 바깥 풍경을 다시 내다보았다. 엄마는 아빠를 피해 도망간 몇 주를 제외하고 평생 이곳에서 살았다. 하지만 의무감 때문에 다시 아빠에게 돌아오기까지는 그리 오래 걸리지 않았다.

레니는 혼자 부엌에 갔다.

부엌은 너무 추웠다. 아빠는 짧은 반바지와 러닝만 입은 채 식탁과 싱크대 사이 바닥에 엎드려 있었다. 핏기 없는 하얀 피부에는 푸른 혈관만 툭 튀어 나와 있었다. 아빠의 늙고 살찐 몸이 타일에 붙어 있는 것 같았다. 아빠는 식탁 아래로 굴러간 옥수수병을 잡기 위해 필사적으로 오른손을 머리위로 뻗고 있었다. 레니는 허리를 숙여 아빠의 맥박을 체크할 필요도 없었다. 그녀는 아빠가 돌아가셨다는 것을 바로 알았다.

레니는 아빠가 넘어졌을 것이라 생각했다. 그리고 그 다음 아빠는 일어날 힘이 없었을 것이다. 이런 일은 종종 있었다. 매번 엄마가 아빠를 일으켜 침대까지 모시고 갔었다.

하지만 이번에는 그렇지 못했다.

바닥 온도가 채 10도도 되지 않는 이 차가운 겨울밤에 말이다.

"레니…… 눈 떠…… 내 말 들려…… 제발 눈 좀 떠봐!"

이런 말이 점점 더 또렷하게 솜을 뚫고 밀려들었다.

레니는 진짜 눈을 떴다.

그녀 위에는 큰 돌로 된 낮은 천장이 둥그렇게 있었다. 레니는 뭔가 끔찍한 일이 일어나고 있다는 것을 직감했다. 그녀는 단숨에 일어나 앉으려 했지만 어지러움과 두통 때문에 다시 침대에 누웠다.

"레니, 맙소사. 괜찮아…… 너무 기뻐."

레니는 한동안 누가 말하고 있는지 몰랐다.

"비비안?"

레니는 침낭의 지퍼를 끝까지 올린 상태였다. 그녀는 팔을 꺼내기 위해 지퍼를 조금 내렸다. 그러자 바로 공기가 매우 차갑다는 것을 느꼈다. 레니는 알몸이었다. 그녀는 힘들게 일어나 주변을 살폈다.

레니는 감옥에 갇혀 있었다. 비비안도 좁은 통로 건너편 감옥에서 침낭을 몸에 두른 채 창살에 붙어서 레니 쪽을 바라보고 있었다.

비비안의 뺨에 눈물이 흘러내렸다.

"네가 괜찮아서 정말 기뻐." 그녀가 흐느껴 울면서 말했다.

"우리 지금 어디에 있는 거지?"

"나도 몰라. 아마 아일레나우의 빌라 지하실 같아."

"그런데 어떻게……"

레니는 기억을 떠올리려 했다. 밤에 무슨 일이 일어났던 걸까? 그녀는 잠이 들었고 악몽을 꾸었으며, 시끄러운 소리가 나는 것을 들었고 방문 손잡이가 돌아가는 것을 보았다. 아버지가 방으로 들어오려는 것 같았다. 하지만 문은 잠겨 있었고 걸쇠도 채워져 있었다. 아무도 들어올 수 없었다.

"나도 잘 몰라." 비비안이 말했다. "나도 그때 침대로 가 바로 잠이 들었어. 그리고 그 다음에 여기서 눈을 떴어. 마취되었던 것 같아."

"하지만…… 하지만 누가? 텐담이? 그가 우리를 납치한 거야?"

시끄러운 소리가 나자 비비안은 대답을 멈추었다. 그 소리는 감옥 오른쪽 벽에 있는 검은 구멍에서 났다. 벽이 진동했다.

"오, 젠장…… 그 여자가 오고 있어." 비비안이 소리쳤다.

"그 여자라니?"

"카트린, 그 여자…… 정말 나쁜 년이야. 우리를 곧 죽여 버리겠다고 말했어. 내 생각엔 경찰이 그녀를 쫓고 있는 것 같아……. 둘이서 우리를 해치우려고 해. 레니…… 우리 뭐라도 해야 해. 안 그러면 우리를 죽일 거야!"

비비안은 패닉에 빠져 거의 쉰 소리를 냈다.

레니는 일어서서 침낭을 두른 채 철창까지 와 차가운 창살을 꽉 붙들고 검은 구멍 쪽을 바라보았다.

그녀는 그 안에서 뭔가 움직이는 소리를 들었다.

"레니…… 그들이 뭐라 말하든 개의치 마. 그들이 하는 말을 믿으면 안 돼. 알았지! 그들의 말을 그대로 믿지 마."


# 5


옌스 케르너 형사는 아일레나우 거리 39번지에 차를 세우고 운전석에서 뛰어 나갔다.

많은 사람들이 그 앞에 몰려 있었다.

구급차와 순찰차 두 대가 파란 경광등을 켜고 있었고, 제복을 입은 경찰들 옆에 어떤 여자가 어쩔 줄 몰라 하고 있었다. 그녀는 검은 파마머리에 몸이 우람해 보였다.

구급차의 뒷문은 열려 있었고, 그 안에 프레데릭 푀르스터가 고개를 뒤로 젖힌 채 앉아 있었다. 구조대원이 그를 보살피고 있었다.

"무슨 일이에요?" 옌스는 귀찮아하는 기색이 분명한 경찰관에게 물으며 다가갔다.

옌스가 텐담의 조사를 마치자마자 순찰대에서 전화가 왔다. '어제 저녁 그 노숙자가 주거침입을 했다는데요'라고 동료 여직원이 말해 주었다. 직원이 주소를 불러주었을 때, 옌스는 뭔가 이상하다는 것을 바로 눈치챘다.

"이 분은 루데비히(Ludewig) 씨입니다. 이 집에서 청소를 한답니다." 여자경찰인 침머만이 말을 꺼냈다. 옌스는 여러 번 다른 출동에서 침머만이 똑똑하고 신중하다는 것을 알고 있었다.

"여기서 일한 지 몇 년 되었지만" 루데비히가 끼어들었다. "이런 일은 처음이에요. 술주정뱅이들이 점점 더 대담해지고 있다니까요. 아직도 심장이 뛰고 있어요. 얼른 병원에 가봐야 할 것 같아요. 정말 까무러치는 줄 알았어요. 당신들은 잘 모를 거예요."

"허풍 좀 그만 떨어요." 옌스는 그 여자의 쓸데없이 장황한 말을 끊었다.

"침머만 씨, 어떻게 된 것인지 이야기 좀 해주세요." 옌스는 아니카 짐머만에게 부탁했다.

"말씀드린 것처럼, 루데비히 씨가 여기서 청소를 하고 있었는데 어떤 남자가 그녀가 청소한 방으로 들어가려고 했답니다. 루데비히 씨는 못 들어가게 했고요. 그런데 잠시 후 그 남자가 화물엘리베이터에서 뛰어 나와서 그녀가 기절초풍 했답니다."

"깜짝 놀랐어요. 쇼크 받아 죽는 줄 알았다니까요." 루데비히 씨가 다시 끼어들었다. "저 남자는 절도범에다 성폭력범이에요. 그는 나에게 해코지 하려 했어요. 하지만 어림없죠. 내 몸 하나쯤은 지킬 수 있으니까요. 저 남자가 응급처지 받게 된 것은 다 자기 탓이에요."

옌스는 물어보듯이 경찰관을 쳐다보았다.

그녀는 프레데릭 방향으로 고개를 향하며 끄덕였다.

"코가 부러졌고 피를 좀 많이 흘렸어요. 그래서 구급차 불렀죠."

"저 남자를 고소할 거예요." 루데비히가 울부짖었다. "저런 사람은 그냥두면 안 돼요. 내가 내 몸을 지키지 못했더라면 어떤 일이 일어났을지 아무도 모를 거예요."

"오케이, 여러분. 하던 일 계속 하세요. 나는 부상당한 사람과 이야기 좀 할게요."

옌스는 구급차로 건너갔다. 그 사이 구급대원이 응급처치를 끝낸 상태였다. 프레데릭은 하얀 보호대를 코뼈에 대고 있었다. 이마에는 시퍼런 멍이 들었고, 오른쪽 귀는 아주 빨갛게 물들었다. 전체적으로 압착기로 눌러놓은 것 같았다.

"저 여자 괴물이에요." 프레데릭이 말했다.

"저 아줌마는 당신이 강간하기 위해 덮쳤다는데."

"농담할 기분 아니에요." 프레데릭이 심각하게 말했다. "레니가 사라졌다니까요."

"뭐라고?"

옌스는 아무도 없는 곳으로 프레데릭을 데려가 상황을 들었다.

"그 아가씨들의 방으로 들어갈 수 있는 비밀 문이 화물엘리베이터에 설치되어 있었다고?" 옌스는 자기 귀로 듣고도 믿기지 않아 프레데릭이 한 말을 반복했다.

"제가 말한 그대로예요! 제가 탄 엘리베이터가 갑자기 밑으로 내려가는 거예요. 그때 전 이제 끝장이라 생각했어요. 저 밑에서 누가 공격할 것 같아 겁이 났거든요. 그래서 엘리베이터가 멈추자마자 뛰쳐나왔던 거예요. 그런데 저 여자가 나를 짐승처럼 덮쳤어요."

"오케이, 내가 직접 봐야겠어. 좀 보여줘."

옌스는 지나가면서 동료경찰에게 청소부 아줌마를 보내지 말아 달라고 부탁했다.

10분 후 레니 폰타네의 방 옷장으로 기어들어간 옌스는 쪼그리고 앉아 한쪽만 고정시켜 여닫게 되어 있는 문을 뜯고 화물엘리베이터가 다니는 어두운 수직 통로를 살펴보았다. 그 전에 그는 건물 전체 구조를 조사했다. 비비안이 묵었던 방에서도 그런 비밀 문이 있었다. 화물엘리베이터는 사람 한 명 정도 나를 수 있기에 충분한 크기였다. 서 있을 수도 없고 다리를 뻗을 수도 없었지만 그런대로 괜찮았다.

옌스는 옷장에서 기어 나왔다.

"어젯밤, 레니 폰타네 양이 전화했었는데." 그는 생각에 잠겨 말했다.

"뭐든 해야 해요!" 프레데릭은 제 정신이 아니었다. "레니는 분명히 그 정신병자의 손아귀에 있을 거예요."

거 참 그 정신병자는 오늘 오전에 경찰서에 왔었다. 지난밤에 텐담이 레니를 이 비밀 문을 통해 아무런 문제없이 납치하고 화물 엘리베이터로 지하실까지 옮겼을 수는 있다.

그런데 거기서부터는?

연락이라도 받은 것처럼 경찰 한 명이 왔다.

"열쇠 전문가가 왔습니다." 경찰이 말했다.

"오케이, 저 사람과 함께 지하실로 가봐야겠어."

프레데릭도 당연히 따라 갔다. 옌스는 그가 따라오려는 것을 말리지 않았다.

지하실에 잠겨 있는 문은 하나 밖에 없었다. 그 문 주위에 모두 모여 열쇠전문가가 자물쇠를 여는 것을 지켜보았다. 화물엘리베이터 앞에 떨어진 피가 옌스의 눈길을 끌었다. 상황이 그렇게 심각하지 않았더라면, 그는 그 드센 아줌마가 프레데릭을 덮치는 장면을 상상하며 웃었을 것이다.

"이렇게 하면 이제 열리죠." 열쇠전문가는 한 발 옆으로 물러났다. 옌스는 방화철문을 열었다.

직경 1.5미터 길이 20미터 크기의 굴이 나왔다. 벽을 쌓은 굴은 이 집 지하에서 도로 밑을 따라 운하까지 이어져 있었다. 굴은 해초로 뒤덮인 작은 부두까지 이어져 있었다.

옌스는 이곳이 예전에 복개도로가 나기 전에 아일벡 운하로 들어가는 통로였을 거라고 추측했다. 함부르크의 많은 집들에는 이런 통로가 있었다.

진한 갈색 나무로 된 카누 한 대가 작은 부두에 정박해 있었다.

옌스와 프레데릭은 서로 쳐다보았다.

"밧줄을 좀 풀어."라고 말하며 옌스는 카누 한 중간에 앉았다.

프레데릭이 밧줄을 풀자 옌스는 굴의 벽에 걸려 있는 노를 이용해 카누를 저어 아일벡 운하로 들어가는 곳에 설치된 철문이 있는 지점까지 갔다. 이 철문은 엄청나게 큰 자물쇠로 잠겨 있었다. 옌스는 운하 건너편에 있는 다른 집들을 볼 수 있었고, 왼쪽에는 하우스보트의 선미(船尾)부분도 보였다.

"저 자물쇠도 열까요?" 열쇠전문가가 물었다.

옌스는 카누를 타고 부두로 돌아왔다.

"그럴 필요 없어. 도와줘서 고마워요."

"이제 무엇을 하죠?" 프레데릭이 물었다. "레니를 찾아야 해요."

옌스는 고개를 끄덕였다.

"찾을 거야. 어떻게 해야 찾을 수 있는지도 알아."


# 6


옌스 케르너는 레베카가 근무하는 부속실 문 앞에서 멈추었다. 위에 부담을 느낀 것이다. 이번에는 중국음식 때문이 아니었다.

하필 어제 저녁 둘이 키스할 때 레니한테 전화가 왔다. 엔스는 바로 집으로 갔다. 오늘 엔스와 레베카는 전화 통화만 했다. 아일레나우에서 그는 레베카에게 자료 검색을 해달라고 부탁했다.

어제 저녁 일로 엔스가 할 수 있는 말이 무엇이겠는가?

미안하다고?

하지만 키스를 요구하는 쪽은 레베카였다.

일이 왜 늘 이렇게 복잡하게 꼬이기만 하는가?

동료 형사가 서류더미를 들고 복도를 내려오고 있었다. 엔스는 수업시간에 들어가지 못하고 서 있는 학생처럼 마냥 문 앞에서 서 있을 수만은 없었다.

엔스는 들어갔다.

레베카는 책상 뒤에 앉아 있었다. 평소처럼 환하게 웃으며 바라보는 대신 레베카는 긴장한 채 극도로 집중하고 있었다. 레베카는 잠깐 엔스를 보더니 바로 컴퓨터 모니터로 시선을 옮겼다.

"뭐 찾아낸 것 있어?" 엔스가 물었다.

"아일레나우 거리의 그 집은 오랫동안 상인인 로이터 씨 소유였네요." 레베카가 대답했다. "로이터 씨 가게는 커피, 차, 향신료를 팔았는데, 80년대 말까지 그곳을 창고로 이용했어요."

"그래서 그 집이 운하와 가까웠고 화물엘리베이터가 있었군." 엔스는 곰곰이 생각했다.

"그러다가 2002년 빌라는 팔렸어요. 새 주인은 일본인 투자자였는데 집을 호텔로 개조했어요. 2012년 투자자가 충분히 이익을 남기고 다시 팔 때까지 빌라 이름은 아일벡 호텔(Eilbekhotel)이었어요.

그 다음부터 집 소유권은 여러 사람에게 나누어졌어요."

"그러면 텐담은?" 옌스가 물었다. 그는 책상 옆에 섰다. 감히 그 뒤에 있는 레베카에게 갈 용기가 나지 않았다.

"그는 빌라의 5층만 소유하고 있어요. 모든 층은 소유주가 다 달라요. 리스트를 보여드릴게요. 4층과 6층은 2014년에 소유주가 또 한 번 바뀌었고 그때 개조했어요."

레베카는 프린터기로 가 출력된 문서를 옌스에게 주었다.

처음으로 두 사람은 서로 눈을 마주쳤다.

"뭔 일 있어요?" 그녀가 물었다.

옌스는 잠시 대답을 주저했다. 적당한 말을 찾지 못했다.

"어제 일로 고민하는 것은 아니죠, 그렇죠?" 레베카가 가볍게 물었다.

"아냐…… 내가 해야 돼?"

그녀는 어깨를 들썩였다.

"난 괜찮아요……. 다음에 모차르트 초콜릿과 좋은 레드와인 한 병을 갖고 오는 것만 잊지 않는다면 말이에요."

레베카가 다음에 라고 말하자 옌스의 마음이 한결 가벼워졌다.

갑자기 문이 열리더니 수사반장 바움개르트너가 들이닥쳤다.

"마침 있었네요!" 반장이 소리쳤다. "옌스 케르너, 내 책상에 당신에 대한 민원이 들어왔어."

"제가 누군지 맞추어 볼까요? 클루게 변호사죠?"

"맞아, 무슨 짓을 한 거야? 설명 좀 해봐?"

마라이케 바움개르트너는 두 주먹을 허리에 대고 명령하듯이 옌스를 쳐다보았다. 반장이 기분 나쁘다는 것은 분명했다.

"잘 맞췄죠." 옌스가 말했다. "어차피 말씀드리려 했어요. 그런데 한 가지 허락해 주실 일이 있어요. 이 일이 잘못되면 반장님 책상에 민원이 탑처럼 쌓일 거예요."

옌스는 반장에게 자기 사무실 문을 열어주며 초대하는 듯한 손동작을 했다.

반장은 잠시 더 머무른 채 그를 노려보다가 움직이기 시작했다.

"무엇을 허락해달라는 건지 모르겠네."라고 지나가면서 반장은 말했다. 그때 반장의 향수 냄새가 옌스의 코를 마비시켰다.

비비안은 물론이고 레니 폰타네까지 구할 야심찬 계획을 놓고 반장과 상의하기 전에 옌스는 레베카에게 또 한 번 물어보았다.

"당신이 말했던 그 고무보트 빌려줄 수 있어?"

"백패킹용카약 말하는 거예요? 언제 쓸려고?"

"지금 당장."

"우리 집 지하실에 있는데. 그것 가지고 오면 어떻게 쓰는 건지 설명해 줄게요."

"좋아, 고마워."

레베카는 웃었다. 하지만 그것은 평소와는 다른 웃음이었다. 그녀는 옌스를 향해 더 깊고 진한 미소를 보냈다.

# 7

프레데릭에게 드디어 휴대폰이 생겼다.

형사의 것이라도 좋았다. 자기 것이 아니라도 손에 핸드폰을 가지고 있으니 기분은 좋았다. 그것은 정상적인 생활로 한발자국 돌아간 것 같았다. 쓸데가 생겨 핸드폰을 받았기 때문이다. 거리에 나 앉은 지난 3달 동안 프레데릭은 기껏해야 불쾌한 존재로, 아무 것도 아니고, 아무도 아닌 그림자 같은 존재로 살아왔다. 그러던 그가 갑자기 살인범을 잡는데 도움을 줄 수 있는 누군가로 출세한 것이다.

일이 앞으로 어떻게 될 지는 상관없었다. 지금 그에게는 이 임무만 중요했다. 레니 폰타네를 찾는 일은 그가 원할 만큼 충분히 값어치 있는 일이었다.

옌스 형사는 프레데릭에게 이 일은 둘만 알고 있어야 하며 지금부터 함께 하려는 일은 엄격하게 말하면 불법이라는 점을 분명히 했다. 프레데릭에게는 아무래도 상관없었다. 결국 성공할 것이니까 말이다. 그에게는 이것만이 중요했다.

프레데릭은 아일벡 운하와 쿠밀렌타이히를 가르는 다리 근처에서서 하우스보트를 감시했다. 텐담은 아직 모습을 드러내지 않았지만 분명히 나타날 것이다. 경찰 10명이 그에게 붙었다. 그들은 도처에서 텐담을 미행했다. 옌스는 경찰에게 자연스럽게 미행하라고 말했다. 너무 표나게 미행했다가는 텐담이 눈치 챌 수 있었다. 그가 눈치 챌 가능성은 충분했고, 그렇게 되면 경찰들을 따돌리려

할 것이다.

텐담이 눈치 채지 못할만한 사람이 있다면 프레데릭 뿐이다. 그리고 프레데릭이라면 개똥에 붙은 파리처럼 그에게 딱 달라붙을 것이다.

옌스는 텐담이 그들을 레니와 비비안에게 인도해 주기를 바랐다. 어딘가에 틀림없이 그가 그 아가씨들을 붙잡아둔 은신처가 있을 것이다. 텐담이 빌라에서 그 짓을 하지 않았다는 것은 분명하다. 옌스는 비밀통로가 발각되었다는 사실을 텐담이 모르게 하기 위해 필요한 조치를 모두 취해 놓았다.

프레데릭은 경찰 일이 재미있었다. 그는 자기가 직업을 잘못 선택한 건지도 모른다고 생각했다. 텐담처럼 엿 같은 놈들을 쫓아 사람을 구하는 일은 흥미로웠다. 경제적으로 성공하거나 돈을 벌고 그 돈으로 으스대는 것만이 다가 아니기 때문이다. 범인을 잡는 일은 오늘날 소비사회가 좁혀 놓은 삶의 지평을 이렇게 넓혀 놓았다.

프레데릭은 경찰이 될 수 없다는 것을 알고 있었다. 그러기에는 나이가 너무 많았다. 하지만 탐정사무소 정도는 열 수 있을지도 몰랐다. 탐정사무소를 여는 데는 대학졸업장도 필요 없고, 돈도 그리 많이 들지 않았다.

이것은 꽤나 매력적이었다. 마침내 그는 앞으로 어떻게 새 출발을 할지 아이디어를 얻었다.

자동차 경적 소리에 프레데릭은 생각에서 깨어났다.

옌스의 빨간색 픽업이 미술대학 주차장에 섰다. 적재함에는 잿

빛의 큰 무언가가 실려 있었다.

프레데릭은 길을 건너 차문까지 다가갔다.

"별일 없지?" 옌스가 물었다.

"아직까지 나타나지 않았어요."

"알아. 내 동료들이 감시하고 있어. 텐담은 지금 시내 레스토랑에서 밥을 먹고 있어. 그러니까 우리에게 시간이 좀 있어."

옌스는 차에서 내려 뒤쪽 짐칸의 문을 열었다.

"멋지지." 프레데릭이 말했다. 그 앞에는 아주 비싼 백패킹용 카약, 그러니까 바람을 주입하여 탈 수 있는 소형고무보트가 있었다. 이 보트는 공기를 빼면 백팩에 넣어 편하게 들고 다닐 수 있어 트래킹과 패들(소형카누) 여행을 함께 즐기려는 사람들을 위해 개발된 것이다.

"이거 탈 수 있나?" 옌스가 물었다.

"글쎄요. 군대시절 공병이었어요. 그때 가끔 보트를 타야 했던 적이 있었죠. 좀 오래되긴 했지만 대충 탈 수 있을 것 같아요. 그런데 이거 어디서 구한 거예요."

"내 동료 거야. 다시 돌려줘야 하니까, 조심해서 타. 예상과 달리 텐담을 걸어서 미행해야 할 경우 내게 전화해. 내가 이 보트를 다시 가져갈 수 있도록 말이야."

예상외로 가벼운 이 보트를 두 사람은 함께 차에서 내려 물에 띄웠다. 그곳에서 프레데릭은 건너편 물가에 있는 하우스보트를 잘 볼 수 있었다. 텐담이 카누를 타고 나갈 경우 프레데릭은 이 보트를 타고 쫓아갈 것이다.

옌스 케르너 형사는 근심어린 눈길로 그 빌라를 보았다.

"당신을 사건에 끌어들여 내 마음이 편치 않아." 그가 말했다.

"누가 강제로 시켰나요? 제 발로 나선 걸요."

옌스는 프레데릭을 바라보았다.

"정말 조심해야 돼. 절대로 혼자 나서지 마. 그 남자 위험한 사람이니까."

"유념할게요."

"핸드폰 충전은 되어 있지?"

"거의 100퍼센트에요. 오늘밤은 충분할 거예요."

"오케이…… 나는 언제든지 전화 받을 수 있어. 무슨 일이라도 괜찮으니 꺼리지 말고 전화해. 알았지."

프레데릭은 고개를 끄덕였다.

옌스는 그의 어깨를 두드리고 고개를 끄덕이며 도와줘서 고맙다고 말하고 떠났다.

곧 프레데릭은 자동차 시동 거는 소리를 들었고 옌스는 떠났다.

프레데릭은 고무보트를 살펴보았다.

혼자 남게 된 지금 그는 좀 불안했다.

하지만 프레데릭은 극복할 것이다.

레니를 위해

그리고 자기 자신을 위해.

# 8

엔스 케르너 형사는 기어를 거칠게 바꾸었다. 레드 레이디가 바로 시끄러운 굉음을 토해냈다.

그는 평소에 이렇게 거칠게 운전한 적이 없었다. 많이 긴장하고 있었다. 엔스는 직접 텐담을 추적하고 싶었지만 그래봤자 나올 게 없다는 걸 알았다. 바보가 아니라면 금방 눈치 챌 것이다. 사실 이 작전 전체가 완전 미친 짓이었다. 실패하거나 누군가 피해를 본다면 엔스는 모든 책임을 져야 했다. 아마 사표를 내야할지도 모른다. 엔스는 반장의 배후 지원을 받긴 하겠지만 어디까지나 반장이 보고받은 사항에 한에서이다.

반장은 엔스가 프레데릭를 끌어들였다는 사실은 모르고 있었다.

하지만 다른 방법이 없었다. 텐담은 절대로 레니와 비비안을 어디에 잡아두었는지 불지 않을 것이다. 추적자들이 떨어져 나갔다고 믿게 하여 그의 의심을 확실하게 잠재워야만 기회가 있었다. 그렇다고 이런 상황에서 텐담이 위험을 감수하면서까지 제 발로 은신처를 찾아간다는 보장도 없었다. 결국 엔스는 자신의 경험에 모든 것을 걸었다. 텐담처럼 여자를 고문하며 살해하는 놈들은 절대로 합리적으로 행동하지 않는다. 그런 놈들은 욕망에 따라 행동하고 욕망을 오래 억누르지 못한다.

지금 엔스는 엘렌 리온을 만나러 가는 길이었다. 이 여배우에 대한 조사는 무조건 필요했다.

그녀의 집이 있는 거리는, 퇴근 시간이 지난 지 한참 된 지금 예상대로 차들이 빼곡하게 주차해 있었다. 주차할 곳은 단 한 곳도 없었다. 옌스는 일렬 주차를 할 수 있었지만, 누군가 차로 백미러를 들이받아 레드 레이디가 며칠간 고통을 당한 뒤로 일렬 주차는 피했다. 도로를 조금 더 내려가자 주유소가 나왔다. 옌스는 그 안에 들어가 사정 이야기를 하고 잠시 주차한 다음, 엘렌 리온이 남편과 함께 살고 있는 집으로 돌아왔다.

그곳은 물가에 바로 붙어 있는, 옛날 벽돌 창고를 개조한 집이었다. 두꺼운 담장과 좁은 창문에 요새 같은 5층짜리 건물이었다. 도로 쪽에는 와인창고가 있었다. 쇼윈도우의 조명은 분위기 있었지만 가게는 벌써 문을 닫았다. 하지만 전화 통화 했을 때 리온은 와인 가게에서 초인종을 눌러달라고 부탁했다.

여인의 목소리는 상냥하고 교양 있었다. 그녀는 조사의 필요성이 있다는 것을 이해했고 경찰서로 소환하지 않은 데에 고마워했다. 옌스에게는 그녀와 텐담의 관계를 공개하는 것이 전혀 중요하지 않았다.

초인종은 〈함부르크 와인대리점〉이라는 글자가 새겨진 놋쇠간판에 붙어 있었다.

엘렌 리온이 바로 문을 열어주었다.

리온이 입고 있는 회색 모직스커트는 그녀의 외모에 대해서 더는 말할 필요가 없게 했다. 치마는 무릎 바로 위까지 내려왔다. 허리선을 따라 가느다란 가죽벨트가 느슨하게 걸려 있었고 굽이 높은 검은색 부츠를 신고 있었다. 화장은 완벽했고 숨을 쉴 수 없을 정도로 향기가 났다. 옌스는 너무 강한 향수를 뿌려 주변 사람들을 부담스럽게 만드는 사람을 좋아하지 않았다.

그녀는 악수를 청했다. 손은 따뜻하고 부드러웠지만 놀라울 정도로 힘껏 눌렀다.

"옌스 케르너 형사님, 안으로 들어오세요. 우리 사무실로 가지요."

사무실에 들어가기 위해서는 와인가게를 통과해야 했다. 가게 실내장식은 고급스러웠다. 와인을 팔아 함부르크에서 이 정도 위치에 이런 가게를 낼 수 있을 정도로 돈을 벌 수 있을까? 다음에 레베카의 집에 가면 좋은 레드 와인을 가져가야한다는 생각이 떠올랐다.

소박하지만 실용적인 사무실을 보고 옌스는 경찰서를 떠올렸다. 가구는 좀 오래된 느낌이었고, 쓸데없이 호화롭다는 느낌이나 고급스러운 조명도 없었다. 천장에 달린 LED등의 조명을 받은 리온은 더 이상 상류계층의 신비한 모습이 아니었다. 화장으로 가린 주름살이 여기서는 낱낱이 드러났다.

그들은 둥근 유리테이블에 앉았다. 엘렌 리온은 팔짱을 낀 채 다리를 꼬고 앉았다. 그녀가 긴장하고 있다는 것을 옌스는 느꼈다.

"가게는 남편께서 운영하시나 보죠?" 분위기를 풀어주기 위해 옌스가 물었다.

리온은 고개를 끄덕였다.

"예, 유감스럽지만 맞다기보다는 틀렸다고 봐야겠네요. 가게가 예전만 못해서요. 직원이 세 명 있었는데 이제는 한 명도 없습니다. 인터넷 때문에 경쟁이 너무 치열해졌어요."

"배우로서 성공해서 좋으시겠습니다."

"그렇죠. 불평하려는 건 아니지만 상황이 갈수록 나빠지는 것 같아요. 우리 같은 배우들이 연속극에서 죽어 나갈까봐 얼마나 걱정하는지 모르실 거예요."

"연속극에서 죽는 거라니요?"

"잘 들어보세요. 연속극이 장기간 방영되려면 등장인물을 규칙적으로 교체해야 하죠. 그래서 드라마에서는 어떤 배역이 꼭 죽어야 해요. 이런 상황을 연속극에서 죽는다고 말하지요."

"그래도 당신 역할은 주인공이잖아요?"

"그렇다고 할 수 있죠. 하지만 시청자들에게는 다른 배우 두 명이 저보다 훨씬 더 인기가 있죠. 그들은 저보다 젊어요. 제 나이가 되면 여배우로서는 환갑이 다 된 거죠. 시장으로 몰려드는 젊고 예쁜 여자배우들을 어찌 막겠어요."

"이해합니다. 연예계는 경쟁이 너무 심하니까요."

"맞습니다. 성공하려면 어려움을 극복할 수 있어야 하죠. 그래서 저는 이 어려운 상황에서 아름답지 못한 스캔들로 신문의 가십거리가 되고 싶지 않습니다. 텐담도 당연히 내가 공연한 스캔들을 일으키지 않을 것으로 기대한다고 연락해왔습니다. 저를 경찰서로 소환하지 않은 데 대해 뭐라 감사드려야 할지 모르겠습니다."

"걱정하지 마십시오. 저는 살인사건을 수사하는 것이지, 간통사건을 조사하는 것은 아니니까요. 텐담 씨의 알리바이를 확인해 주시기만 하면 금방 가겠습니다."

"텐담과 저는 전화 통화를 하면서 그 중요한 날짜와 시간에 대해 이야기해 보았습니다. 그 젊은이가 살해당했을 때 저는 밤새도록 텐담 집에 있었습니다."

"그러면 당신 남편은요?"

"출장 중이었습니다. 남편은 와인을 시음하고 구입하기 위해 자주 출장을 간답니다. 이 일은 자기 눈으로 직접 보아야 하는 사업이죠……. 물론 늘 와인잔의 끝부분 너머로 보는 것이긴 하지만요."

처음으로 그녀가 웃었다. 그 웃음은 인정 많고 솔직한 것이었다. 그녀의 예쁜 두 눈도 함께 웃고 있었다. 옌스는 그녀가 왜 배우로 성공했는지 알 것 같았다.

"좋습니다." 그는 말했다. "그렇다면 그의 알리바이는 확인 된 거네요. 그러면 지난밤은요?"

"우리는 얼굴은 보지 않고 전화 통화만 했습니다. 당신이 텐담을 조사한 다음부터 만나기가 너무 어려워졌어요."

"제가 당신 말을 제대로 이해했다면, 그러니까 당신이 지난밤 헨드리크 텐담 씨의 알리바이를 확인해 줄 수 없다는 거죠?"

"맞습니다."

"6월 12일에서 13일 사이의 밤에도 실제로 계시지 않았죠, 그렇죠?"

그녀는 깜짝 놀란 듯 세심하게 정리된 눈썹을 위로 치켜떴다.

"제가 방금 텐담 집에 있었다고 말씀드렸잖아요."

옌스는 수첩을 찾아보는 것처럼 했지만 레베카가 미리 찾아준 정보가 빠짐없이 머리에 들어있었다.

"당신 소속사에서 보내준 자료에 따르면, 6월 12일은 베를린에서 촬영이 있는 날이었습니다. 촬영은 저녁 6시쯤에 끝났고요. 그 다음 베를린에서 함부르크로 오는 기차를 타고 왔습니다. 맞죠?"

"예, 맞아요, 그런데……"

"당신의 여행경비를 담당하는 직원에 따르면 당신은 19시 49분 기차를 탔습니다."

"맞습니다. 함부르크에 21시 54분에 도착하는 기차였습니다. 도착한 다음 저는 바로 텐담 집으로 갔습니다."

"언제 그 집에 도착했죠? 대충?"

"10시 반쯤입니다."

옌스는 뭔가 계산하는 척 했지만 이 계산은 이미 오래 전에 다 해 놓았다.

"선로에 사람이 떨어지는 사건으로 3시간 연착한 시간까지 더하면 그 다음 날 1시 반이겠죠."

그때서야 그녀의 얼굴은 돌처럼 굳으며 평정심을 잃었다. 두 눈도 촉촉이 젖었다.

옌스는 기차가 연착한 것이 정말 다행이라고 생각했다.

"저는……"

"당신은 저를 속이려 했습니다."

"아닙니다. 저는…… 저는 1시 반부터 보냈던 시간을 밤새도록이라고 말할 수 있다고 생각했습니다."

"아니죠. 범행시간이 11시 30분이라면 말입니다."

"그것은…… 그것까지는 몰랐습니다."

"알겠습니다. 몰랐겠지요. 그러니까 진술을 다시 한 번 맞추어 주시겠습니까?"

그녀는 이제 눈물을 흘리기 시작했다. 눈물이 왼 뺨을 타고 흘러내리면서 화장한 얼굴에 축축한 흔적으로 남겼다.

옌스의 마음에는 그녀가 연극을 하고 있다는 의심이 생겼다. 그는 정신을 차려야 했다. 하지만 그녀는 직업 배우였다. 진짜 감정과 꾸민 감정을 구분할 수 없을 정도로 연기할 수도 있었다.

"미…… 미안합니다." 그녀가 눈을 내리깔고 조용히 말했다. "텐담이 그렇게 해달라고 부탁했습니다. 저는 거의 밤새도록 그의 집에 있기도 했고요. 그것 말고도 텐담은 당신이 의심하는 것과 같은 짓을 할 만한 사람이 결코 아닙니다. 제가 텐담의 집에 도착했을 때 그는 벌써 자고 있었습니다. 그래서 저는 벨을 눌러 텐담을 깨워야 했습니다."

"당신은 정확하게 언제 그 하우스보트에 도착했습니까?"

"그렇다면 아마 1시 반경이었을 거예요."

옌스는 눈을 가늘게 뜨고 그녀에게 시선을 고정했다.

"아무리 비밀을 지켜야 할 상황이라도 저라면 경찰에게 거짓말은 하지 않았을 것입니다." 그는 말했다.

그녀는 고개를 끄덕이고 입술을 깨물었다. 눈에서는 눈물이 계속 흘러나왔고, 그녀는 옌스의 얼굴을 쳐다보지 못했다.

"유감스럽게도 더는 당신의 진술을 믿을 수 없군요. 남편이 출장 갔다는 이야기도 알아보아야 할 것 같습니다."

리온은 눈을 치켜떴다.

"안 됩니다."

이 한 마디는 명령이었다. 이 속에는 자기가 한 거짓말이 들통 났기 때문에 당연히 느껴야 할 죄의식이나 비굴함은 흔적도 찾아 볼 수 없었다. 그때 옌스는 이 여배우가 진짜 얼굴을 드러냈다고 확신했다.

"죄송합니다." 옌스는 일어섰다. "남편은 어디 계시죠?"

"남편은…… 출장 갔습니다. 어제부터요."

"언제 돌아오시죠?"

리온이 놀라서 펄쩍 일어났다.

"부탁입니다. 제발 그러지 말아주세요."

"안 됩니다. 그런데 만약 이번 달 20일 밤부터 21일까지 텐담 씨 의 알리바이를 제게 거짓 없이 말씀해 주신다면 하지 않을 수도 있습니다."

"비비안이 사라진 그날 밤 말인가요?"

"예."

"텐담이 어디에 있었는지 저는 모릅니다. 하지만 저는 집에 있었 습니다. 남편이 증명해 줄 거예요."

아직 말을 다 마치기도 전에 그녀는 알리바이를 대기 위해 남편 을 끌어들인 것은 실수였다는 것을 느꼈다.

"부탁입니다. 제 말을 믿어주세요. 남편에게 물어 볼 필요도 없 습니다. 맞다니까요. 남편이 돌아오면 남편의 일정표를 보여드릴 수 있습니다."

"잘 생각해 보겠습니다. 리온 씨." 옌스는 가려고 몸을 돌렸다. "이제 가 보겠습니다. 또 연락드리겠습니다."

리온은 옌스를 따라 와인가게까지 그를 배웅하고 문을 잠갔다.

몇 발자국 걸어 나왔을 때 옌스는 다시 한 번 몸을 돌렸다. 옌스는 뭔가 놓친 게 있다는 느낌을 떨쳐버리지 못했다.

# 9

어두워진 지 오래였다. 프레데릭은 너무 추웠다. 그때 드디어 뭔가 움직임이 있었다.

맞은 편 아일벡 운하에서 빌라까지 땅 밑으로 연결된 동굴에서 철창이 열렸다. 문이 움직일 때 가로등 불빛이 철문에 비쳐 반사되었기 때문에 프레데릭만 그것을 알았다.

프레데릭은 지금까지 지키고 있었던 자리를 떠나 제방을 기어내려 갔다. 그는 수풀이 우거진 곳에 숨어서 카누가 동굴을 천천히 빠져나오는 것을 감시했다. 카누에는 검은색 후드티를 입은 사람이 타고 있었다.

텐담이었다!

텐담은 철문을 잠그고, 노를 저어 신속하게 쿠뮐렌타이히 쪽으로 멀어져 갔다.

프레데릭은 수풀 뒤 은신처에서 몸을 완전히 움츠리고 숨었다.

카누는 소리 없이 신속하게 그의 옆을 지나갔다. 남자는 숙련된 솜씨로 노를 저었다. 프레데릭은 그를 따라잡기 힘들겠다는 것을 직감했다. 고무보트 자체가 속도를 빨리 낼 수 없는 배였고, 그 역시 훈련이 부족했다. 프레데릭은 시간 낭비를 해서는 안 되었다.

프레데릭은 손에 핸드폰을 들고 그 남자가 어디로 가는지 알 때, 옌스에게 전화를 해야겠다고 결심했다.

프레데릭은 급히 고무보트로 돌아가 배를 물에 띄웠다. 하지만 유감스럽게도 이곳은 평탄한 승선장이 아니었다. 그래서 그는 물가에서 배가 있는 곳까지 50센티미터 정도의 깊이(수심의) 차이를 극복해야 했다. 프레데릭은 흔들리는 작은 고무보트에 어떻게 올라타야할지 몰랐다.

그는 노를 지팡이처럼 잡고 두 다리를 벌려 오른 다리는 물가에 두고 왼 다리로 보트로 뛰어들었다. 하지만 애꿎은 고무보트만 물가에서 떨어지게 만들어 두 다리가 쫙 벌어지고 말았다. 프레데릭은 급히 몸을 움직여 체중을 옮겼지만 충분하지 않았다. 얼굴은 고무보트의 불룩 튀어 나온 부분에 쳐 박히고 오른 다리는 무릎을 꿇은 자세로 물에 빠졌다. 한쪽으로 너무 많은 무게가 실리는 바람에 보트는 프레데릭의 머리가 운하 속으로 잠수할 정도로 푹 가라앉았다.

다행히 보트는 원래 상태로 되돌아오면서 안정을 찾았다.

프레데릭은 물을 내뿜듯이 뱉어내었다. 다행히도 그는 노를 놓치지는 않았다.

프레데릭은 눈에서 물을 닦아내고 주위를 돌아보며 텐담을 찾았다.

이미 텐담은 프레데릭의 사야를 거의 벗어나 있었다.

프레데릭은 땀을 흘리며 애써 보았지만 보트는 마음대로 움직여 주지 않았다. 보트는 방향을 잡지 못하고 맴돌기만 했고, 프레데릭은 계속 방향을 수정해야만 했다. 그가 빨리 보트를 통제하지 못하면 레니는 죽을지도 몰랐다. 프레데릭이 바보처럼 보트를 잘 다루지 못했다는 이유만으로 말이다.

서서히 텐담은 쿠뮐렌타이히를 직선으로 관통하는 코스를 잡았다. 프레데릭은 옌스에게 전화하기 위해 잠시 서려고 했다. 하지만 앞서 가고 있었던 텐담이 아우센알스터(Außenalster) 쪽으로 꺾어 들어가 시야에서 왼쪽으로 사라졌다.

프레데릭은 있는 힘을 다해 미친 듯이 노력해 몇 미터 따라잡았다. 프레데릭은 더 이상 접근하지 못했다. 만약 그렇지 않다면 텐담이 놀라 운하를 빠져나가 사라지게 될 것이고, 텐담을 다시 찾을 기회를 잡지 못할 것이다.

어둠을 밝히고 있는 도시의 불빛이 없었더라면 프레데릭은 넓은 아우센알스터에 떠 있는 카누의 검은 윤곽도 알아보지 못했을 것이다. 텐담은 물가 근처에서 멈추었다. 프레데릭도 똑같이 했다. 텐담과의 거리가 여전히 좀 떨어져 있긴 했지만 프레데릭은 텐담이 방향을 바꾸는 것 정도는 볼 수 있었다.

이제 프레데릭은 옌스에게 전화할 수 있었다.

프레데릭은 바지 주머니 어딘가에 둔 전화기를 찾았지만 없었다. 주머니란 주머니를 다 터는 동안 머리에 열이 올랐다. 핸드폰은 어디에도 없었다. 어떻게 그럴 수 있단 말인가?

프레데릭은 텐담을 놓치지 않기 위해 노를 저으면서 핸드폰을 어디에 두었을까 생각해 보았다. 아까 물가에서 시간이 없어 형사에게 전화하지 못한 다음 핸드폰을 외투 바깥 주머니에 놓지 않았을까?

프레데릭이 보트와 함께 뒤집혔을 때 전화기도 물에 빠졌을 것이다.

프레데릭은 그 바보짓에 대해 화를 낼 시간도 없었다. 놀랍게도 텐담이 벌써 방향을 바꾼 것이다.

텐담은 펜타이히 다리 아래를 통과해 펜타이히 쪽으로 갔다.

프레데릭은 전혀 예상하지 못했다. 그는 함부르크 운하에 대해서 잘 모르지만 펜타이히에서 꺾어 들어갈 수 있는 곳은 울렌호르스트(Uhlenhorst) 운하뿐이었는데, 이 운하는 막다른 길이었기 때문이다.

분기점까지 가려면 몇 분 더 남았지만 펜타이히 다리 아래로 지나갈 때 프레데릭은 그 카누가 울렌호르스트 운하로 사라지는 것을 보았다. 그곳은 물가에 수초가 무성하게 자라고 있었고, 나무들이 지붕처럼 덮고 있어서 불빛조차 들어오지 않는 곳이었다. 그 작은 호수 연안을 따라 미국 대통령도 묵었던 함부르크 시의 게스트 하우스와 고급 빌라들이 들어서 있었다. 저택을 밝히고 있는 불빛은 낭만적이었고, 큰 잔디밭이 호숫가에서 저택까지 길게 이어져 있었다. 프레데릭은 함부르크의 이 외딴 곳을 세상에서 가장 아름다운 곳이라 여겼고, 남몰래 언젠가 여기서 집을 장만하는 꿈을 꾸기도 했다.

누구나 이렇게 목표를 높이 세우지만 아마 영원히 도달할 수 없을 것이다.

프레데릭이 울렌호르스트 운하로 들어서자마자 주변이 칠흑같이 어두워졌다. 텐담은 더 이상 보이지 않았지만 멀리 떨어져 있지 않을 것이다. 두 번째 다리 밑을 지나간 후 프레데릭은 왼쪽에 다른 운하로 들어가는 좁은 갈림길이 있는 것을 발견했다.

그러니까 울렌호르스트 운하는 막다른 길이 아니었다!

프레데릭은 육지로 나가서 아무데서나 비상전화를 해 상황을 설명해야겠다고 생각했다. 하지만 곧 옌스가 이 작전은 둘이서만 알아야 한다고 당부했던 것이 생각났다.

그렇게 하려면 시간이 너무 걸릴 것 같기도 했다.

그러니까 이대로 계속 가자!

울렌호르스트 운하는 조용했고 외딴 곳에 떨어져 있었다. 그리고 집들이 운하를 둘러싸고 있었다. 이런 전망에서는 도시의 모습이 들어오지 않았다. 이제야 프레데릭은 텐담이 왜 이 길을 이용했는지 알 것 같았다. 최소한 밤에 이곳보다 방해받지 않고 움직일 수 있는 곳이 어디에 있겠는가?

프레데릭은 세 번째 다리에 접근했다. 여전히 텐담의 흔적은 없었다.

물가를 살피면서 계속, 계속 갔다. 텐담은 여기 어딘가에 있을 것이다.

이제 곧 운하도 끝이다. 빈터후트 길에서 운하는 끝난다.

프레데릭은 크게 실망하며 방향을 돌렸다.

텐담이 벌써 배를 대었다는 것인가? 그렇다면 카누가 어딘가에 보여야 했다.

프레데릭은 전보다 더 주의를 기울여 뒤돌아 갔다. 이번에는 오른쪽 물가에 딱 붙어서 이동했다. 덕분에 그는 폭이 좁고 수심이 2미터 정도가 되는 지류를 발견했다. 물길은 어떤 집의 둥근 천장 아래에서 끝났다.

그곳의 작은 부두에 카누가 정박해 있었다.

프레데릭은 소리 없이 그쪽으로 다가가 부두에 배를 대었다.


# 10


차를 타고 경찰서로 가는 동안 옌스 형사는 머리를 쥐어짰다. 그는 뭔가 중요한 내용을 간과한 것 같아 속에 무거운 납덩어리가 들어앉은 것처럼 답답했다. 하지만 이 문제를 깊이 생각하면 할수록 답에서 더 멀어졌다. 그것은 어려운 수수께끼를 풀 때와 같았다. 우선 머리를 비워야 했다. 그렇지 않으면 절대로 답을 찾을 수 없었다.

옌스는 무조건 레베카와 이야기를 나누어야 했다. 이 문제에 있어서 그녀의 시냅스(synapse)는 옌스의 시냅스와 다른 방식으로 작동했다. 레베카는 속이 이렇게 답답해도 해답을 찾아낼 수 있는 사람이었다.

옌스는 핸드폰을 꺼내 레베카에게 전화했다.

"경찰서로 올 수 있어?" 옌스는 물었다. "네가 필요해."

"아직 경찰서에 있는데요. 여기서 그런 작전이 펼쳐지고 있는데 퇴근했을 거라 생각했어요?"

"멋진데!" 그가 말했다. "엘렌 리온에 대해 가능한 많이 알아봐 줘. 그런데 그 여자 주소는 어디서 알아냈어?"

"여기 함부르크에 있는 리온의 연예기획사에서 알아냈죠."

"오케이, 이 여자에 대해 많이 알았으면 해. 10분에서 15분 후에 경찰서에 도착할 거야."

그들은 전화를 끊었다. 옌스는 전화가 온 게 있는지 살펴보았다. 전화는 오지 않았다.

젠장 왜 아무도 전화를 하지 않는 거야!

경찰 다섯 명이 텐담을 감시하고 있고 추가적으로 프레데릭 피르스터까지 붙여놓았다. 그런데 아무도 전화를 하지 않았다.

옌스는 프레데릭에게 전화를 했다. 그런데 전화기에서 이 번호로는 연결이 되지 않는다는 목소리만 흘러나왔다.

걱정이 앞섰다!

다음 교차로에서 옌스는 픽업을 돌려 문데스부르크(Mundesburg) 쪽으로 방향을 틀었다. 10분을 달려 그는 레베카의 백패킹용 카약을 내려놓은 지점에 도착했다. 옌스는 비상등을 켠 채 차를 다리에 세워두고 제방으로 뛰어 내려왔다.

프레데릭도 없었고 보트도 없었다. 아무것도 없었다.

엔스는 건너편 아일레나우의 빌라와 어두운 동굴 쪽으로 시선을 던졌다. 동굴은 예전처럼 닫혀 있었다.

그는 텐담의 감시를 지휘하고 있는 동료 형사 질링에게 전화했다. 그는 바로 전화를 받았다. 질링은 텐담이 한 시간 전에 하우스보트에 와서는 그 뒤로 꼼짝하지 않고 있다고 보고했다.

"내가 그쪽으로 가고 있어."라고 엔스는 말하며 계속 차를 몰고 갔다.

이번에 엔스는 픽업을 하우스보트에서 50미터 떨어진 소방차 진입로에 주차했다.

질링은 나무 뒤에서 그를 기다리고 있었다.

"텐담이 하우스보트에 있는 거 확실해?"

"하우스보트에 들어갔을 때부터 계속 여기서 감시하고 있습니다. 우리 몰래 하우스보트를 빠져나갈 수는 없습니다."

"물을 이용해 빠져나갈 수 있잖아?"

"그러려면 잠수복을 입고 나가는 수밖에 없죠."

순간 두 사람은 서로를 바라보며 같은 걱정을 했다. 아무도 이럴 가능성을 생각하지 못했던 것이다.

"같이 가자." 엔스는 말하며 하우스보트 쪽으로 달려갔다.

거리 쪽으로 난 창문에는 불빛이 비쳤고, 커튼은 닫혀 있었다. 그들은 쿵쾅거리며 짧은 계단을 뛰어 넘어 뱃전으로 돌진했다. 엔스는 주먹으로 얇은 외벽을 쳤다.

"경찰입니다. 문 여세요!" 그는 소리쳤다.

엔스의 동료는 이미 권총을 꺼냈다. 엔스도 권총집으로 손을 뺐었다. 하지만 무엇 때문인지 모르겠지만 옌스는 권총을 빼는데 주저했다.

그는 재차 벽을 두드리며 텐담을 향해 소리쳤다.

커튼이 옆으로 걷히더니 문이 열렸다.

헨드리크 텐담이 간편한 실내복을 입고 나왔다. 그는 손에 호박 색깔 음료수가 든 잔을 쥐고 있었다.

"제가 이 시간에 변호사를 불러야 합니까?" 텐담은 말했다. 목소리로 보아 약간 취해 있었다.

옌스는 기습당한 기분이었다. 텐담이 아무도 모르게 빠져나갔을 것이라고 확신했기 때문이다.

"안녕히 주무시라고 인사를 드리려했던 것뿐입니다."라고 말하며 옌스는 돌아섰다.

"정말 좋은 분들이네요." 텐담이 뒤통수에 대고 소리쳤다. "처음부터 알긴 했지만요." '너도 그랬거든'이라고 생각하며 옌스는 계단을 넘어 물가로 돌아왔다.

"여기 계속 머물며 지켜봐. 저 놈이 분명히 뭔가 하려 들 거야. 누구든지 찾아오는 사람이 있으면 바로 연락해. 피자 배달부까지 말이야."

"예 알겠습니다."

"그리고 혹시 저 건너편에서 노숙자가 고무보트 타고 가는 것 못 봤어?"

질링은 무슨 말인지 모르겠다는 표정으로 쳐다보았다. 옌스와 프레데릭의 비밀 작전에 대해 전혀 모르고 있는 사람에게는 좀 이상한 질문이기는 했다.

"고무보트를 몰고 가는 노숙자요?"

"그래."

"아…… 제가 아는 한 없었습니다. 그런데 우리도 그런 것까지 자세히 살피지는 못했습니다."

"물에서는 아무 일도 일어나지 않았다는 거지?"

"우리가 여기 있은 다음부터는 아무 일도 없었습니다."

옌스는 차로 돌아가 출발했다. 갑자기 이 시간이 목덜미에 칼이 꽂힌 것처럼 뜨겁고 고통스럽게 느껴졌다. 여기서 분명히 뭔가 일어났는데, 옌스는 아무것도 모르고 있었다. 텐담이 그를 가지고 논 것일까. 텐담은 교활한 인간이었다. 옌스는 그를 감당할 수 있을지 생각해 보았다.

아마 옌스는 텐담을 잘못 생각했었는지도 몰랐다.

아니면 이런 가능성에 대해 전혀 생각하고 싶지 않지만, 레니와 비비안이 이미 죽었을 수도 있었다. 그렇게 되면 텐담이 은신처를 찾아갈 이유는 없었다.

그런데 프레데릭은 어떻게 된 건가?

그는 왜 자리를 떠나 연락도 하지 않는 것일까?

옌스는 프레데릭이 같이 비밀 작전을 짤 정도로 믿을 만하다고 확신했다. 옌스가 속은 것은 아닐까? 프레데릭이 1000유로 이상 하는 백패킹용 카약과 핸드폰을 들고 몰래 달아났을까? 어쨌든 그는 자기 회사를 말아먹고, 돈 때문에 사람들을 속였고, 더군다나 마누라까지 배신하지 않았던가?

빌어먹을! 열 길 물속은 알아도 한 길 사람 속은 모르는 법. 우리가 추측하는 것과 전혀 딴판으로 돌아가는 머릿속까지 들여다볼 수는 없다.

옌스는 프레데릭이 돈 때문에 몰래 도망갔다고 확신했다. 그리고 죽을 때까지 프레데릭을 찾아다닐 것이며, 찾게 되면 다시는 그런 배신을 못하도록 만들어놓겠다 다짐했다.

어두운 밤 도로에는 차가 별로 없어서 옌스는 전속력으로 경찰서로 내달렸다. 그는 액셀러레이터를 있는 힘껏 밟고 거의 신호를 무시했다. 평소와 달리 폭주하자 그의 픽업은 괴로운 소리를 토해냈다. 속으로 옌스는 레드 레이디에게 사과하며 이번 일만 해결되면 온몸을 반짝반짝 빛나게 해 주겠다고 약속했다.

경찰서에는 밤 분위기가 흘렀다. 주차장 자리도 많이 비었고, 창가에 불이 켜진 사무실도 별로 없었다.

그는 레베카가 사무실 책상에 앉아 있는 것을 보았다. PC에 집중하고 있던 그녀는 옌스가 갑자기 문을 열고 들어오자 깜짝 놀랐다.

"걱정했잖아요." 그녀가 말했다.

"그래, 생각보다 시간이 걸렸지. 텐담에게 잘 자라고 인사하고 왔어."

"텐담은 뭐하고 있었어요?"

"평화롭게 하우스보트에 앉아 위스키나 마시고 있던데."

"내 백패킹용 카약은 잘 있죠?"

옌스는 레몬을 씹은 것처럼 얼굴을 찌푸렸다. 당연히 그는 보트를 어디에 쓸 것인지 레베카에게 미리 이야기했었다.

"프레데릭이 그거 타고 어디에 갔는지 모르겠어." 옌스가 실토했다.

"거짓말이죠!"

"그 이유는 곧 알게 될 거야."

"내 배를 온전히 돌려받지 못하면 당신과 다시는 말하지 않을 거예요." 레베카가 말했다. 옌스는 이 말이 장난이 아니라는 것을 알았다.

"약속할게." 옌스는 가볍게 말하긴 했지만 약속을 못 지킬지도 모른다는 걸 분명히 예감했다.

"리온에 대해 알아낸 것 있어?" 그는 화제를 돌리려고 했다.

"신원부터 확인했어요. 엘렌 리온은 가명이에요. 원래 이름은 좀 평범해요. 가명이 필요했다는 게 이상하지 않을 정도로요."

"진짜 이름이 뭔데?"

"처녀 때 이름은 카트린 마이어(Katrin Meyer)예요. 6년 전 결혼하고 부터는 공식적으로 카트린 클라인슈미트(Katrin Kleinschumidt)고요."


# 11


아치형 지하실에 난 검은 구멍에서 한 여인이 기어 나왔다.

레니는 그녀가 일어나서 자기들 쪽으로 몸을 돌리는 순간 알아보았다.

그녀는 배우인 엘렌 리온이었다.

리온은 범죄영화에서 감식반원들이 입는 하얀 안전복을 입고 있었다. 그녀는 양손에 얇은 검은색 가죽장갑을 끼고 있었다. 왼손에 그녀는 다른 안전복을 하나 더 들고 있었다. 그녀는 긴 머리를 말총처럼 하나로 묶고 있었다.

"당신은!" 레니는 소리쳤다.

"아가리 닥쳐, 이 멍청한 년아. 여기서는 내가 허락할 때만 말하는 거야. 창살에서 떨어지거나 해. 너를 위해 할 일을 준비했지. 이 옷이나 입어. 그 다음엔 소풍을 갈 거니까."

"안 돼! 레니, 그렇게 하지 마!" 좁은 통로 건너편에서 비비안이 소리쳤다.

"너도 아가리 닥쳐!" 엘렌 리온는 비비안을 향해 소리쳤다. "둘 다 주둥아리 닥쳐. 너희 때문에 내 스트레스가 장난이 아니야. 야, 시작해. 떨어지라니까."

레니는 그 여자가 하라는 대로 했다. 리온은 주머니에서 리모컨처럼 보이는 것을 꺼내 감방문 쪽을 향해 들었다.

"죽여 버릴 거야." 비비안은 소리치며 철창을 잡고 거칠게 흔들었다. "그 빌어먹을 얼굴을 할퀴고 성가시게 굴면 죽여 버릴 거야."

엘렌 리온은 리모컨을 바닥에 내려놓고 비비안 쪽으로 몸을 돌렸다. 그때 그녀의 입 꼬리에는 조롱의 미소가 흘렀다.

"야, 정말. 갑자기 어디서 그런 용기가 났을까?"

비비안은 철창 사이로 얼굴을 들이밀었다.

"그래봤자 빠져나가지 못할 걸. 평생을 이 감옥에서 보낼 거야. 그리고 우리가, 그러니까 나와 레니가 그렇게 만들 거야."

레니는 비비안에게 차라리 조용히 하고 그녀의 말을 순순히 따르는 게 좋겠다고 소리치고 싶었다. 하지만 그래봤자 소용없다는 것을 알았다. 비비안은 이미 제 정신이 아니었다.

"바로 그렇게 되지 않으려고 여기 온 거야." 엘렌 리온이 말했다.

그 다음 리온은 재빨리 비비안의 얼굴을 갈겼다.

비비안은 비명을 지르며 뒤로 물러났고 무릎을 꿇은 채 두 손을 얼굴에 갖다 댔다. 그녀의 손가락 사이로 핏방울이 떨어졌다.

리온은 문을 열려고 비비안의 감방 쪽으로 리모컨을 들었다. 리온은 문이 완전히 열리기 전에 땅바닥에서 쇠 열쇠를 줍더니 억지로 문을 열고 들어가 열쇠로 비비안의 이마를 힘껏 내리쳤다.

비비안은 뒤로 고꾸라졌다. 열쇠는 딸랑거리며 바닥에 떨어졌다.

"그럼 네가 얼마나 용기가 있는 지 한번 보여주시지!" 리온은 소리치며 비비안에게 다가갔고 비비안은 리온을 피해 도망치려 했지만 여의치 않았다.

"네 용기가 겨우 이 정도야! 아이고 네 친구가 너를 정말 자랑스러워하겠네."

리온은 다시 발길질을 했다.

"너희 젊은 것들은 다 그래. 반반한 얼굴로 자신감에 넘치지만, 그것 빼면 아무것도 없잖아."

비비안은 뒷벽까지 도망쳐 더는 갈 곳이 없었다.

"내가 모든 것을 참고 견딜 거라 생각했지? 너희들도 언젠가는 늦게 돼. 하지만 나는 너희들 미래의 모습보다 더 날씬하고 똑똑하며 강인해." 리온은 악에 바친 말로 화풀이했다.

리온이 다시 발길질을 했을 때 비비안이 갑자기 몸을 돌리더니 그녀의 발을 잡고 다리를 잡아당겼다.

리온은 뒤로 떨어지면서 머리를 돌바닥에 심하게 부딪쳤다. 그녀는 잠시 몸을 꿈틀거리더니 뻗어버렸다.

비비안은 그녀를 2-3초 동안 살펴보더니 땅바닥에 있던 열쇠를 잽싸게 집어 때릴 자세를 취했다. 하지만 엘렌 리온은 더는 꼼짝달싹 하지 않았다.

비비안은 리온이 입은 옷 주머니를 뒤져 리모컨을 찾기 시작했다.

"죽었니?" 레니가 물었다.

"그랬으면 좋겠어!"

비비안은 리모컨을 찾아 당당하게 높이 들었다. "이제 여기서 도망치자" 비비안이 소리쳤다.

갑자기 엘렌 리온이 비비안의 손을 잡고 끌어당겼다. 리모컨이 바닥에 떨어졌다. 레니는 두 사람이 싸우는 모습을 그저 지켜보는 수밖에 없었다. 그들은 바닥을 이리저리 구르며 미끄러지기도 하고, 끙끙거리며 신음 소리를 내거나 비명을 질렀고, 주먹으로 치고받거나 머리카락을 잡아 당겼다. 비비안이 한번 올라타면 그 다음 엘렌 리온이 다시 올라탔고, 한참 동안 이 싸움의 승자가 나오지 않을 것처럼 보였다.

하지만 곧 상황이 바뀌었다.

엘렌 리온이 등을 대고 누워 오른 팔로 비비안의 목을 감고 왼손 손목을 이용해 졸랐다. 이렇게 비비안은 목이 완전히 꺾인 채 빠져나오지 못했다.

비비안은 발버둥 치며 빠져 나오려 했고, 두 팔을 뒤쪽으로 휘둘러보았지만 리온에게 타격을 입히지 못했다. 비비안은 리온의 팔을 잡아당겨 피부에 피가 날 정도로 할퀴었지만 리온은 비비안을 풀어주지 않았다. 리온이 계속 무자비하게 조르는 동안 비비안의 얼굴은 참을 수 없는 고통으로 무섭게 일그러졌다.

비비안의 얼굴이 레니 쪽으로 돌려졌다. 둥근 천장은 어두침침했지만 레니는 비비안의 힘이 점점 빠지고 있다는 것을 느낄 수 있었다. 눈과 입이 크게 벌어졌고 숨을 쉬려 했지만 더는 숨을 쉬지 못하는 것 같았다. 두 다리의 움직임도 눈에 띄게 느려지고 힘을 잃어갔다. 그러다 마침내 찢어진 발꿈치로 바닥을 쓸며 핏자국만 남겼다.

비비안은 레니를 향해 팔을 뻗었다.

비비안은 한동안 팔을 휘저었지만 팔은 금방 떨어졌고, 온몸이 축 처졌다.

비비안은 다리를 두 번 더 움직였다. 그러다 마침내 머리가 옆으로 기울어졌고 눈길도 꺾였다. 비비안은 눈만 크게 뜨고 레니를 쳐다보았지만 생기가 없었다.

엘렌 리온은 완전히 달랐다. 두 눈에는 참을 수 없는 분노와 악마의 쾌감이 빛을 발하고 있었다.

살인의 쾌감이었다.

#7

Eilenau

39B

# 1

"그녀 남편 이름은 에드가 클라인슈미트고 와인가게를 운영하고 있네요." 레베카는 계속 말했다. "클라인슈미트에 대해서 나온 건 없어요. 그는 연예계와는 아무 관계없는 인물이에요. 엘렌 리온의 세 번째 남편인데요, 다른 두 명은 배우였어요. 리온은 아마 자기를 속이지 않을 성실한 남편이 필요했나 봐요."

레베카의 목소리는 약간 빈정대는 투였지만 그 말이 맞을지도 몰랐다. 남녀가 허영심이 있고 이기적이며 상대를 속이는 연기훈련까지 받았다고 한다면, 그 결혼이 어떻게 원만히 지속될 수 있겠는가?

옌스는 엘렌 리온이 진짜 얼굴을 보여주었던 그 짧은 순간을 여전히 잊지 못했다. 그는 리온과의 대화에서 뭔가 간과한 게 있거나 제대로 해석하지 못한 게 있다는 생각을 떨쳐버리지 못했다. 옌스는 레베카에게 이에 대해 물어 보았지만, 정보가 너무 없어 큰 도움이 되지 않았다.

"엘렌 리온은 화를 좀 잘 내는 성격인 것 같아요." 레베카는 말하며 모니터를 가리켰다. "도로 교통 위반으로 받은 벌점이 이미 면허취소 점수에 달했고, 교통안전교육을 받고 백치 감정 테스트나 다른 프로그램도 이수했네요. 그 밖에 과속 단속을 하던 경찰을 모욕한 죄로 벌금형까지 받았어요. 동료 여배우들은 리온을 음모를 잘 꾸미고 파괴적인 여자라고 인터뷰한 적도 있어요. 더군다나 감독들도 그녀와 작업하기를 거부한 적도 있고요."

"참 친절한 여자처럼 보이던데." 옌스가 말했다.

"전에 연예지 기자로 일하는 친구와 전화한 적이 있었는데요. 제 친구는 이런 정보에 밝지요. 친구 말에 따르면, 리온은 나이만 보면 전성기가 지났대요. 머지않아 연속극에서 쫓겨날 것 같다는 군요. 그리고 리온은 후배 연기자들과 함께 작업하는데 문제가 좀 있었나 봐요. 말다툼이 잦았고 심지어 주먹다짐까지 벌였다는 소문도 있어요."

"진짜?"

"예. 진짜 머리카락 잡아당기고 손톱으로 할퀴고 그랬대요. 그 뿐이 아니에요. 이 분야에서 일하는 사람들 사이에 그 밖에 사소한 이야기들이 많이 나돌고 있어요. 연속극에 출연했던 사람들과 이야기 해보면 더 많은 내용이 나올 거예요."

레베카는 몸을 뒤로 젖히고 팔을 머리 위로 뻗어 기지개를 폈다.

"너무 오래 동안 앉아 있었나 봐요." 레베카가 말했다.

"그럴 거야. 이제 그만 퇴근하자. 집까지 바래다줄게. 오늘 더 할 일도 없을 것 같은데. 텐담이 꼼짝하지 않는 한 그냥 기다리는 수 밖에 없어."

"반장이 언제까지 그를 감시하도록 둘 것 같아요?" 레베카가 물었다.

옌스는 어깨를 들썩였다.

"하루나 이틀 정도 더 시간을 주겠지. 어쨌든 공식적으로는 말이야."

레베카는 곰곰이 생각하며 그를 바라보았다.

"프레데릭 푀르스터와 함께 하는 일 좀 위험하지 않아요?"

옌스는 고개만 끄덕일 뿐이었다.

"그 사람 만나요?"

"그럼. 그가 가미가제 작전이나 펼치지 말았으면 좋겠어."

"텐담이 범인이라 확신하세요?"

"그래. 확신해. 올리버 키나트가 찍은 사진 때문이야."

그는 레베카에게 하얀 박스카의 핸들 뒤에 있는 얼굴에 대해서 말해주었다. 리누스 티첸이 감식한 내용에 따르면, 사진의 주인공은 배우처럼 잘생긴 남자였다. 이 사건에서 텐담을 의심할 수밖에 없는 증거들이 많았다. 텐담이 출판사 자동차를 사용하고 젊은 독신 여성들에게 방을 빌려주었다는 점은 이 사건의 범인이 누군지 분명하게 암시하는 증거였다.

"더 이상 증거가 필요하지 않아." 옌스가 말했다.

"그러면 시간 낭비하지 말고……"

레베카가 PC쪽으로 몸을 숙이면서 메일을 확인했다.

"에센(Essen)에서 접수된 실종신고예요. 그쪽 경찰서에서 우리 쪽으로 전달해 준 거예요. 아마 이 여자가 함부르크에 있을 가능성이 있다고 본 거죠. 실종된 여자 이름은 비비안 포스(Vivien Voss)예요."

"레니의 친구인 그 여자가 드디어 나타났네." 옌스가 외쳤다.

"여기 사진도 있어요."

옌스는 책상으로 돌아와서 허리를 숙였다.

비비안 포스는 미인이었다. 로사리아 레오네와 야나 하이글과 마찬가지로 매혹적인 미소에 자신만만한 얼굴의 젊은 처녀였다.

"비비안 포스" 옌스는 다시 한 번 이름을 불렀다. 처음으로 그는 비비안의 전체 이름을 알았다.

그때 불쑥 옌스는 엘렌 리온과의 대화에서 무엇을 간과했는지 깨달았다.

# 2

레니 폰타네는 이제 자신이 죽을 차례라는 것을 알았다.

도망갈 길이 없었다.

엘렌 리온은 비비안의 늘어진 시체에서 기어 나와 시체를 옆으로 밀어냈다.

비비안은 죽었다. 착각이 아니었다. 그녀는 단순히 의식을 잃은 상태가 아니었다. 아니다. 엘렌 리온은 레니의 눈앞에서 비비안의 목을 졸라 죽였다. 그녀는 비비안이 질식할 때까지 팔로 후두부를 졸랐다.

진짜로 일어나서는 안 될 일, 영화나 책에서나 들었던 일, 그 일이 레니의 눈앞에서 벌어진 것이다. 그것도 방금 말이다. 레니는 내면에서 뭔가 변화가 일어나고 있음을 느꼈다. 비비안과 함께 레니의 일부분도 죽었다. 하지만 그것만이 아니었다. 아니다. 레니는 엘렌 리온을 죽이고 싶다는 소망을 마음속 깊이 느꼈다. 그녀는 이제껏 누가 죽었으면 좋겠다고 바란 적이 단 한 번도 없었다. 아빠가 엄마를 때리거나 자기 방으로 들어오려고 했을 때도 그런 마음은 먹지 않았다.

레니는 리온이 죽는 것을 보고 싶었다.

아마 이런 마음은 레니의 다른 쪽에서 온 것 같았다. 왜냐하면 리온이 미친 듯 광기를 부리고 있었기 때문이다.

리온은 두 발로 걸었지만 비틀거렸고, 있는 힘을 다 써 탈진한 듯했다. 그녀는 혀로 입술을 핥기도 했고, 방금 피를 들이킨 것처럼 손등으로 입술을 닦아내기도 했다

열린 감방문에 붙어 서서 리온은 손으로 문을 꽉 붙들고 있었다. 리온은 레니를 노려보았다.

"사람 죽일 때 얼마나 많은 에너지가 생기는지 알아?" 그녀가 물었다. "얼마나 풍부하고 충만한 기분인지 아냐구?"

레니는 너무 큰 충격을 받아 이 질문에 대답하지 못했다.

"우리는 진짜 특별한 사람들이야. 너희 같이 평범한 애들은 모를 거야. 하지만 네가 죽기 전에 최소한 네 눈을 뜨게 해 주마, 이 시골뜨기 레니야."

머리가 너무 혼란스러웠지만 레니는 이 마지막 두 마디를 똑똑하게 들었다. 레니는 이 살인자의 입에서 그런 말을 들으리라 꿈에도 생각하지 못했다.

"비비안이 나를 그렇게 불렀다는 것을 어디서 알았지?" 레니가 물었다.

"아일레나우 39b번지에서 일어난 일이라면 뭐든지 알지. 그 집 곳곳에 눈과 귀를 심어두었거든. 이제 너도 우리 일에 끼어들면 어

떻게 되는지 알게 될 거야."

레니에게 그 말은 엄마가 말하는 것 같았다. 어린 시절 레니는 이와 비슷한 말을 얼마나 자주 들었던가? 수도 없이 많이 들었다.

"넌 그냥 경찰에 전화만 했으면 됐어. 비비안이 어디에 있던 그게 너랑 무슨 상관이니?"

"아니" 레니가 말했다. "그건 나랑 상관있어. 비비안은 내 친구니까."

엘렌 리온은 웃었다.

"그건 네 착각이야. 설사 그렇다하더라도 네가 무엇을 할 수 있니? 이제 비비안이 네 친구이기 때문에 넌 죽게 될 거야."

"당신은 괴물이야" 레니가 소리쳤다.

엘렌 리온은 그녀를 노려보았다. 눈이 무척 인상적이었던 그녀의 예쁜 얼굴이 물고기 얼굴처럼 차갑고 냉정하게 쳐다보고 있었다. 악마가 예쁜 얼굴을 덮어쓰고 있었기에 주변에 아무도 그녀의 실체를 파악하지 못하고 있었던 것이다. 아니면 주변 사람들이 너무 오랫동안 그녀에게 길들여 있어서 인지도 모르고, 이런 악마들이 사방에 너무 많이 있어 그런지도 모른다.

하지만 엘렌 리온의 눈을 보면서도 레니는 놀랍게도 미녀의 탈을 쓴 이 사탄이 두렵지 않았다. 레니는 비비안의 복수를 위해서라도 사자처럼 싸우고 싶다는 마음뿐이었다.

"너 정말 순진하고 어리석은 촌뜨기구나" 엘렌 리온이 말했다. "이제 네가 죽을 차례야."

"그럼 들어와서 한번 해보시지."

레니는 이렇게까지 침착한데 대해 놀랐다. 이 침착함은 결코 가장된 것이 아니었다. 레니는 평온한 마음으로 생사를 건 싸움에 대비하고 있었다. 여기서 살아나갈 단 한 번의 실낱같은 기회이기도 했다. 레니는 싸워 이겨야 했고, 죽여야 했다. 그리고 충분히 이길 수 있다는 것을 알고 있었다.

엘렌 리온은 웃으면서 고개를 흔들었다.

"난 안 들어가. 이번에는 남편이 맡을 거야. 우리는 모든 것을 나누어 하지. 남편은 아직 이런 일에 자신감이 없기 때문에 넌 완벽한 제물이야. 나였다면 너 같은 애를 고르지 않았을 거야. 잘하면 아무런 방해 없이 다시 밖으로 나가 집으로 돌아갈 수도 있을 거야. 내 남편은 너를 이길 만큼 자라지 못했거든. 그가 필요로 하는 상대는 싸워 이길 수 있을만한 여자야. 그러니까 네가 죽게 되면 그건 순전히 네 책임이야. 죽더라도 이것만은 잊지 마."

"남편이 누구야? 헨드리크 텐담이야?"

레니는 그것을 꼭 알아야만 했다.

엘렌 리온은 조롱하듯 폭소를 터뜨렸다.

"그 실속 없는 기생오라비? 걔는 잘 생기기는 했지만 그냥 기분전환용일 뿐이야."

"그러면 제캄프겠군, 이 더러운 년아."

엘렌 리온의 눈길이 침울해졌다.

그녀는 뭔가 말하려 했지만 갑자기 큰 소리가 울리며 지하 감옥이 흔들렸다.

총소리였다.

# 3

이 망할 고무보트에서 내리기는 타는 것보다 훨씬 더 어려웠다. 오래된 선착장에 닿았을 때 프레데릭은 이번에도 역시 멋진 자세로 뛰어내리지 못했지만 최소한 물에 빠지지는 않았다.

선착장으로 올라와서 프레데릭은 주변을 살폈다.

울렌호르스트 운하에 붙어 있는 이 오래된 벽돌 건물 밑에는 몇 미터 깊이의 선창(船艙)이 있었다. 프레데릭은 옛날 함부르크 운하를 통해 작은 화물선이 항구에서 상인의 집까지 상품을 날랐다는 것은 알았지만, 이런 것은 슈파이허슈타트(Speicherstadt)의 창고단지에서나 볼 수 있다고 생각했다.

운하보다 1.5미터 높이 위치한 선창은 이 집의 거대한 초석을 따라 이어져 있었다. 여기 아래쪽에서는 바닷물 냄새와 해초 냄새가 났으며, 도처에서 해초를 볼 수 있었다. 건물은 퇴락한 것처럼 보였다. 모르타르가 여러 군데 떨어졌고, 벽돌도 뽑혀 있었으며, 추후에 보강공사를 한 것 같은 철제 대들보는 녹이 슬어 부식되어 있었다. 녹이 껴 갈색으로 변한 철제 갈고리를 군데군데 구멍이 난 커다란 떡갈나무 대들보가 바치고 있었다. 옛날에는 이 갈고리에 크레인을 달아 상품을 배에서 창고까지 들어 올렸을 것이다.

선창 끝부분에 문이 하나 있었다. 금속으로 된 문은 새것처럼 보였다.

프레데릭은 그쪽으로 가 잠시 귀를 기울여 듣다가 문손잡이를 돌려보았다.

놀랍게도 문이 잠겨 있지 않았다.

프레데릭은 손잡이를 잡고 머뭇거렸다. 그는 여기서 돌아가 보트를 타고 다른 곳에 내려 전화기를 빌려서 옌스에게 내용을 알려주기만 해도 되었다. 텐담의 은신처를 찾아낸 지금 나머지 일은 식은 죽 먹기였다.

하지만 시간이 충분할까? 프레데릭이 겁이 너무 많아 레니의 생명을 위태롭게 만들지는 않을까?

프레데릭은 겁쟁이가 되고 싶지 않았다.

프레데릭은 문을 열었다. 문을 여니 넓지만 낮은 통로가 나왔다. 전등 두 개에서 흐린 빛이 나왔다. 프레데릭은 조용히 문을 닫고 통로를 따라 걸어갔다. 통로는 바로 다른 문으로 이어졌는데, 오래된 떡갈나무로 된 문에는 쇠장식이 크게 달려 있었다.

프레데릭은 그 앞에 서서 손을 나무에 대고 귀를 기울였다.

어째서 텐담이 이렇게 부주의한 짓을 했을까? 그는 생각했다. 텐담은 경찰이 따라다닌다는 것을 분명히 알고 있는데 왜 문을 닫지 않았을까?

아마 텐담은 자신이 가진 돈만 믿고 오만하게 경찰을 떨쳐버렸다고 생각했을지도 모른다. 그도 그걸 바랐을 것이다. 그렇다면 옌스의 계획이 맞아떨어진 것이다. 텐담이 프레데릭의 존재를 눈치채지 못한다면 그것은 그에게 치명적 재앙이 될 것이다.

무거운 문은 놀랍게도 가볍게 아무 소리 없이 열렸다. 날카로운 소리나 삐걱대는 소리도 나지 않았다. 경첩에는 기름이 두껍게 발라져 있었다. 누군가 소리 없이 드나들기 위해 만반의 준비를 해놓은 것 같았다.

문 뒤에서 프레데릭은 놀라운 광경을 보았다. 집 밑에 진짜 선창이 있었다. 두 개의 선착장 사이로 운하가 흘렀고, 그 위로 아치형 천장이 낮게 설치되어 있었다. 비좁고 답답한 이 공간에 옛날 집주인이었던 상인이 겨울 동안 보트를 보관했던 것 같다.

아무도 보이지 않았기 때문에 프레데릭은 계속 걸어갔다.

그는 무기가 있었으면 좋겠다고 생각했다. 손에 아무것도 없으니 왠지 무방비 상태라 다칠 것만 같았다. 하지만 주변에 토끼장용 철사 몇 롤 빼고는 아무것도 없었다. 건자재 시장에서 구입한 그대로 포장된 상태였다. 그때 옌스 형사가 굴삭기 작업을 할 때 이탈리아 여자가 운하에서 발견되었다고 했던 말이 떠올랐다.

그러자 등에 소름이 돋았다.

"안녕하시오." 갑자기 사방에서 소리가 울렸다.

프레데릭은 주위를 둘러보았지만 누가 말하는 지 알 수 없었다. 둥근 천장이 소리를 찌그러뜨려 이리저리 던지고 있었다.

"늦게 온 손님일수록 반갑지 않는 법이지."

지금까지 프레데릭은 텐담이 말하는 것을 들은 적 없어 그의 목소리를 몰랐다. 하지만 여기서 울리는 목소리는 잘 알 것 같았다. 하지만 어디서 들었는지 생각나지 않았다.

"프레데릭, 내 그럴 줄 알았지." 목소리는 계속 들렸다. "이 호기심 많은 부랑자야, 물에서 당신이 얼마나 소리를 많이 낸 줄 알아?"

"정체나 드러내시지." 프레데릭이 소리쳤다. 알 수 없는 목소리는 천장에서 울렸다.

"난 지금 당신에게 총을 겨누고 있어. 권총을 쏠지 말지는 묻지 마. 내가 쏠 거라는 건 당신도 알고 있잖아. 예전에 한 번 봤잖아. 자동차에 탄 젊은 남자 말이야. 시점도 좋지 않았고, 장소도 좋지 않았어. 재수가 없었던 거지. 게다가 당신은 호기심도 너무 많았어."

"경찰이 오는 중이야. 포기해."

프레데릭은 원을 그리며 돌았지만 여전히 말을 하고 있는 사람이 어디에 있는지 몰랐다. 어두운 모서리와 툭 튀어나와 있는 부분, 경사진 칸막이들이 천장에 너무 많이 있었다.

"경찰은 오지 않아. 경찰은 자기 임무를 잘 수행하고 있는 중이니까. 헨드리크 텐담을 감시하고 있거든. 그러니까 당신을 처리할 시간은 충분해."

"당신 텐담이 아니야?"

"우리 위장술이 얼마나 완벽한지 알겠지. 우리는 졸(卒) 한 마리를 좋은 위치에 배치해 두고 비숍과 루크로 보호해 왕과 왕비를 보이지 않게 만들었지."

"어리석은 짓이야." 프레데릭이 소리쳤다. "당신은 끝이야."

"그럴까?"

갑자기 목소리가 달라졌다. 더는 찌그러지지 않았다.

말하는 사람이 움직이더니 프레데릭에게 접근했다. 남자는 어디에서 왔을까? 그는 어디에 숨어 있었을까?

남자가 다가왔음을 프레데릭이 감지했을 때 이미 때는 늦었다.

갑자기 권총의 총열이 머리에 닿을 정도로 가까이 다가와 있었다.

프레데릭은 온몸이 굳었다.

"경찰이 이리로 오고 있다 해도 당신을 돕기에는 너무 늦었어."

"어, 내가 누굴까? 아~아 몸을 돌려 보여줄 수는 없지. 그러면 너무 재미없잖아. 머리를 잘 써봐. 알 것도 같은데."

"출판사 사장." 프레데릭은 말했다. 마침내 프레데릭은 이 목소리를 어디서 들었는지 알았다. 이 역겨운 놈은 레니의 몸을 더듬고 문에서 프레데릭에게 훈계한 놈이었다.

망할! 왜 좀 더 빨리 이런 사실을 알지 못했을까?

"너 참 머리가 좋구나." 남자는 프레데릭의 머리에 갖다 댄 권총을 치우지도 않은 채 말했다. "하지만 이제 아무 소용없게 됐네. 잘 가, 프레데릭 씨!"

프레데릭은 남자의 손가락이 방아쇠를 당기기 위해 구부러지고 있다는 것을 느꼈다.

아주 너저분하게 살았지만 끝까지 매달렸던 그의 인생이 마감되는 것도 단 일초도 남지 않았다. 프레데릭은 이제껏 죽겠다는 생각을 한 적이 한 번도 없었다. 거리에서 밤을 보내야 할 때도 말이다. 죽음은 포기를 의미했다. 그는 포기하자고 생각한 적이 없었다.

일 초도 안 되는 짧은 시간 동안 프레데릭의 내면에는 여러 가지 광경이 보였다. 그는 질케와 레온이 놀이터에서 노는 것을 보았고, 출산 후 질케가 병상에 누워 있는 것을 보았으며, 아들이 하얀 수건에 쌓여 엄마의 팔에 안겨 있는 것을……

그와 동시에 프레데릭은 반응했다. 몸을 빼면서 뒤돌아 그 남자를 쳤다. 총이 그의 오른쪽 귀 바로 옆에서 발사되면서 머리를 찢었다. 하지만 총소리로 인해 아무것도 느끼지 못했다. 두개골이 끔찍하게 크게 울리자 프레데릭은 다른 어떤 생각도 하지 못했다. 그는 아무 고통도 느끼지 못했고, 오로지 총소리가 자기 머리를 관통하고 있다는 것만 느꼈다.

프레데릭은 남자를 향해 주먹을 날렸다. 그들은 바닥으로 넘어졌다. 어둠 속에서 벌어지는 난투극에서 프레데릭은 아무것도 보이지 않아 마구 주먹을 날리기만 했다. 그것은 어린 아이들이 운동장에서 싸우는 것처럼 격렬하게 치고 밟는 싸움이었다.

딱딱한 권총 손잡이로 관자놀이를 가격 당했을 때 프레데릭은 비틀거렸지만 다음 공격은 잘 방어할 수 있었다. 프레데릭은 있는 힘을 다해 남자를 넘어뜨리고 그 위에 올라타 권총을 쥔 손을 눌러 옆으로 치웠다. 남자는 무릎으로 프레데릭의 배를 가격하고 팔꿈치와 주먹으로 옆구리를 쳤다. 하지만 프레데릭은 포기하지 않고 계속 주먹을 날리면서 상황을 유리하게 만들어 갔다.

그러다 갑자기 밑에 깔린 남자가 저항을 포기했다. 프레데릭은 몸을 굴려 그에게서 떨어져 나와 무기를 찾기 위해 손을 더듬었다. 프레데릭은 왼쪽에 있는 살인자의 손 옆에서 권총을 찾았다.

하지만 프레데릭이 권총을 잡으려고 손을 뻗기도 전에 어떤 딱딱한 물체가 그의 목덜미를 때려 기절시켰다.

# 4

그녀가 아무 죄가 없다면 그 이름을 알지 못해야 했다.

아무도 모르게 실종된 레니의 친구 이름이 비비안이라는 것을 엘렌 리온이 알 리 없었다.

옌스도 레베카가 처음으로 비비안의 성을 언급했을 때 알았다.

텐담과 리온이 공범이란 말인가? 어쨌든 둘은 연인관계이고, 그렇게 보면 확률이 전혀 없는 것도 아니었다. 옌스는 두 사람에게 속았다. 옌스가 텐담을 엿 먹인 것이 아니라 텐담이 옌스를 엿 먹인 것이다.

제기랄, 어쩌다 그렇게 멍청한 짓을 했담!

텐담이 하우스보트에서 위스키를 마시고 있다고 해서 레니 폰 타네와 비비안 포스가 결코 안전하다고 할 수 없었다.

텐담이 경찰의 눈을 돌리는 미끼 노릇을 하는 동안 뒤에서 엘렌 리온이 열심히 증거를 인멸하고 있었던 것이다.

이날 저녁 레드 레이디에서 옌스가 전말을 깨달은 것이 벌써 두 번째다. 모든 것을 깨닫고 그는 15분 만에 울렌호르스트 운하의 함부르크 와인점에 도착했다.

차에서 내렸을 때 옌스는 무슨 소리를 들었다. 멀리서 난 것처럼 흐릿하게 들렸지만 그것이 총소리라는 것은 알았다.

# 5

엘렌 리온이 나갔다.

총소리가 나고 몇 초 후 그녀는 나무문 쪽으로 달려가더니 밖으로 뛰쳐나갔다. 큰 문이 닫히자 레니는 바깥에서 무슨 일이 일어났는지 궁금했다.

경찰이 왔나?

레니는 잠시 희망을 품었지만 동시에 무한히 슬프기도 했다. 건너편 감옥 바닥에는 친구 비비안이 쓰러져 있었다. 그녀의 얼굴은 레니를 향한 채 죽은 눈으로 바라보고 있었다. 비비안은 레니를 위해 희생했다. 비비안이 엘렌 리온의 화를 돋우지 않았더라면 리온은 레니의 감방에 먼저 들어왔을지도 모른다.

만약 레니가 살아나간다면 평생 이 빚을 갚아야 할 것이다.

죽는 편이 더 나을지도 모르겠다고 레니는 생각했다.

시끄러운 문소리에 레니는 생각에서 깨어났다.

문이 열리고 어떤 남자가 한 사람의 몸을 질질 끌고 왔다.

엘렌 리온이 남자를 따라오면서 문을 닫았다. 남자가 전등 근처까지 왔을 때 레니는 의식을 잃은 채 끌려온 사람이 누구인지 알았다.

프레데릭 피르스터였다.

그의 얼굴에는 피가 흐르고 있었다.

레니는 악을 지르고 싶었지만 너무 무서워 목이 막혔다.

경찰이 온 게 아니라, 자신을 도우러 급히 달려온 프레데릭이 당한 것이다.

그 남자는 레니 쪽으로 등을 지고 서 있었다.

"죽었어?" 엘렌 리온이 물었다.

"모르겠어." 남자의 목소리는 울먹이는 것 같았다. "모든 게 엉망이야. 어서 달아나자."

"그만해, 제발 그런 말 좀 하지 마."

리온은 죽은 것 같은 프레데릭의 몸을 아무렇게나 타넘고 남자에게 가더니 한손으로 그의 뺨을 잡고 어루만져 주었다. "우리 둘이 함께 하면 어떤 것도 해낼 거야. 그렇지!"

남자는 절망적으로 고개를 흔들었고 리온은 두 손으로 그의 얼굴을 붙잡았다. 레니는 리온이 오른 손에 권총을 들고 있는 것을 보았다.

"아냐, 늘 그랬던 것처럼 이번에도 해낼 거야. 우리는 한 몸이고 특별하다는 것만 명심해. 알았지. 우리가 서로 사랑하는 한 아무도 못 건드려."

"하지만 이제 경찰은 우리가 어디에 있는지 알고 있어." 남자가 이의를 달았다.

엘렌 리온은 고개를 흔들었다.

"저 놈이 알고 있지."라고 말하며 리온은 권총으로 프레데릭을 가리켰다.

"저 놈은 그걸 무덤까지 함께 가지고 갈 거야."

그녀는 방아쇠를 당겼다. 아무 일도 아니라는 듯이 간단하게.

하지만 철커덕 소리만 났다.

그녀는 또 한 번 당겼지만 역시 철커덕 소리만 났다.

"내가 좋은 총을 구했어야 했는데." 리온이 말했다. "괜찮아 지금 빨리 움직여야 해. 저기 저 젊은 여자애만 죽이면 돼. 그 다음에 저 셋을 토끼장용 철사로 묶자. 늦어도 한 시간 안에 운하 바닥에 빠트리면 아무도 찾지 못할 거야."

남자는 아무런 움직임도 보이지 않았다. 그는 프레데릭만 바라보고 있었다.

"야!" 엘렌 리온은 야단치며 손바닥으로 그의 얼굴을 때렸다. "난 강한 남자가 필요하지 겁쟁이는 필요 없어. 이제까지 당신이 했던 일을 생각해 봐. 그리고 이렇게 강한 여자들과 상대하려면 어떻게 해야 하는지, 내가 가르쳤던 것을 잘 생각해 봐. 당신은 강해. 알겠지!"

그녀의 목소리는 점점 커져 갔다. 마침내 남자는 뻣뻣하게 굳어 있는 상태에서 깨어났다.

"나는 강하다" 남자는 반복해서 말하며 리온을 쳐다보았다. "당신을 위해서 난 강해질 거야."

두 사람은 격정적으로 키스했다.

"정말 사랑해, 난 당신이 필요해." 리온이 낮게 말했다. 그녀의 목소리에서 진한 애정이 느껴져 레니는 소름이 돋았다.

"저 젊은 애를 죽여."

그녀는 권총으로 레니를 가리켰다. 남자는 리온에게서 권총을 받으려 했다. 하지만 리온은 고개를 흔들었다.

"아니야. 다른 때처럼 손으로 죽여. 나를 만지고 애무해주며 만족시켰던 그 손으로 말이야. 당신은 반드시 이 손으로 죽여야 해. 나를 위해 그렇게 해줘, 응?"

두 사람은 다시 키스를 했고, 남자는 레니를 향해 다가왔다.

그리고 마침내 레니는 남자가 누구인지 알았다.

그때 레니가 받은 충격은 이루 말할 수 없었다.

# 6

"미안해, 애마야."

창문은 타넘고 들어가기에는 너무 작았고, 문은 어깨로 밀거나 총으로 자물쇠를 쏘아 열기에는 너무 컸다. 선택의 여지가 없었다. 옌스는 순찰대를 기다리려고 했다. 하지만 총소리를 듣고 난 뒤에는 그럴 수 없었다.

그는 난폭하게 후진기어를 넣은 다음 그대로 문을 향해 전속력으로 돌진했다. 레드 레이디는 트레일러 연결부가 있는 후미가 가장 단단했다. 그 부분으로 충돌해야 피해가 최소화 될 것 같았다.

하지만 그래도 애마를 다치게 하다니!

옌스는 핸들을 꽉 붙들고 충돌에 대비했다. 브레이크는 밟지 않고 액셀러레이터만 힘껏 밟았기 때문에 그는 우선 운전석 쪽으로 세차게 밀렸다가 다시 튕겨나갔다.

목덜미에 통증을 느끼며 그는 차 밖으로 나왔다. 차는 후미로 함부르크 와인가게의 문을 밀고 들어간 상태였다. 문은 다른 벽 구조물과 함께 안으로 밀려들어가 있었다.

옌스는 또 더티 해리라 불리겠다고 생각했다.

하지만 상관없었다. 다른 수가 없었다.

그는 오랜만에 권총을 들고 비스듬하게 기울어지고 부분부분 산산조각 난 출입문을 지나 안으로 들어갔다.

가게 안에는 여전히 은은한 조명이 흐르고 있었다. 구석은 깜깜해서 어디서든지 공격해 올 수 있었다. 그래서 옌스는 조심스럽게 전진하며 이쪽저쪽 살폈다.

여기에 있는 사람들도 분명히 충돌음을 들었을 것이다.

그들도 옌스가 왔다는 것을 알고 있을 것이다.


# 7


아무리 저항해 봤자 소용없었다. 그의 힘이 너무 셌다.

레니는 그에게 발길질을 하고, 손으로 때리고, 침을 뱉고, 괴성을 지르며, 거칠게 저항했지만 제압당할 수밖에 없었다.

남자는 주먹을 휘두르며 레니를 감방 구석으로 몰고 가 더는 도망갈 곳이 없게 했다. 레니는 온몸이 마비된 듯 두 다리로 서 있기도 힘들었다. 남자는 레니의 머리를 향해 있는 힘껏 주먹을 날렸다. 레니의 코와 입에서는 피가 흘렀다.

엘렌 리온은 감방 입구에 서서 남편을 응원했다. 복싱트레이너가 선수에게 하듯이 앞으로 몰고 가라고 지시했고 주먹이 적중할 때마다 기뻐했다.

하지만 이상하게도 레니는 남자에게 동정심이 갔다. 레니는 그가 주저하고 망설이고 있다는 것을, 지금 자기가 해야만 하는 일을 역겨워하고 있다는 걸 느꼈다. 진짜 악한은 감방 문에 서 있고 남자는 꼭두각시일 뿐이었다.

꼭두각시는 레니의 배를 때렸다.

레니는 나가 떨어졌다. 레니가 바닥에 쓰러지자 남자는 재빨리 배에 올라타 온힘으로 내리누르면서 두 손으로 목을 감싸 잡았다.

레니의 목을 조르면서 남자는 눈을 보았다. 리온이 그렇게 하라고 시켰기 때문이다.

"그 년을 똑바로 쳐다봐야 해. 알았지! 생명이 육체에서 어떻게 빠져나가는지 자세히 보란 말이야. 그래야 진짜 강해져!"

그때 갑자기 큰 소리가 나며 천장 전체가 흔들렸다.

남자는 레니의 목을 잡고 있던 손을 풀었다.

"무슨 일이지?"

레니의 배 위에 있던 남자는 고개를 돌려 천장을 쳐다보고 있던 아내를 쳐다보았다.

"나도 모르겠어……."

레니는 기침을 하며 일어나려고 애썼다.

"위에서 난 소린데."

"경찰 아니야!" 남자가 외쳤다. "이럴 줄 알았어."

다시 울먹이는 듯한 목소리였다.

"하던 일이나 끝내." 엘렌 리온이 야단쳤다. "그 다음에 달아나자. 증인을 남겨 놓아서는 안 돼."

남자는 잠시 주저하다가 다시 손에 힘을 주어 목을 조이기 시작했다. 레니는 숨을 쉬지 못했다.

"자, 시작해, 하란 말이야. 더 빨리." 리온이 소리쳤다.

레니가 들었던 마지막 말이었다.


# 8


완전히 탈진한 상태로 남자는 생기 잃은 몸을 타 넘고 아내에게 왔다.

그런데 리온은 왜 남편에게 권총을 겨누었을까?

"뭐야…… 이게 뭐하자는 거야?" 남편이 물었다.

리온은 따뜻하며 진심어린 미소를 띠었다.

"우리가 영원히 같이 살기 위해서는 이 방법 밖에 없어"라고 말하면서 그녀는 방아쇠를 당겼다.

권총은 두 번이나 철커덩 소리를 냈다. 남편은 어깨를 늘어뜨린 채 그 자리에 그대로 서 있었다. 세 번째 격발을 하자 총알이 발사되어 그의 눈 사이에 명중했다. 남자는 즉사했고, 뒤로 쓰러지면서 레니 폰타네의 두 다리 사이로 머리를 박았다.

카트린 클라인슈미트는 남편에게 가 마지막으로 키스하며 그의 옷으로 권총 손잡이를 닦은 후 손에 쥐어 주었다.


# 9


옌스 케르너 형사는 땀으로 흠뻑 젖은 채 숨도 제대로 쉬지 못했다.

그는 지하실로 내려가려고 했지만 길이 보이지 않았다. 총소리가 지하에서 났기 때문에 옌스는 지하실로 가야만 한다는 것을 알았다. 운하로 가는 연결통로가 있다면 지하실로 가는 통로도 분명히 있을 것이다. 옌스는 문을 두 개나 열어보았지만 창고로 들어가는 길 뿐이었고, 더 이상의 출구는 보이지 않았다.

그는 건물 밖으로 뛰어나가 운하로 내려가는 길을 찾았다.

그곳에는 아일레나우 39b번지에서 온 카누가 한 대 있었다.

그리고 레베카의 소형 고무보트도 있었다.

프레데릭 피르스터가 여기 왔구나!

이제 더 이상의 의심은 없었다.

옌스는 바로 앞에 문 하나가 열려 있는 것을 보았다. 그 안으로 들어가 아래로 내려가자 또 다른 문이 나왔고, 그 문을 통과하자 운하로 이어지는 지하 선착장이 나왔다.

옌스는 길을 잃지 않으려고 애썼지만 너무 어두워 힘들었다.

옌스가 막다른 문을 발견했을 때 문이 갑자기 열리면서 엘렌 리온이 튀어 나왔다.

그녀는 다쳤으며 제정신이 아닌 것 같았다.

"꼼짝 마!" 옌스가 소리치며 여배우를 노려보았다.

옌스는 다시 총으로 사람을 겨누어야 한다는 사실을 도저히 받아들일 수 없었다.

리온은 어리둥절한 얼굴로 비틀거리며 다가왔다.

"도와주세요…… 제발 저를 도와주세요……." 그녀는 더듬더듬 말했다.

옌스가 행동에 나서기도 전에 엘렌 리온을 따라 누군가 나타났다.

얼굴이 피범벅이 된 남자는 두 발로 제대로 설 수도 없었다.

옌스는 권총을 그에게 겨누고 손가락을 방아쇠에 걸었지만 당기지는 않았다.

"쏘지 마세요, 저예요." 프레데릭 퍼르스터가 작게 말했다. 이곳이 그렇게 조용하지 않았더라면 옌스는 그의 말을 알아듣지 못했을 것이다.

리온은 프레데릭 쪽으로 갑자기 몸을 확 돌렸다.

프레데릭은 성큼성큼 걸어와 물바가지로 그녀의 얼굴을 때렸다.

리온은 비틀거리더니 바닥에 쓰러졌다. 거의 탈진 상태에서 온 힘을 다해 상대를 가격했기 때문에 프레데릭도 비틀거리며 리온 위로 쓰러졌다.

옌스는 의식을 잃은 리온의 팔에 수갑을 채웠다.

"무슨 일이야?" 옌스는 프레데릭에게 물었다. 쓰러진 프레데릭은 너무 무서워 숨도 겨우 쉬고 있는 것 같았다.

"저 안에 예전에 제가 와인을 샀던 와인가게 사장이 죽어 있어요. 그 남자가 레니를 죽인 것 같아요……. 다른 아가씨들도요."

"에드가 클라인슈미트가?"

프레데릭은 고개를 끄덕였다. "그 사람 이름이 그렇군요. 빨리요…… 레니를 찾아주세요…… 저 안에 있어요…… 나는…… 난 더 일어나지 못하겠어요."

그의 눈꺼풀이 불안하게 떨고 있었다.

"조금만 참아. 구조대가 오고 있어……. 그리고 자넨 아직 살아 있어. 살아날 거야. 내 말 믿어, 이 친구야."

옌스는 프레데릭을 눕히고는 지하 감옥으로 달려갔다. 그곳에서 옌스는 끔찍한 현장을 보았다.


# 10


"이 집 5층은 텐담 소유지만 그는 이 일과는 전혀 무관해요." 옌스가 말했다. "리온이 자기 알리바이를 만들기 위해 애인으로 삼은 거예요. 아직까지 리온이 그런 이야기는 하지 않았지만 리온과 남편은 둘의 계획이 탄로 날 경우 텐담을 범인으로 몰 생각까지 했던 것 같아요. 아일레나우 39b번지 집 4층의 소유자는 카트린과 에드가 클라인슈미트였어요. 그들은 집 개조공사를 하면서 화물 엘리베이터로 들어가는 출입구를 만들었죠. 그리고 텐담이 임대하고 있는 방 화재경보기에 카메라와 마이크를 숨겨두고 클라인슈미트의 집에 있는 컴퓨터나 와인가게 컴퓨터로 투숙객을 감시했어요. 두 사람은 언제든지 그 방으로 들어갈 수 있었죠. 그래서 필요할 때마다 자기네가 설치한 장비를 신속하게 제거할 수 있었죠." 옌스는 고개를 흔들었다. "그들은 로사리아 레오네를 첫 번째 희생물로 삼기 전에 모든 것을 정확하게 계획하고 치밀하게 준비했어요."

"로사리아가 정말 첫 번째 희생자일까요?" 레니는 쉰 목소리로 물었다.

옌스는 어깨를 들썩였다.

"우리도 모르죠. 아마 그것까지는 밝히지 못할 거예요. 카트린 클라인슈미트가 끝까지 불지 않을 테니까요."

레니는 집에 투숙한 첫날 밤 말다툼을 했던 젊은 부부를 떠올렸다. 레니는 두 사람이 말하는 소리는 들었지만 모습은 보지 못했다. 그들이 클라인슈미트 씨 부부였을까? 그렇다면 레니는 그들과 한 지붕 아래에서 잔 것이다. 물론 비비안도.

비비안을 떠올리자 목이 막혔다. "왜 이런 일이 일어난 거죠?" 레니는 더듬거리며 물었다.

옌스는 다시 어깨를 들썩였다.

"리온은 거기에 대해서도 입을 닫을 거예요. 계속 남편 혼자 한 짓이라고 주장하고 있거든요."

레니는 생각에 잠긴 채 고개를 끄덕였다. 그녀의 머리에는 몇 가지 생각이 떠올랐다. 하지만 말을 할 수 없었다. 목이 너무 아팠기 때문이다. 레니는 엄청난 행운이 따랐다는 것을 알았다. 와인에 대해 친절하게 설명해 주었을 당시 레니가 호감을 가졌던 와인가게 사장인 에드가 클라인슈미트가 저 아래 지하 감옥에서 너무 서두르는 바람에 일을 제대로 끝내지 못했던 것이다. 레니가 의식을 잃은 척 하자 그는 바로 목을 조르고 있던 손을 풀어버렸다.

그래서 레니는 그 다음에 벌어진 일을 모두 목격했다. 리온이 냉정하게 남편에게 권총을 쏘았지만, 남편은 피하려하지 않았다. 그는 리온이 총을 쏘도록 했다. 아내도 따라 죽을 것이라고 믿었기 때문이다. 하지만 리온은 그렇게 하지 않았다.

에드가 클라인슈미트는 아내에게 완전히 예속되어 살았다. 리온은 남편을 조종하여 젊고 예쁘며 자신감에 찬 아가씨들을 살해하는 전혀 다른 인간으로 개조하려고 했다. 전적으로 자기 자신을 위해서 말이다. 레니가 옌스 형사에게 들은 바에 따르면, 리온은 젊은 여자들을 증오했다. 이들이 자신의 커리어를 망치고 있다는 이유였다.

어쨌든 그렇게 보였다.

하지만 레니는 이 사건에는 더 많은 이유가 숨어 있다는 걸 알았다. 클라인슈미트 부부의 사랑은 연극이 아니었다. 에드가 클라인슈미트는 아내의 소망을 실현시켜주는 도우미 이상이었다. 아마 리온은 진짜 이상적인 남편을 만났는지도 모른다. 리온은 언젠가 남편의 결점을 발견하고 또 이혼하는 대신 남편을 다른 사람으로 바꾸려고 결심한 것 같다. 에드가는 그 제안을 순순히 받아들였다. 그는 자신을 조종하도록 허용하는 타입의 남자였다.

"선물 하나 가지고 왔는데." 옌스 형사는 이 말로 무거운 정적을 깼다. 옌스는 병원으로 갖고 온 비닐봉지에 손을 넣어 무언가를 꺼냈다.

"책이에요?" 레니는 깜짝 놀랐다.

"헨드리크 텐담이 보낸 거예요. 톨스토이의 《전쟁과 평화》, 아주 오래된 귀중한 판본이래요."

레니는 그 두꺼운 책을 받았다. 정말 오래된 것 같았다.

"텐담이 당신을 찾아오고 싶어 했어요. 그런데 당신 몸이 괜찮은지 확인하는 게 먼저인 것 같아서요."

"잘 모르겠어요……."

"그를 만날 필요는 없습니다. 하지만 텐담이 양심의 가책을 느끼고 사과하려는 것 같아요."

"무슨 사과요?"

"비비안이 보트맨이라고 말했던 남자가 사실 텐담 맞아요. 비비안은 그날 밤 텐담의 하우스보트에 갔었어요. 하지만 아마 잠깐 동안이었을 거예요. 비비안이 너무 저돌적으로 덤벼들어 텐담이 비비안을 방으로 돌려보냈거든요. 텐담은 그때 그렇게 하지 않았더라면 비비안은 살았을 지도 모른다고 생각해요."

"생각해 볼게요." 레니는 쉰 목소리로 말했다.

"선물이 하나 더 있어요."

옌스는 두꺼운 종이로 접은 작은 카드를 꺼내 건넸다.

레니는 열어보았다. 카드에는 수기로

*친애하는 레니 폰타네 양,*
*우리 출판사 편집부 직원이 되어볼 생각이 없나요?*

라고 적혀 있었다. 그 아래에는 호르스트 제캄프의 박력 있는 사인이 있었다.

"제캄프 씨도 마찬가지로 양심의 가책을 느끼고 있어요. 사장은 텐담과 리온의 관계를 숨기고 당신에게 이 방을 소개해 주었거든요."

레니는 카드를 살펴보았다. 수만 가지 생각이 머리에 떠올랐다.

"그런데 프레데릭은요?" 레니가 물었다.

"아래층 병실에 누워 있어요. 전부인과 아들이 곁에 있어요. 그도 곧 새 인생이 시작될 거예요."

'나에게도요'라고 혼자 말하며, 레니는 정규직 제안을 담고 있는 카드를 구겨 쓰레기통에 던졌다.

엔스 형사는 큰 소리로 웃었다.

"시골뜨기 레니, 당신이 자랑스러워요."

# 11

"이 차 다시 탈 수 있겠어요?" 레베카가 조용히 물었다.

엔스 케르너 형사는 콘크리트 볼라드(블록)의 끄트머리에 풀썩 주저앉았다. 차의 몰골이 눈에 들어오자 엔스는 맥이 빠졌다.

"이 사건에서 희생된 다른 사람들에 비하면 정말 약과지." 엔스는 말했다.

레베카는 엔스를 건너다보았다.

"어디 안 좋아요?"

엔스는 고개를 흔들었다.

"아니야. 그렇지 않아."

엔스는 죽은 아가씨들과 지하 감옥에서 그들이 겪어야 했던 공포를 떠올렸다. 하지만 그도 이 사건을 해결하기 위해 큰 희생을 치렀다.

그의 픽업 레드 레이디가 형체를 알아볼 수 없을 정도로 찌그러져 정비공장 주차장에 있었다. 차의 멋진 둥근 후미부분이 안으로 쑥 들어가 버렸고, 미등은 박살났으며, 짐칸의 해치는 열리지 않았다. 더군다나 너무 세게 부딪치는 바람에 차체도 찌그러졌다. 수리비가 엄청 나올 것 같았다.

"고칠 거죠." 레베카는 그의 생각을 읽은 듯 이렇게 말했다.

"고쳐야 해. 레드 레이디가 없으면 어떤 사건도 해결할 수 없어." 엔스의 얼굴에 의미심장한 미소가 흘렀다.

레베카는 팔꿈치로 그의 허리를 쳤다.

"그게 나랑 무슨 상관이야?"

"무슨 상관일까?"

"내 기억이 맞는다면, 나도 이 사건 해결에 한 몫 했어요. 나 아니었으면 곤경에 처했을 걸요."

"이야, 내가 휠체어를 타고 다니는 여자의 도움을 받긴 한 것 같아."

"그렇죠, 그러니까 지금 그 보상을 받고 싶은데요."

레베카는 휠체어를 돌려 거리 쪽으로 갔다.

옌스는 웃으면서 그녀를 따라갔다.

〈끝〉

## [역자 후기]

    스릴러소설가로 본격적으로 나서기 전에 군인, 편집인, 레포츠 강사 등 다양한 경험을 했던 안드레아스 빙켈만(Anderas Winkelman)은 현재 "로볼트출판사"에서 가장 성공한 스릴러 작가이다. 그동안 그가 낸 책들은 지금 독일 각종 서점가의 베스트셀러 목록에 올라 있으며 전 세계적으로 13개 국어로 번역되어 있다. "영국의 스릴러 소설에서나 볼 수 있는 논리적이며 일관된 줄거리 진행", "초반부터 끝까지 지속되는 긴장감", "한번 잡으면 놓을 수 없는 책", "흥분되고 숨죽이게 만드는 긴장감", "인상적인 캐릭터 창조", "독자들이 절대 빠져나갈 수 없는 어두운 흡인력" 등 독일 언론 및 각종 온라인 매체의 서평에서 나온 것처럼 안드레아스 빙켈만의 성공은 그의 작품이 스릴러 소설이 갖추어야 할 미덕을 충실히 잘 갖추고 있기 때문일 것이다.

    우선 플롯 면에서 그의 소설은 한번 잡으면 놓기 힘들다. 이 소설은 첫 장에서 목격자인 간호사 살해 장면부터 강렬한 긴장감을 낳고, 이 긴장을 소설이 끝날 때까지 밀고 간다. 이를 위해 작가는 적재적소에 긴장감을 유발하는 요소들을 배치하고 있다. 함부르크(Hamburg)의 운하는 이런 긴장감을 불러일으키기에는 안성맞춤이다. 함부르크는 독일의 대표적인 항구도시이자 한때 한자동맹 무역의 중심지였다. 항구로 들어온 상품을 그대로 내륙 도시로 옮기기 위해 함부르크에는 옛날부터 창고업이나 운하교통이 발달했다. 하지만 세월의 변화와 함께 운하는 교역로의 기능을 상실하고 도로로 복개되거나 사람들의 관심으로부터 멀어진 퇴락한 공간으로 변했다. 작가는 이 운하에 있는 낡은 창고 건물과 운하의 물길을 범행과 추적의 장소로 이용함으로써 공포와 긴장감을 고조시킨다.

하지만 이보다 소설을 더 재미있고 긴장감 넘치게 만드는 것은 범인에 대한 암시다. 스릴러 소설은 플롯상 범인의 범행으로부터 시작하기 때문에 어쩔 수 없이 독자들에게 처음부터 범인을 노출시킬 수밖에 없다. 이 소설 역시 하우스보트와 손가락 하나가 없다는 것으로 처음부터 헨드리크 텐담을 범인으로 몰고 간다. 하지만 작가는 소설의 후반부에 진짜 범인을 내세워 독자의 뒤통수를 침으로써 긴장감을 끝까지 유지시킨다.

소설가가 쓴 문체 역시 긴장감을 높여준다. 특히 소설의 첫 장에는 간호사가 살인사건을 목격하고, 이를 알게 된 범인이 목격자를 따라가 죽이는 장면이 아주 긴박하게 묘사된다. 여기서 작가는 독자의 호흡을 급하게 만드는 짧고 강렬한 문장을 사용한다. 특히 추격 장면을 비롯한 많은 부분에서 작가는 불필요한 단어는 생략하고 차갑고 메마른 명사 위주로 문장을 구성함으로써 긴장감으로 끌어올린다.

인상적인 캐릭터의 창조 역시 이 소설의 인기에 빼 놓을 수 없는 요소다. 영화나 소설을 읽고 난 뒤 일정한 시간이 지나면 우리는 대부분의 줄거리를 잊어버린다. 하지만 성격이 강렬하게 부각된 주인공은 잘 잊어버리지 않는다. 좋은 소설이나 영화는 이처럼 기억에 남을 만한 캐릭터를 창조하는 소설일 것이다. 하지만 개성 있는 캐릭터를 창조했다고 해서 반드시 좋은 소설이 되는 것은 아니다. 이 개성이 소설 전체 줄거리와 유기적으로 연결되고, 그 속에서 일정한 의미를 획득할 때만 독자들의 좋은 반응으로 이어진다.

이 소설에 등장하는 인물들을 두 부류로 나누면 우선 범인인 카트린과 그녀의 남편, 그리고 이들을 추적하는 레니, 프레데릭, 그리고 옌스 형사와 레베카가 있다. 여기서 전자, 즉 범인들, 혹은 용의자로 지목받는 사람들(텐담, 제캄프)은 사회적인 부와 명예를 충분히 누리며, 사회적 약자들에게는 절대 권력을 휘두르려고 한다. 범인은 희생자들을 지하실에 감금해 놓은 채 살고 싶으면 무조건 입을 다물고 주인의 명령에 따르라고 강요한다. 반면 그의 희생자나 그를 추적하는 사람들은 이들보다 상대적으로 힘이 약하다. 나이가 들어 뚱뚱해진 옌스 형사는 검거 중 범인을 권총으로 사살함으로써 '더티 해리'라는 오명을 뒤집어쓰고 살아간다. 그가 이 살인사건에서 손을 뗄 수 없는 이유 중 하나는 '더티 해리'라는 오명뿐만 아니라 용의자를 체포하기 위해 추격하다가 오히려 용의자에게 얻어맞았기 때문이다. 그는 자신의 명예를 되찾기 위해 범인을 잡으려 한다. 프레데릭 역시 사업에 실패하고 가정도 파탄 낸 노숙자다. 그는 사회적으로 멸시 받는 우리 사회의 을 중에 을이다. 그는 간호사 살인 사건을 목격했기 때문에 범인의 추적을 받는다. 그는 범인과 싸우기에는 너무 무력하다. 그가 이 사건에 끼어들게 된 것은 자신을 추적하는 범인으로부터 해방되기 위해서다. 그는 고양이에게 몰린 쥐처럼 자기를 지키기 위해 그리고 바닥까지 떨어진 자존심을 되찾기 위해 범인을 잡으러 나선다. 레니 역시 사회적 약자이기는 마찬가지다. 그녀는 졸업해봤자 취직의 가능성이 별로 없는 문학 전공생이다. 더군다나 불행한 가정사로 인해 가급적 집과 고향을 떠나 독립된 삶을 영위하고자 하는 욕망이 있는 아가씨다. 그래서 그녀에게 출판사 인턴 생활은 정말 중요한 기회였다. 이 때문에 그녀는 사장 제캄프의 성추행에도 처음에 제대로 대응하지 못한다. 하지만 그녀가 이 사건에 뛰어들 용기를 내게 된 것은 낯선 객지에서 자신을 따뜻하게 맞아준 친구 비비안과의 우정이나 청년의 순수한 정의감 때문이다. 결국 이 소설은 정신적 강박에 의해 죄 없는 사람들을 납치, 살해한 살인마들에 맞서 사회적 약자들이 자신의 품위와 인간적 도리를 지키기 위해 저항하고 자신을 지켰기 때문에 독자들에게 큰 공감을 얻을 수 있었다.

쫴 긴 분량의 소설이었지만 책에 몰입할 수 있었던 것은 추리소설에서만 경험할 수 있는 재미있는 요소들이 많기 때문이다. 범인의 독특한 캐릭터, 범행 장면과 범인 추적 장면의 긴박감, 사건의 실마리를 찾아가는 추리력, 예상치 못하는 순간에 찾아오는 줄거리의 반전 등 이 소설에는 추리 소설을 좋아하는 독자들을 빨아들일만한 흥미로운 요소들이 곳곳에 있다. 특히 이 소설은 실제 함부르크의 운하를 그대로 배경으로 이용하고 있다. 소설을 다 읽고 함부르크로 여행가 카누를 타고 범인이 돌아다녔던 길을 더듬어 보는 것도 흥미로울 것 같다.

최 성욱